MILLIE CRISWELL

Süße Sünden

Buch

Mia DeNeros Familie und Freunde können sich die zierliche junge Frau zwar nicht so recht als Leibwächterin vorstellen, doch was ihr an Größe fehlt, macht sie locker durch Zielstrebigkeit und Einsatzwillen wett. So zögert sie auch keine Sekunde, einen wirklich gefährlichen Auftrag anzunehmen: Der ziemlich unscheinbar aussehende Schriftsteller Nick Caruso marschiert in ihr Büro und will, dass Mia ihn vor der Mafia beschützt, über die er gerade ein brandheißes Enthüllungsbuch schreibt. Natürlich gebietet es Mias Berufsehre, alles zu tun, um das Leben des scheuen Gelehrten zu schützen. Und so quartiert sie ihn kurzerhand in ihre Wohnung um. Doch als Nick es sich bei ihr so richtig bequem machen will und für den Anfang schon mal die Brille abnimmt, stellt sich Mia zunehmend die eine bange Frage: Wer beschützt *sie* eigentlich vor ihrem unwiderstehlichen neuen Klienten?

Die Rolle des weltfremden Autors auf der Flucht vor der Mafia treibt den FBI-Agenten Nick Caruso allmählich in den Wahnsinn. Aber wenn die Scharade dazu dient, ein illegales Geldwäscheunternehmen in Little Italy dichtzumachen, kann er die abfälligen Blicke und Bemerkungen vielleicht noch ein wenig länger ertragen. Viel schlimmer noch ist es jedoch, diese umwerfende Frau zu ignorieren, die er als seine »Leibwächterin« engagiert hat. Ihm fallen eine ganze Menge Dinge ein, die er Mia gerne mit seinem Leib tun ließe, ihn zu bewachen steht aber nicht auf der Liste. Als Nick in die heiße Phase eintritt – in den Ermittlungen ebenso wie in Mias Wohnung –, wird ihm allmählich klar, dass er dabei ist, sein Herz zu verlieren. An eine Frau, die er nach Strich und Faden belügt und die furchtlos ihr Leben aufs Spiel setzt, um das seine zu retten …

Autorin

Millie Criswell ist für ihre zahlreichen historischen Liebesromane bereits mehrfach mit hoch dotierten Preisen ausgezeichnet worden. Seit ihrem Roman »Alles über Mary« feiert sie in den USA nun auch riesige Erfolge als Autorin romantischer Komödien. Millie Criswell ist die Mutter zweier erwachsener Söhne und lebt mit ihrem Mann in Virginia.

Von Millie Criswell sind bei Blanvalet bereits erschienen:

Alles über Mary. Roman (35580), Eine Sünde wert. Roman (35579), Eine Anwältin zum Verlieben. Roman (35959)

Millie Criswell

Süße Sünden

Roman

Deutsch
von Ingrid Klein

blanvalet

Die Originalausgabe erschien unter dem Titel
»The Trials of Angela«
bei The Ballantine Publishing Group,
a division of Random House, New York.

Umwelthinweis:
Alle bedruckten Materialien dieses Taschenbuches
sind chlorfrei und umweltschonend.

2. Auflage
Deutsche Erstveröffentlichung Februar 2006
bei Blanvalet, einem Unternehmen der Verlagsgruppe
Random House GmbH, München.

Dieses Werk wurde vermittelt von der Literarischen Agentur
Thomas Schlück GmbH, 30827 Garbsen.
Umschlaggestaltung: Design Team München
Umschlagfoto: Zefa/Emely
Redaktion: Petra Zimmermann
UH · Herstellung: H. Nawrot
Satz: DTP Service Apel, Hannover
Druck und Einband: GGP Media GmbH, Pößneck
Printed in Germany
ISBN-10: 3-442-36389-6
ISBN-13: 978-3-442-36389-6

www.blanvalet-verlag.de

1

Kindheit ist das, was Sie den Rest Ihres Lebens
zu überwinden versuchen.
Eine zweite Chance

Mia DeNero hielt die Banane, die sie sich zum Mittagessen gekauft hatte, wie ein Mikrofon in der Hand und sang aus voller Kehle den Sechziger-Jahre-Song »Creeque Alley« von The Mamas and the Papas mit, der gerade aus dem Autoradio plärrte: »Broke, busted, disgusted, parents can't be trusted. And Mia wants to go the sea …« Den letzten Teil des Songs hatte sie leicht verändert, um ihn ihrer beklagenswerten Lage anzupassen.

Genau genommen war ihre Lage nicht richtig beklagenswert, nur enttäuschend. Die Art von Enttäuschung, bei der einem jedes Mal schlecht wird, wenn man glaubt, dass man scheitern könnte.

Sie hatte sich, trotz heftiger Proteste ihrer Eltern, endlich mit ihrem Sicherheitsdienst *Der Schutzengel* selbstständig gemacht und ihr Büro in einem alten, übel riechenden, aber freien Ladenlokal auf der Eastern Avenue eröffnet. Hier war vorher ein Fish-and-Chips-Restaurant gewesen, und es roch immer noch unangenehm säuerlich und nach altem Fett. Aber die Miete war niedrig, und was anderes konnte sie sich momentan nicht leisten.

»Greasin' on American Express cards …«

Ha! Stimmte das etwa nicht? Ihre Kreditkarten wären schon sehr bald überzogen, und dann hätte sie ein echtes

Problem. Dennoch war sie finster entschlossen, sich keinen Cent von ihren Eltern oder von Angela zu borgen, obwohl ihre große Schwester ihr mehrfach Hilfe angeboten hatte. Aber Mia war zu stolz, die ausgestreckte Hand zu ergreifen, und wollte es unbedingt allein schaffen.

Scheitern kam überhaupt nicht in Frage.

Kenne ich schon!

Irgendwer musste sie doch einfach engagieren wollen. Da sie noch neu im Viertel war und nicht auf Weiterempfehlungen setzen konnte, hatte sie vor mehr als zwei Wochen in der örtlichen Zeitung, *The Baltimore Sun*, eine Anzeige aufgegeben. Zusätzlich hatte sie in allen Geschäften der Gegend Werbezettel ausgelegt in der Hoffnung, dass jemand ihre Dienste benötigte oder ihr hilfsbedürftige Freunde oder Bekannte nennen konnte.

Natürlich war Little Italy nicht gerade die Verbrechenshauptstadt der Welt. Vielleicht brauchten hier nicht allzu viele Leute Schutz. Aber ein einziger Schutzsuchender täte es ja auch schon.

Mia ließ sich auf den wackeligen alten Drehstuhl fallen, den sie bei Carbonis Gebrauchtmöbel gekauft hatte, legte ihre Füße auf den gleichermaßen schäbigen grauen Metallschreibtisch und schälte ihre Banane. Da sich ihre Schmetterlaune inzwischen verflüchtigt hatte, biss sie kräftig in ihr »Mikrofon« und kaute.

Sie blickte sich um in ihrem kleinen Büro und war nicht gerade begeistert angesichts des schwer verbeulten Ablageschranks aus Metall, des hässlichen Stuhls vor ihrem Schreibtisch und der grässlichen krummen und schiefen Jalousien vor ihrem Fenster, die sie vor ihrem Einzug versucht hatte zu putzen, was die Sache aber nur verschlimmert hatte.

Alles in allem nicht gerade ein Ort, der vertrauenerweckend auf potenzielle Klienten wirkte, es sei denn, es handelte sich dabei um Jack the Ripper. Immerhin bescheinigte ihr das eingerahmte Diplom an der Wand, dass sie eine Bodyguard-Ausbildung an der *Sicherheit-und-Schutz*-Schule in Towson, Maryland, absolviert hatte. Unterzeichnet war das Diplom von Mike Hammersmith, ihrem Lehrer, dem Mann, den sie bei Schießübungen eines Tages beinahe erschossen hätte.

Mia war ein bisschen kurzsichtig – okay, ziemlich kurzsichtig –, was das Schießen, unabhängig aus welcher Distanz, etwas problematisch machte. Aber sie war weit davon entfernt, sich von einer solchen Kleinigkeit abschrecken zu lassen. Sie trug jetzt Kontaktlinsen, wenn auch nicht gern.

Während sie ihr so genanntes Mittagessen futterte, was ihre Mutter bestimmt als ungenügend gerügt hätte – Rosalie DeNero war der Meinung, dass jeder Mensch täglich mindestens zehntausend Kalorien vertilgen sollte –, konzentrierte Mia sich voll und ganz auf die Eingangstür und betete geradezu darum, dass jemand auftauchte.

Ob ein Klient oder nicht war ihr ehrlich gesagt piepegal. Tag für Tag in dem winzigen Büro zu sitzen und darauf zu warten, dass das Telefon klingelte oder irgendein Lebewesen sich blicken ließ, machte nicht nur einsam, es war auch verdammt langweilig, deprimierend und völlig entmutigend.

Hatte sie schon langweilig erwähnt?

Jedenfalls, als die Eingangstür tatsächlich geöffnet wurde, war Mia so verblüfft, dass sie sich etwas zu hastig ordentlich hinsetzen und gleichzeitig die Füße vom Schreibtisch nehmen wollte. Schließlich musste sie sich dem Besucher, wer auch immer es war, in der bestmöglichen

Weise präsentieren. Dabei stieß sie den alten Stuhl so heftig zurück, dass der zusammen mit ihr umkippte.

Und so sah Niccolò Caruso sie zum ersten Mal.

Nick beugte sich über den Schreibtisch, um sich zu vergewissern, dass der so urplötzlich aus seinem Blickfeld verschwundenen Frau nichts passiert war. Gerade eben noch aß sie eine Banane, und im nächsten Moment … *Bums!* Weg.

»Alles in Ordnung?« Er rückte seine Brille zurecht, streckte eine Hand aus und verkniff sich ein Lächeln. Mia DeNero mit ihren braunen Wuschellocken war zwar knallrot geworden, schien aber ansonsten unverletzt zu sein.

»Ja, danke. Ich habe ein bisschen vor mich hin geträumt und war nicht auf Besuch vorbereitet. Sie können mir glauben, normalerweise bin ich nicht so tollpatschig«, sagte sie und versuchte, gleichzeitig ihren Stuhl aufzurichten und ihre Jeans abzuklopfen. »Was kann ich für Sie tun?«

Nick starrte diesen Knirps von einer Frau an und fragte sich gerade das Gleiche. Barfuß war sie bestimmt kaum größer als ein Meter achtundfünfzig. Seine Idee, Mia DeNero als Bodyguard zu engagieren, war vielleicht ein klein wenig zu übereilt gewesen.

Was heißt hier übereilt! Es war völlig bescheuert!

Aber er hatte einen Job zu erledigen, und sie würde ihm dabei helfen.

»Ich brauche Schutz, Miss DeNero. Ich habe Ihren Flyer gelesen, und der war wie die Antwort auf mein Gebet.« Nick hoffte, dass er beknackt genug klang. Ihm selbst wurde jedenfalls schon richtig schlecht von seinem Gesülze.

Mia DeNero faltete ihre Hände auf dem Schreibtisch und gab sich alle erdenkliche Mühe, professionell und abgeklärt zu wirken. Leider klebte ein Klümpchen Banane auf ihrer frechen kleinen Nasenspitze. Nick beugte sich vor und wollte ihr mit seinem Taschentuch zu Hilfe kommen. »Gestatten Sie. Es sieht so aus, als würden Sie immer noch Ihr Mittagessen tragen.«

»Oh, du liebe Güte!« Sie zuckte zurück, fuhr sich mit dem Handrücken über die Nase und verschmierte anschließend die Banane an ihrer Jeans.

Nick musterte sie belustigt.

»Ich bin sicher, dass Sie mich für einen Volltrottel halten, aber ich kann Ihnen versichern, dass ich ausgebildeter Bodyguard und sehr gut in meinem Job bin.« Na ja, davon war sie zumindest felsenfest überzeugt, sie brauchte nur noch einen Klienten, um das unter Beweis zu stellen.

Er setzte sich, betrachtete sie leicht ungläubig und verschränkte seine muskulösen Arme vor der Brust. »Wirklich? Und wie viele Klienten haben Sie im vergangenen Jahr beschützt, Miss DeNero? Haben Sie irgendwelche Referenzen?«

Sie schüttelte den Kopf und wurde rot. »Nun ja, nein. Genau genommen sind Sie mein erster Klient. Ich habe meinen Sicherheitsdienst gerade erst eröffnet. Aber Sie haben insofern Glück, weil ich Ihnen deshalb nicht nur meinen speziellen Einführungstarif anbieten, sondern mich auch voll und ganz Ihnen widmen kann.« Sie hoffte, dass er beeindruckt war. Er wirkte nicht sonderlich beeindruckt. Eventuell sollte sie ihm vorsichtshalber noch eine Pizza spendieren oder so.

Er rieb sich das Kinn. »Ich verstehe.«

Mia zog energisch ihren gelben Schreibblock zu sich

herüber und griff nach einem Kuli, da sie nicht die Absicht hatte, ihren ersten Klienten entwischen zu lassen. »Beginnen wir mit Ihrem Namen und dem Grund, warum Sie einen Bodyguard brauchen.«

»Ich heiße Niccolò Caruso. Vielleicht haben Sie von mir gehört? Ich bin Schriftsteller.«

Ein Schriftsteller! Wie imponierend! Darauf hätte Mia allein schon durch die Brille mit dem dicken Gestell und das hässliche Tweedjackett kommen können. Tweed! Sie rümpfte die Nase. Schon der Name war der Horror und beschwor alte Sherlock-Holmes-Filme herauf.

»Ich fürchte nein. Ich habe nicht viel Zeit zum Lesen.« Einen Mangel, den sie beabsichtigte zu korrigieren. *Irgendwann. Vielleicht.* Im Aufschieben von Dingen war Mia eine wahre Meisterin. »Was für Bücher schreiben Sie denn?«

»Hauptsächlich Sachbücher. Hin und wieder habe ich auch den Versuch gestartet, richtige Krimis zu schreiben. Und es ist kein Wunder, dass Sie noch nie eines meiner Werke gelesen haben. Meine Bücher sind bedauerlicherweise vergriffen. Aber momentan arbeite ich an einem Exposee über die Mafia, und ich bin fest davon überzeugt, dass dieses Buch meiner Karriere neuen Auftrieb verschafft.«

Mias Augen weiteten sich. »Wirklich? Haben Sie denn keine Angst?«

»Na ja, doch. Vor allem, weil man mich schon bedroht hat.«

Sie schnappte nach Luft. »Sie versuchen, Sie zum Schweigen zu bringen.«

»Richtig. Aber ich lasse mich nicht einschüchtern. Ich habe die Absicht, mein Buch zu Ende zu schreiben, und pfeife auf die Konsequenzen. Deshalb bin ich hier, Miss DeNero. Ich hoffe, dass Sie mir helfen können.«

Mias Herz klopfte so schnell, dass es sich wie ein flatternder Kolibri anfühlte. Die Mafia war echt der Wahnsinn. Wenn sie das hier durchziehen konnte – okay, die Chancen waren nicht sehr groß, aber ihr Motto war von Anfang an »Wer nicht wagt, der nicht gewinnt« gewesen.

»Natürlich helfe ich Ihnen. Ich kann Ihnen Rund-um-die-Uhr-Schutz anbieten, und zwar sieben Tage die Woche, bis Ihr Buch fertig ist. Leben Sie hier in Baltimore?«

»Ja. Wie läuft so etwas denn normalerweise ab? Ich habe noch nie einen Leibwächter engagiert.«

»Normalerweise läuft es so, dass ich in Ihre Räumlichkeiten ziehe und bei Ihnen lebe.«

»*Hmmm.* Also, das klingt gut, wenn Sie bereit sind, meine ältliche Tante zu erdulden. Sie ist ein ziemlich streitsüchtiges altes Haus, und na ja … es ist mir etwas peinlich, aber ich muss gestehen, dass das Haus etwas merkwürdig riecht. Aber daran gewöhnen Sie sich natürlich mit der Zeit.«

»Merkwürdig? Was soll das heißen?«

»Tante Bertrice ist ein echter Fan von Wick VapoRub, und das ganze Haus riecht danach. Und dann ist da noch dieser andere –«

Mia hob vorsichtshalber die Hand, weil sie befürchtete, sich übergeben zu müssen, wenn er fortführe. Sie hatte das deutliche Gefühl, zu wissen, um was es sich bei diesem »anderen« Geruch handelte. »Schon gut. Ich glaube, ich habe eine Vorstellung.«

Verdammt! Was sollte sie bloß machen? Auf keinen Fall würde sie in das stinkende Haus einer alten Frau ziehen. Aber die Vorstellung, einen Mitbewohner zu bekommen, war ebenso abscheulich. Ihre letzten beiden Mitbewohner waren die reine Katastrophe gewesen. Keine Privatsphäre mehr, der Kühlschrank regelmäßig gähnend leer. Auf keinen Fall!

»Wie wäre es, nebeneinander liegende Hotelzimmer zu buchen? Das wäre doch eine Idee.«

Er schüttelte den Kopf. »Ich fürchte nein. In solcher Umgebung kann ich nicht schreiben. Ich brauche völlige Abgeschiedenheit und Ruhe während der Arbeit. Ablenkungen jedweder Art schätze ich gar nicht.«

Verdammter Mist aber auch! Es sah so aus, als hätte sie keine andere Wahl. Mia hörte sich sagen: »Ich schätze, Sie könnten vorübergehend zu mir ziehen. Aber ich muss Sie warnen, Mr. Caruso, meine Wohnung ist klein. Ich wohne über dem Restaurant *Mama Sophia's* hier in Little Italy. Ob es ruhig genug für Sie ist, keine Ahnung. Und meine Vermieterin ist ein ziemlicher Drachen.« Eine Riesenuntertreibung. Donatella Foragi war ein hundert Kilo schwerer lebender Alptraum. Sie schaffte es, dass einem das Bates Motel als geradezu paradiesischer Ort vorkam.

»Ihr Angebot ist sehr großzügig, Miss DeNero, und ich nehme es dankend an. Ich biete Ihnen dreitausend Dollar pro Monat für Ihre Dienste und die anteiligen Mietkosten. Ich muss schon sagen, dass ich wirklich Angst habe vor diesen Ganoven.«

»Dreitau –« Sie schnappte nach Luft. Dreitausend Dollar pro Monat würden all ihre drückenden finanziellen Probleme lösen. Der Typ musste steinreich sein. Sie hätte ihm allerhöchstens tausend Dollar berechnet, aber sie dachte nicht daran, ihm das auf die Nase zu binden.

»Das scheint mir ein fairer Preis zu sein. Müssen wir bei Ihnen vorbeifahren, um Ihre Sachen abzuholen?«

Hast du noch alle Tassen im Schrank, Mia? Willst du wirklich einem völlig Fremden, den du eben erst kennen gelernt hast, erlauben, bei dir einzuziehen? Ein Mann, von dem du nicht das Geringste weißt? Caruso könnte ein Serienvergewaltiger oder -mörder sein.

Obgleich er bei näherer Überlegung eher wie ein serienmäßiger Blödmann aussah. Er hatte auf jeden Fall ein echtes Kleidungsproblem, auch wenn sie sich diese Kritik eigentlich nicht erlauben durfte. Aber Jeans wären in jedem Fall besser als – was trug er da eigentlich, Cordhosen? Du liebe Güte! Der Mann war ja eine regelrechte Witzfigur. Ihm fehlte nur noch ein Schottenrock zur Abrundung.

»Ist irgendetwas, Miss DeNero? Sie wirken ein wenig besorgt.«

»Woher weiß ich, dass Sie der sind, der Sie vorgeben zu sein? Können Sie sich ausweisen? In meinem Beruf kann man nicht vorsichtig genug sein, Mr. Caruso. Ich bin sicher, dass Sie das verstehen.«

»Ich müsste Ihnen sogar einen Vorwurf machen, wenn Sie es nicht wären.« Nick zückte seine Brieftasche und zeigte Mia seinen Führerschein. Seine Brieftasche war prall gefüllt mit Hundertdollarscheinen, was der jungen Frau nicht verborgen blieb, deren Pupillen sich weiteten.

»Sie müssen auf der Couch schlafen. Ich habe nur ein Schlafzimmer.«

»Das ist kein Problem.«

Überraschung, Überraschung! Allem Anschein nach war er wirklich kein normaler Mann, dachte sie. Schließlich lebte er immer noch bei seiner alten Tante. Welcher Mann tat das schon? Zugegeben, die alte Dame konnte krank sein, was aus ihm einen pflichtbewussten Neffen machte. Andererseits –

»Miss DeNero?«

Mit einem herzlichen Lächeln streckte sie die Hand aus und besiegelte ihr Abkommen. Als sie seinen ziemlich kräftigen Händedruck spürte, verblüffte sie ein kleines elektrisierendes Kribbeln im Arm. »Ich bin sicher, dass sich unser Arrangement für uns beide als vorteilhaft erweist, Mr. Caruso. Sie sind in guten Händen.«

Sein Daumen fuhr leicht über ihren, und Mia musste plötzlich schlucken. »Das sehe ich. Ich glaube, es fängt an, mir zu gefallen, meinen ureigenen Schutzengel zu haben.«

»Oh, da bin ich mir sicher. Ich kann sehr entgegenkommend sein.«

Nicks Lächeln hatte beinahe etwas Verführerisches. »Damit rechne ich ganz fest, Miss DeNero.«

»Ich fasse es nicht, dass du jemanden, den du überhaupt nicht kennst, bei dir einziehen lässt! Hast du den Verstand verloren? Warte nur, bis Mom das hört. Sie wird total aus dem Ruder laufen.«

Als ob das etwas Neues wäre!

Rosalie DeNero war ein Mensch, der dem Wort *Hysterie* eine völlig neue Bedeutung gab. Bis vor kurzem glaubte ihre Mutter noch fest daran, dass der Weltuntergang kurz bevorstand. Neuerdings machte sie sich nur noch wegen Nebensächlichkeiten pausenlos Sorgen.

Hast du genug Toilettenpapier, Mia?

Ziehst du dich auch ordentlich an, wenn du aus dem Haus gehst?

Hast du daran gedacht, deine Elektrorechnung zu bezahlen?

Abgrundtief seufzend musterte Mia ihre ältere Schwester, die hinter einem beeindruckenden Mahagonischreibtisch saß, einem völlig anderen Teil als Mias gebrauchte Krücke. Angela war Rechtsanwältin, Partnerin in der Kanzlei Stefano, Franco und Franco und verheiratet mit John Franco, einem der Firmenpartner.

Als Schwarzseherin witterte Angela überall Böses. Sie war auch eine dieser Frauen, die sogar schwanger noch gut aussahen. Mia nahm an, dass sie selbst wie ein Nilpferd aussehen würde, sollte sie jemals schwanger werden. Nicht dass damit in absehbarer Zeit zu rechnen war. Allein schon bei der Vorstellung, ein Baby zu erwarten, bekam Mia Hautausschlag.

In der achten Klasse war die Mutter ihrer besten Freundin Sarah Rafferty bei der Geburt gestorben. Mrs. Rafferty war damals erst einunddreißig gewesen – genauso alt wie Mia heute.

»Ich habe ihn überprüft«, antwortete Mia, aber Angela blieb skeptisch.

»Wie denn, wenn du diese Frage gestattest?«

Sie zuckte die Achseln und versuchte, ganz lässig zu klingen. »Die üblichen Methoden – nach dem Augenschein, dem Führerschein ... Habe ich dir schon gesagt, dass Caruso Schriftsteller ist? Die öffentliche Aufmerksamkeit allein durch diesen Fall kann meinen Laden mit einem Schlag bekannt machen.«

Angela stand auf, zupfte den Saum ihrer grünen Schwangerschaftsbluse zurecht, ging um den Schreibtisch herum und setzte sich in den Sessel neben Mia. »Hast du seine Nummernschilder überprüfen lassen bei der Kfz-Zulassungsstelle in Maryland? Er könnte sich falsche Nummernschilder besorgt haben.«

»Oh, um Himmels willen, Angela! Hör auf, mir zu sagen, wie ich meinen Job zu machen habe. Ich bin schließlich ausgebildet worden dafür, falls du es vergessen haben solltest.« Ihre Schwester verdrehte die Augen, und prompt fühlte Mia sich veranlasst hinzuzufügen: »Ich weiß, dass du eine Spitzenanwältin und klüger bist als ich, aber du kannst mir ruhig vertrauen, dass ich weiß, was ich tue.«

»Das heißt also nein.«

»Niccolò Caruso ist Schriftsteller. Wenn du gesehen hättest, wie er sich kleidet, Angie, wüsstest du, dass er total harmlos ist. Habe ich schon erwähnt, dass er Cordhosen trägt?« Angela machte große Augen, und Mia lächelte selbstgefällig. »Caruso lebt bei seiner ältlichen Tante. Er ist weder ein sexuell Abnormer – *das will ich doch schwer hoffen* – noch ein Serienmörder. Meine Instinkte sagen mir, dass Niccolò Caruso genau der und das ist, wofür er sich ausgibt.«

Blödmann. Trottel. Megatrottel.

»Ich brauche diesen Job. Ich habe bereits fast meine gesamten Ersparnisse aufgebraucht. Und da Mrs. Foragi schließlich auch mal deine Vermieterin gewesen ist, weißt du sehr gut, dass sie nicht mehr sehr viel länger auf die überfällige Kaution wartet.«

»Ich kann dir –«

»Nein!« Mia schüttelte energisch ihren Kopf, und ihre Locken flogen in alle Richtungen. »Ich schaffe das allein. Ich muss mir beweisen, dass ich das hinkriege. Und ich muss Dad und jedem, der an mir zweifelt, beweisen, dass ich nicht die schusselige, impulsive Frau bin, für die mich alle halten.«

Angelas Züge wurden weicher, und sie drückte Mia die Hand. »Aber Mia, du weißt, dass das nicht stimmt. Wir lieben dich. Dad liebt dich. So denkt er nicht über dich.«

»Ach nein? Das ist mir neu. Dad hält mich für eine Spinnerin, für eine komplette Idiotin, und zwar nur, weil ich einige ziemlich unorthodoxe Jobs gehabt habe in den vergangenen Jahren.« Okay, vielleicht war es echt nicht das Gelbe vom Ei gewesen, Bulldozer-Fahrerin auf einer Autobahnbaustelle zu sein. Aber sie hatte durchgehalten, hatte bewiesen, wenn auch nur sich selbst, dass sie mit Männern auf gleicher Ebene konkurrieren konnte. Nicht gerade eine Kleinigkeit, wenn der gesamte Bautrupp dir den Spitznamen »Krümel« verpasst hatte.

»Ich bin ja auf deiner Seite, aber ich fürchte, dass du dich in diesem Fall übernommen hast. Die Mafia lässt nicht mit sich spaßen, Mia. Diese Kerle meinen es ernst. Sei realistisch. Du bist nicht gerade ein großes Hindernis. Wenn sie diesen Caruso wollen, finden sie einen Weg. Hast du nicht *Der Pate* gesehen? Weißt du nicht mehr, wie sie Sonny am helllichten Tage mit Kugeln durchlöchert haben?«

»Natürlich erinnere ich mich. James Caan war so süß. Weißt du noch, als er die Wie-hieß-sie-noch-gleich gevögelt hat – na, egal.« Sie schüttelte den Kopf. »Sie kriegen Caruso aber nicht. Nicht, solange ich ein Wörtchen mitzureden habe. Ich habe eine Pistole, vergiss das nicht.«

»Wie könnte ich? Soweit ich mich erinnere, musste ich dich vor Gericht vertreten, als Mr. Hammersmith versuchte, dich aus dem Bodyguard-Kursus zu feuern. Was ich ihm wirklich nicht ernsthaft zum Vorwurf machen kann. Du hast diesen Mann beinahe umgebracht.«

»Das war nicht mein Fehler. Woher sollte ich wissen, dass ich kurzsichtig bin und eine Brille brauche?«

Angela verschränkte die Arme. »Danke für das Stichwort – warst du inzwischen beim Augenarzt?«

Mia nickte. »Ich trage jetzt Kontaktlinsen.« Sie hatte sich bisher nicht für eitel gehalten, aber jede Brille, die sie beim Optiker aufprobierte, ließ sie wie einen Ochsenfrosch an der Schwelle des Todes aussehen, so dass sie sich für Kontaktlinsen entschieden hatte.

»Sei einfach vorsichtig, okay? Ich möchte nicht plötzlich aus der Zeitung über dein Ableben erfahren. Wer würde meine Streitereien mit Mom und Dad schlichten, wenn du nicht mehr da bist?« Angela schauderte es bei dieser Vorstellung.

»Jetzt, wo du verheiratet bist, brauchst du meine Hilfe nicht mehr. Mom hält John für den Inbegriff des Schwiegersohns, und Dad versucht tapfer, seine Ensembles nicht ganz so schrill zu gestalten, wenn ihr zu Besuch kommt.«

Angela lachte. »Ein ziemliches Opfer, muss ich sagen.«

Sam DeNero, ein Excop, lebte seit seiner Pensionierung von der Bostoner Kriminalpolizei in Baltimore. Sein Modegeschmack unterschied sich etwas von dem der meisten Männer – er trug mit Vorliebe Frauenkleidung, die er übers Internet bei Home Shopping Network bestellte. Sam hatte eine echte Schwäche für Pailletten und Rheinkiesel. An seinen besten Tagen sah er aus wie eine Barbiepuppen-Karikatur.

»Dad sollte sich mit Kritik an mir etwas zurückhalten, er hat schließlich seine eigenen Probleme.«

»Dad glaubt aber nicht, dass er ein Problem hat.«

»Na ja, da geht's mir ähnlich. Ab heute sind dank Niccolò Carusos großzügigem Vorschuss all meine Probleme gelöst.«

Angela sah aus, als gäbe es noch sehr viel mehr zu sagen zu diesem Thema, aber sie lächelte nur und meinte: »Ich hoffe, dass du Recht hast.«

Mia strahlte sie voller Überzeugung an. »Ich weiß, dass ich Recht habe.«

Nick betrachtete den schwergewichtigen älteren Mann ihm gegenüber in *O'Grady's Irish Pub* und wusste, dass, wenn überhaupt jemand sein bester Freund genannt werden konnte, Burt Mulrooney dem am nächsten kam.

Sie waren beide beim FBI und arbeiteten seit neun Jahren in der Abteilung zur Bekämpfung des organisierten Verbrechens. Burt war sein Mentor und der Vater, den er nie gehabt hatte.

Mulrooney war ein guter Kerl und ein verdammt guter Agent. Er hasste es, sich zu rasieren, trug immer einen Dreitagebart, inzwischen graumeliert, und sein Bauch bezeugte seine Vorliebe für Guinness. Er war Ire durch und durch, bis hin zu den ewig grünen Klamotten, die er trug.

»Ich wette, dass Higgins alles andere als begeistert ist über deinen Undercoverjob, Junge. Sieh bloß zu, dass du das nicht vermasselst, sonst macht er Hackfleisch aus dir.«

Nick warf sich eine Hand voll Erdnüsse in den Mund und nippte an seinem eisgekühlten Bier. »Mein Vorgesetzter Special Agent Higgins hat diesen Plan genehmigt. Ich bin also abgesichert, Kumpel. Hör auf, dir Sorgen zu machen. Das bekommt deinem Blutdruck gar nicht.« Burt hatte seit seiner letzten Scheidung vor einem Jahr beträchtlich zugenommen, und Nick machte sich Sorgen, dass sein Freund einen Herzinfarkt bekommen würde, wenn er weiterhin derartigen Raubbau mit seiner Gesundheit trieb.

»Wieso sollte ich mir keine Sorgen machen? Du benutzt eine unschuldige Zivilistin, Caruso, und wenn dem Mädel irgendwas zustößt …«

»Entspann dich. Du klingst schon beinahe wie eine alte Frau. Nichts wird passieren. Mia DeNero ist begeistert, dass sie endlich einen Klienten beschützen kann. Sie hat versprochen, *entgegenkommend* zu sein.« Nick grinste breit. »Ich ziehe heute Nachmittag bei ihr ein, auf ihren Vorschlag hin, möchte ich betonen.«

»Jesus, Maria und Josef!« Dem älteren Mann fiel die Kinnlade herunter, und er schüttelte den Kopf mit dem etwas gelichteten roten Haar. »Das ist nicht sehr klug, Junge. Überhaupt nicht klug.«

»Es ist perfekt, Burt. Mia DeNero wohnt direkt über dem *Mama Sophia's*, wo sie auch ziemlich häufig isst. So kann ich den Verdächtigen gut im Auge behalten, der dieses Lokal ebenfalls gerne frequentiert. Stimmt schon, es ist kein perfektes Arrangement, aber etwas Besseres hat sich einfach nicht angeboten.

Außerdem hat Miss DeNeros Schwester, Angela Franco, kürzlich in die Russo-Familie eingeheiratet – ihr Ehemann ist Sophia Russos Neffe – was mir noch eine Tür öffnet. So kann ich Familienmitglieder befragen und an Informationen kommen, an die sonst im Traum nicht zu denken wäre.«

Burt spottete: »Es ist kaum zu glauben, dass diese Arschlöcher im Bureau Alfredo Graziano für einen Insider halten. Ich verwette meinen monatlichen Guinness-Konsum, dass er nicht das Geringste weiß. Er ist ein ganz kleiner Fisch, völlig unwichtig, trotz seiner gegenteiligen Behauptungen. Er würde sich wahrscheinlich in die Hosen scheißen, wenn er auch nur in die Nähe eines Mafioso käme.«

»Wahrscheinlich, aber möglicherweise kann er uns auf die Spur der Drahtzieher führen. Geldwäsche ist ein sehr lukratives Geschäft, und unser Freund Alfredo hat in letzter Zeit nur so um sich geworfen mit den großen Scheinen. Ehrliche Autohändler machen nicht so viel Geld, besonders nicht solche, die sich ihren Gewinn mit einem Partner teilen. Nebenbei bemerkt, Graziano hat es sich selbst zuzuschreiben, dass er verdächtigt wird. Der Mann hätte beizeiten lernen sollen, seine Angeberei zu zügeln.«

Burt zog sich ebenfalls eine Hand voll Erdnüsse rein und fragte: »Wieso hat die Frau dir eigentlich angeboten, bei ihr einzuziehen? Ich weiß schon, du bist ein Geschenk Gottes und all das, aber ...«

»Ich habe ihr erzählt, dass meine alte Tante bei mir lebt und insgesamt ein ziemlich abschreckendes Bild von dem Caruso-Haushalt gezeichnet. Außerdem brauchte sie Geld. Ich habe ihr ein Angebot gemacht, das sie nicht ablehnen konnte.«

»Du hast doch gar keine alte Tante.«

»Das weiß Miss DeNero aber nicht.«

Burt sah ihn ungläubig an. »Ist die Frau beschränkt? Es klingt so.«

Nick schüttelte den Kopf. »Überhaupt nicht. Nur naiv, weswegen ich sie ja auch ausgesucht habe. Sie ist noch ganz neu im Bodyguard-Geschäft und so grün wie das hässliche Hemd, das du trägst. Ich verlasse mich auf ihre Unerfahrenheit und bete zu allen Göttern, dass sie nicht der neugierige Typ ist.«

Burt überhörte die Beleidigung. Er und Nick tauschten regelmäßig Beleidigungen aus, so dass er an die bissigen Kommentare seines Freundes gewöhnt war. »Ich schätze, sie ist attraktiv, oder?«

»Sie ist nicht unbedingt das, was du schön nennen würdest, aber richtig schnuckelig.«

»Ich bin überrascht, dass es dir überhaupt aufgefallen ist, Caruso. Normalerweise haben Frauen keine große Chance bei dir.«

»Weil ich nicht vorhabe, mich zu binden, Burt, und ganz bestimmt nicht an Miss DeNero. Sie ist nur Mittel zum Zweck.«

»Klar, das habe ich ebenfalls von Ehefrau Nummer eins bis drei behauptet. Nur dass sich das Mittel irgendwann auf die Hinterbeine stellt.« Burt winkte der Kellnerin, eine weitere Runde zu bringen.

»Du kannst deiner Exfrau nicht vorwerfen, dass sie dich sitzen lassen hat. Du hast Übergewicht, du trinkst zu viel, und du hast einen saumäßigen Geschmack. Außerdem hast du noch ätzende Arbeitszeiten. Und du hast die arme Gloria nie ausgeführt. Es gibt Grenzen für die Anzahl von Fußball- und Pokerspielen, die eine Frau ertragen kann.«

Der ältere Mann schüttelte den Kopf. »Mir ist inzwischen klar, dass Gloria zu jung war. So ungern ich es zugebe, aber ich hätte Muriel nie gehen lassen dürfen. Sie war die Beste von allen.«

Muriel war Burts erste Frau. Ein Heimchen am Herd durch und durch, hatte sie ihren Ehemann verehrt und ihn von vorne bis hinten bedient. Aber Burt war eben Burt und kapierte erst, was er an ihr hatte, nachdem sie weg war. Im Laufe der Jahre hatte er immer wieder versucht, Muriel durch die unterschiedlichsten Frauen zu ersetzen, aber keine konnte seiner ersten Ehefrau das Wasser reichen.

»Vielleicht solltet ihr euch wieder vertragen? Längere Trennung fördert die Zuneigung, so sagt man doch.«

Burt sah Nick an, als hätte der den Verstand verloren.

»Bist du verrückt? Die Frau hasst mich wie die Pest. Ich habe sie betrogen. Erinnerst du dich noch an Vivian, Ehefrau Nummer zwei? Außerdem habe ich gehört, dass Muriel wieder geheiratet hat; er soll Pharmavertreter sein. Keine Ahnung, was sie an so einem Fuzzi findet.«

»Du hast seit über zehn Jahren nicht mehr mit Muriel gesprochen. Was weißt du schon, eventuell ist sie inzwischen verwitwet oder geschieden.«

Burt überlegte einen Moment, ein Hoffnungsschimmer blitzte kurz in seinen Augen auf, aber dann sah er wieder resigniert aus. »*Nee*. Schlafende Hunde soll man nicht wecken, es ist zu viel schmutzige Wäsche gewaschen worden.

Und wie kommst du überhaupt dazu, mir Ratschläge erteilen zu wollen? Du bist schließlich derjenige, der weit und breit als Herzensbrecher bekannt ist. Oder hast du die vielen enttäuschten Frauen in deinem Schlepptau vergessen?«

»Ich bin immer aufrichtig zu den Frauen, mit denen ich mich einlasse. Sie machen sich keinerlei Illusionen, dass unsere Beziehung über Freundschaft und Sex hinausgeht. So ist es nun mal.«

»Du verstehst nicht viel von Frauen, Caruso. Egal, wie oft sie dir erzählen, dass sie dich verstehen, dass es okay für sie ist, es stimmt nicht. Sie denken hartnäckig, dass sie deine Meinung ändern, dass sie dich auf die dunkle Seite ziehen können.«

»Hast du kürzlich mal wieder *Krieg der Sterne* gesehen?«

»Mit Abstand der beste Film, der je gedreht wurde. Und wechsel nicht das Thema. So einfach kommst du mir nicht davon.«

Nick zuckte die Achseln. »Ich bin rundum glücklich mit meinem Leben. Wenn ihnen das nicht passt, haben sie eben Pech gehabt.«

»Ich glaube, du bist ganz schön verkorkst. Du hattest eine miese Kindheit, na und? Viele Leute hatten das. Aber das gibt dir noch lange nicht das Recht, Leute beliebig vor den Kopf zu stoßen – insbesondere nicht Frauen.«

»Lass gut sein, Kumpel. Behalte bitte deine Meinung und deinen Psychoscheiß für dich. Du klingst schon fast wie Dr. phil. Wenn du so weitermachst, kannst du bald bei *Oprah* auftreten.«

»Eines Tages wird es dir noch Leid tun, dass du so ein herzloser Mistkerl bist, Caruso.«

»Möglich. Aber bis dahin denke ich gar nicht daran, mich zu ändern, sondern bleibe, wie ich bin.«

2

Sie sind nicht sehr helle, nicht wahr?
Das gefällt mir bei einem Mann.
Eine heißkalte Frau

Nick Caruso sah aus, als hätte er gerade etwas besonders Ekelhaftes geschluckt wie zum Beispiel Erbsen aus der Dose, die sich in deinem Mund regelmäßig zu einem pappigen Brei verwandeln. Mia hasste Erbsen aus Dosen. Allein beim Gedanken daran zog sie eine Grimasse.

»Ich hab ja versucht, Ihnen klar zu machen, dass die Wohnung klein ist. Ich nehme an, jetzt glauben Sie mir, was? Sie können jederzeit Ihre Entscheidung ändern, und wir gehen stattdessen in ein Hotel.« Mia hoffte, dass er den Wink mit dem Zaunpfahl kapierte, aber er machte leider den Eindruck, als würde er sich auf einen längeren Aufenthalt einstellen.

Nick blickte sich nach einem freien Plätzchen um, wo er seine Sachen zwischenlagern konnte, und stellte seine Koffer schließlich vorsichtig auf die Sofalehne, den einzigen Platz, der nicht übersät war mit Mias Unterwäsche. Er vermied den Blick auf die Spitzen-BHs und winzigen Unterhöschen und versuchte, sich Mia nicht in dieser Unterwäsche vorzustellen … *ohne sie.*

Hitze kroch ihm den Nacken hoch, und er wischte sich die schweißnassen Hände an den Hosenbeinen ab. »Äh, nein, das ist ganz prima. Ich bin nur etwas überrascht von der …« Er suchte verzweifelt nach dem zutreffenden

Wort, während seine Augen durch das Zimmer schweiften, und sagte schließlich naserümpfend: »Unordnung.« Nick hielt sehr auf Ordnung und achtete darauf, dass alles fein säuberlich an seinem Platz lag. Diese Haltung verdankte er dem Umstand, dass er seine prägenden Jahre in Chaos und Unordnung verbracht hatte.

»Na ja, ich lebe allein, bisher jedenfalls. Und ich habe keinen Besuch erwartet, deshalb habe ich meine Wäsche noch nicht weggeräumt. Ich schätze, Sie sind einer dieser Ordnungsfanatiker.«

»Schuldig im Sinne der Anklage, fürchte ich.«

Mia unterdrückte einen Seufzer. »Das Leben ist zu kurz, um sich wegen solcher Nebensächlichkeiten aufzuregen, Nick. Ich hoffe, ich darf Sie Nick nennen, weil Niccolò einfach zu umständlich ist.« Außerdem klang es ein bisschen unmännlich, aber sie wollte ihn nicht beleidigen. Auch wenn er sich nicht die Bohne darum geschert hatte, sie wegen ihrer »Unordnung« zu beleidigen, wie er es so ungalant genannt hatte.

Sie war nun einmal keine Martha Stewart. Die Frau war sowieso ein Freak. Es war unnatürlich für ein menschliches Wesen, so viel über Hausarbeit zu wissen – *Wer wollte schon wissen, dass es vierunddreißig verschiedene Möglichkeiten gab, die Kloschüssel zu desinfizieren?* – Kochen – *Okay, ich habe keinen eigenen Kräutergarten. Verklagen Sie mich!* – Nähen – *Martha konnte wahrscheinlich Vorhänge aus Damenbinden nähen. Igitt!*

Mia deutete auf das preiselbeerrote Ledersofa. »Sie schlafen hier«, wies sie Nick an und zeigte dann auf die geschlossene Tür von ihrem Schlafzimmer. »Das ist mein Zimmer, wenn Sie also ins Badezimmer wollen, müssen Sie rechtzeitig vorher klopfen. Sie müssen nämlich durch mein Schlafzimmer, wenn Sie ins Bad wollen«, erklärte sie. »Finde ich auch nicht gerade die angenehmste Lösung, aber –«

»Das versteht sich von selbst. Wo soll ich meinen Computer aufbauen? Ich habe meinen Laptop mitgebracht, der ist ja nicht sehr groß, aber ich brauche viel Platz für meine Recherchenotizen, die Bücher und derlei Dinge, verstehen Sie.«

Mia überflog das kleine Zimmer und hatte große Lust, Nick Caruso zu sagen, wohin er sich seinen Computer und seine kostbaren Bücher stopfen sollte. Aber dann dachte sie an den Dreitausend-Dollar-Scheck, der sich bald sehr wohl fühlen würde auf ihrem Bankkonto, und beschloss, ihren Kommentar für sich zu behalten. Dies war ein gemütlicher Job, und sie hatte nicht die Absicht, ihn zu vermasseln. »Ich habe einen Spieltisch, den Sie benutzen können. Er ist ziemlich stabil.«

»Ein Spieltisch?« Er versuchte, sein Entsetzen nicht zu deutlich zu zeigen. Zu spät. Mia funkelte ihn bereits wütend an. »Okay, fein. Ich gehe schnell nach unten und hol den Rest von meinem Sch… meinen Sachen aus dem Auto. Haben Sie schon zu Abend gegessen?«

Sie schüttelte den Kopf. »Ich hab ein paar Tiefkühlgerichte im Gefrierfach. Ich wollte gerade eine Pizza in die Mikrowelle schieben. Möchten Sie auch eine?«

»Sie essen Tiefkühlkost?« Er wirkte richtig entsetzt und verzog angeekelt das Gesicht. »Wir wär's, wenn wir nach unten in das Restaurant gingen, das Sie erwähnt haben? Ich lade Sie ein. Wie hieß es noch, *Mama Sophia's*? Das ist ein italienisches Lokal, richtig?«

»Äh, ja.« Sie verdrehte zwar nicht die Augen, schaffte es aber nicht ganz, den sarkastischen Tonfall zu unterdrücken. Vielleicht hätte sie ihm lieber viertausend Dollar berechnen sollen. Er ging ihr bereits jetzt schon gewaltig auf die Nerven. »Little Italy. Italiener. Na, fällt der Groschen? In diesem Viertel mangelt es nicht gerade an italienischen Restaurants, Nick. Genau genommen gibt es wahrscheinlich drei oder vier pro Block. Deshalb nennt man es ja Little Italy. *Capisce*?«

»Ich hole nur eben meine Sachen.«

»Tun Sie das, und dann essen wir bei *Mama Sophia's*, wenn Sie unbedingt wollen.«

Er schenkte ihr einen Blick voller Dankbarkeit. Sie bemerkte, wie hübsch seine grauen Augen hinter dieser grauenhaften schwarzen Buddy-Holly-Brille waren.

»Ich kann Ihnen gar nicht sagen, wie viel besser ich mich schon fühle, seit ich mich häuslich niedergelassen habe in Ihrer Wohnung, Miss DeNero.«

Häuslich niedergelassen. Redete man wirklich so? Sie hatte ihren Abschluss auf dem Boston College gemacht, aber sie benutzte keine Wörter wie »häuslich niedergelassen«. »Nennen Sie mich einfach Mia, und ich bin Ihnen gern behilflich. Ich glaube, dieses Arrangement ist ganz prima für uns beide.«

»Das glaube ich auch, Mia.« Sein Lächeln war so umwerfend und süß, dass sie für einen Moment etwas nervös wurde, bis sie sich wieder an seine Cordhosen erinnerte und daran, dass er ein Trottel war. Nun ja, es war schon lange her, dass sie –

»Soll ich Ihnen tragen helfen?«, fragte Mia schnell, entsetzt, in welche Richtung ihre Gedanken gewandert waren und zu wem. »Ich kann aufpassen, wenn Sie Bedenken oder Angst haben, allein nach draußen zu gehen.«

Er schüttelte den Kopf. »Nein, ist schon okay. Auf den

Gedanken, mich hier zu suchen, kommt bestimmt niemand; dessen bin ich mir sicher.«

Sie sah ihm hinterher und schüttelte den Kopf. Der arme Mann ängstigte sich zu Tode, das war so sicher wie das Amen in der Kirche. Mia hatte von klein auf eine Schwäche für streunende Tiere und junge Hunde, und genau daran erinnerte Nick Caruso sie jetzt – eine verlorene Seele, die Schutz brauchte.

Sie musste ein bisschen mehr Geduld mit ihm haben. Schließlich schien er nicht sehr weltgewandt zu sein, trotz der Tatsache, dass er Schriftsteller war. Und er zahlte für ihre Dienste. Womit sich die Frage aufdrängte: Warum?

Warum hatte Nick Caruso sich ausgerechnet sie als Bodyguard ausgesucht? Er schien reichlich Geld zu haben. Er hätte jemand mit mehr Erfahrung engagieren können, abgesehen von einer größeren Wohnung. Also warum hatte er sich ausgerechnet für eine Frau entschieden, die noch feucht hinter den Ohren war?

Frag lieber nicht, Mia! Du brauchst das Geld.

Der Mann hatte offenbar Probleme. Möglicherweise fühlte er sich wohler und weniger eingeschüchtert durch einen weiblichen Bodyguard. Schließlich lebte er mit seiner Tante zusammen. Wie normal konnte er da schon sein?

Mias Blick fiel auf die Kleidung, die er über die Couch gelegt hatte. Noch mehr Cord und Tweed. Da überkam einen ja das kalte Grausen. Es gab sogar ein Fischgrätjackett.

Du lieber Gott! Sie kam sich fast vor wie Sir Arthur Conan Doyle. Jetzt fehlte nur noch die Sherlock-Holmes-Mütze.

Ob alle Schriftsteller sich so scheußlich kleideten?

Eher nicht, glaubte sie.

John Grisham trug meistens Jeans und einen cool aussehenden sportlichen Mantel. Und sein Dreitagebart stand ihm ebenfalls ziemlich gut. War irgendwie sexy. Sie glaubte nicht, dass man Grisham oder sogar Tom Clancy, den man beim besten Willen nicht als attraktiv bezeichnen konnte, je mit einem Tweed- oder Fischgrätjackett erwischen würde. Sie war sich nicht ganz sicher bei Stephen King; der war irgendwie … anders.

Kleider machten definitiv Leute.

Armer Nick.

Im Moment kauerte der arme Nick tief in seinem Autositz und telefonierte übers Handy mit seinem Vorgesetzten Special Agent Higgins – ein Mann, den er für arrogant und inkompetent hielt, der aber eben sein Boss und deswegen eine Respektsperson war, und sei es auch nur aus diesem Grund.

»Ja, Sir, ich bin eingezogen. Ich beginne mit der Überwachung heute Abend. Wir essen im *Mama Sophia's*. Laut meinem Informanten isst Graziano beinahe jeden Abend da.«

Nick hielt das Handy weit weg von seinem Ohr, murmelte hin und wieder zustimmend, während Higgins sich bis zum Gehtnichtmehr über die Kosten der Operation ausmärte und dass das Bureau sich keine Rechtsstreitigkeiten leisten könne wegen der einschneidenden Budgetkürzungen. Zum Schluss warnte er Nick, genau wie Burt vorausgesagt hatte, die Sache bloß nicht zu vermasseln.

Higgins sprach zwar nicht wortwörtlich aus, dass sein Job auf der Kippe stand, aber Nick war lange genug beim FBI, um zu wissen, dass seine Zukunft davon abhing, ob er Graziano, oder wer auch immer hier in Little Italy in die Geldwäsche verwickelt war, zu fassen kriegte.

Die letzte Operation war in die Hose gegangen, und er hatte die Schuld auf sich genommen, obgleich es nicht ausschließlich sein Fehler gewesen war. Gegen den Verbrecherboss Johnny Malcuso konnte keine Anklage erhoben werden, weil die beschlagnahmten Beweisstücke Resultat einer unkorrekt durchgeführten Hausdurchsuchung waren – eine Verletzung des Vierten Amendements. Die Agenten, die er mit der Hausdurchsuchung beauftragt hatte, hatten versäumt, sich einen gültigen Durchsuchungsbefehl zu beschaffen, und der Richter hatte den Fall abgewiesen.

Higgins war stinkwütend gewesen. Und da es Nicks Operation gewesen war und es auf seine Kappe ging, relativ unerfahrene Agenten losgeschickt zu haben, hatte er die Verantwortung dafür übernommen.

Nick schaltete das Handy aus, lehnte sich gegen die Kopfstütze und seufzte. Seine neue Rolle als Obertrottel begann ihn bereits zu nerven, und der erste Tag war noch nicht mal gelaufen.

Mia hielt ihn für einen kompletten Blödmann, der sich vor seinem eigenen Schatten fürchtete, eine wahre Schande der männlichen Gattung. Natürlich, wenn seine Scharade funktionieren sollte, musste sie genau das von ihm denken, egal, wie schmerzhaft es war, für einen echten Jammerlappen gehalten zu werden.

Wenn er nach dieser Operation überhaupt noch Reste seines Ego zusammenkratzen konnte, wäre das ein reines Wunder.

Nick war sich nicht ganz sicher, was er von Mia halten sollte. Abgesehen davon, dass sie süß aussah und sehr naiv war, hatte sie obendrein Courage, und das gefiel ihm. Sich mit der Mafia konfrontiert zu sehen, selbst wenn sie nur glaubte, es mit der Mafia zu tun zu bekommen, war nicht die angenehmste Aussicht, nicht einmal für einen erfahrenen Agenten wie ihn. Sie schien intelligent und verdammt ruhig und gelassen zu sein für eine Frau, die wahrscheinlich so gut wie nichts über Personenschutz wusste, jedenfalls bestimmt keinerlei Praxis hatte. Er fragte sich, ob sie je eine Pistole außerhalb der Trainingsstunden abgefeuert hatte. Er bezweifelte es.

Dennoch, trotz ihres Mangels an Erfahrung war sie mutig. Hatte Mumm, wie Burt sagen würde. Und sie war ziemlich lässig, weitaus mehr als er. Obgleich sie nicht zu den ordentlichsten Menschen gehörte, denen er über den Weg gelaufen war.

Nick hatte es gern ordentlich. Da er als verwaistes Kind in ständig wechselnden Pflegefamilien aufgewachsen war, hatte er nie viele persönliche Besitztümer gehabt. Er hatte stets irgendwelche alten Sachen auftragen müssen, seine Unterwäsche stammte oft von der Wohlfahrt, und seine Schuhe waren ihm häufig zu klein.

Einige der Familien, bei denen er lebte, waren ganz erträglich gewesen, aber es hatte auch welche gegeben, die wie Tiere lebten, in Häusern, die dreckig und ungepflegt waren, und die ihre Pflegekinder gezwungen hatten, genauso zu leben.

Nick hatte sich hoch und heilig geschworen, dass, sollte er je ein eigenes Haus besitzen und genug Geld haben, um sich anständige Kleidung und Möbel zu kaufen, er sie sorgsam behandeln und zu schätzen wissen würde.

Man lernt etwas erst richtig zu schätzen, wenn man vorher nichts hatte.

Und Nick hatte sehr lange Zeit nichts gehabt.

Er dachte an Mia, ihre hübsche Unterwäsche, wie sie roch, so frisch und sauber und natürlich, nicht so übertrieben parfümiert wie einige Frauen, die er kannte. Und er fluchte wie ein Bierkutscher, als dabei nicht nur die Fenster beschlugen, sondern er selbst in Wallung geriet.

Diese Farce würde kein Zuckerschlecken werden. Er musste bei der Sache bleiben, sich ausschließlich auf das Nächstliegende konzentrieren. Er hatte einen Job zu erledigen; Ablenkungen irgendwelcher Art konnte er sich nicht erlauben.

Und verflucht und zugenäht! Mia DeNero war weiß Gott reichlich Ablenkung.

»Wieso gucken Sie sich andauernd um, als ob Sie noch jemanden erwarten? Schmecken Ihnen die Manicotti nicht? Soll ich Mary rufen? Ihr gehört das Lokal, und ich bin sicher, dass Sie Ihnen gern etwas anderes bringt, wenn Sie das hier nicht mögen.«

Etwas zu spät bemerkte Nick an Mias neugierigem Blick und ihrem Bemühen, »entgegenkommend« zu sein, dass er sich viel zu auffällig verhalten hatte, wofür er sich innerlich verfluchte. »Nein, es schmeckt toll. Wirklich.«

Graziano hatte sie bisher nicht mit seiner Anwesenheit beehrt, und Nick hoffte, dass der angebliche Verdächtige noch auftauchte, bevor er und Mia zu Ende gegessen hatten und gehen mussten. Er hatte keinen Einzigen, der auch nur im Entferntesten verdächtig aussah, entdeckt. Seine letzte Hoffnung war jetzt Graziano und dass der ältere Mann Bekannte mitbringen würde – jemanden, den Nick vielleicht durch die Fotos aus den FBI-Akten wiedererkennen würde.

»Sie haben bestimmt schon mal gehört, dass wir Schriftsteller geradezu notorisch neugierig sind, Mia«, versuchte er seinen Fehler gutzumachen. »Ich interessiere mich sehr für meine Umgebung. Ich liebe es, Menschen zu beobachten. Es ist sehr nützlich für den Schreibprozess, für die Entwicklung glaubhafter Charaktere und Handlungen.«

Du liebe Güte! Er klang schon beinahe so, als wüsste er, worüber er redete. Das war ja richtig unheimlich.

»Schreiben muss echt harte Arbeit sein. Mir fällt es schon schwer, nur eine einzige Seite zu füllen, von Hunderten ganz zu schweigen. Es ist mir ein Rätsel, wie Sie das schaffen.«

»Sie sind doch eine intelligente Frau. Ich bin sicher, dass Sie keine Probleme hätten mit dem Schaffensprozess. Sie müssen einfach nur auf Ihrem A... Hintern sitzen bleiben und sich disziplinieren.«

Disziplinieren! Du lieber Himmel! Mia schüttelte den Kopf, weil sie genau wusste, dass das ebenfalls nicht zu ihren Stärken gehörte.

Sie nippte an ihrem Wein und sagte: »Meine Schwester ist die Intelligente in der Familie. Angela ist Rechtsanwältin. Sie hatte schon in der Schule regelmäßig die besten Noten und hat vor kurzem einen wirklich netten Mann geheiratet, der genauso klug ist wie sie. Angela ist rundherum erfolgreich.« Im Gegensatz zu mir, hätte sie hinzufügen können.

Mia hatte die meiste Zeit ihres Erwachsenenlebens nach der schnellen Patentlösung gesucht. Sie hatte es auf dem College bis zu ihrem Magisterabschluss ausgehalten, aber nicht den Wunsch gehabt, noch weiter zu studieren. In Wahrheit wusste sie einfach nicht, was sie werden wollte. Anders als Angela hatte Jura sie nie interessiert, ein Lehrerberuf kam ebenso nicht in Frage – Kinder waren nicht gerade ihre große Leidenschaft –, und ein normaler, langweiliger Achtstundenjob kam erst recht nicht in Frage.

Ihre Beziehungen zu Männern waren nicht gerade erfolgreicher. Mit zwanzig hatte sie sich bis über beide Ohren in einen ihrer Professoren verknallt, der sie angeblich auch liebte. Sie hatten von Heirat, Kindern und gemeinsamen Traumreisen gesprochen. Er hatte ihr ihre gemeinsame märchenhafte Zukunft in rosigen Farben ausgemalt. Und sie hatte ihm geglaubt. Hatte jedes einzelne Wort, das Greg Farris von sich gegeben hatte, geglaubt, bis eines Tages die Ehefrau des Professors bei ihr in der Wohnung aufgetaucht war.

Die junge, attraktive Frau hatte vorübergehend mit ihren beiden kleinen Kindern in Los Angeles gelebt, wo sie sich um ihre sterbende Mutter kümmerte, während Mrs. Farris' Ehemann sich um Mia kümmerte.

Mia fühlte sich unglaublich gedemütigt, verletzt und total am Boden zerstört. Wie jede Frau, die das Gefühl hatte, sich so richtig lächerlich gemacht zu haben, war sie total am Boden zerstört, aber dann siegte die Wut. Und diese Wut hielt inzwischen seit elf Jahren an. Sie hatte sich geschworen, sich nie wieder so schamlos benutzen zu lassen von einem Mann.

»Ist es zu viel der Hoffnung, dass diese Ihre Schwester eine große Warze auf der Nase hat und dreihundert Pfund wiegt?«, fragte Nick und unterbrach damit ihre unangenehmen Gedanken.

Seine Augen funkelten fröhlich, und Mia zwang sich ein Lächeln ab. »Angela sieht toll aus. Einfach großartig. Natürlich würde es ihr, wo sie jetzt verheiratet und schwanger ist, wahrscheinlich nicht gefallen, dass ich das sage.«

»Klingt, als litten Sie darunter, das zweite Kind zu sein. Haben Sie noch mehr Brüder und Schwestern?«

»Nein, nur die eine Schwester. Und Sie haben Recht. Angela ist die Ältere und der Augapfel meines Vaters. Und wie ist es bei Ihnen? Haben Sie irgendwelche Geschwister?«

Er verbarg den Schmerz, den diese Frage bei ihm auslöste, und schüttelte den Kopf. »Nein, nur meine Tante. Ich war ein Einzelkind.« Ein *einsames* Kind. »Meine Eltern sind beide tot. Ich habe schon als sehr kleines Kind bei meiner Tante gelebt; sie hat mich aufgezogen.« Wenn er doch nur so viel Glück gehabt hätte, dachte er, während ihm diese Lügen leicht über die Lippen flossen.

»Das tut mir Leid. Das war bestimmt hart. Es ist schade, dass Sie keine Geschwister haben. Angela und ich stehen uns sehr nahe, und das war von meiner Geburt an so. Ein Leben ohne sie kann ich mir absolut nicht vorstellen. Meine Eltern sind etwas seltsam, so dass wir uns immer gegenseitig unterstützt haben. Nicht dass ich sie nicht liebe, das nicht. Sie sind nur einfach ... na ja, Eltern.«

»Ich würde sie gern kennen lernen.« Sie machte ein entsetztes Gesicht, und Nick lächelte und fragte schnell: »Essen Sie oft hier? Hoffentlich, denn ich würde gern wieder hierher gehen. Ich fand das Essen echt Spitze.«

»Toll. Das muss ich unbedingt Mary sagen. Sie ist wirklich nett und hört so etwas sehr gern.«

»Oh, das ist nicht nöt –« Aber es war zu spät. Mia winkte bereits der dunkelhaarigen Frau, zu ihnen zu kommen. Da Nick, der sich alle Mühe gegeben hatte, keine unnötige Aufmerksamkeit auf sich zu ziehen, wusste, dass Mia das vereitelt hatte, lächelte er pflichtschuldigst.

»Mary Gallagher, das ist mein Klient Nick Caruso.

Nick wohnt vorübergehend bei mir, so dass wir bestimmt häufig zum Essen kommen. Nick ist begeistert vom Essen im *Mama Sophia's*.«

»Das höre ich gern«, erwiderte Mary augenzwinkernd und lächelte Nick freundlich an, als sie ihm die Hand schüttelte.

»Ausgezeichnete Küche, Mrs. Gallagher«, beteuerte er der schwangeren Frau. »Ich komme oft hierher, ganz bestimmt.«

»Danke!« Mary rieb sich das Kreuz und ließ sich neben Mia auf einen Stuhl plumpsen. »Wir tun unser Bestes.«

»Mary ist mit einem früheren Restaurantkritiker verheiratet – derselbe, der dieses Lokal in der Zeitung in Grund und Boden gestampft hat, als es gerade eröffnet hatte. Ich habe damals nicht hier gelebt, aber jeder in Little Italy liebt diese Geschichte und kann sie gar nicht oft genug wiederholen.«

Nick machte große Augen. »Dann müssen Sie zu den weniger nachtragenden Menschen gehören, Mrs. Gallagher. Ich mag Kritiker nicht sonderlich, und ich bezweifle, dass ich so gnädig gewesen wäre.«

»Sie haben Dan noch nicht gesehen«, klärte Mia ihn auf. »Der Kerl ist umwerfend.«

Mary lachte. »Sie haben sicher schon bemerkt, dass Mia kein Blatt vor den Mund nimmt, Nick. Herzlich willkommen in der Nachbarschaft. Jetzt muss ich wieder in die Küche und mich vergewissern, dass Mario – das ist mein Koch – nicht wieder mit Messern wirft. Das Temperament dieses verdammten Italieners bringt mich noch um. Übrigens, die Nachspeise geht aufs Haus. Probiert mal mein Tiramisu. Es ist *molto bene*.«

Nick sah Mary Gallagher hinterher, die durch die

Schwingtür in der Küche verschwand. »Ich mag Ihre Freundin. Sie ist sehr nett.«

»Ja, Mary ist schwer in Ordnung. Warten Sie nur, bis Sie ihre Mutter kennen lernen und den Rest der Russos. Alles klasse Leute. Schon irgendwie seltsam, wie meine Eltern, aber nett.«

»Ich freue mich darauf, alle kennen zu lernen. Die Russos klingen interessant. Sticht irgendjemand von ihnen besonders hervor?« Er hatte seine Angel ausgeworfen, hoffte aber, nicht übermäßig interessiert zu klingen.

»Sie meinen, außer Sophia?« Mia grinste. »Sie ist die Matriarchin der Familie – wenn Sie Oma Flora außer Acht lassen, meine ich – und ziemlich rechthaberisch. Ich glaube nicht, dass sie mich sonderlich mag.«

»Das kann ich mir nur schwer vorstellen.«

Mia zuckte die Achseln. »Sophia ist eine harte Nuss, wenn Sie wissen, was ich meine. Meine Schwester ist mit Sophias Neffen, John Franco, verheiratet. Ich bin mir nicht sicher, ob sie Angela tatsächlich schon als neues Familienmitglied akzeptiert hat, obgleich es so aussieht, als kämen sie miteinander aus. Aber Angela hat bisher jeden Streit vermieden.«

»Klingt nach einer starken Persönlichkeit, stimmt's?«

Mia nickte. »Warten Sie nur, bis Sie Sophias Bruder Alfredo kennen gelernt haben. Der Typ glaubt, dass er Verbindungen zur Mafia hat. Natürlich glaubt ihm das keine Menschenseele, aber wir spielen alle mit, weil er und seine Fantasien völlig harmlos sind.«

Nick zwang sich zu einem Lachen. »Klingt, als wäre er genau die richtige Person, die ich für mein Buch befragen sollte.«

Sie tat diese Idee mit einer Handbewegung ab. »Nee.

Onkel Alfredo ist nichts weiter als ein Haufen heißer Luft. Ein netter Mann und voller lustiger Geschichten, aber ich bezweifle, dass er viel über die Mafia weiß. Sie als Schriftsteller wissen bestimmt viel mehr.« Enttäuschung überflog Nicks Gesicht, und Mia fügte schnell hinzu: »Aber ich mache Sie bei passender Gelegenheit gern mit ihm bekannt.«

»Danke. Das wäre nett.«

»Mach ich gern. Ich hab Ihnen ja gesagt, dass ich sehr entgegenkommend sein kann.«

»Ja, das haben Sie, und ich kann Ihnen gar nicht sagen, wie dankbar ich Ihnen dafür bin. Meine übliche Routine zu unterbrechen, fällt mir nicht ganz leicht. Ich bin ein Gewohnheitstier, und mein Leben verläuft ziemlich gegliedert, wie Sie sicher schon bemerkt haben.«

Du meinst, weil du so ein Dingsbums hast …?

»Nein, habe ich nicht«, log sie, und Nick unterdrückte ein Schmunzeln.

»Ich brauche ziemlich lange, um mit Leuten warm zu werden.«

Mia tätschelte seine Hand, und Nick spürte eine Hitzewelle über seinen Arm rollen. »Na gut, dann müssen wir etwas dagegen unternehmen. Nur weil Sie im Moment etwas beengt wohnen, heißt das noch lange nicht, dass Sie das Leben nicht genießen können. Ich halte viel davon, dass man sein Leben genießen sollte, und ich habe mir vorgenommen, Sie ein bisschen aufzulockern und Ihnen zu zeigen, wie das geht. Sie werden schon sehen, Sie haben im Handumdrehen jede Menge neue Freunde.«

Nicks Lächeln erstarrte. »Toll!«, presste er hervor und wünschte, er hätte seine große Klappe gehalten.

Die frittierten Calamari, so gut sie auch waren, hatten Mia durstig gemacht, und sie hätte sonst etwas für eine Cola gegeben. Okay, vielleicht war sie auch süchtig nach dem Zeugs, aber das hieß nicht, dass sie nicht durstig war. Geradezu ausgedörrt war sie.

Das Problem war Nick. Er befand sich zwischen ihr und der Küche – sie konnte hören, wie er auf der Tastatur seines Computers herumhackte –, und sie hatte bereits ihr kurzes Nachthemd an. Mia trug nur selten einen Bademantel, und sie hatte nicht vor, jetzt ihre Gewohnheiten zu ändern. Ganz besonders nicht jetzt. Sie musste zwar Nicks Eindringen in ihre Privatsphäre irgendwie verkraften, aber sie war fest entschlossen, sich davon nicht zu sehr aus dem Tritt bringen zu lassen.

Die Coladose, rot und wunderbar eisgekühlt, tauchte vor ihrem geistigen Auge auf, und ihr Durst nahm gigantische Ausmaße an. Das Schlucken fiel ihr zunehmend schwerer. Sie umklammerte ihre Kehle und war mittlerweile felsenfest davon überzeugt, an Austrocknung zu sterben, wenn sie nicht bald etwas zu trinken bekäme.

Warum spazierte sie eigentlich nicht einfach in die Küche und holte sich, was immer sie wollte? Dies war schließlich ihre Wohnung. Nick war nur Gast – ein zahlender Gast, schon richtig –, aber dennoch nur Gast. Und es war seine Idee gewesen, nicht ihre, dass sie hier zusammen wohnten.

Wie wär's also, wenn sie ihm und seiner beknackten Empfindlichkeit einen kleinen Stoß versetzte? Was wäre, wenn er beim Anblick einer halbnackten Frau Hilfe schreiend nachts auf die Straße liefe?

Es wäre besser, wenn er sich beizeiten daran gewöhnte, sie halb angezogen zu sehen, wenn sie hier länger unter einem Dach leben müssten. Mia war nicht der übermäßig gesittete und zurückhaltende Typ. Ihre Mutter nannte sie gewöhnlich eine schamlose Exhibitionistin, und das nur, weil Mia sich nicht scheute, nackt vor ihren Verwandten herumzulaufen. Du lieber Himmel! Dabei war sie damals schließlich erst vier Jahre alt gewesen.

Mia warf einen Blick auf ihr Bett und überlegte, ob sie ihr Deckbett abziehen und sich darin einhüllen sollte, entschied sich aber dagegen. Von Anfang an musste man klare Verhältnisse schaffen, wenn dieses Bodyguard/Klienten-Ding funktionieren sollte.

Sie öffnete die Tür einen Spalt weit und spähte hinaus. Nick starrte auf seinen Bildschirm und war voll und ganz auf was auch immer er da las konzentriert, so dass sie bezweifelte, dass er ihre Gegenwart überhaupt bemerken würde.

Auf Zehenspitzen schlich sie leise in die Küche und vermied es, Licht anzumachen, während sie hinüber zum Kühlschrank ging. Sie öffnete die Tür, und der kleine Lichtstrahl der Innenbeleuchtung fiel in den Raum. So leise sie konnte, griff sie sich eine Coladose, die ihr prompt aus der Hand glitt und auf den rechten großen Onkel fiel.

»Verdammter Mist!«, kreischte sie und hüpfte auf und ab auf einem Fuß, während ihr lädierter Zeh anfing zu pochen. »Verdammter Mist, Mist, Mist!«

»Ist alles in Ordnung?«

»Nein! Es ist nicht alles in Ordnung!« *War der Mann dämlich?* Sie drehte sich um und sprang noch einen Schritt zurück, da Nick direkt hinter ihr stand.

Er schaltete das Licht an, und seine Augen weiteten sich bewundernd, als er ihre etwas unzureichende Bekleidung und die sehr hübschen Beine in sich aufnahm.

»Ich war durstig. Die Coladose ist mir auf den Fuß gefallen«, erklärte Mia, und ihre Augen begannen zu tränen.

»Soll ich mir Ihren Fuß mal ansehen, ob auch nichts gebrochen ist?«

»Nein. Danke.« Mia konnte ihren Blick nicht von Nick Carusos Brust abwenden. Sein Hemd war offen, und sie konnte sehr deutlich seine kräftigen Brustmuskeln sehen und ein hübsches Haargekräusel, so ungefähr wie bei Tom Selleck.

Mann! Wer hätte gedacht, was da unter dem Tweed versteckt war? Kein Autor, den sie je gesehen hatte, sah so aus.

Nick bemerkte Mias Gesichtsausdruck, zog schnell sein Hemd zusammen und knöpfte es zu. »Mir ist ein wenig warm geworden«, sagte er entschuldigend. »Ich schätze, Ihnen auch.«

Mias Gesicht nahm eine höchst unkleidsame rote Färbung an. »Ich trage selten einen Morgenmantel, und ich war durstig. Sie gewöhnen sich am besten gleich an solche Anblicke, weil ich nicht vorhabe, meine Gewohnheiten zu ändern, nur weil Sie jetzt hier wohnen.«

Im Moment war Nick gefesselt von dem Anblick ihrer beiden vorwitzigen Brustwarzen, die sich deutlich unter dem dünnen Stoff ihres Nachthemds abzeichneten. Er zwang sich dazu, seine Augen nicht weiter nach unten spazieren zu lassen. Wer weiß, was er da noch alles zu sehen kriegte. »Ich ... Das ist okay. Ich möchte keinesfalls, dass Sie sich durch meine Nähe irgendwie gestört fühlen.«

Sie lächelte zuckersüß. »Das ist gut, sonst müsste ich Ihnen die Schuld an meinem pochenden Zeh geben.«

Ach ja? Und wem sollte er die Schuld geben für seinen pochenden –

»Äh, darf ich das Badezimmer benutzen, bevor Sie ins Bett gehen? Ich würde gern duschen.« *Und zwar eiskalt.*

»Nur zu. Ich setze mich solange auf die Couch. Lassen Sie sich Zeit. Im Schrank unter dem Waschbecken finden Sie frische Handtücher.«

Nick verschwand im Schlafzimmer, und Mia konnte sich ihr Grinsen nicht länger verkneifen. Sie hatte die Wölbung in seiner Hose durchaus bemerkt – wie auch nicht? Schließlich handelte es sich nicht gerade um eine Kleinigkeit – und zu wissen, dass sie die Macht hatte, jemanden, der so reserviert war wie Nick, zu erregen, war ein höchst angenehmes Gefühl.

Armer Nick. Wahrscheinlich hatte er nicht sehr häufig eine Erektion, es sei denn, er sah sich Pornofilme an oder las irgendwelche schmutzigen Zeitschriften. Selbst wenn er eine hatte, bezweifelte sie, dass er etwas damit anzufangen wusste.

Der Mann schien unerfahren zu sein, wenn es um Frauen ging. Man merkte es deutlich, wenn jemand ein Unschuldslamm war; die waren schüchtern und irgendwie zurückgeblieben, was ihre Beziehung zum anderen Geschlecht betraf. Nick war möglicherweise sogar noch Jungfrau. *Hmmm.* Wäre das nicht mal was? Eine männliche Jungfrau. Man konnte das glatt ein Oxymoron nennen, natürlich nur, wenn man Wörter wie Oxymoron benutzte.

Das Zusammenleben mit Nick würde vielleicht doch noch ganz interessant werden, möglicherweise sogar eine Herausforderung. An diesem Mann gab es einiges zu verbessern, besonders weil er so verklemmt und konservativ war.

Es könnte eventuell recht lustig sein, ihn ein bisschen

aufzulockern, ihm zu zeigen, wie die andere Hälfte der Menschheit lebte. Womöglich könnte sie ihn sogar verkuppeln mit der einen oder anderen Frau. Donna Wiseman war zum Beispiel Single, obgleich Mia sie stark im Verdacht hatte, immer noch scharf auf Lou Santini zu sein, den Schlachter mit den Muskelpaketen an den Armen und dem Knackarsch.

Tja, es war trotzdem einen Versuch wert. Und Nick wäre ihr zweifellos außerordentlich dankbar für ihre Hilfe.

Schließlich konnte ein Mann ja nicht mit einem Dauerständer herumlaufen, oder?

3

Schicksal! Das ist Schicksal.
Aber es bringt dich nur bis zu einem bestimmten Punkt.
Danach liegt es an dir, dafür zu sorgen, dass es weitergeht.
Ich kann es kaum erwarten

»Hier ist das Geld für meine Kaution, Mrs. Foragi.« Mia reichte ihrer Vermieterin den Scheck, den sie ihr im vergangenen Monat schuldig geblieben war, als sie das Apartment gemietet hatte.

Die ältere Frau überprüfte ihn genau, um sicherzugehen, dass Mia ihn nicht erst heute Morgen auf ihrem Computer ausgedruckt hatte. »Wurde aber auch Zeit, dass Sie endlich damit rüberkommen«, sagte sie und wirkte nicht gerade erfreut über die Verzögerung. Allerdings erfreute Mrs. Foragi so gut wie nichts, inklusive der Tatsache, Mia als Mieterin zu haben. Angela hatte geholfen, Mrs. Foragi davon zu überzeugen, dass ihre jüngere Schwester eine gute Mieterin wäre.

»Danke, dass Sie so verständnisvoll waren.« *Von wegen!* Diese Frau hatte Mia unablässig wegen des noch ausstehenden Geldes in den Ohren gelegen, als ob sie bezweifelte, dass Mia es ihr tatsächlich zahlen würde; und das, nachdem sie es der Frau auf einen Stapel Bibeln und bei ihrer Pfadfinderehre geschworen hatte.

Nun ja, was konnte man schon erwarten von einer, die ein rotes Flanellhemd und einen Werkzeuggürtel als modisches Accessoire trug?

»Wer ist der Mann, der bei Ihnen in der Wohnung wohnt?«, wollte Donatella Foragi wissen und beäugte Mia misstrauisch. »Sie haben keinen Freund erwähnt, als Sie die Wohnung mieteten. Ich dulde kein Techtelmechtel unter meinem Dach. Ich möchte meinen guten Ruf hier im Viertel nicht verlieren, lassen Sie sich das gesagt sein.«

Mia konnte sich gerade noch bremsen, nicht die Augen zu verdrehen. Jeder in Little Italy wusste, dass Mrs. Foragi seit zig Jahren eine Affäre mit dem örtlichen Bestattungsunternehmer – dem örtlichen *verheirateten* Bestattungsunternehmer – Benny Buffano hatte.

»Oh, Sie meinen Nick«, erwiderte sie und tat ihr Möglichstes, so unschuldig wie ein Neugeborenes zu klingen. Lügen war nie ihre Stärke gewesen, obgleich sie definitiv langsam besser wurde. Not war die Mutter aller ... *Richtig!* »Das ist mein ... Cousin. Nick brauchte einen Platz, wo er für ein paar Wochen unterkriechen konnte. Ich dachte, Sie hätten nichts dagegen. Sie wissen ja, wie es mit Familie ist. Ich habe es einfach nicht übers Herz gebracht, nein zu sagen.«

Mrs. Foragi sah alles andere als überzeugt aus. »Was treibt er denn so, dieser Cousin von Ihnen? Hat er einen Job? Oder ist er ein Rumtreiber? Wir haben schon genug Rumtreiber in dieser Gegend.« Sie ließ sich nicht weiter darüber aus, wen sie damit meinte.

»Nick ist Schriftsteller. Er schreibt ein Buch über ... über Little Italy. Ist das nicht spannend? Aber Sie dürfen es niemandem erzählen. Er legt großen Wert auf seine Privatsphäre und wäre bestimmt sehr ärgerlich, wenn er wüsste, dass ich es Ihnen erzählt habe.«

Interesse leuchtete auf in den Augen von Mrs. Foragi. »Schriftsteller? Vielleicht sollte ich ihn fragen, ob er meine

Lebensgeschichte schreiben will. Das würde bestimmt ein guter Roman werden. Sollte mich nicht wundern, wenn sich auch Hollywood dafür interessieren würde. Ich habe ein sehr interessantes Leben geführt, müssen Sie wissen. Wenn Sie glauben, Jackie Collins kennt sich mit heißen Storys aus, dann kann ich nur sagen, ich habe sie erlebt. Sie kann mir nicht das Wasser reichen. Wussten Sie das?«

»Nein, das wusste ich tatsächlich nicht. Und ich halte es für besser, wenn Sie nicht mit Nick darüber reden. Ich werde es ihm bei passender Gelegenheit stecken. Er interessiert sich stets für gute Buchideen.«

Donatella betrachtete den Scheck erneut prüfend und fragte dann: »Ihr Geschäft läuft also inzwischen? Sie haben jetzt Klienten?«

Lächelnd nickte Mia enthusiastisch und hoffte, dass sie nicht gleich Gottes Zorn treffen würde für ihre kleine Übertreibung. »Ja, einige. *Der Schutzengel* hat seine Flügel ausgebreitet und endlich abgehoben. Es war wie gesagt nur eine Frage der Zeit. Gut Ding will Weile haben, wie man so schön sagt.«

»Pfhh! Hauptsache, Sie zahlen mir die nächste Monatsmiete pünktlich. Ich warte nicht gerne auf mein Geld. Ihre Schwester Angela hat immer rechtzeitig gezahlt. Sie sollten sich an ihr ein Beispiel nehmen.« Damit knallte Mias Vermieterin ihr die Tür vor der Nase zu.

»Hexe!«, murmelte Mia, ging hinüber zu ihrer eigenen Wohnung, schlug krachend die Tür hinter sich zu und erinnerte sich zu spät, dass Nick am Computer arbeitete.

»Würde es Ihnen etwas ausmachen, nicht ganz so viel Lärm zu produzieren?« Er schwang seinen Stuhl herum und fuhr sie verärgert an: »Ich versuche zu schreiben, und das ist auch ohne Lärm schon schwer genug.« Genau genommen war er gerade online im FBI-Großrechner und versuchte, dem mehr Informationen über Alfredo Grazianos Autohandel zu entlocken. Bisher hatte er aber nichts Brauchbares gefunden und war deshalb denkbar schlecht gelaunt.

»Oh, leck mich doch am Arsch.«

»Was haben Sie gesagt?« Nick hatte zwar jedes Wort verstanden und hätte am liebsten lauthals gelacht, aber er wusste, dass er das nicht durfte. Stattdessen tat er so, als wäre er mächtig pikiert.

»Ich sagte, tut mir Leid. Ich hab vergessen, dass Sie arbeiten. Meine Vermieterin hat mir gerade den Hintern versohlt, weil ich meine Kaution verspätet gezahlt habe.«

Nick zwinkerte ihr zu. »Sieht aber ganz so aus, als hätte sie ihn dran gelassen.«

Mia verrenkte sich den Kopf und musterte ihren kleinen Po, der für ihren Geschmack etwas zu jungenhaft war, dann wieder Nick, der nach wie vor grinste. »Sollte das ein Scherz sein? Ich bin beeindruckt. Oh, übrigens, Mrs. Foragi hält ihre Lebensgeschichte für absolut heißen Stoff und möchte, dass Sie ihn als Romanvorlage nehmen.«

»Mit Sciencefiction habe ich nichts am Hut, aber trotzdem danke.« Mias Vermieterin sah aus wie der Prototyp eines Holzfällers, nur in weiblich. Nur beim Gedanken an diese Frau wurde Nick ganz mulmig zumute.

Mia kriegte sich gar nicht wieder ein vor Lachen, aber schließlich sagte sie: »He, ich wusste gar nicht, dass Sie Sinn für Humor haben.«

»Wieso denn nicht? Glauben Sie, Spinner sind grundsätzlich humorlos?« Nick klappte seinen Laptop zu, damit Mia nicht sehen konnte, woran er gerade gearbeitet hatte.

»Ich habe ehrlich gesagt noch nicht darüber nachgedacht«, erwiderte sie, flankte über den Couchrücken und ließ sich auf die Lederkissen plumpsen. »Sie sind der erste, den ich kennen gelernt habe.« Zuletzt hatte sie auf einer Autobahnbaustelle gearbeitet, und da waren Spinner dünn gesät gewesen. Jede Menge Machodeppen, aber das war etwas total anderes.

Nick runzelte die Stirn bei Mias Turnübungen und überlegte angestrengt, ob er etwas zu ihrem jungenhaften Betragen sagen sollte. Da sie mit ihrer Meinung nie hinterm Berg hielt, insbesondere was seine Art, sich zu kleiden, anging, beschloss er, es ihr gleichzutun. »Tragen Sie eigentlich manchmal auch etwas anderes als Jeans und T-Shirts?«

»Meine Fischgrätphase habe ich gerade hinter mir«, konterte sie und war hochzufrieden mit sich, als sie sah, wie seine Augen sich leicht verengten.

»Frauen sollten meiner Meinung nach auch wie Frauen aussehen und sich so kleiden.«

Sie musterte ihn verblüfft. »Tatsächlich? Ich wusste gar nicht, dass Sie so viele Frauen kennen«, sagte sie, und er kräuselte die Lippen, als hätte er auf Zitrone gebissen.

»Ich führe ein ziemliches Einsiedlerleben, das stimmt. Aber das heißt nicht, dass ich Frauen nicht mag. Ich habe nur keine Zeit für Verabredungen, wenn ich an einem Buch arbeite.«

»Und Sie arbeiten ununterbrochen an einem Buch, richtig?« Sie hatte in ihrem Leben schon so manche lahme Entschuldigung gehört, aber diese hier schlug dem Fass den Boden aus. Womöglich war er schwul. Aber wieso dann die Wölbung? Diese Wölbung war nun wirklich nicht wegzuleugnen.

»Etwas in der Art.«

»Wollen Sie eigentlich mal heiraten und Kinder haben?«, fragte sie.

Er zuckte die Achseln. »Darüber habe ich noch nicht viel nachgedacht. Ich bin zufrieden mit dem Leben, das ich führe.«

»Ich auch. Ich glaube, dieses ganze Beziehungsgetue ist der größte Schwachsinn. Man investiert viel Zeit und Mühe, und es zahlt sich selten aus. Ich habe jedenfalls noch keinen Mann kennen gelernt, der mich genug interessiert, um mich für den Rest meines Lebens an ihn zu binden. Männer machen mehr Ärger, als sie wert sind.«

Natürlich log sie. Sie hätte Greg im Handumdrehen geheiratet und Kinder von ihm gekriegt, wenn er sie darum gebeten hätte. Aber seine Ehefrau war ihr da zuvorgekommen. Mia würde nie, niemals vergessen, wie leichtgläubig, dumm und naiv sie gewesen war. Und sie hatte sich geschworen, dass kein Mann sie jemals wieder so benutzen würde, sagte sie sich wie ein Mantra seitdem vor.

Mias unerwartete Proklamation verdutzte Nick nicht wenig. Mia unterschied sich zweifellos von den meisten Frauen, die er kannte, und das fand er erfrischend. »Und was ist mit Kindern? Wünschen sich nicht die meisten Frauen Kinder?«

»Kann sein, aber ich bin nicht wie die meisten Frauen, und ich bin mir nicht sicher, ob ich mir Kinder wünsche. Kinder bedeuten einen Haufen Arbeit. Und außerdem scheint mir die Nummer mit dem Kinderkriegen ziemlich riskant zu sein. Ich hatte mal eine Schulfreundin, deren Mutter bei der Geburt starb. Und erst kürzlich war ich mit Angela im Krankenhaus, wo einige Tests gemacht wurden, und das fand ich echt ätzend. All die Nadeln, mit denen sie in einem herumstochern.« *Ganz zu schweigen von der Nummer mit dem Gummihandschuh.* Ihr kam immer noch der kalte Kaffee hoch, wenn sie an ihre letzte Untersuchung dachte. Dieser ganze Gyni-Kram konnte ihr gestohlen bleiben. »Ich bin einfach noch nicht so weit.«

»Sie haben Angst vor den Schmerzen und der Gefahr einer Geburt. Aber Sie haben kein Problem damit, sich mit Schlägertypen des organisierten Verbrechens anzulegen und möglicherweise eine Kugel einzufangen? Das erscheint mir seltsam.«

»Mich vor einen Klienten zu stellen ist mein Job. Außerdem, wenn ich meinen Job richtig mache, wird es schon nicht so schlimm werden. Ich versuche, Konfrontationen wenn möglich aus dem Weg zu gehen.

Aber ein Baby zu kriegen ist etwas völlig anderes. Es ist, als hätte man so eine Art *Alien* in sich, man platzt auf, und dieses Wesen springt aus einem raus. Sie springen raus, brüllen, und dann flitzen sie überall rum.« Sie konnte ein Schaudern nicht unterdrücken.

Stirnrunzelnd stellte Nick sich absichtlich dumm. »Alien, Wesen? Sie meinen Außerirdische?«

»Nun sagen Sie bloß nicht, dass Sie nie *Alien* gesehen haben, einer der besten Sciencefictionfilme, der je gedreht wurde.«

Noch ein Filmfreak, dachte Nick und seufzte tief. Es mit Burts Sucht zu tun zu haben, war schon schwer genug. Ohne Zweifel würden Burt und Mia gut miteinander auskommen – zu gut. Ein entsetzlicher Gedanke. »Ich habe im Moment keinen Fernseher; er ist kaputt. Ich lese, um mich zu entspannen.«

Das entsprach nicht ganz der Wahrheit. Er hatte einen Fernseher – einen mit einem Großbildschirm. Tatsächlich sah er sich liebend gern Filme an, hatte aber nur selten Gelegenheit dazu. Sein Job hatte Priorität vor nahezu allem anderen und ließ ihm wenig Spielraum für die angenehmen Dinge des Lebens.

Mia starrte ihn mit offenem Mund an, erholte sich aber schnell wieder und erklärte: »Das holen wir heute Abend nach, Nick. Ich habe eine große Videosammlung, und *Alien* ist einer meiner Lieblingsfilme. Mein absoluter Lieblingsfilm ist natürlich *Die zweite Chance* mit Clint Eastwood. Er spielt einen coolen Secret-Service-Agenten. Ich wette, dass Sie den gesehen haben.«

Kopfschüttelnd biss Nick sich heimlich in die Innenwange, als Mia ihn verärgert anblitzte und resignierend die Hände hob. »Den haben Sie auch nicht gesehen? Wo haben Sie denn gelebt, in einer Höhle?«

»Nein, bei meiner Tante. Sie bevorzugt Opern und klassische Musik. Die wenigen Male, wenn wir fernsehen, ist es gewöhnlich PBS. Das Programm ist allen anderen Programmen weit überlegen.«

»*PBS*!« Geradezu angewidert steckte Mia sich den Finger in den Hals und gab würgende Geräusche von sich. »Ich sehe schon, dass ich einen Haufen Arbeit vor mir habe.«

»Was soll das heißen?«

»Oh, nichts weiter. Es ist nur so ein Ausdruck von mir. Also, was mögen Sie noch gern außer lesen und Mozart hören?«

»Nun ja, ich habe eine echte Schwäche für die Börse. Spekulieren fasziniert mich total.«

»Nicht im Ernst!« Das war das erste Mal, seit sie ihn kennen gelernt hatte, dass er etwas echt Interessantes äußerte. »Ich auch. Obgleich ich nicht richtig spekuliere oder so. Das kann ich mir nicht leisten. Aber ich bin ganz gut darin, gefühlsmäßig die Gewinner herauszupicken. Letzten Monat habe ich zweiundzwanzigtausend Dollar gemacht.«

Seine Augen weiteten sich. »Sie wollen mich verar … äppeln!«

Sie schüttelte den Kopf. »Das stimmt. Natürlich habe ich kein Geld investiert, aber wenn ich es getan hätte, hätte ich so viel Plus gemacht.«

Alle Rädchen in Nicks Kopf liefen auf Hochtouren. Die Börse war die einzige Schwäche, die er sich gestattete. »Haben Sie einen Computer mit Internetanschluss?«

»Ja, warum? Ist Ihrer kaputt? Weil Sie, soweit ich gesehen habe, gerade im Internet waren, also kann es nicht sein.«

Die Frau hatte schärfere Augen, als gut für sie war. Nick wurde klar, dass er sehr viel vorsichtiger sein musste. »Ah, nein. Aber ich gehe nicht gern ins Internet, während ich an einem Buch arbeite. Ich habe immer Angst davor, mir einen Virus einzufangen und meine ganzen Dateien damit zu zerstören.«

Sie verdrehte die Augen und musterte ihn, als wäre er der absolut größte lebende Schwachkopf seit Menschengedenken. »Nick, es gibt Antivirenprogramme. Die sind wie Kondome für Computer.«

Mia nahm an, dass sie ihn schockiert hatte, weil er ihr eine Antwort schuldig blieb. »Ich denke schon, dass wir meinen Computer benutzen können, wenn ich Ihnen beweisen soll, dass ich Ahnung habe.«

»Machen wir einen Probelauf ohne Geld«, schlug er vor. »Wenn Sie bis Ende nächster Woche Profit gemacht haben, überlege ich mir, etwas Geld zu investieren.«

Mia lächelte ihn so strahlend an, dass zwei entzückende kleine Grübchen sichtbar wurden. »Oooh! Das würde ich ja nur zu gern machen. Okay, machen wir einen Probelauf. Aber ich kann Ihnen jetzt schon versprechen, dass Sie bestimmt nicht enttäuscht sind. Ich habe eine Nase für Gewinner. Ich habe einen sechsten Sinn dafür. Ich habe eine gute Menschenkenntnis, eine echte Spürnase, und ich irre mich selten. Nennen Sie es meinetwegen weibliche Intuition.«

Nick lächelte. Mia war total bezaubernd, wenn sie von etwas richtig begeistert war. »Ah, die perfekte Frau. Es ist schon lange her, dass ich einer begegnet bin.« *Noch nie!*

Aber das war wahrscheinlich sein Fehler. Seine Beziehungen zu Frauen waren immer oberflächlich geblieben, er hatte sich nie dafür interessiert, was jenseits der Schwächen lag, die jedes menschliche Wesen nun mal hatte. Vielleicht war seine Suche nach Perfektion, die es natürlich gar nicht gab, nichts weiter als eine Entschuldigung dafür, auf Distanz zu bleiben.

Sie grinste wieder. »Ich habe viele Facetten, Nick. Das finden Sie bestimmt noch raus, wenn Sie lange genug in meiner Nähe sind. Nun kommen Sie schon. Spekulieren wir an der Börse. Aber ich warne Sie: Es wird Sie hin- und wegreißen und restlos faszinieren.«

Dummerweise war Nick das schon längst.

»War es wirklich notwendig, mich in den Supermarkt zu schleppen?«, fragte Nick und runzelte die Stirn. »Ich hätte doch in der Wohnung bleiben und an meinem Buch arbeiten können.«

Bei dieser absurden Frage konnte Mia nur den Kopf schütteln. »Allein? Was wäre ich denn für ein Bodyguard, wenn ich Sie auf sich selbst gestellt allein ließe? Sie haben mich engagiert, um auf Sie aufzupassen, und genau das werde ich tun. Und jetzt schnappen Sie sich einen Wagen. Je schneller wir unsere Lebensmittel einkaufen, desto eher können Sie weiterarbeiten.«

Nick verkniff sich ein Schmunzeln. »Sind Sie immer so streng?«

»Jawohl. Übrigens, gestern Abend habe ich mal bei Amazon gestöbert und konnte keins Ihrer Bücher finden. Ich hätte gern mal eins gelesen.«

Das traf Nick so unvorbereitet, dass er mit seinem Einkaufswagen einen Stapel Cornflakes rammte und einige Packungen zu Boden fielen, was ihm einen seltsamen Blick von Mia eintrug. Er bückte sich, um die Packungen wieder aufzustellen, und erwiderte: »Ich sagte Ihnen doch – meine Bücher sind leider nicht mehr im Handel. Es waren halt nur kleine Auflagen, und die sind total ausverkauft.«

»Haben Sie denn keins zur Hand, das ich mal lesen kann?«, fragte Mia, stopfte einen Kopf Salat in eine Plastiktüte und warf sie in den Wagen. »Eventuell können Sie mir eins leihen.«

Nick schüttelte den Kopf und wünschte sich nichts sehnlicher, als dass sie aufhören würde nachzubohren. Wie befürchtet, hatte Mia eine neugierige Ader. »Ich habe sie alle in den Keller geräumt, tut mir Leid.«

»Warum schreiben Sie eigentlich keine Romane, etwas richtig Scharfes und voll mit Sex? Ich wette, davon verkaufen Sie mehr.«

Nick warf ein Paket Porterhouse Steaks in den Einkaufswagen und tat sein Bestes, um entgeistert zu wirken. »Ich behalte das im Auge.«

»Normalerweise kaufe ich mein Fleisch nicht hier. Ich

kaufe immer bei Santinis. Aber heute mache ich mal eine Ausnahme.«

Santini. Nick ging im Geist die in Frage kommenden Namen durch. Lou Santini, der Schlachter. Seine Mutter musste der Inbegriff eines Alptraums sein. Er hatte beide vor Beginn der Operation überprüft. Bei ihnen schien es keinerlei Unregelmäßigkeiten zu geben.

Mia schob den Wagen um die nächste Ecke. Aus dem Augenwinkel nahm sie etwas wahr, das wie eine Pistole aussah. »Eine Pistole. In Deckung!«, rief sie, ließ den Einkaufswagen los und stieß Nick aus dem Weg.

»Mommy! Mommy! Die Dame da hat mich angeschrien.«

Mia verharrte auf der Stelle, sah sich einem zahnlosen fünfjährigen Kind mit einer Plastikpistole gegenüber und seufzte erleichtert. »Entschuldige, Kind. Ich dachte, du wärst jemand anders.«

Mias Reflexe beeindruckten Nick, der noch verdattert auf dem Fußboden saß. Sie hatte schnell und ohne mit der Wimper zu zucken gehandelt. Wenn er in echter Gefahr gewesen wäre, hätte sie ihm das Leben gerettet. »Vielen Dank, Mia. Sie haben ohne zu zögern gehandelt.«

Die Mutter des Jungen, die weiter unten im Gang war, eilte herbei und zerrte ihr Kind weg, aber nicht, ohne Mia und Nick einen giftigen Blick zuzuwerfen.

»Offenbar war sie nicht halb so dankbar wie Sie«, meinte Mia und streckte die Hand aus, um Nick auf die Füße zu helfen. »Tut mir Leid, dass ich Sie umgeschubst habe. Ich dachte, Sie wären in Gefahr.«

»Das muss Ihnen nicht Leid tun. Aus dem Grund habe ich Sie schließlich engagiert. Wenn Sie mich nicht beschützen, wer würde es sonst tun?«

Mia lächelte und war ausnahmsweise mal zufrieden mit sich. »Genau. Und wo ich Sie jetzt davor bewahrt habe, von einer Wasserpistole durchnässt zu werden, was halten Sie davon, nach Hause zu gehen? Ich sterbe vor Hunger. Durch diese ganze Aufregung habe ich einen Mordsappetit gekriegt.«

»Mir ist noch nie jemand begegnet, der so viel Wert darauf legt, anderer Leute Verwandte kennen zu lernen. Mann, Sie haben wirklich nicht gelogen, als Sie von Ihrem Einsiedlerleben erzählt haben«, sagte Mia zwei Tage später zu Nick. Sie konnte es nicht fassen, dass er tatsächlich Lust verspürte, zu einem Familientreffen von Fremden zu gehen.

Aber sie musste ihn eigentlich gar nicht groß zu der nachträglichen Hochzeitsfeier, die Sophia und Frank Russo für ihren Neffen John Franco und Mias Schwester Angela im *Mama Sophia's* geben wollten, überreden.

Genau genommen schien er geradezu begierig darauf zu sein, die Eltern kennen zu lernen – jedenfalls deutlich begieriger als Ben Stiller.

Nick täuschte vor, irgendwelche nicht vorhandenen Fusseln von seinem dunkelblauen Jackett zu zupfen – das dritte, das er anprobiert, und das erste, das Gnade vor Mias Augen gefunden hatte. Er hatte inzwischen herausgefunden, dass das der beste Weg war, Mias Nörgeleien, was seine Garderobe anging, abzuwettern.

Genauso gut könnte ich verheiratet sein, dachte er und erblasste bei dem Gedanken.

»Sie sehen übrigens gut aus in diesem Jackett.« Sie lächelte ihn an und rückte ihm mit einer typisch weiblichen Geste seine rot gestreifte Krawatte zurecht. »Sie sollten sich viel öfter ganz normal anziehen.«

Nick versuchte, ihr Lächeln zu ignorieren, das Zwinkern in ihren Augen, den verführerischen Duft ihres Parfüms. Er scheute sich stets vor Nähe, band sich nie an einen anderen Menschen – Burt war die einzige Ausnahme –, und er würde auch für einen süßen Lockenschopf von Bodyguard keine Ausnahme machen, egal wie faszinierend er ihn fand.

Dieser Weg führte zwangsläufig zu Kummer, und davon hatte er für den Rest seines Lebens genug gehabt. Es war das Waisenkind in ihm, nahm er an, die Angst davor, verlassen zu werden. Zu viele gebrochene Versprechen, zu viele Pflegefamilien, zu viele Entschuldigungen, warum er nicht erwünscht war. Er hatte nicht die Absicht, noch einmal Gefahr zu laufen, abgelehnt zu werden.

Während sein Blick auf Mias knabenhaftem Gesicht ruhte, machte er sich klar, dass er sich auf die Operation und nicht auf die Frau konzentrieren musste. Sowieso widersprach es seinem Berufsethos, sich mit jemandem zu liieren, während er an einem Fall arbeitete. Und er würde nie eine Ermittlung gefährden.

Er kannte Mia nicht einmal eine Woche. Was zum Teufel war nur los mit ihm?

»Erde an Nick. Sind Sie bereit, zur Party zu gehen, oder haben Sie ein Raumfahrzeug, das Sie hinbringt?«

Du hast ein ziemlich großes Mundwerk für eine so kleine Person, war er versucht zu sagen, aber stattdessen lächelte er nur entschuldigend. »Oh, war ich schon wieder abwesend? Entschuldigung. Dazu neige ich häufig, wenn ich in die Arbeit an einem Buch vertieft bin.«

»Abwesend! Na egal.« Mia seufzte. »Wie auch immer, zu Sophias Partys kommt man nicht zu spät, sonst kann man sich gleich abschminken, das Ende mitzubekommen oder je wieder eingeladen zu werden. Im Vergleich zu ihr wirkt Conan der Barbar ausgesprochen friedlich.«

»Ich bin schon richtig neugierig, sie kennen zu lernen. Hört sich ganz so an, als sei sie eine schillernde Persönlichkeit.«

Mia lachte. »Das sollten Sie mal Annie Russo erzählen und sich anhören, was sie dazu zu sagen hat. Ich glaube nicht, dass schillernd das Wort ist, das sie wählen würde, um ihre Schwiegermutter zu beschreiben.«

Als sie ankamen, stellten sie fest, dass erst eine Hand voll Leute eingetroffen war. Ein großer, geschmückter künstlicher Weihnachtsbaum stand neben dem Fenster, dessen farbige Lichter einträchtig blinkten und dem großen Raum eine festliche Atmosphäre gaben. Unter der holzgetäfelten Decke hingen Lichterketten, die das Ganze noch festlicher machten.

Mia winkte ihrer Schwester und ihrem neuen Schwager zu, als sie die beiden entdeckte. »Kommen Sie, Nick. Ich mache Sie mit Angela und John bekannt.«

Nicks Blick huschte hinüber zu dem attraktiven Paar, das neben dem Baum stand, Händchen hielt und sehr verliebt aussah. Sie strahlten die Wörter »frisch verheiratet« aus, als hätte jemand eine pulsierende Neonleuchte über ihnen angeschaltet. »Ich brenne darauf, Ihre Familie kennen zu lernen.« Er wiederholte sich.

»Dad taucht bestimmt in Pailletten auf. Er trägt gern Frauenkleider«, erwiderte sie sachlich, und Nick tat sein Bestes, um seine Überraschung zu verbergen. Diese Kleinigkeit musste er übersehen haben, als er Mias Hintergrund überprüfte.

Sie hatte es kaum ausgesprochen, als Nick einen großen, stämmigen Mann bemerkte, der direkt auf sie zukam. Er trug ein smaragdgrünes, paillettenbesticktes Kleid, eine rote Federboa schmückte seinen Hals, und insgesamt sah er sehr … nun ja, weihnachtlich aus. Neben ihm ging eine konservativ in schwarzen Chiffon gekleidete Frau, die sich keinen Deut darum zu scheren schien, dass ihr Mann sich wie Cher herausgeputzt hatte.

Die DeNeros. Tja, Mia hat ja gesagt, dass sie seltsam sind.

»Da kommen Mom und Dad«, verkündete sie. »Sie können genauso gut mit ihnen anfangen, dann haben Sie's hinter sich. Dad ist ein Excop, so dass er möglicherweise versucht, Sie auszuquetschen. Bleiben Sie ganz ruhig. Er kann manchmal ein bisschen herrisch sein, aber in Wahrheit ist er einfach nur ein großer Teddybär.«

Ein Excop! Nick wusste, dass er sich davor hüten musste, den Mann misstrauisch zu machen. Cops hatten einen sechsten Sinn und rochen eine Lüge auf meilenweite Entfernung. »Ich versuche es«, sagte er und beeilte sich, ein Lächeln in sein Gesicht zu zaubern, als Mias Eltern sich näherten. Ehrlich gesagt fand er, dass ihr Vater mehr einem Gorilla als einem Teddybären glich.

Mia küsste ihre Eltern und machte sie dann gegenseitig bekannt.

»Sie sind doch nicht etwa pervers, mein Sohn, oder?«, fragte Sam DeNero Nick und musterte ihn stirnrunzelnd von oben bis unten. »Ich lasse nicht zu, dass irgendjemand meine Tochter ausnutzt.«

»Nein, Sir! Ich bin Schriftsteller«, antwortete Nick mit unbewegtem Gesicht, obgleich er am liebsten losgeprustet hätte, dass ausgerechnet Sam DeNero die Frechheit besaß, jemand anderen für pervers zu halten.

»Was? Schriftsteller können nicht pervers sein?«, wollte Rosalie wissen und warf ihrer Tochter einen tadelnden Blick zu. »Es gefällt mir gar nicht, dass meine Tochter mit einem Mann zusammenlebt, mit dem sie nicht verheiratet ist. In meiner Jugend galt so etwas als Sünde.«

»Hört auf, alle beide! Nick ist mein Klient. Er ist kein Perverser, soweit ich das beurteilen kann.« Mia zwinkerte ihm lächelnd zu. »Er steht unter meinem Schutz, und unsere Beziehung ist rein platonisch, also lasst ihn in Ruhe.«

»Meine Tochter, der Bodyguard.« Sam schüttelte Nick die Hand. »Starker Händedruck. Gehen Sie in ein Fitness-Studio oder so? Ich hätte nicht gedacht, dass Schriftsteller einen so starken Händedruck haben.«

»Wenn ich Zeit dazu habe«, erwiderte Nick. »Und Sie?«

»Um Gottes willen, nein! Ich hatte genug körperliche Bewegung, als ich in Boston noch meine Runden gedreht habe. Jetzt bin ich pensioniert und bewege mich überhaupt nicht mehr.« Er sagte es sehr stolz und wollte damit seine Frau zu einer Bemerkung provozieren.

Und Rosalie ging prompt darauf ein. »Dein Vater wird es noch bedauern, wenn ihn eines Tages der Schlag trifft«, sagte sie zu Mia und funkelte ihren Mann an. »Oder wenn er diese Glitzerkleider nicht mehr tragen kann. Hast du gesehen, wie schrecklich Diana Ross heutzutage in ihren Kleidern aussieht, Sam? Sie hat zugenommen, genau wie du.«

»Mrs. DeNero hat Recht, wenn Sie mir diese Bemerkung verzeihen, Sir. Ich habe einen Freund, der ebenfalls überhaupt nicht auf seine Ernährung achtet und sich viel zu wenig bewegt, und ich mache mir Sorgen, dass er eines Tages tot umfällt.«

Rosalie strahlte übers ganze Gesicht. »Ah, ein intelligenter Mann, wie ich sehe. Das müssen Sie sowieso sein, wenn Sie meine Tochter ausgewählt haben, Ihnen zu helfen. Was meine Tochter anpackt, macht sie sehr gut, Mr. Caruso.«

Nicks Blick wanderte hinüber zu Mia. Sie trug heute eine olivgrüne Stoffhose und einen weißen Stehkragenpullover. Es war ein sehr schlichtes Outfit, obgleich sehr viel kleidsamer als das, was sie gewöhnlich trug, und sie sah sehr hübsch, weich und weiblich darin aus. Es passierte nicht gerade häufig, dass er einen kurzen Blick auf ihre weibliche Seite erhaschen konnte, aber wenn es doch hin und wieder geschah, so wie jetzt, bekam er etwas von der Frau, die hinter der jungenhaften Fassade steckte, zu sehen. Und diese Frau gefiel ihm ausnehmend gut.

»Männer sollten zusammenhalten, Nick. Warum genehmigen Sie und ich uns nicht einen Drink und klären ein paar Dinge?« Ohne die Antwort abzuwarten, schnappte Sam sich den widerspruchslos folgenden FBI-Agenten und zog ihn zur Bar.

Mia musste über Nicks verblüfftes Gesicht lachen und beschloss, dass er sich am besten gleich daran gewöhnte. Wenn sie weiterhin vierundzwanzig Stunden täglich/sieben Tage die Woche gemeinsam verbringen würden, bekäme er es sowieso mit der ganzen Familie zu tun, mit all ihren Schwächen, und zwar regelmäßig. Und die DeNeros hatten jede Menge Schwächen.

»Ich hoffe, dass Dad Nick nicht zu sehr einschüchtert, Mom. Ich brauche diesen Klienten, um zu überleben.«

»Oh, du weißt doch, dass dein Vater zu den bellenden Hunden, die nicht beißen, gehört. Er hat wahrscheinlich nur nach einer Ausrede gesucht, sich endlich ein Bier zu holen. Du weißt ja, Sam liebt Bier über alles.«

»Und wie stehen die Dinge zwischen dir und Dad?«, fragte Mia und bemerkte, dass ihre Mutter leicht errötete.

»Sehr gut. Im Moment kann ich mich nicht beschweren. Und wie ist es bei dir? Gefällt dir das, was du tust?«

Mia nickte und lächelte glücklich. »Ich glaube, ich fange an, diesen Job zu lieben. Ich werde gut bezahlt und komme mir irgendwie wie ein Babysitter vor. Nick arbeitet fast den ganzen Tag an seinem Buch, und ich sitze herum und sehe fern oder löse Kreuzworträtsel. Es ist langweiliger, als ich gedacht habe.«

»Es war also noch nicht gefährlich?« Rosalie sah erleichtert aus. »Ich habe mir Sorgen gemacht deswegen.«

»Ich sagte dir doch, dass das unnötig ist, Mom. Diese Personenschutznummer ist das reinste Kinderspiel.«

»Aber deine Schwester hat mir erzählt, dass es was mit der Mafia zu tun hat. Das klingt sehr gefährlich. Sie töten Leute. Ich habe die Fernsehserie *The Sopranos* gesehen.«

»Das hat Nick auch gesagt. Aber er hat sich wahrscheinlich völlig unnötig Sorgen gemacht, hat überreagiert. Ich habe bisher nichts entdeckt, was man auch nur im Entferntesten für gefährlich halten kann.« Sie hatte es sich zur Gewohnheit gemacht, die Stammkunden des *Mama Sophia's* unter die Lupe zu nehmen, wenn sie hier aßen. Aber es waren meistens vertraute Gesichter, und die unvertrauten waren dann Freunde von Freunden.

»So lange ist er ja noch nicht dein Klient«, beeilte Rosalie sich zu betonen. »Es kann ja noch etwas passieren.«

»Stimmt. Aber ich glaube nicht, dass diese Mafiatypen sich so lange Zeit lassen, um zuzuschlagen, wenn sie es vorhätten. Das ist einfach nicht ihr Stil.« Natürlich basierte Mias Wissen in der Hauptsache auf *Der Pate I-III,*

Goodfellas und *The Sopranos*, eine ihrer Lieblingsserien auf HBO.

Obgleich ihre Mutter nickte, wusste Mia, dass sie sie nicht ganz überzeugt hatte. »Dein Vater macht sich auch Sorgen«, sagte sie.

»Weil er glaubt, dass ich nichts auf die Reihe kriege, und sich nicht vorstellen kann, dass ich weiß, was ich da tue. Es ändert sich eben nie etwas. Dad vergleicht mich ständig mit Angela, und da ziehe ich nun mal den Kürzeren.«

Rosalie tätschelte ihrer Tochter die Hand. »Er macht sich Sorgen, weil er dich liebt, Mia. Er ist dein Vater. Eltern sorgen sich um ihre Kinder. Außerdem ist er als früherer Polizist besorgter und ängstlicher als die meisten Väter. Er hat in seinem Leben zu viel Böses gesehen.«

Mia schaute hinüber zur Bar, wo Nick und ihr Vater in einer wie es schien freundschaftlichen Unterhaltung vertieft waren. Nick lachte, ihr Vater schlug ihm auf den Rücken. Sie wirkten wie alte Kumpel, die sich nach langer Zeit wiedergetroffen haben.

Die Welt schien rundherum in Ordnung zu sein, bis ihre Mutter sagte: »Ich mag deinen jungen Mann. Mr. Caruso scheint sehr nett zu sein. Und ich wette, er verdient viel Geld als Schriftsteller.«

»Fang nicht damit an, Mom. Ich sagte dir doch, Nick ist nicht mein junger Mann; er ist mein Klient. Das ist ein großer Unterschied. Und er ist nett, aber unglaublich rückständig. Er hat wie ein Einsiedler gelebt, zusammen mit einer alten Tante. Ich hoffe, ich kann ihn ein bisschen aus der Reserve locken und ihm zeigen, wie andere Menschen leben.«

»Du nimmst ihn also unter deine Fittiche. Das ist nett, mein Kind. Und wer weiß, vielleicht erwächst etwas Gutes daraus. Man kann nie wissen. Liebe entsteht häufig aus Freundschaft. Und du kommst langsam in das Alter, wo du darüber nachdenken musst, dich zu binden. Besonders, da Angela jetzt verheiratet ist und ein Baby erwartet, mein erstes Enkelkind.« Ihr Gesicht glühte vor Vorfreude.

»Hartnäckig bist du wirklich, Mom, das muss ich dir lassen. Aber wenn du so weitersprichst, gehst du mir ganz schön auf die Nerven.« Mia schnappte sich ein Glas Champagner von einem Tablett, das ein Kellner gerade vorbeitrug. Es würde ein langer Abend werden, da wappnete sie sich besser.

Rosalie schüttelte den Kopf. »Frauen deiner Generation glauben, dass sie keinen Mann in ihrem Leben brauchen, aber das ist falsch. Männer geben dem Leben einer Frau Sinn. Ganz abgesehen …«

»Von Sex?«, grinste Mia, und ihre Mutter schaute sie streng an.

»Ich wollte sagen, dass sie auch für ihre Ausgeglichenheit und Bequemlichkeit sorgen. Und, nicht zu vergessen, für Kinder.«

»Wie ich schon sagte, Sex.« Mehr wollten Männer nicht. Alles andere war eine faustdicke Lüge.

»Das eine hat mit dem anderen nichts zu tun.«

»Nein? Wie kriegt man denn Kinder, wenn man keinen Sex hat?«

»Eine Beziehung besteht nicht nur aus Sex. Ich hätte euren Vater schon vor Jahren verlassen, wenn es so wäre.«

»Hast du nicht gesagt, dass alles in Ordnung ist zwischen dir und Dad?«

»Ist es jetzt ja auch. Aber wie du sehr gut weißt, war das nicht immer so. Gott sei Dank hat deine Schwester … Na ja, lassen wir das. Das ist Schnee von gestern.«

»Ich will aber gar nicht heiraten und eine Familie gründen. Mir gefällt meine Freiheit, dass ich tun und lassen kann, was ich will, ohne jemandem Rechenschaft darüber ablegen zu müssen.« Und sie würde keinem weiteren Mann erlauben, sie lächerlich zu machen.

»Ich bin nicht wie Angela, Mom, erwarte also bitte nicht, dass ich in ihre Fußstapfen trete. Außerdem lauern nicht an jeder Straßenecke John Francos darauf, junge Damen in Not zu erretten.«

»Ein gut aussehender Mann, der Ehemann deiner Schwester. Das gilt allerdings ebenso für Nick Caruso.«

Mia starrte ihre Mutter mit offenem Mund an. »Nick sieht doch nicht gut aus. Er sieht –« Sie drehte sich erneut zur Bar um. Nun ja, er war nicht gerade hässlich, sah aber definitiv nicht so gut aus wie Brad Pitt. »– interessant aus.«

Rosalie lächelte erfreut. »Interessant ist gut, *nicht wahr*?«

Mia stürzte ihren Champagner hinunter. »Nein!«

4

Für einige Dinge im Leben fehlen einem die Worte.
Der weiße Ballon

Nick hatte sich gerade ein mit Schinken gefülltes Ei in den Mund gestopft, als eine kleine, üppig gepolsterte Rothaarige, deren knallrote Haarfarbe nur aus einer Flasche Clairol stammen konnte, auf ihn zutrat, seinen Kopf mit beiden Händen wie ein Schraubstock umklammerte und sagte: »Unglaublich, wie sehr Sie meinem Joe ähneln. Sie sind größer und muskulöser, aber Sie sehen genauso aus wie er.« Zu seiner Verblüffung gab sie ihm einen schmatzenden Kuss direkt auf den Mund.

Fast wäre Nick an dem Ei erstickt, da er es so schnell wie möglich und mit einiger Mühe hinunterschluckte, bevor er antwortete: »Ich … äh … Nick Caruso. Ich bin ein Freund von Mia.«

Sie wischte seine Vorstellung mit einer äußerst ungeduldigen Handbewegung weg. »Das weiß ich. Ich habe alles über Sie gehört. Joe Perillo war der Mann, den ich liebte, bevor ich Frank Russo geheiratet habe. Er war meine erste Liebe.

Ich hoffe, es stört Sie nicht, dass ich Sie geküsst habe – ich bin verheiratet, also müssen Sie nicht auf falsche Gedanken kommen –, aber wenn ich mir Ihr hübsches Gesicht so ansehe, fühle ich mich in meine Jugend zurückversetzt.« Sie zog ein Taschentuch aus ihrem Ärmel und tupfte sich die Augen damit ab.

»Sie müssen Sophia Russo sein«, sagte Nick. »Von Ihnen habe ich schon viel gehört.«

Die Frau runzelte die Stirn. »Von wem? Sie dürfen nicht alles glauben, was Sie hören. Es gibt genug Menschen, die neidisch auf mich sind. Ich genieße ein gewisses Ansehen in diesem Viertel. Sie wissen ja, wie das ist, nicht wahr?«

Nick verkniff sich ein Schmunzeln. »Ich habe nur das Allerbeste gehört, Mrs. Russo, glauben Sie mir. Ich wohne vorübergehend bei Mia DeNero, die Sie häufig erwähnt hat.«

Sophia verzog das Gesicht und schüttelte den Kopf. »Oh, bei der. Mia macht ihrer Mutter viel Kummer, so viel ist sicher. Natürlich nicht annähernd so viel wie der Vater.« Sie bekreuzigte sich und verdrehte die Augen gen Himmel. »Das Mädchen weiß immer noch nicht, ob es ein Junge oder ein Mädchen sein will, wenn Sie mich fragen. Pausenlos nur Jeans und Turnschuhe. Aber sie ist die Schwester der neuen Frau meines Neffen, so dass ich nicht zu schlecht über sie reden möchte. Ich bin nach wie vor dabei, mich an Angela zu gewöhnen.«

Nick öffnete den Mund, um etwas zu erwidern, aber sie überrollte ihn wie eine Dampfwalze und ließ ihm nicht die klitzekleinste Chance.

»All diese Hochzeiten so schnell hintereinander bringen mich völlig durcheinander. Da kommt man kaum hinterher. Und dann ist da auch noch meine Schwiegermutter. *Madonna mia, disgrazia.*« Sie presste die Hand über das goldene Kreuz auf ihrer Brust und sandte ein Stoßgebet zum Allmächtigen, ihr die schreckliche Last von der Schulter zu nehmen. »Warum ich, lieber Gott? Warum ich? Die alte Frau treibt mich noch in den Wahnsinn. Sie ist nicht nur eine Diebin, sondern zudem total verrückt. Aber wer hört schon auf mich? Alle singen nur Loblieder auf sie, weil sie eine alte Frau ist. Mein Mann Frank verehrt sie geradezu. In seinen Augen kann sie nichts falsch machen. Es heißt ständig nur Mama hier und Mama da. Ich bin eine schwer geprüfte Frau. Schwer geprüft, das kann ich Ihnen sagen.«

»Es hört sich an, als hätten Sie alle Hände voll zu tun.« Von einem Tisch in der Nähe zog er einen Stuhl für sie heran. Sophias Verbindung zu ihrem Bruder Alfredo Graziano könnte sich als nützlich erweisen, und Nick wollte sie nicht vor den Kopf stoßen, sondern sich geduldig ihre Klagelieder anhören. Außerdem mochte er die Frau irgendwie.

»Sie wissen noch nicht mal die Hälfte, Nick. Ich darf Sie doch Nick nennen, ja? Ich habe das Gefühl, dass wir uns schon sehr lange kennen, und ich glaube, das liegt daran, dass Sie meinem Joe so ähnlich sehen.

Ich bin eine Frau, die so manches Päckchen zu tragen hatte im Leben. Haben Sie schon meine Tochter Mary kennen gelernt?« Als er nickte, fügte sie hinzu. »Also, sie ist mit einem Iren verheiratet – sie trinken sehr viel, diese Iren – nicht wie meine andere Tochter Connie, die so viel Verstand hatte, auf ihre Mutter zu hören, und einen Proktologen geheiratet hat, der Gott sei Dank Italiener ist. Mary nennt Eddie Hinterndoktor. Aber was soll's? Er wird gut bezahlt für seine Arbeit.

Mary und Connie sind beide schwanger und möchten, dass ich bei ihnen einhüte, als hätte ich nichts weiter zu tun. Nicht, dass ich mich beschweren will, verstehen Sie mich bitte richtig. Aber ich bin auch nicht mehr die Jüngste.« Sie klopfte sich auf die Brust. »Mein Herz, verstehen Sie.

Und dann Joe, mein Sohn Joe, nicht der andere, von dem ich Ihnen erzählte. Er war Priester, ein Mann Gottes, aber er hat die Kirche verlassen.« Sie bekreuzigte sich wieder. »Und wissen Sie warum?« Nick wusste es zwar, schüttelte aber verneinend den Kopf. »Um diese wilde Frau zu heiraten, die sich wie eine *putana* anzieht, wie ein Straßenmädchen. Er hat seiner Mutter das Herz gebrochen, und deswegen habe ich von Zeit zu Zeit Schmerzen in der Brust.

Ich erzähle Ihnen das, Nick, weil Sie ein netter Junge zu sein scheinen. Caruso ist ein italienischer Name, also müssen Sie ein *paisan* sein, und Sie sehen genauso aus wie mein Joe Perillo. Ich hätte Joe heiraten sollen. Das ist mir jetzt klar.«

Nick fühlte sich wie nach einer rasenden Achterbahnfahrt und wartete darauf, dass das Schwindelgefühl nachließ. Er holte mehrmals tief Luft, bevor er sagte: »Es tut mir Leid, dass Sie es so schwer hatten, Mrs. Russo.«

»Ich bin eine Mutter, und das sind nun mal die Bürden, die man zu tragen hat im Leben. Ich will mich nicht beschweren. Wie bei den meisten Müttern werden die Opfer, die ich gebracht habe, nicht richtig gewürdigt. Mein Bruder Alfredo ist der Einzige, der wirklich versteht, was ich alles durchmache. Wir stehen uns sehr nahe.«

Nick beugte sich vor und wusste, dass dies die Gelegenheit war, auf die er gewartet hatte. »Es ist schön, dass Sie und Ihr Bruder sich gegenseitig stärken können. Erzählen Sie mir von ihm.«

»Alfredo ist ein guter Mann. Er ist –«

»Da bist du also, Sophia Graziano. Hier sitzt du mit diesem hübschen jungen Mann und lässt mich allein im Badezimmer. *Vaffanculo.*« Zu Nicks größter Überraschung fiel die alte Frau ihrer Schwiegertochter einfach ins Wort. »Ich hätte hinfallen und mir den Hals brechen können.«

»Hätte ich doch nur so viel Glück«, murmelte Sophia, bevor sie sagte: »Nick, das ist meine Schwiegermutter, Flora Russo. Die Mutter meines Mannes lebt bei uns. Verstehen Sie? Verstehen Sie, wovon ich geredet habe?«

Nick fluchte innerlich. Verdammt! Hätte Flora nicht eine Minute später kommen können? Bevor sie ihre interessante Unterhaltung unterbrach, hatte er das Gefühl, dass Sophia ihm gerade etwas Wichtiges über ihren Bruder erzählen wollte.

Er riss sich zusammen, lächelte und ergriff die runzlige Hand der alten Dame. »Ich freue mich, Ihre Bekanntschaft zu machen, Mrs. Russo.«

»Nick sieht Joe Perillo wie aus dem Gesicht geschnitten aus, Flora, der Mann, den ich an Stelle von Frank hätte heiraten sollen.«

Die alte Frau presste ihre Lippen zu einer dünnen Linie zusammen. »Du verdienst meinen Sohn nicht. Er ist zu gut für dich.« Flora warf ihrer Schwiegertochter einen bösen Blick zu. »*Sie ist la figlia del diavolo.* Diese Frau ist des Teufels«, sagte sie Nick und wies anklagend auf Sophia. »*Del diavolo.*«

»Schweig, alte Frau! Joe Perillo ist ein erfolgreicher Olivenölexporteur auf Sizilien. Er verdient sehr viel Geld. Ich hätte ein wunderbares Leben führen können, *la dolce vita.*«

»Bah! Mein Frank ist ein Heiliger. Er stellt Dinge mit seinen Händen her. Er ist sehr klug, mein Frank. Haben Sie schon mal auf einem beheizten Toilettensitz gesessen, Nick? Mein Sohn hat den erfunden.«

Der Agent sah sie erstaunt an. Er hatte schon von dem Brötchenwärmer gehört, hätte sich tatsächlich beinahe einen gekauft. »Ihr Sohn hat den ›Brötchenwärmer‹ erfunden? Ich bin tief beeindruckt.«

»Siehst du, Sophia. Nick ist beeindruckt. Oliven kann jeder anbauen. Bah!«

Sophia beachtete ihre Schwiegermutter gar nicht und wandte ihre Aufmerksamkeit wieder Nick zu. »Womit verdienen Sie sich denn Ihren Lebensunterhalt, Nick? Sind Sie verheiratet? Ich sehe keinen Ring«, sagte sie mit einem prüfenden Blick auf seine linke Hand und einem verstohlenen Lächeln.

Sophias Patentochter Gabriella Perillo aus Rom würde sie bald besuchen kommen. Vielleicht sollte sie sie mit Nick bekannt machen. Die beiden gäben ein sehr schönes Paar ab. Und es wurde Zeit, dass Gabriella heiratete.

»Ich bin Schriftsteller. Ich schreibe ein Buch über das organisierte Verbrechen.«

Flora bekreuzigte sich. »*La Cosa Nostra.* Wir wissen alles darüber, stimmt's, Sophia?«

»Wirklich?« Nick hob fragend die Augenbrauen und spürte, wie seine Aufregung stieg.

Sophia warf ihrer Schwiegermutter einen tödlichen Blick zu. »Schweig, alte Frau! Du weißt nicht, wovon du redest.«

»Du erzählst doch andauernd, dass dein heiliger Bruder Verbindungen hat, Sophia. Vielleicht sollte Nick sich mal mit ihm unterhalten. Alfredo könnte ihm vielleicht ein paar Dinge erzählen. Ihr Bruder behauptet, dass er Verbindungen zur Gotti-Familie hat.« Flora fuhr sich mit dem Zeigefinger quer über den Hals. »Sie töten Leute.«

»Mein Bruder hat niemanden getötet. Davon bin ich

fest überzeugt«, sagte Sophia, obgleich Nick meinte, einen leisen Zweifel in ihren Augen gelesen zu haben. »Und wir haben Alfredo versprochen, nicht mehr darüber zu reden. Lenore gefällt es nicht, und mein Bruder möchte weiterhin Umgang mit ihr pflegen.«

Nick nahm sich im Stillen vor, Alfredos Freundin Lenore zu überprüfen.

»Also, ich bin da ganz Ohr, Mrs. Russo. Ich würde sehr gern mehr über Ihren Bruder erfahren. Glauben Sie, dass er mir ein Interview geben würde für mein Buch?«

»Alfredo soll in Ihrem Buch vorkommen?«, fragte Sophia erfreut, und er merkte, dass sie sich für die Idee zu erwärmen begann. »Er würde so berühmt werden wie Eddie Fisher.«

»Er würde getötet werden, wenn er über die Mafia auspackt«, korrigierte Flora. »Weißt du, was sie mit denen machen, die singen?« Sie deutete auf Nicks Unterleib. »Sie schneiden ihnen ihre Du-weißt-schon ab. Und vorbei ist es mit dem Gekrähe.«

Nick zuckte zusammen und rutschte unruhig auf seinem Stuhl hin und her, sagte aber nichts dazu, weil er wusste, dass die alte Dame Recht hatte.

»Wir wissen nicht genau, ob Alfredo überhaupt Verbindungen hat«, sagte Sophia mehr zu sich selbst als zu jemand Bestimmtem. »Ich muss darüber nachdenken und ihn fragen, ob er interessiert ist.«

»Wenn er lieber anonym bleiben möchte, wäre das kein Problem. Jemand, der aus erster Hand Kenntnisse über die internen Strukturen der Mafia hat, wäre von unschätzbarem Wert für mich. Ich wäre für ewig in Ihrer Schuld, wenn Sie das arrangieren könnten, Mrs. Russo.« Er schenkte ihr sein charmantestes Lächeln.

Das Bild von Nick und Gabriella, die durch den Gang zum Altar schritten, blitzte kurz vor ihr auf, und Sophia lächelte zufrieden und tätschelte Nicks Hand. »Ich werde sehen, was ich für Sie tun kann. Alfredo ist sehr zurückhaltend, aber gewöhnlich tut er mir einen Gefallen, wenn ich ihn darum bitte.«

»Weil du ihm so lange in den Ohren liegst, bis er das tut, genau wie du meinem Sohn keine Ruhe lässt«, sagte Flora und verschränkte laut schnaubend die Arme über der Brust.

Sophia funkelte ihre Schwiegermutter an. »Wer hat dich gefragt?«

Nick lehnte sich zurück und musste lächeln. Er mochte die beiden alten Damen, die sich wie Kampfhennen aufführten. Genau genommen mochte er jeden, den er bisher auf dieser Party kennen gelernt hatte. Oh, sie waren schon unterschiedlich, das war nicht zu leugnen – Sam DeNero in seinem paillettenbestickten Kleid tauchte vor seinem geistigen Auge auf – aber sie waren eine Familie, etwas, was Nick bedauerlicherweise nie gehabt hatte.

Er hatte sich immer eingeredet, dass er gut auf diese Erfahrung verzichten konnte, dass er sich lieber nicht öffnen und das Risiko eingehen wollte, verletzt zu werden, aber im tiefsten Inneren sehnte er sich nach dieser Art von Nähe und fragte sich, ob er so etwas je haben würde.

»Kaum zu fassen, aber meine Mutter scheint richtig vernarrt zu sein in deinen Freund Nick«, sagte Mary zu Mia, als sie zu dem in angeregter Unterhaltung vertieften Paar blickte. »Normalerweise ist Ma Fremden gegenüber eher reserviert, aber mit diesem Mann unterhält sie sich schon sehr lange.«

Mias Blick folgte dem ihrer Freundin, und sie zuckte die Achseln. »Nick ist ein harmloses männliches Wesen. Er ist absolut kein Macho, deshalb fühlt sich Sophia wahrscheinlich wohl in seiner Nähe. Möglicherweise weckt er sogar ihre Beschützerinstinkte. Er hat diese Wirkung auf Frauen.«

»Wieso hältst du ihn für unmännlich?«, fragte Annie. Marys beste Freundin und Schwägerin hatte sich zu den beiden gesellt. »Ich finde ihn irgendwie süß. Ohne diese grauenhafte Brille sähe er wahrscheinlich richtig gut aus. Natürlich nicht so gut wie Joe, aber dennoch gut. Und er hat beachtliche Schultern. Ich wette, seine Brustmuskulatur ist nicht zu verachten. Hast du das schon mal gecheckt, hast du ihn schon mal nackt gesehen?«

»Annie Russo!« Mia sah ihre Freundin an, als hätte sie den Verstand verloren. »Für eine verheiratete Frau sind das ziemlich abartige Fantasien.« Von allen neuen Freundschaften, die sie geschlossen hatte, seit sie nach Baltimore gezogen war, war Annie bestimmt die ausgefallenste und witzigste Freundin. Mia mochte sie sehr.

»Annie hatte immer schon abartige Fantasien«, sagte Mary leichthin und grinste, was ihr einen freundschaftlichen Klaps von ihrer Schwägerin eintrug.

»Nick ist so langweilig wie ein neugeborenes Kind«, sagte Mia. »Ich finde ihn kein bisschen attraktiv.« *Lügnerin!* »Und ich habe ihn noch nicht gecheckt.« *Lügnerin! Lügnerin!* »Er ist mein Klient, nicht mein Liebhaber. Obgleich ich einmal ganz kurz einen Blick auf seine Brust erhaschen konnte; sie war muskulös und irgendwie haarig.« *Mmmm. Lecker.* »Aber das war ganz zufällig. Wir leben schließlich in einer Wohnung. Da gibt's nun mal solche Zufälle.«

Annie und Mary tauschten wissende Blicke aus.

»Wer ist nicht attraktiv?« Angela tauchte neben Mia auf, legte ihr den Arm um die Taille und küsste sie auf die Wange. »Ich warte schon die ganze Zeit darauf, endlich deinen berühmten Schriftstellerklienten kennen zu lernen. Ich dachte, du wolltest uns Nick Caruso vorstellen.«

Mia lächelte entschuldigend. »Mom und Dad haben uns in Beschlag genommen. Und als du und John schließlich nicht mehr von Gratulanten belagert wurdet, unterhielt Nick sich inzwischen sehr angeregt mit Sophia und Flora, und ich mochte ihn nicht stören. Wahrscheinlich versucht er, Sophia zu überreden, ihm Alfredo vorzustellen, wegen des Buchs, das er schreibt.«

Mary lachte. »Weil mein Onkel behauptet, Verbindungen zu haben? Hast du ihm nicht gesagt, dass der Mann einen Vogel hat, dass er am liebsten möchte, dass jeder ihm die Hand küsst und ihn *Don* nennt? Du kannst mir glauben, mein Onkel ist nicht Marlon Brando.«

»Ich habe es zwar nicht ganz so unverblümt ausgedrückt, aber Nick gegenüber schon durchblicken lassen, dass Alfredo eher ein harmloser Spinner ist.«

»Dein Dad sieht heute Abend besonders umwerfend aus, Mia«, lobte Annie und blickte in Richtung Tanzfläche, wo Sam und Rosalie Wange an Wange nach dem gleichnamigen Frank-Sinatra-Song tanzten. Obgleich schwer zu sagen war, wer wen führte.

»Ich würde sonst was geben für dieses Kleid. Und ich weiß genau, dass er es nicht bei Goldman's gekauft hat.«

Das hatte Sid Goldman, der gerade vorbeikam, nicht überhört und sagte zu seiner Tochter: »Weil du nicht aggressiv genug wirbst, Annie.« Er tätschelte ihr liebevoll die Wange. »Aber das lernst du noch mit der Zeit. Diese

Kleider haben eine enorme Handelsspanne. Wir könnten gut an Sam DeNeros Käufen verdienen.

Wenn er Damenkleider haben möchte, sollte er sie bei Goldman's kaufen. Wir bieten gute Qualität, und ich kann alles bestellen, was er will. Außerdem bekäme er zehn Prozent Rabatt von mir. Das erhält er bestimmt nicht beim Home Shopping Network. Ganz abgesehen davon, dass wir von Goldman's stolz auf unsere Diskretion sind. Was ist?«, fragte er seine Tochter, die ihn stirnrunzelnd betrachtete.

Angela und Mia grinsten sich an.

»Hallo, Mr. Goldman«, sagte Mia. »Wie schön, Sie zu sehen. Ich rede mit meinem Dad und schlage ihm vor, es demnächst mal in Ihrem Laden zu versuchen.«

Besänftigt durch ihr Angebot nickte Sid und sagte: »Gut.« Dann klopfte er sich gegen die Brust und rülpste so diskret er konnte. »Ich habe Koliken. Diese Hackbällchen waren sehr stark gewürzt, und ich habe einen empfindlichen Magen. Ich muss unbedingt mein Mittel gegen Sodbrennen einnehmen.« Er küsste Annies Wange und ging seiner Wege.

Die vier Frauen sahen sich an und brachen dann in Lachen aus.

»Glaubt ihr, dass es nur unsere Familien sind – oder haben alle anderen ebenfalls einen Knall?«, wollte Mary wissen. »Ich glaube, es hat etwas mit Little Italy zu tun.«

»Du hast wahrscheinlich Recht, aber ich lebe schrecklich gern hier«, gestand Mia. »Es ist eine so verschworene Gemeinschaft, wo jeder sich um jeden zu kümmern scheint. Auf mich wirkt es, als sei ich nach Hause gekommen.«

»Wo jeder seine Nase in fremde Angelegenheiten steckt, meinst du wohl«, korrigierte Mary.

»Wie kommst du mit Mrs. F. zurecht, Mia?«, fragte Annie. »Macht sie dir das Leben schwer?«

Als Mia das Gesicht verzog, sagte Mary: »Das ist einfach ihre Art. Sie würde dich nicht belästigen, wenn sie dich nicht in ihr Herz geschlossen hätte.«

»Tja, ich hätte nichts dagegen, wenn sie mich etwas weniger mögen würde.« Mia blickte sich um. Das Lokal war inzwischen gerammelt voll. »Wo ist Donna Wiseman? Ich hätte sie heute Abend gern mit Nick bekannt gemacht. Man weiß ja nie, vielleicht verknallen sich die beiden ineinander.« Donna war Annies Cousine. Sie hatten das, was man eine Liebe-Hass-Beziehung nennen konnte. Annie liebte es, Donna zu hassen.

»Sie kommt bestimmt später«, antwortete Annie. »Die Primadonna liebt große Auftritte.«

»Himmelt sie noch Lou Santini an? Es ist mir unbegreiflich, was sie an diesem Mann findet«, meinte Mia. »Seine Mutter ist eine Hexe. Könntet ihr euch vorstellen, sie als Schwiegermutter zu haben?«

»Klar, auf Schwiegereltern gibt es nun mal keine Garantie, wenn man sich in jemanden verliebt.«

»So, so, Annie«, sagte Mary und drückte ihrer Freundin die Hand. »Meine Mutter hat sich in letzter Zeit aber etwas gebessert, das musst du zugeben.«

»Sophia toleriert mich wegen Joe, aber sie wird mir nie verzeihen. Sie gibt mir hartnäckig die Schuld, dass Joe sein Priesteramt an den Nagel gehängt hat; sie erwähnt es ständig. ›Mein Sohn, mein Sohn, er hätte Papst werden können‹«, äffte Annie Sophia nach.

Mary lachte. »Hör auf! Ich krieg ’ne richtige Gänsehaut.« Dann gab ihr das Baby einen Tritt, und sie machte große Augen. »Oh!«

»Los, Mia, wir retten jetzt deinen Klienten aus den Fängen von Sophia und Flora,«, beschloss Angela, »und machen mit ihm die Runde. Es wird langsam Zeit, glaube ich. Das sollte keine Beleidigung sein, Mary.«

»So habe ich das auch nicht aufgefasst. Außerdem darfst du, nachdem du Dan und mir das Sorgerecht für Matthew verschafft hast, über meine Mutter sagen, was du willst.«

Angela lächelte sanft. »Ob du es glaubst oder nicht, aber ich fange an, Sophia gern zu haben. Unter ihrem ganzen Gepolter steckt ein gutes Herz.«

»Wirklich?« Annie sah ratlos aus. »Was mache ich dann falsch? Ich verrenke mich bis zum Gehtnichtmehr, um dieser Frau zu gefallen, aber bisher hat es nicht funktioniert.«

Angela tätschelte der ratlosen Frau den Arm. »Du musst Geduld haben, Annie. Vergiss nicht, dass du es warst, die Sophia den Sohn genommen hat. Priester hin oder her, Joe war ihr Erstgeborener. Abgesehen davon, dass er ihr Sonnenschein, ihr Ein und Alles war. Sophia braucht ein bisschen Zeit, um sich damit abzufinden, dass er eine andere Frau mehr liebt als seine Mutter.«

»Ich glaube, du hast Annie eben sehr geholfen. Jetzt hat sie bestimmt mehr Verständnis für Sophia und kann ihre Situation besser akzeptieren«, sagte Mia, als sie außer Hörweite waren.

»So? Meinst du? Nun ja, ich glaube, ich spreche aus Erfahrung. Adele Franco ist auch nicht gerade begeistert, dass ich ihren Sohn geheiratet habe oder dass John das Kind eines anderen Mannes aufziehen wird.« Angelas Exverlobter war der biologische Vater ihres Babys. Er war ein betrügerischer, hinterhältiger Frauenheld und der größte Fehler ihres Lebens. Gleich nach dem Kind war John das

Beste, was ihr je passiert war. »Obgleich sie es anscheinend gar nicht erwarten kann, wieder Großmutter zu werden. Also findet sie sich eventuell beizeiten damit ab.«

»Das alles bestärkt mich mehr denn je, nie zu heiraten. Was für ein Theater. Nicht nur, dass du dich mit einem Mann arrangieren musst, der dir erzählt, was du zu tun und zu lassen hast, und wie – du kriegst es zusätzlich mit all den anderen Familienmitgliedern zu tun, zum Beispiel mit verärgerten Schwiegermüttern. Das ist die Sache einfach nicht wert. Da lebe ich lieber in Sünde.«

»Und ist dieser Nick Caruso der Kandidat, mit dem du vorhast zu sündigen?«, fragte Angela.

»Ha, ha, ha.« Mia bemerkte, wie Nicks Jackett über seinem Rücken spannte, als er sich über den Tisch beugte, um mit Sophia und Flora zu reden. Er gestikulierte mit den Händen, und sie stellte des Weiteren fest, dass er lange Finger und schön gepflegte Fingernägel hatte – gepflegter als ihre – und dass sein dunkles Haar ihm auf sehr einnehmende Art und Weise in die Stirn fiel.

Hör auf, Mia! Bist du verrückt? Der Mann ist dein Klient.

Aber er ist so süß. Sie fragte sich, warum sie ihn anfangs mit völlig anderen Augen gesehen hatte. Jeder Mann, der sich so ungezwungen so lange mit zwei alten Frauen unterhielt, musste außerdem doch einfach nett sein, oder?

Oder dumm wie Bohnenstroh.

Aber aus irgendeinem Grund hielt sie Nick Caruso nicht für dumm. Im Gegenteil, er schien alles in allem interessanter und intelligenter zu sein, als sie anfangs geglaubt hatte.

Interessant, intelligent und gut aussehend.

Du bist in großen Schwierigkeiten, Mia.

5

Das Leben geht ganz schön schnell vorbei.
Wenn du nicht ab und zu stehen bleibst und dich umschaust,
könntest du es verpassen.
Ferris macht blau

»Ich langweile mich unglaublich! Machen Sie auch mal was anderes außer lesen und mit Ihrem Computer spielen? Ich bekomme langsam die Krätze.«

Nick lächelte über Mias unübersehbare Unduldsamkeit. Sie hockte seit Stunden auf dem Sofa, löste Kreuzworträtsel und summte Weihnachtslieder vor sich hin, während er sich wieder in den FBI-Großrechner eingeloggt und nach einer Verbindung zwischen Alfredo Graziano und den Geldwäschern gesucht hatte. Dabei waren ein halbes Dutzend Namen aufgetaucht, die er genauer unter die Lupe nehmen wollte.

Er hatte auch einige Nachforschungen über Lenore Gallagher angestellt, die, wie sich herausstellte, Dan Gallaghers Mutter war – derselbe Dan Gallagher, den Mia so in den Himmel gehoben hatte.

Anscheinend waren Graziano und Lenore Gallagher ein Paar, weswegen Nick sich fragte, ob die Frau etwas über die illegalen Aktivitäten ihres Freundes wusste. Er hoffte nicht. Er hatte Dan auf der Russo-Party kennen gelernt und mochte ihn, obgleich er ihn nicht für so gut aussehend hielt, wie Mia es offenbar tat. Und das war auch gut so, beschloss Nick.

»Sind Sie schon wieder ganz woanders, Nick? Mir scheint, dass Sie das häufig sind in meiner Gegenwart. Ich bekomme noch Komplexe. Bin ich so langweilig?«

Mit einem entschuldigenden Lächeln schüttelte er den Kopf. »Sie meinen wohl, dass Ihnen die Decke auf den Kopf fällt, Mia.«

»Meinetwegen auch das. Wissen Sie, bald ist Weihnachten, und ich habe noch keinen Baum geschmückt, kein einziges Geschenk gekauft oder Kekse gebacken.« Nicht dass sie sehr gut backen konnte, aber sie hatte keine Probleme damit, ihre Kunstfehler aufzufuttern.

»Was wollen Sie damit andeuten?« Als ob er es nicht wüsste. In der Hinsicht glichen sich doch alle Frauen. Einkaufen spielte eine große Rolle bei dieser Spezies, und er bezweifelte, dass es bei Mia, trotz ihres mangelnden Interesses an modischen Dingen, sehr viel anders war. Es war Frauen einfach angeboren. Nick hatte zwar nicht unbedingt etwas gegen Shoppen, aber ein Fan war er nicht gerade.

Mia, die ihm vorkam wie ein Kätzchen im Käfig, sprang vom Sofa auf und rang die Hände. »Ich muss hier raus. *Wir* müssen hier raus. Ich versauere noch in dieser Wohnung, bin kurz vorm Ersticken. Ich brauche frische Luft, Sonne oder was auch immer auf der anderen Seite der Tür auf mich wartet.« Sie wies auf besagte Tür und hatte einen flehenden Ausdruck im Gesicht.

»Aber wir waren doch erst vor nicht mal einer Woche auf der Russo-Party. Wieso haben Sie schon wieder Langeweile? Wenn ich an einem Buch arbeite, verlasse ich das Haus manchmal monatelang nicht. Ich lasse mir alles anliefern. Das ist am bequemsten und lenkt mich am wenigsten ab.«

Ablenkungen konnten ganz schön hart sein für einen Mann, wie Nick wusste. Mia hatte sich in ihren knallengen Jeans vor ihm aufgebaut, und ihr Parfüm provozierte ihn ebenso wie ihre Brustwarzen, die sich aufreizend deutlich unter ihrem Wollpullover abzeichneten. Auf engstem Raum zusammengepfercht zu sein verlangte seiner Widerstandskraft mächtig viel ab. Er tat sein Möglichstes, um auf Distanz zu bleiben, aber je länger er bei Mia wohnte, desto härter – was für eine lausige Wortwahl! – wurde es.

Mia zog eine Schnute. »Ich bin es nicht gewohnt, den ganzen Tag herumzuhocken, so wie Sie. Ich bin ein aktiver Mensch und kann Sie nicht von morgens bis abends beim Arbeiten sprachlos anglotzen. Ich verfette völlig. Ich muss spazieren gehen, brauche dringend Bewegung.«

»Ich bezweifle stark, dass Sie jemals verfetten. Es würde mich überraschen, wenn Sie im klatschnassen Zustand mehr als hundert Pfund auf die Waage brächten.« Mia aß wie ein Vögelchen. Allerdings sagte man Vögeln nach, dass sie täglich so viel wie ihr eigenes Gewicht vertilgten, was recht gut Mias Appetit beschrieb. Gestern Abend hatte sie sechs Stücke Pizza mit Pilzen und Peperoni und dazu vier Dosen Bier konsumiert; er hatte nur je drei gehabt. Für eine so winzige Frau verschlang sie unglaubliche Mengen. So dünn wie sie war, fragte er sich, wo sie das alles ließ.

Mia verschränkte die Arme vor der Brust und funkelte ihn herausfordernd an. »Nehmen Sie zur Kenntnis, dass ich hundertzehn Pfund wiege.« *Nach dem Essen.* Normalerweise wog sie hundertacht, aber sie dachte gar nicht daran, Dr. Allwissend auf die Nase zu binden, dass er Recht hatte. Mit Nick auf so engem Raum zu leben war eh schwer genug.

»Hätten Sie den Aspekt, dass Personenschutz auch langweilig sein kann, nicht vorher bedenken sollen? Der Job ist durchaus vergleichbar mit der Tätigkeit eines Polizisten, wenn er einen Verdächtigen überwacht. Man wartet und wartet, dass etwas passiert, und manchmal passiert überhaupt nichts. Ihr Vater hat Ihnen doch bestimmt erzählt, was da auf Sie zukommt.«

Mia zuckte die Achseln. Ihr Vater war in die Luft gegangen, als er von ihren Bodyguard-Plänen gehört hatte. Er hatte ihr tagelang in den Ohren gelegen, dass es die dümmste Entscheidung wäre, die sie je getroffen hatte. Wie Überwachungen abliefen, war kein Diskussionsgegenstand gewesen. Aber das würde sie Nick genauso wenig verraten.

»Ich beschwere mich ja gar nicht. Ich dachte nur, dass die Arbeit eines Bodyguards ein bisschen aufregender wäre, als sie bisher war. Ich hatte ja noch nicht mal die Möglichkeit, meine Pistole zu ziehen und einen Schuss abzufeuern.«

»Was für eine Pistole besitzen Sie?«

»Eine Glock 9mm. Möchten Sie sie sehen? Meine Lizenz erlaubt mir, sie verdeckt zu tragen, und ich habe sie immer bei mir in meiner Handtasche, nur für alle Fälle. Kennen Sie das alte Pfadfindermotto?«

Er schüttelte den Kopf. Eine 9mm war viel zu groß für eine Frau ihrer Größe. Wieso hatte ihr Ausbilder sie nicht darauf hingewiesen? »Nein, kenne ich nicht. Ich war nie Pfadfinder. Ich lehne Pistolen ab. Und ich bin sehr glücklich darüber, dass es hier langweilig ist. Über die Alternative denke ich nur ungern nach. Schließlich steht mein Leben auf dem Spiel. Ich betrachte unsere gegenwärtige Situation nicht als Abenteuer.«

Mia ließ sich das einen Moment durch den Kopf gehen und fragte dann: »Sind Sie sicher, dass Ihr Leben in Gefahr ist? Sie haben mir nie die Drohbriefe gezeigt, die Sie erhalten haben. Kann ich sie mal sehen?«

»Ich habe sie weggeworfen. Warum?«

»Nun, weil ich bisher nicht das Gefühl hatte, dass Sie in Gefahr sind, wenn man von gelegentlichen Überfällen mit Wasserpistolen absieht.« Sie grinste und fuhr fort: »Stimmt schon, wir sind nicht gerade viel draußen gewesen, aber die Mafia weiß garantiert inzwischen, wo Sie sich aufhalten. Ich glaube, sie hätten etwas unternommen, wenn das ihre Absicht gewesen wäre.«

»Ich hoffe, dass Sie Recht haben. Aber solange ich nicht überzeugt bin, dass keine Gefahr besteht, rühre ich mich nicht vom Fleck.«

Sich nicht vom Fleck zu rühren war ganz und gar nicht in Mias Sinn.

»Kommt Ihre Tante denn allein zurecht? Vielleicht sollten wir sie mal besuchen und uns überzeugen, dass es ihr gut geht. Ich hätte gedacht, dass Sie sich mehr Sorgen machen um sie.«

Netter Versuch, Mia, sehr netter Versuch. An Einfällen mangelte es ihr wahrlich nicht, das musste er zugeben. Und hartnäckig war sie auch. Sie erinnerte ihn an einen rauflustigen Bullterrier, der nach einem Knochen buddelte und erst aufgeben würde, wenn er ihn gefunden hatte. »Tante Bertrice ist nicht allein. Eine enge Freundin wohnt zurzeit bei ihr. Ich wollte, dass sie Gesellschaft hat, während ich nicht da bin. Ich habe erste heute Morgen mit ihr telefoniert, während Sie die Brötchen bei Fiorelli gekauft haben. Es geht ihr recht gut, vielen Dank, dass Sie sich erkundigt haben.«

Aber so schnell gab Mia nicht auf. Sie hatte schon härtere Gegner gehabt als Nick Caruso, hatte sich als Teenager in Sams und Rosalies ständige Verbote verbissen. »Sie haben also keine Lust, Weihnachtseinkäufe zu machen? Im Einkaufszentrum gibt es tolle Sonderangebote. Sie machen doch Weihnachtseinkäufe, oder? Ich meine, haben Sie denn keinen Lektor, Agenten oder sonst jemanden, den Sie beschenken wollen? Und dann ist da Ihre Tante. Ihr möchten Sie doch bestimmt etwas Hübsches kaufen. Falls es nicht gegen Ihre Religion verstößt oder so.«

Nick hatte nur Burt, dem er etwas schenken konnte, und gewöhnlich endete es damit, dass er seinen Freund zum Essen einlud oder mit ihm zu einem Fußballspiel der Baltimore Ravens ging und ihn hinterher zum Bier bei O'Grady's einlud. Aber nicht nur wegen Mias hoffnungsvollem Blick, sondern auch, weil er sie nicht misstrauisch machen wollte, gab er schließlich nach. »In Ordnung. Gehen wir einkaufen. Aber ich warne Sie, meine Geduld ist durchaus begrenzt bei solchen Unternehmungen. Wollen Sie sich vorher nicht noch umziehen? Sie sehen ein bisschen ungepflegt aus, wenn Sie mir diese Bemerkung nicht übel nehmen.«

»Auch wenn ich es Ihnen übel nehmen würde, hätten Sie es gesagt, was soll also die Einschränkung?« Mia musterte ihre Jeans und Turnschuhe, schüttelte den Kopf und fragte sich, was er an ihrer Kleidung auszusetzen hatte. Es war nicht gerade die neueste Mode, na und? Es war sauber. »Ich bin völlig ausreichend gekleidet zum Shoppen. Aber wie wär's, wenn Sie mal etwas anderes anzögen als Cordhosen? Das wäre doch durchaus eine Überlegung wert.«

In Anbetracht ihres eigenen Aufzugs hätte sie vielleicht lieber nicht auf Nicks Garderobe herumhacken sollen.

Aber Cord! Für jeden gab es schließlich irgendwo eine Grenze.

Er versteifte sich. »Was stimmt nicht mit meiner Hose? Ich habe sie vor gar nicht so langer Zeit durch den L.L.-Bean-Katalog gekauft.«

Sie seufzte abgrundtief. »Es würde zu lange dauern, das zu erklären. Und auch dann hätte ich meine Zweifel, dass Sie es verstünden.«

»Ich gehe nun mal nicht gerne einkaufen. Und ich habe noch sehr viel zu tun, so dass ich hoffe, dass wir nicht zu lange weg sind.«

»Sie gehen nicht gern einkaufen, weil Sie noch nie mit jemandem unterwegs waren, mit dem es Spaß macht.« Sie ging zum Fenster, spähte durch die Vorhänge hinaus und fing an zu strahlen. »Oh, sehen Sie nur! Es bewölkt sich. Vielleicht fängt es heute noch an zu schneien. Wäre das nicht wunderbar weihnachtlich?«

Zum Teufel damit, dachte er und tat sein Bestes, um begeistert zu klingen. »Das wäre wirklich sehr passend.«

Mia war aufgeregt wie ein kleines Kind, und die Vorfreude spiegelte sich in ihren Augen. »O ja. Und wir können unterwegs zum Einkaufszentrum Weihnachtslieder singen.«

Na Spitze. Dieser Tag wurde von Minute zu Minute besser.

Warum gerieten die Leute wegen Weihnachten eigentlich so aus dem Häuschen? Es war ein Tag wie jeder andere, soweit es Nick betraf. *Bah! Humbug!*

»Nehmen wir Ihren oder meinen Wagen?«, fragte er.

»Es ist vielleicht besser, wenn Sie fahren«, schlug sie vor, »damit ich alles im Auge behalten kann, nur für alle Fälle.«

Nick ging im Geiste schnell das Inventar seines Volvo durch, ob da irgendetwas herumlag, woraus Mias scharfe Augen seine Verbindung zum FBI ableiten konnten. »Exzellente Idee. Mich hat der Gedanke auszugehen ein bisschen nervös gemacht, aber ich sehe schon, dass ich in guten Händen bin.«

»So sicher wie bei der Allianz.«

»Wie bitte?«

Mia verdrehte die Augen. »Egal.«

Das Parkhaus des Einkaufszentrums war gerammelt voll. Alle Welt war unterwegs und wollte dringend ihr hart verdientes Geld unter die Leute bringen. Nick und Mia fanden endlich nach langem Suchen einen Parkplatz auf dem dritten Parkdeck ganz hinten. Aber erst, nachdem sie fünfmal die Runde gedreht hatten, und erst, nachdem Nick schließlich einen Wutausbruch gekriegt und ohne nachzudenken gebrüllt hatte: »Du Scheißkerl!«

»Tss, tss, Niccolò. Man flucht doch nicht. Das hilft auch nicht, stimmt's?«, stichelte Mia.

Nick funkelte sie wütend an. »Wahrscheinlich nicht, aber mir hat es auf jeden Fall geholfen. Haben Sie dieses saublöde Arschloch gesehen? Er ...« Er riss sich zusammen, als er ihre Verblüffung bemerkte. »Tut mir Leid. Ich hätte nicht die Geduld verlieren dürfen. Normalerweise versuche ich, mich zu beherrschen. Meine Tante wäre sehr enttäuscht von mir.«

»Na, nun machen Sie mal halblang, ich bitte Sie. Ich habe doch nur Spaß gemacht. Manchmal muss man einfach fluchen, und das war eben so ein Moment. Dieser Kerl hätte Ihnen nicht die Vorfahrt nehmen dürfen. Er war tatsächlich ein Arschloch. Und ehrlich gesagt, es macht Sie eher ein bisschen ... nun ja, menschlicher, wenn Sie mir die Bemerkung nicht übel nehmen.«

Touché! »Wirklich?«

»Na klar. Wie wollen Sie Figuren, die fluchen, beschreiben, wenn Sie selbst nie geflucht haben? Das Gleiche gilt für Liebe. Ich denke doch, dass man das eine oder andere darüber wissen muss« – *Also, weißt du was darüber?*, hätte sie gern gefragt –, »bevor man es beschreibt. Ich meine, Autoren sollten schon wissen, welches Ende welches ist und was wozu gehört, ist es nicht so?«

Fasziniert von dem Thema, das sie angeschnitten hatte, verkniff er sich ein Grinsen. »Da können Sie Recht haben.«

»Natürlich müssen sie es wissen. Und jetzt kaufen wir Ihnen mal ein paar anständige Hosen.«

»Meine Hosen sind ganz prima.«

»Nur wenn Sie an einem Wettbewerb ›Wer ist die schönste Witzfigur‹ teilnehmen wollen.«

Nick ließ sich von Mia in dem riesigen Einkaufszentrum von Laden zu Laden zerren. Er bemerkte, dass sie wachsam ihre Umgebung im Auge behielt, sich ständig umblickte und die Vorbeigehenden musterte, und er war beeindruckt, wie ernst sie die Verantwortung nahm, ihn zu beschützen. Er hatte sie anscheinend unterschätzt.

Bisher hatte Mia für ihre Schwester ein schwarzes Spitzennegligee gekauft, in dem sie selbst absolut heiß aussehen würde, und einige Liebesromane, und für Dan drei CDs mit irischen Songs, die er für sein Restaurant *Danny Boy's* gebrauchen konnte. Außerdem hatte sie ein Paar Ohrhänger mit Rheinkieseln für ihren Vater gekauft, die sehr gut zu Sams übriger Garderobe passten, dachte Nick.

Nach dem Kauf blieben sie vor dem Ohrringstand stehen, und Mia überlegte, wo sie als Nächstes hingehen sollten. »Sie haben bestimmt ein großes Loch in Ihre Ersparnisse gerissen«, meinte Nick. »Haben Sie jetzt alles, gehen wir?«

Im Hintergrund dudelte »Jingle Bells«, und fünfzig kreischende Kinder stellten sich an, um dem Weihnachtsmann ihre sehnlichsten Wünsche anzuvertrauen. Mia starrte Nick an, als hätte er etwas geradezu Blasphemisches geäußert. »Gehen? Um John Paul Jones zu zitieren: Ich habe gerade erst angefangen, vielen Dank. Und muss ich Sie erst daran erinnern, dass Sie noch nichts für Ihre Tante gefunden haben? Was würde ihr denn gefallen? Ich helfe Ihnen beim Aussuchen.«

Er rieb sich das Kinn, während ihm unverdrossen die aufreizendsten Gedanken über dieses schwarze Spitzennachthemd durch den Kopf schwirrten. »Wie wäre es mit etwas von …« Er hielt inne und hoffte, dass er verwirrt genug aussah. Den Deppen zu spielen war schwerer, als ein Depp zu sein, fand er. »Ich glaube, es heißt Victoria's Secret? Meine Tante mag ausgefallene Dinge.«

Sie musterte ihn erstaunt. »Sie wollen mich wohl auf den Arm nehmen? Ich hätte angenommen, dass sie in ihrem Alter eher Flanell trägt.«

»Tante Bertrice ist ein bisschen exzentrisch, wenn es um Unterwäsche geht. Ich habe jedenfalls des Öfteren mitbekommen, dass sie etwas aus dem Victoria's-Secret-Katalog bestellte.« Er schaffte es, mit todernster Miene zu sagen: »Einmal hat sie etwas gekauft, das Teddybär hieß.«

Mia starrte ihn mit offenem Mund an und sagte dann: »Sie meinen einen Teddy? Ihre alte Tante trägt einen Teddy?« Die Frau musste ja noch unglaublich gut in Form sein, weil Mia ihre eigene Figur nicht gut genug fand, um einen Teddy zu tragen. Allerdings hatte sie ihren Körper immer schon gehasst, fand ihn viel zu knochig und flach. Ihrer Meinung nach musste eine Frau Kurven und einen richtigen Hintern haben, so wie Angela.

Er zuckte die Achseln und lächelte unschuldig. »Das habe ich jedenfalls verstanden. Und ich möchte ihr etwas kaufen, worüber sie sich freut. Darum geht es doch bei Weihnachtsgeschenken, oder?«

Nach wie vor außerordentlich skeptisch, antwortete Mia: »Nun ja, schon, also, wenn Sie sicher sind. Es ist ja Ihr Geld.«

»Oh, ich bin sehr sicher.«

Sie betraten den Laden, und im selben Moment war ein lauter Knall zu hören. Mia stellte sich schützend vor Nick und griff gleichzeitig in ihre Handtasche nach der Pistole.

»Alles in Ordnung«, beteuerte er ihr und legte seine Hand über ihre, so dass sie die Waffe nicht ziehen konnte. »Es war nur ein Luftballon.«

Erleichtert atmete sie tief durch und lächelte. »Sie vor ungezogenen Kindern beschützen kann ich inzwischen schon recht gut. Und jetzt wollen wir mal sehen, was wir finden.«

In weniger als einer Minute hatte Mia genau das gefunden, was sie suchten. Sie hielt einen rein pfirsichfarbenen Teddy hoch, bei dessen Anblick Nick die Luft wegblieb, da seine Vorstellungskraft Purzelbäume schlug. »Das ist ein Teddy? Na ja, du meine Güte. Hm, können Sie ihn vielleicht mal anhalten, damit ich eine Ahnung bekomme, wie ... meine Tante damit aussieht, meine ich.«

Sie zögerte einen Moment, kam aber seiner Bitte nach. »Bei diesem unförmigen Pullover und der ausgebeulten

Jeans kann man sich nur sehr schwer genauere Vorstellungen machen«, beschwerte er sich.

»Wenn Sie glauben, dass ich dieses Teil anprobiere und das Model für Sie spiele, Nick, dann haben Sie sich gewaltig geschnitten. Ich müsste meine Sachen ausziehen, und dieser Teddy ist das reinste Nichts. Ich würde meine ganzen Aktivposten enthüllen.«

»Die beträchtlich sind ... davon bin ich überzeugt.«

Sie funkelte ihn misstrauisch an, sagte dann aber zögernd und mit einem leichten Stirnrunzeln: »Danke. Sind Sie sicher, dass Ihre Tante so etwas trägt?«

»Absolut. Sie trägt auch etwas, dass sich Tango ...« Er schüttelte den Kopf. »Oder war es Twingo? Ah, es hieß Tanga, genau. Wissen Sie, was ein Tanga ist?«

»Das sollte ich wohl. Ich trage selber welche, wenn auch nicht oft.« Für ihren Geschmack musste man schon ganz schön masochistisch sein, um Tangas zu tragen. »Aber ich glaube wirklich nicht –«

»Ich sagte doch«, fiel Nick ihr ins Wort, bevor sie Einwände erheben konnte, »meine Tante ist eine ziemlich exzentrische Frau. Und warum soll sie keinen Tanga tragen? Sie machen ja ein richtig entsetztes Gesicht.«

Mia drehte sich um, durchwühlte den Tisch hinter ihr und zog einen roten Spitzentanga heraus, bei dessen Anblick sich sein Herzschlag beschleunigte und er feuchte Hände bekam.

»So etwas tragen Sie?«, fragte er, nachdem er seine Stimme wieder gefunden hatte. »Aber wie trägt man so etwas denn?«

»Das schmale Teil nach hinten. Viel ist ja nicht dran an denen, und sehr bequem sind sie auch nicht. Aber sie sind verdammt sexy. Und Männer fahren auf so etwas ab, also ...« Ihr Gesicht hatte sich nicht nur auf Kochtemperatur erhitzt, sondern passte inzwischen auch farblich genau zu dem Spitzenhöschen. »Egal. Ich kann nur hoffen, dass Ihre Tante keine Hämorrhoiden hat.«

Nicks Augen blitzten vor Vergnügen. »Würden Sie bitte je drei verschiedenfarbige Teddys und Tangas für mich aussuchen?«

»Welche Größe?«

Nick musterte Mia so eingehend von oben bis unten, dass sie nervös mit den Füßen scharrte. Unter seinem heißen Blick wurde ihr ganz mulmig zumute, und sie erschauerte. »Meine Tante ist nicht sehr groß. Sie dürfte ungefähr Ihre Größe haben, schätze ich, so dass Sie am besten das kaufen, was auch Ihnen passen würde.«

»Und Sie sind sich absolut sicher?«

Er nickte. »Absolut.«

Nachdem sie alles bezahlt hatten, gingen sie weiter und kamen zu einem Ledergeschäft.

»Wollen Sie ein Portemonnaie kaufen?«, fragte Nick und atmete den unnachahmlichen Ledergeruch ein. Er besaß drei Lederjacken, die er liebte und gern trug, wenn er nicht gerade den Oberdeppen spielte. Er glaubte nicht, dass man Niccolò Caruso, den Schriftsteller, je mit einer Tierhaut bekleidet erwischen würde.

»Nein, ich brauche kein neues Portemonnaie. Aber Sie können doch mal eine Lederhose anprobieren, nur so zum Spaß.«

Er blieb abrupt stehen und starrte Mia an, als hätte sie den Verstand verloren. *Auf keinen Fall! Auf absolut gar keinen Fall!* »Lederhosen! Sie machen Witze, nicht wahr?« Lederjacken waren das eine – echt cool –, aber Lederhosen ... Also, so etwas trugen doch nur Rockstars, männliche Prostituierte und schwule Männer, die jemanden aufreißen wollten.

Mia lächelte auf diese verschmitzte Art und Weise, die er so unglaublich attraktiv fand. »Wollen Sie denn auf Frauen nicht heiß wirken, Nick? Eins kann ich Ihnen jedenfalls versprechen, in diesen grauenhaften Cordhosen werden Sie nie sexy aussehen.«

»Ich muss nicht sexy aussehen. Ich komme mit meiner Männlichkeit ganz gut klar.« *Jedenfalls mit dem kleinen Rest, der noch übrig geblieben ist.* Es war ziemlich offensichtlich, dass Mia ihn nicht im Geringsten für sexy oder »heiß« hielt, und aus irgendeinem Grund wollte er nicht weiter darüber nachdenken, warum ihn das so störte.

Er war es gewohnt, dass Frauen sich scharenweise um ihn rissen. Nicht gewohnt war er, einen winzigen weiblichen Bodyguard mit einer Vorliebe für unverblümte Äußerungen auf seinem Ego herumtrampeln zu lassen.

Eine rechthaberische Frau ist eine gefährliche Sache.

»Gut. Dann haben Sie bestimmt nichts dagegen, diese Hose mal anzuprobieren.« Sie warf ihm eine zu, und er erblasste.

Eine Frau mit eindeutiger Absicht ist teuflisch.

Wenn jemand aus dem Bureau ihn in einer schwarzen Lederhose erwischen würde, wie so eine Domina, könnte er sich beerdigen lassen. Vor einigen Jahren hatte er undercover einen Zuhälter mit einer Vorliebe für rote Schirmmützen gemimt, und Burt und die anderen hatten ihn wochenlang gnadenlos aufgezogen und ihn »Rotkäppchen, der Muschijäger« genannt.

Nick wog einen Moment das Für und Wider ab und überlegte, wie er diese Situation zu seinem Vorteil nutzen konnte. »Ich überlege mir das mit der Hose, wenn Sie bereit sind, ein Lederkleid anzuprobieren. Etwas Weibliches. Und ganz anders als das, was Sie gewöhnlich tragen.«

Mit flammend roten Wangen schüttelte Mia den Kopf. »Das ist nicht mein Stil.«

Sollte es aber sein, dachte Nick, *du bist eine schöne Frau.* »Meiner auch nicht. Ich schätze, damit haben wir uns gegenseitig schachmatt gesetzt. Gehen wir nach Hause.«

Mia wog die Alternativen gegeneinander ab und sagte dann: »In Ordnung. Ich guck mal, ob ich etwas Passendes finde, und wir treffen uns dann vor den Umkleidekabinen.«

Nicks Ego richtete sich wieder etwas auf. Mia mochte ihn ja für unattraktiv halten, aber ein Trottel war er nicht; gerade hatte er sie sehr effektiv mit ihren eigenen Waffen geschlagen.

Als Mia einige Minuten später wieder auftauchte in einem kurzen, roten, tief ausgeschnittenen Lederkleid, das sie wie eine zweite Haut umhüllte, blieb Nick die Spucke weg, und er konnte keinen zusammenhängenden Gedanken fassen. Seine Reaktion war spontan, offensichtlich und schmerzhaft in der engen Lederhose.

»Sie sehen« – *lecker, köstlich, zum Anbeißen* – »hübsch aus«, sagte er, als sie ihre Pirouette beendet hatte.

»Ich komme mir vor wie eine Nutte.« Mia betrachtete sich in dem Spiegel und schnitt eine Grimasse. »Na gut, sagen wir, wie ein teures Callgirl, wenn man den Preis dieses Kleides bedenkt. Ich glaube nicht, dass ein durchschnittliches Straßenmädchen sich so ein Outfit leisten kann, es sei denn, dass die Geschäfte blendend, wirklich, wirklich blendend laufen. Obgleich ich bezweifle, dass ich auf der Straße an einem Abend mehr als fünfzig Dollar verdienen würde.«

»In dem Kleid würden Sie leicht und locker fünfhundert Dollar verdienen«, platzte Nick ohne nachzudenken heraus.

Erfreut über das Kompliment, etwas, was er nur selten verteilte, wurde Mias Blick von Nicks enger Lederhose und dem grauen Seidenhemd angezogen. Er sah heiß aus. Oder so heiß, wie man eben aussehen konnte mit dieser grauenhaften Brille. »Ohne diese Brille sähen Sie aus wie Val Kilmer, der Jim Morrison spielt.«

Genau, hatte er sich doch gedacht: Rockstar.

Nick tat so, als hätte er mal wieder keinen blassen Schimmer, wovon sie redete. »Entschuldigung?«

»Egal. Ich finde, diese Hose steht Ihnen. Sie sehen darin völlig anders aus, irgendwie gefährlich.« *Und verdammt sexy.*

Woher war denn dieser Gedanke entsprungen?, überlegte Mia und legte sich prüfend die flache Hand auf die Stirn. *Kein Fieber, verdammt!*

»Ich finde, dass dieses Kleid Ihnen sehr gut steht. Ich bin selten in Gesellschaft von Callgirls, und das ist doch mal eine nette Abwechslung.« Er grinste, sie ebenfalls, und dann schütteten sich beide aus vor Lachen.

»Ich würde Ihnen dieses Kleid gerne kaufen, Mia, wenn Sie erlauben. Sie sehen toll darin aus. Wirklich. Und ganz und gar nicht wie eine Prostituierte finde ich.«

Mia überlegte kurz und beschloss dann, das Angebot als Teil ihrer Gebühren zu betrachten, da Nick ihre Dienste so preiswert bekam. Sie hatte inzwischen ein bisschen recherchiert und herausgefunden, dass sie ihm mindestens fünftausend Dollar hätte berechnen können, plus Spesen.

Aber eine Abmachung war eine Abmachung, und es war ja nur ein Kleid. »Ich nehme das Kleid an, wenn Sie sich diese Hose kaufen«, teilte sie ihm mit.

»Aber sie kostet dreihundert Dollar! Und ich ziehe sie bestimmt nie wieder an.«

»Sagen Sie niemals nie, Nick. Das Leben ist bedeutend interessanter, wenn man es nicht bis ins Kleinste vorplant. Ohne Spontaneität kann man den Augenblick nicht genießen, bleibt man nicht stehen, um an einer Rose zu schnuppern; jeden Moment könnte gleich um die Ecke etwas Wundervolles lauern. Wer nicht wagt, der nicht gewinnt, ist mein Motto.«

Ach, zum Teufel! Es war schließlich nur Geld, dachte Nick, und es machte ihm Spaß, viel zu viel Spaß. Er genoss Mias Gesellschaft, den Klang ihrer Stimme, ihr Lachen – sie lachte viel –, ihre Flippigkeit, ihre Art und Weise, das alltägliche Leben zu betrachten, ihre Bereitschaft, Neues auszuprobieren. Sie war überhaupt nicht verschlossen.

Er mochte sie.

Und er war verdammt sicher, dass er ihren Körper mochte.

Er fragte sich, wie sie wohl im Bett wäre.

Aber warum versuchte sie, ihre feminine Seite zu verstecken? Unter der unförmigen Jeans und dem Pullover verbarg sich ein Klassekörper, von dem sie äußerst selten ein Stückchen preisgab. Warum? Wovor hatte sie Angst?

»Ich ziehe mich um, und wir treffen uns an der Kasse«, sagte er.

»Bitte, behalten Sie die Hose an, Nick. Das Hemd können Sie ruhig weglassen und Ihr eigenes und das Sportjackett tragen. Aber bitte behalten Sie die Hose an. Bitte, bitte. Ich finde sie wirklich toll.«

War er noch ganz bei sich? Nick spürte, wie er schwach wurde, und wusste, dass er kurz davor war nachzugeben. Etwas, was Nick selten tat ... für niemanden. »Gut, in Ordnung. Solange wir direkt nach Hause gehen und nirgendwo anhalten. Ich möchte nicht, dass mich irgendjemand in diesem Aufzug sieht.« Allein der Gedanke daran war der reine Horror.

»Okay. Ich ziehe mich um und bin gleich wieder da.«

Während er auf Mia wartete, wechselte Nick das Hemd, schnappte sich den Rest seiner Sachen in der Umkleidekabine, marschierte in Richtung Kasse und kam sich wie ein kompletter Idiot vor.

Er wartete in einer ziemlich langen Schlange, als jemand ihm von hinten auf die Schulter tippte. In der Annahme, dass es Mia mit einer weiteren haarsträubenden Bitte war, drehte er sich um und wollte gerade etwas Bissiges sagen, als ihm die Worte auf der Zunge gefroren.

Burt Mulrooney stand direkt hinter ihm und sah ziemlich schockiert aus.

Oh Scheiße! Das hatte er nun davon.

»Jesus, Maria und Josef! Ich dachte mir doch, dass du es bist, Junge. Woher hast du denn diese Hose? Und warum trägst du sie? Warte nur, bis ich das den Jungs im Bureau erzähle.«

Nick tat ganz gelassen. »Das ist eine lange Geschichte. Aber ich kann sie dir im Moment nicht erklären. Es muss dir genügen, dass es Teil der Operation ist, belassen wir es dabei. Und wenn du nur ein Wort darüber verlierst, Burt, dann kannst du sicher sein, dass die Welt erfährt, dass du ein Toupet trägst.«

»Du weißt verdammt gut, dass ich es nur hin und wieder trage.« Stirnrunzelnd betastete Burt sein Haarteil. Es war ihm peinlich, dass seine Haare zunehmend schütterer wurden, und deswegen hatte sich der ältere Agent ein Toupet gekauft, in der Hoffnung, damit jünger auszusehen, und er wollte um nichts in der Welt, dass das jemand erfuhr, besonders keiner aus dem Bureau. Das hielt ihn allerdings nicht davon ab, sich über Nick lustig zu machen.

»Ich wollte mir eine neue Brieftasche kaufen, und stattdessen muss ich erleben, dass du hier herumstolzierst wie so ein –« Er schüttelte den Kopf. »Du siehst wirklich schwul aus in dieser Hose, Nick. Deshalb starrt dieser hübsche Bursche da drüben andauernd auf deinen Arsch. Ich glaube, er mag dich.«

»Halt verdammt noch mal die Klappe, Burt! Und spar dir dieses dreckige Grinsen. Ich sagte dir doch –«

»Da bin ich wieder«, sagte Mia und nickte dem Mann, mit dem Nick sich unterhielt, höflich zu. »Wollen Sie mich nicht mit Ihrem Freund bekannt machen, Nick?« Sie wartete nicht darauf, dass er ihrer Aufforderung Folge leistete, sondern streckte einfach die Hand aus und grinste Burt an: »Hi! Ich bin Mia. Freut mich, Sie kennen zu lernen.«

Hingerissen erwiderte Burt ihr Grinsen und sah aus wie ein junger Hund, der vor Begeisterung nicht wieder aufhören konnte, mit dem Schwanz zu wedeln. Nick seufzte innerlich. Es war mehr als offensichtlich, dass Mia einen neuen Fan hatte. »Das ist Burt Mulrooney. Burt und ich haben früher zusammengearbeitet.«

»Oh? Wo denn?«

Burt und Nick tauschten besorgte Blicke aus.

»Ich war vor Jahren mal Nicks Herausgeber. Wir haben für eine inzwischen eingestellte Zeitschrift namens *Gay*

Men's World gearbeitet«, sagte Burt, und Nick wäre fast sein Essen wieder hochgekommen.

Mia machte große Augen. Sie hatte von der Zeitschrift gehört. Als *Gay Men's World* zum ersten Mal an die Kioske kam, war ihr Vater entsetzt gewesen und konnte sich gar nicht genug darüber aufregen, wie empörend es war, dass schwule Männer jetzt sogar schon ihre eigene Zeitschrift hatten. Sie hatte ihn darauf hingewiesen, dass *Playboy* oder *Playgirl* doch das Gleiche wollten, nur dass die eben heterosexuelle Männer und Frauen ansprachen. Aber Sam DeNero ließ sich durch nichts, was sie sagte, überzeugen.

Was keine große Überraschung war.

Mia fand es schon immer verwunderlich, dass ihr Vater sich dermaßen über andere Leute und ihren Lebensstil mokierte, wo doch seine eigene Schwäche, Frauenkleider zu tragen, ihn auch als durchaus abweichend von der Norm kennzeichnete.

Auffallend abweichend!

»Ich war nur freier Mitarbeiter«, beeilte sich Nick zu sagen und funkelte den grinsenden Burt wütend an, dessen Augen hinterhältig glitzerten und der es genoss, wie sein Freund sich wand.

»Wenn ich mich recht erinnere, war Nick sehr beliebt bei den Mitarbeitern der Zeitschrift. Ich glaube, es lag an seiner Kleidung.« Er starrte viel sagend auf die Hose, und Nick errötete zusehends.

Mia ging sofort auf Burts Stichelei ein und zwinkerte dem älteren Mann verschwörerisch zu. »Nun ja, als Frau muss ich sagen, dass er richtig heiß aussieht in dieser Hose.«

»Oh, ich bezweifle keine Sekunde, dass unser Nick hier heiß ist. Das bezweifle ich ganz und gar nicht.«

6

Ich lache der Gefahr ins Gesicht!
Dann verstecke ich mich, bis sie vorüber ist.
Im Bann der Dämonen

»Ich weiß gar nicht, warum Sie so sauer auf Ihren Freund waren, Nick. Burt scheint doch ein sehr netter Mann zu sein. Und Sie waren so unhöflich zu ihm, dass es gut sein kann, dass Sie seine Gefühle verletzt haben. Ich werde ihn zum Dinner einladen, quasi als Wiedergutmachung.«

Nick konnte sich gerade noch bremsen, nicht die Augen zu verdrehen. Burts Gefühle verletzt? Ha! Das sollte wohl ein Scherz sein. Wenn jemand ein dickes Fell hatte, dann Burt. Beleidigungen prallten an ihm ab wie Kugeln an Superman.

»Burt hat mich auf dem falschen Fuß erwischt, das ist alles.« Er versuchte, das reuige Tugendlamm zu spielen, und sagte: »Er kann manchmal ziemlich grob sein.« Sie wollte schon widersprechen, aber er schnitt ihr das Wort ab. »Ich möchte wirklich nicht über Burt Mulrooney diskutieren. Und zum Dinner wird er nicht eingeladen.«

»Aber er hat mir erzählt, dass er sich gern Filme ansieht. Ich weiß, dass wir viel Spaß miteinander hätten. Burt liebt *Krieg der Sterne*, und –«

»Nein!«

Schwer seufzend beschloss Mia, den Gegenstand fürs Erste fallen zu lassen. Nick konnte manchmal unglaublich bockig sein. Aber sie ebenso. Allerdings spielte der richtige Zeitpunkt eine entscheidende Rolle, und jetzt war nicht der richtige Zeitpunkt.

»Wissen Sie noch, wo wir den Wagen geparkt haben?« Bei jedem Gang, durch den sie liefen, drehte sie ständig den Kopf von rechts nach links auf der Suche nach dem Wagen. »Ich weiß, dass es irgendwo auf diesem Parkdeck sein muss.« Das Parkdeck drei war inzwischen ziemlich ausgestorben. Sie hatten noch eine Kleinigkeit zu Abend gegessen im Einkaufszentrum. Jetzt dämmerte es bereits, und nicht nur der Himmel, sondern auch das Parkhaus verdunkelte sich zusehends.

»Die Beleuchtung hier ist unter aller Kanone, wenn Sie mich fragen. Das verstößt gegen die Sicherheitsvorschriften. Ich sollte mich beim Geschäftsführer beschweren. Frauen, die nicht in Selbstverteidigung geübt sind wie ich, könnten sich ängstigen. Und das kann man ihnen wahrhaftig nicht verdenken. Die Welt ist von Verrückten bevölkert.«

Nick bemerkte gerade die Glassplitter einer Glühbirne auf dem Boden und wollte antworten. In derselben Sekunde sprangen zwei Männer hinter einem geparkten Wagen hervor und überraschten sie beide. Mia stieß einen verblüfften Schrei aus.

»Stehen bleiben, oder Sie haben ein Loch in der Birne!« Der Größere der beiden, der ungefähr wie neunzehn aussah, zielte mit einer Pistole auf sie. Seine Hand zitterte ein wenig, woraus Nick schloss, dass er noch nicht sehr erfahren in Sachen Raubüberfall war. Dennoch, tot war tot, selbst wenn die Pistole nur zufällig losging.

»Mein Gott, Nick! Das ist die Mafia«, flüsterte Mia mit großen Augen und zupfte ihn am Ärmel. »Sie haben ihre Killer losgeschickt, um Sie zu töten. Keine Angst. Ich beschütze Sie mit meinem Leben, wenn's sein muss.« Bei dem Gedanken erblasste sie ein wenig, aber das bestärkte nur noch ihren Entschluss. Mia ging einer Herausforderung nie aus dem Weg.

»Tun Sie bitte nichts Unüberlegtes, Mia.« Für Nick stand fest, dass die beiden keine Killer waren, aber sie waren beide bewaffnet und sahen aus, als ob sie Schiss hätten – eine gefährliche Kombination. Es war keine gute Idee, sie zu provozieren, und Mia war eine Expertin, was das anging, wie er inzwischen schon des Öfteren feststellen musste.

»Wir waren einkaufen«, erklärte er und spielte den Harmlosen, damit sie sich um Gottes willen nicht durch seine Größe bedroht fühlten. »Ich fürchte, wir haben kein Bargeld, das wir Ihnen geben können. Wir haben alles ausgegeben.«

»Erzählen Sie nicht solchen Scheiß, Mann!«, sagte der Kleinere mit der Orioles-Baseballmütze. »Leeren Sie die Taschen und Ihre Brieftasche. Und Sie, Lady«, nickte er in Richtung Mia, »lassen mal sehen, was Sie in der Handtasche haben.«

Mia hatte nicht vor zuzulassen, dass diese beiden Gangster Hand an Nick legten. Sie war dafür bezahlt worden, Nick Caruso zu beschützen, und genau das würde sie jetzt tun. »In Ordnung«, spielte sie die Ängstliche. »Bitte schießen Sie nicht. Ich brauche nur eine Minute, um meine Handtasche zu öffnen.«

»Lassen Sie die Lady in Ruhe«, warnte Nick die Männer und versuchte, nicht zu sehr den Macho heraushängen zu lassen, aber gleichzeitig auch, warnend genug zu klingen. Er musste Mia beschützen, koste es, was es wolle.

»Beeilen Sie sich! Wir haben nicht den ganzen Tag Zeit«, befahl die Baseballmütze.

»Sie da«, fuchtelte der Größere mit seiner Pistole vor Nicks Nase herum. »Halten Sie Ihre verdammte Klappe, und treten Sie einen Schritt zurück. So ist's gut. Und jetzt die Hände auf das Auto hinter Ihnen legen. Und versuchen Sie bloß nicht, den Helden zu spielen. Keinem passiert was, wenn Sie vernünftig sind.«

Mia schnappte nach Luft. Sie wollten Nick von hinten erschießen, genau wie sie es in dieser Episode von *The Sopranos* gesehen hatte. O Gott! Nick hatte wahrscheinlich noch mehr Angst als sie; irgendwie musste sie ihn retten.

Nick tat wie ihm geheißen und beobachtete Mia aus den Augenwinkeln. Im Stillen betete er, dass sie nichts Überstürztes tat. »Mia, seien Sie bitte vorsichtig«, sagte er. »Es ist nicht –« Bevor er hinzufügen konnte, »das, was Sie denken«, hatte die impulsive Frau die Glock aus ihrer Handtasche gezogen und damit gefeuert.

Der Schuss ging daneben, traf einen Stahlträger, es gab einen ohrenbetäubenden Knall, und durch den starken Rückstoß landete Mia auf ihrem Allerwertesten. Sie fiel um, schlug mit ihrem Kopf gegen die Wagentür hinter ihr und wurde bewusstlos.

»Du liebe Güte! Mia!« Nick warf einen Blick auf die am Boden liegende Frau, betete zu allen Göttern, dass ihr nichts passiert war, und fluchte kräftig. Fuchsteufelswild über diese Situation und die Angst, dass ihr etwas passiert war, bekamen die beiden Räuber seinen ganzen Zorn ab.

Verblüfft durch die Tatsache, dass die zierliche Frau einen Schuss auf sie abgegeben hatte, wurden die beiden Angreifer für einen Moment unwachsam. Mehr brauchte Nick nicht. Er stürzte sich auf sie, gab dem Größeren der beiden einen Kopfstoß und verpasste seinem Kinn eine kräftige Rechte.

Als er seinen bewusstlosen Freund sah, machte der andere Täter sich fast in die Hose und wollte eilends das Weite suchen, doch da warf Nick ihn schon zu Boden, platzierte ihm das Knie auf die Brust und hielt ihn fest.

»Bleib liegen, du Mistkerl. Dein Freund ist außer Gefecht; er kann dir nicht mehr helfen.«

Die dunklen Augen des Jungen glitzerten vor Angst. »He, Bruder! Wir wollten Ihnen nichts tun. Wir haben uns nur einen Scherz erlaubt.«

»Das erzähl mal dem Richter, *Bruder*. Und du solltest dir lieber einen anderen Job suchen, das wäre besser für dich. So beschissen wie du dich bei bewaffnetem Raubüberfall anstellst, endet das noch tödlich für dich.« Vielleicht könnte der Junge durch richtige Anleitung auf den richtigen Weg gebracht werden. Jedenfalls hoffte Nick das. Es wäre eine solche Verschwendung von Leben – ein Leben, das wahrscheinlich noch kaum nennenswerte Erfahrungen gemacht hatte –, und es gab schon viel zu viel Verschwendung auf der Welt.

Gäbe es nicht die *Big Brothers of America*-Organisation, wäre Nick vielleicht auch so geendet. Sein Großer Bruder, Roland Keyes, hatte sein Leben geändert, indem er ihn unter seine Fittiche genommen hatte. Er hatte ihn Fußball- und Basketballspielen gelehrt und ihm klar gemacht, wie wichtig eine gute Ausbildung für die Zukunft ist. Er verdankte dem Mann sehr viel. Und er versuchte, es zurückzugeben, indem er selber der Große Bruder war, wenn seine Zeit es zuließ, was für seinen Geschmack nicht oft genug war.

Ein paar Minuten später traf der Sicherheitsdienst des Einkaufszentrums ein. Nach Einschätzung der Sachlage befragten sie Nick kurz, der sich inzwischen eine passende Geschichte ausgedacht hatte, um seine Tarnung nicht auffliegen zu lassen. Dann führten sie die beiden jungen Männer zu ihrem Dienstwagen, um sie beim nächsten Polizeirevier abzuliefern.

Nick beugte sich nun über die bewusstlose Mia, die immer noch bewegungslos am Boden lag; sie war kreidebleich, und ihre Haut fühlte sich klamm an. Er nahm ihr die Pistole aus der Hand, die sie hartnäckig umklammert hielt, legte sie neben sie und suchte sie dann nach Verletzungen ab. Sie hatte eine böse Beule am Hinterkopf, wo sie gegen die Autotür gefallen war.

»Mia, du bist eine mutige, aber närrische Frau.« Und er war verantwortlich für ihre Verletzung. Verdammt und zugenäht! Das war alles sein Fehler. Wenn sie ernstlich verletzt gewesen wäre, hätte Nick sich das nie verziehen.

Vorsichtig untersuchte er ihre Arme und Beine, dann ihre Rippen, um sicherzugehen, dass nichts gebrochen war. Seine Fingerknöchel streiften ihre Brüste, und sie reagierte darauf mit einem leisen Stöhnen, was es ihm nicht gerade leichter machte, sich auf das Naheliegende zu konzentrieren.

Konzentrier dich, Caruso. Konzentrier dich!

Mias Augenlider flatterten und öffneten sich. Zuerst lächelte sie abwesend und dachte, sie befände sich in einem sehr schönen Traum. Es passierte ihr nicht alle Tage, dass ein Mann ihre Brüste streichelte. Aber dann, als sie Nick erkannte und sich wieder daran erinnerte, was geschehen war und wer sie da so denkwürdig betastete, wurde aus dem Lächeln ein Stirnrunzeln, und Mia fauchte empört:

»Ich glaube nicht, dass wir uns lange genug kennen für so viel Körperkontakt, Freundchen!« Das Schlimmste war aber, dass ihr seine Aufmerksamkeit sehr gut gefallen hatte, ein bisschen zu gut für ihr seelisches Gleichgewicht.

Nick war der Letzte, zu dem Mia sich hingezogen fühlen wollte. Nicht nur, dass er ihr Klient war, sie passten auch sonst überhaupt nicht zusammen. Der Mann war viel zu ordentlich, zu verklemmt, zu belesen. Sie spielte lieber nach dem Gehör sozusagen, handelte spontan. Und was die Abteilung Ordnung anging, waren sie absolut nicht kompatibel. Definitiv nicht. Sie und Nick passten ganz und gar nicht zusammen.

Nicht dass sie überhaupt über eine Beziehung nachdachte. Diese Nummer hatte sie ein für alle Mal im College abgehakt. Aber es war nicht zu leugnen, dass ihr Puls sich in seiner Nähe beschleunigte.

Nick errötete. »Ich habe nur versucht, herauszufinden, ob Sie sich etwas gebrochen haben. Ich freue mich, sagen zu können, dass das nicht der Fall ist. Ich versichere Ihnen, ich habe mir keinerlei Freiheiten herausgenommen.«

Freiheiten herausgenommen! Mann, war dieser Kerl altmodisch!

»Dann ist ja gut. Was ist mit den beiden Killern passiert? Habe ich sie vertrieben?«

Er nickte und lächelte. »Sie waren brillant. Der Anblick und das Geräusch Ihrer Pistole haben sie in die Flucht getrieben. Ich glaube nicht, dass ich schon mal zwei Menschen so schnell habe rennen sehen. Sie haben mir das Leben gerettet.«

Ihr Lächeln erreichte nicht ganz ihre Augen, die noch etwas misstrauisch blickten. »Wirklich? Sind Sie sicher? Diese beiden Kerle sahen nicht so aus, als wären sie leicht einzuschüchtern.«

Er umging ihre Frage und sagte stattdessen: »Sie hätten

das nicht tun sollen, Mia. Ich weiß nicht, was ich getan hätte, wenn Sie verletzt worden wären.«

»Das ist süß von Ihnen.«

»Diese Männer hätten mich möglicherweise als Geisel genommen, natürlich erst, nachdem sie Sie getötet hätten. Und was hätte ich dann getan?«

Mia rief sich wieder ins Gedächtnis, dass es Nick war, der da sprach, und versuchte, nicht zu enttäuscht über seine selbstsüchtige Bemerkung zu sein. »Ich werde mir alle Mühe geben, dass so etwas nicht wieder vorkommt.«

»Gut. Und jetzt fahren wir wohl besser nach Hause. Für heute reichen mir die Abenteuer, und Ihnen?«

Mia nickte, wünschte sich aber sofort, dass sie das nicht getan hätte. Ihr Kopf fühlte sich an, als hätte jemand ihn als Kesselpauke betrachtet und auf ihn eingetrommelt. »Abenteuer sind viel zu überbewertet, meiner Meinung nach. Ich glaube, ab heute bleibe ich bei Kreuzworträtseln. Wer konnte schon wissen, dass Einkaufen so gefährlich sein kann?«

Diese Episode war weitaus schlimmer gewesen als ihr letzter Besuch bei Filene's Basement in Boston. Die Frauen, die dort einkauften, waren zwar gehässig, aber sie hatten keine Pistolen bei sich, jedenfalls hatten sie sie nicht mit einer bedroht.

Und ehrlich gesagt hatte sie einen Höllenschiss gehabt!

»Wollen Sie lieber zu einem Arzt? Ich fahre Sie gern hin.«

»Nein, mir geht's bald wieder besser. Ich möchte nur nach Hause und mich ein wenig hinlegen. Und vielleicht nehme ich ein, zwei Aspirin.«

»Wie wäre es, wenn ich uns heute Abend etwas koche, damit Sie sich ausruhen können?«

»Sie können kochen?« Angesichts dieser Enthüllung musterte sie ihn verblüfft. Sie nahm allerdings an, dass er gar nicht wusste, wie. Nick hatte noch nie zuvor angeboten, etwas zu kochen. Meistens beschränkte er sich darauf, ihre Versuche zu kritisieren.

Sie hatte manchmal etwas anbrennen lassen. Na und? Sie hatte nie vorgegeben, die bescheuerte Martha Stewart zu sein.

»Nicht besonders gut, aber auch wenn es nach Eigenlob klingt, mein Hackbraten schmeckt ausgezeichnet.«

»Wissen Sie, manchmal werde ich einfach nicht schlau aus Ihnen.«

Nick hielt Mia die Tür auf und half ihr in den Wagen. »Wieso das denn?«

»Manchmal kommt es mir fast so vor, als wären Sie zwei verschiedene Menschen. Sie haben viele Gesichter, Nick Caruso.«

Nick wurde etwas blass und fragte sich, ob Mia ihn irgendwie verdächtigte und die Wahrheit ahnte. *Aber wie konnte das möglich sein?* Es sei denn, dass sie nicht wirklich bewusstlos gewesen war und mitbekommen hatte, wie er mit den beiden Ganoven umgesprungen war. Mist! Wenn das der Fall war, wäre seine ganze Operation im Eimer. »Ich –«

»Aber schließlich haben das die meisten Menschen. Sie haben eben bisher Ihre fürsorgliche Seite nicht gezeigt und mich damit überrascht, aber sie gefällt mir ganz gut.«

Erleichtert lächelte er sie an. »Abendessen zu kochen ist einfach meine Art, Ihnen für das zu danken, was Sie für mich heute getan haben.«

»Sie sind also dankbar? Ich war mir nicht sicher. Oftmals sind Ihre Signale etwas widersprüchlich.«

»Natürlich bin ich das. Wieso auch nicht? Ich lebe immer noch, oder? Wir werden uns einem weiteren Tag stellen, wie man so schön sagt.«

Mia lächelte zufrieden und dachte, wie sehr ihr diese Vorstellung gefiel, bevor sie die Augen schloss und wegdriftete.

»Der Hackbraten ist köstlich. Danke, dass Sie heute Abend gekocht haben. Sie sind wirklich ein Mann mit vielen Talenten.«

Nick hielt sein Weinglas hoch und prostete ihr zu. »Ich könnte das Gleiche über Sie sagen. Sie haben mir heute das Leben gerettet.«

»Es sieht so aus, als hätte es sich gelohnt.« Mia nippte an ihrer Milch; Nick hatte ihr wegen ihrer Kopfverletzung untersagt, Alkohol zu trinken. »Sie haben mir bisher nicht viel von sich erzählt, Nick; außer dass Sie bei Ihrer Tante aufgewachsen sind«, sagte Mia, unterdrückte ein Gähnen und lächelte entschuldigend. Sie war entschlossen, mehr über Nick zu erfahren. »Waren Sie sehr einsam als Kind? Ich glaube, von einem schon ziemlich alten Menschen aufgezogen zu werden, muss seine Nachteile gehabt haben. Ich meine, ich bezweifle, dass Ihre Tante Sie zum Baseballspielen oder anderen jungenhaften Aktivitäten begleitet hat.«

Nick schluckte eine Gabel Kartoffelpüree hinunter, spürte wie üblich die alte, vertraute Sehnsucht in sich aufsteigen und wusste, egal, wie viel Zeit vergehen und wie erfolgreich er im Beruf sein würde: Seine unglückliche Kindheit würde er ewig mit sich herumschleppen.

Er hatte nie das gehabt, was andere Kinder gehabt hatten – eine zusammengeschweißte Familie, jemanden, mit dem er Siege und Niederlagen teilen konnte, war nie mit einer Umarmung in die Schule oder mit einer Gutenachtgeschichte ins Bett geschickt worden. Es hörte sich zwar gar nicht so gewaltig an, aber für einen kleinen Jungen, der sich nach Liebe sehnte, war es einfach alles.

Nick wählte seine Worte sorgfältig und vermischte Tatsachen mit Erfindungen; etwas, was er seit dem Tag, an dem er Mia kennen gelernt hatte, tat. »Meine Eltern wurden bei einem Autounfall getötet, als ich noch ein Baby war, so dass ich mich überhaupt nicht an sie erinnern kann. Ich habe die meiste Zeit in einem Waisenhaus und später in Pflegefamilien gelebt, bis meine Tante das Sorgerecht für mich bekommen hat.

Ich habe bis zu meinem siebzehnten Jahr bei meiner Tante gelebt, dann bin ich weggelaufen, um zum Militär zu gehen.« Da hatte er Disziplin gelernt, sich zugehörig gefühlt und eine gute Ausbildung erhalten. Die Armee hatte sein College bezahlt, und er hatte sich durch das Jurastudium geackert und seinen Abschluss gemacht, so dass er schließlich beim FBI anfangen konnte.

Mias Gesicht wurde ganz weich, und ihr Herz flog dem kleinen, elternlosen Jungen zu, der, was Liebe und Umsorgtsein anging, auf die Freundlichkeit von Fremden und Verwandten angewiesen gewesen war. »War es sehr schwer für Sie, ohne Geschwister aufzuwachsen oder ohne Eltern, die zu irgendwelchen Schulveranstaltungen oder dergleichen kamen? So sehr ich auch über meine meckere, so wenig glaube ich, dass ich ohne Sam und Rosalie leben könnte. Obwohl sie mich manchmal zum Wahnsinn treiben, indem sie sich ständig in mein Leben mischen und mir Vorschriften machen, weiß ich doch, dass sie es nur tun, weil sie mich lieben.«

»Ich schätze, dass ich mehr Glück gehabt habe als viele andere.« Er war nicht geschlagen oder sexuell missbraucht worden. Das konnte nicht jeder, der in einer Pflegefamilie aufwuchs, von sich behaupten. Er hatte in seiner Kindheit und Jugend alptraumhafte Geschichten gehört und sich immer davor gefürchtet, etwas Ähnliches zu erleben. »Aber es war schon ein ziemlich einsames Leben. Und Sie haben Recht – mir hat das gefehlt, was andere Kinder hatten. Ich hätte sehr gern eine Familie, Brüder und Schwestern gehabt. Aber gegen unser Schicksal können wir uns nun mal nicht wehren.«

»Ich bin sicher, dass ich noch neurotischer wäre, wenn ich das Gleiche erlebt hätte.«

Mia trank den Rest ihrer Milch und wischte sich mit dem Handrücken über den Mund, und Nick lächelte über diese kindliche Geste. »Was hat Sie dazu gebracht, Schriftsteller zu werden?«, fragte sie ihn.

Nick rutschte unruhig hin und her und war unfähig, Mia in die Augen zu blicken und darin ihr echtes Interesse gespiegelt zu sehen. Mia machte sich etwas aus Menschen. Das war eins von den Dingen, die er an ihr schätzte. »Es war die Idee meiner Tante. Sie ist diejenige, die mich angeregt hat, zu lesen und es mit dem Schreiben zu versuchen. Wahrscheinlich wäre ich von selbst nie darauf gekommen, wenn sie nicht gewesen wäre. Als Jugendlicher hatte ich nicht gerade viel Selbstvertrauen.« Das jedenfalls entsprach absolut der Wahrheit.

»Ich auch nicht. Ich habe permanent in Angelas Schatten gestanden. Ich denke, das war der Grund, warum ich Bodyguard werden wollte. Das war etwas, was ich mir ganz zu Eigen machen konnte. Und ich wollte unbedingt meinen Dad stolz auf mich machen. Ich hatte immer das

Gefühl, erst an zweiter Stelle zu kommen, nach Angela, jedenfalls, was meinen Dad betrifft.«

»Ich bin sicher, dass Sam sehr stolz auf Sie ist, Mia. Sie hätten sein Gesicht sehen sollen, als er mir davon erzählt hat, dass Sie sich selbstständig gemacht haben. Ich fürchtete schon, dass ihm vor Stolz die Knöpfe vom Kleid springen würden.«

»Es waren hundertprozentig Rheinkiesel, die er bestimmt nicht beschädigen wollte. Sam ist sehr eigen, was solche Dinge angeht.« Grinsend legte sie ihre Hand über seine. »Danke, dass Sie mir das erzählt haben. Dad und ich hatten von Anfang an eine etwas schwierige Beziehung. Jahrelang hielt er mich für eine Verliererin. Jedenfalls vermittelte er mir den Eindruck. Und ich kann ihm deswegen nicht mal einen Vorwurf machen. Ich habe Jobs gemacht, von denen ich wusste, dass sie ihn ärgern würden. Aber ich habe dadurch viele Erfahrungen gesammelt. Und es tut mir nicht Leid, dass ich mich in verschiedenen Berufen versucht habe. Ich hatte sogar mal daran gedacht, in den Polizeidienst zu gehen, habe mich dann aber dagegen entschieden.«

»Warum? Ich bin sicher, dass das genau das Richtige für Sie gewesen wäre.« Er konnte sich niemanden vorstellen, außer Burt vielleicht, dem er zugetraut hätte, ihn zu beschützen. Diese Frau war furchtlos.

»Ich habe gesehen, wie viel Angst meine Mom jedes Mal hatte, wenn mein Vater zum Dienst ging. Ständig hatte sie diese Furcht in den Augen, dass sie ihn vielleicht nie wieder sehen würde. Ich wollte nicht, dass sie das noch einmal durchmachen muss. Und um ganz ehrlich zu sein, ich war mir nicht sicher, ob ich es mir selbst antun wollte.«

Nick griff zur Milchtüte und füllte ihr Glas nach. »Dem Gesetz Geltung zu verschaffen, auf welche Art auch immer, hat mich von klein auf fasziniert«, gab er zu und wählte seine Worte sorgfältig, um ja nicht zu viel preiszugeben. »Als ich zwölf war, wurde ich beim Ladendiebstahl in einem Sportgeschäft erwischt. Mein damaliger Pflegevater hat mich nicht auf die übliche Art und Weise bestraft. Stattdessen ist er mit mir auf ein Polizeirevier gegangen und hat mir gezeigt, was mit denen passiert, die andere bestehlen. Diese Erfahrung hat einen bleibenden Eindruck hinterlassen, so dass ich zum damaligen Zeitpunkt unbedingt Polizist werden wollte.« Und die Bewunderung für seinen Großen Bruder Roland, der Polizist war, hatte diesen Wunsch bestärkt.

»Mann! Klingt, als ob Ihr Pflegevater ein ziemlich kluger Typ gewesen ist. Warum haben Sie denn diesen Berufswunsch nicht weiterverfolgt?«

Als Jugendlicher war Nick fasziniert gewesen von dem Film *Die FBI-Story* und hatte ihn unzählige Male gesehen. Er hatte sich sogar vorgestellt, dass Jimmy Stewart und Vera Miles seine wirklichen Eltern waren. Nach seinem Collegeabschluss und anschließenden Jurastudium wusste er, dass er unbedingt zum FBI wollte. Agent zu werden schien die natürliche Fortsetzung und Erfüllung eines lebenslangen Traums zu sein.

Das Einzige, was er bedauerte, war, dass sein Job ihn davon abhielt, eine ernst zu nehmende Beziehung einzugehen, obgleich das genauso gut an seiner mangelnden Bereitschaft liegen konnte, sich zu öffnen und verletzlich zu machen. Er war lieber auf Nummer sicher gegangen.

»Entschuldigung. Haben Sie mich etwas gefragt? Ich habe schon wieder vor mich hin geträumt.«

»War Ihr Interesse am Polizeidienst der Grund, warum Sie ein Buch über Verbrechen schreiben wollen?«

»Etwas in der Art«, sagte Nick und beschloss, dass es höchste Zeit war, das Thema zu wechseln. Für einen Tag hatte er genug Geheimnisse ausgeplaudert. Wenn es so weiterging, würde er bald sein Innerstes vor Mia entblößen und ihr die gesamte Operation verraten, und das durfte er keinesfalls riskieren.

Paul Buttoni und Vincent Palumbo hatten sich in Vincents Büro in dem Autohaus eingeschlossen, das Vincent und Alfredo Graziano zu gleichen Teilen gehörte.

Das Geschäft hieß Lucky Louie's Autowelt und war nach Alfredos verstorbenem Vater benannt. Vincent war der Name völlig schnuppe gewesen, ihn interessierte nur, was unterm Strich dabei herauskam. Er wollte Geld verdienen, sehr viel Geld. Wenn Alfredo als die Seele des Geschäfts galt, dann galt Vinnie zweifellos als Gehirn.

Paul, Vincent und Alfredo waren seit ihrer Kindheit befreundet. Sie waren zusammen Ministranten gewesen und hatten sogar ihre Jungfräulichkeit bei derselben Prostituierten verloren, für die sie ihr Geld zusammengelegt hatten, als sie vierzehn waren. Nach der Highschool waren Pauley und Alfredo zum Militär gegangen, während Vinnie zu Hause geblieben war und seine Schulliebe geheiratet hatte, von der er sich später scheiden ließ.

Aber nichts von alledem spielte jetzt noch eine Rolle, nachdem Pauley und Vinnie beschlossen hatten, dass sie beim Handel mit gestohlenen Autos viel mehr absahnen konnten und es weitaus befriedigender war als ihre Freundschaft mit Alfredo.

»Bist du sicher, dass Al keinerlei Verdacht hat?«, wollte

Pauley wissen und blickte sich ständig nervös um, obgleich sein Freund zum Mittagessen gegangen war und frühestens in einer Stunde zurückkäme. »Ich habe nichts dagegen, ihn zu betrügen, aber ich möchte ihn nicht verletzen. Du weißt ja, wie lange Al und ich uns schon kennen, Vinnie.«

»Scheiße, Pauley! Es ist ein verdammt toller Zeitpunkt, ein schlechtes Gewissen zu kriegen. Wir betrügen das arme Schwein seit Monaten, und jetzt machst du dir Gedanken über seine Gefühle?« Vinnie schüttelte den Kopf und lachte, wobei sein Doppelkinn in Wallung geriet. »Du bist ein blöder Hund, weißt du das? Dieser Plan war deine Idee. Du bist derjenige, der die Verbindungen zur Mafia hat. Der kleine Larry Calzone ist *dein* Spezi, nicht meiner.«

Der kleinere Mann zuckte die Achseln, zog einen Kamm aus seiner hinteren Hosentasche und kämmte sich das dicke schwarz gefärbte Haar glatt nach hinten. Wenn Alec Baldwin einen Meter fünfundsechzig groß gewesen, Schuhe mit dicken Absätzen getragen und wie ein Pygmäe ausgesehen hätte, würde er Pauley Buttoni ähnlich sehen. Glücklicherweise war Alec dieses Schicksal erspart geblieben.

»Wir sind schon sehr lange befreundet. Ich möchte nicht, dass er es herausfindet, das ist alles.«

»Ich habe zwei verschiedene Buchungssysteme. Alfredo ist nicht pfiffig genug, um das zweite zu entdecken. Meine Güte, er kann ja nicht mal mit einem Computer umgehen! Er verkauft die Autos, ich mache die Buchführung und verteile die Provisionen.

Das Arrangement ist perfekt, besonders für uns, Pauley. Al hat nicht den geringsten Verdacht, und den wird er auch nie haben. Der Mann ist viel zu vertrauensselig. Das ist schließlich der Grund, warum wir ihn nicht in das Geschäft einweihen konnten. Traurig zu sagen, aber er gehört nun mal nicht zu der kriminellen Sorte Mensch. Dafür fehlt ihm der Schneid. Und ihm gefällt das zusätzliche Geld, das er verdient. Ich bezweifle, dass er irgendwelche Fragen stellen wird. Tatsächlich würde ich dafür sogar meine Hand ins Feuer legen.

Und jetzt, wo er diese Gallagher heiraten möchte, will er seinen Ruf doch erst recht nicht gefährden, richtig?

Nicht mehr jedenfalls, als er es bereits getan hat. Al hat sich doch selbst zuzuschreiben, dass man ihn verarscht, mit seinem ganzen Gerede über Verbindungen zur Gotti-Familie, als würden die diese taube Nuss überhaupt haben wollen. Wenn es je jemanden gegeben hat, der wie geschaffen zum Sündenbock ist, dann ist es Al. Wir hätten beim besten Willen keinen Geeigneteren finden können.«

Pauley runzelte verwirrt die Stirn. »Ich dachte immer, du magst Al. Er ist der Patenonkel deiner jüngsten Tochter.«

Vinnie zuckte die Achseln. »Ich mag ihn ja. Aber was hat das mit dem Geschäft zu tun? Geschäft ist Geschäft. Ich kann es dir gar nicht oft genug sagen, Pauley, wir dürfen uns nicht von Gefühlen leiten lassen.«

»Wenn Al je herausfindet, dass er gestohlene Autos verkauft und dass Calzone seine Geldwäsche über sein Autohaus abwickelt, wird er stinksauer. Er gibt doch ständig damit an, ehrliche Arbeit zu leisten und gut dafür bezahlt zu werden. Fast könnte er mir Leid tun.«

Vincents Vorliebe für Pasta dokumentierte bestens sein gewaltiger Bauch, der über seinem Krokodilledergürtel hing. Mit einem tiefen Stirnrunzeln streichelte er jetzt die

Manicotti in demselben und dachte, dass Pauley, genau wie Al, langsam eine echte Belastung wurde. »Dass Al stinksauer auf uns werden könnte, sollte unsere geringste Sorge sein. Wir müssen nur sicherstellen, dass, sollte dieses Geschäft baden gehen, es ihm in die Schuhe geschoben wird.

Ich habe unsere Spuren gut verwischt, so dass ich mir da keine großen Sorgen mache. Dennoch bleibt immer ein Restrisiko. Zum Glück werden die Behörden, sollten sie tatsächlich misstrauisch werden, als Erstes Al verdächtigen. Er ist derjenige, der das Geld mit vollen Händen ausgibt und vor seiner Freundin angibt wie zehn nackte Neger.«

Mit einem breiten Grinsen, das eine große Zahnlücke enthüllte, wo seine beiden Vorderzähne gewesen waren – das Andenken eines stinksauren Kumpels aus dem Dunstkreis der Mafia – griff Pauley in die Innentasche seines Jacketts, holte zwei Zigarren hervor und reichte eine seinem Freund. »Du bist smart, Vinnie, deshalb habe ich dich mit ins Boot geholt bei diesem Geschäft. Ich wusste, dass du genau der Richtige dafür bist.«

Vincent Palumbo lächelte, aber das Lächeln erreichte nie seine Augen. Er zündete die kubanische Zigarre an und zog mehrmals kräftig, um sie in Brand zu setzen. »Ganz abgesehen davon, dass ich Teilhaber eines Autohauses bin, was die Dinge mächtig vereinfacht für alle Beteiligten, nicht wahr?«

»Ich behaupte ja nicht, dass das keine Rolle spielte, als mich der Boss ansprach, um dieses Geschäft anzuleiern, Vinnie. Aber ich wollte jemanden, dem ich vertrauen konnte.«

»Bisher haben wir über dreihunderttausend abgeräumt,

Pauley. Es hat sich echt gelohnt und ist ein hübsches Geschäft. Ich möchte also niemandem raten, uns in die Quere zu kommen.«

Der Gangster runzelte die Stirn. »Was willst du damit sagen? Dass du Al möglicherweise aus dem Weg räumst, wenn er es herausfindet? Ich glaube nicht, dass mir das gefällt, Vinnie. Es ist eine Sache, Al zu benutzen; eine ganz andere ist es, ihn abzumurksen.«

Vincent legte den Arm um den kleineren Mann und lächelte. »Keine Sorge. Al ist unsere Fahrkarte zu den Geldtöpfen. Man schlägt doch nicht die Hand ab, die einen füttert.«

»Das stimmt, das tut man nicht. Vergiss bitte nie, dass Al unser Freund ist.«

Vincent lächelte geheimnisvoll und schwieg.

»Was, wenn ich fragen darf, tun Sie da? Ich muss arbeiten heute Abend, und Sie haben meinen Stuhl weggeräumt.«

Genau genommen hatte Mia alle Möbel im Wohnzimmer weggerückt und einen großen freien Raum in der Mitte geschaffen.

»Vor vier Tagen sind Sie in einem Parkhaus überfallen worden. Es wird Zeit, dass Sie lernen, sich selbst zu verteidigen, Nick. Ich hätte diese Männer frühzeitiger entdecken müssen, und ich entschuldige mich für mein Versäumnis. Aber wenn Sie ein bisschen mehr über Selbstverteidigung gewusst hätten, hätten Sie sich eventuell besser verteidigen können. Es ist eine Vorsichtsmaßnahme, die wichtig ist.«

»Ich dachte, dafür hätte ich Sie engagiert.«

»Es könnte sein, dass ich außer Gefecht gesetzt werde, wie vor ein paar Tagen, und nicht in der Lage bin, Ihnen zu helfen. Sie hatten Glück, dass diese Killer weggerannt sind.« Das rechtzeitige Eintreffen der Sicherheitsleute vom Einkaufszentrum hatte ihnen laut Nick noch zusätzlich Beine gemacht. Sie hatte ihm zwar geglaubt, aber nach wie vor leise Zweifel, ob es tatsächlich so abgelaufen war.

»*Sie* wollen *mir* beibringen, wie ich mich selbst verteidige?«, fragte Nick total verblüfft und starrte die zierliche Frau vor sich an. Mann, er könnte Mia mit einer Hand hochstemmen. Und das hieß, er könnte sie verletzen, etwas, wozu er nicht bereit war, Scharade hin oder her.

Kopfschüttelnd fügte er noch hinzu: »Darf ich Sie daran erinnern, dass Sie sich gerade erst von einer leichten Gehirnerschütterung erholt haben? Ich lasse nicht zu, dass Sie sich körperlich anstrengen und sich noch mehr verletzen.«

»Der Arzt hat gesagt, dass es keine richtige Gehirnerschütterung war. Na gut, vielleicht eine winzig kleine. Aber ich habe mich bereits völlig erholt, und er hat auch gesagt, dass ich all meine normalen Aktivitäten wieder aufnehmen kann.«

»Weiß er, dass Sie in Ihrer Freizeit Rambo spielen?«

Mia grinste. »Sie werden von Tag zu Tag witziger, Nick. Mir gefällt dieser neue Nick. Jetzt müssen wir Sie nur noch ein wenig in Form bringen. Glauben Sie mir, Frauen sind ganz scharf auf Kerle, die Karate und Wrestling können.« Sie legte ihm die Hand auf den Bauch und tätschelte ihn leicht. »Sie haben ein wenig zugenommen letzthin. Das ist nicht gut. Ich möchte nicht, dass Sie wie ein Hefekuchen aufgehen.«

Nicks Stirnrunzeln vertiefte sich, als er den Bauch einzog. »Ich bin in exzellenter Form.« Er fasste sich an die

Stelle, wo eben noch ihre Hand gelegen hatte, spürte nur Muskeln und atmete erleichtert aus. Nick machte jeden Abend dreihundert Sit-ups und zweihundert Push-ups, wenn Mia ins Bett gegangen war. Um die Taille herum fett zu werden, kam überhaupt nicht in Frage. Ein wabbeliger Agent war ein toter Agent, weswegen er sich auch Sorgen um Burt machte.

»Ich bin nicht im Geringsten interessiert –«

»Vergessen Sie's, Nick. Sie lernen jetzt, wie Sie sich selbst verteidigen können, und ich bringe es Ihnen bei. Jeden Abend nach dem Essen ziehen wir uns Trainingssachen an und –«

»Ich habe keine Trainingssachen.«

Mia verdrehte die Augen und seufzte schwer genervt. »Dann kaufen Sie sich eben welche. Gehen Sie zu Goldman's, dort bekommen Sie zehn Prozent Rabatt von Annie. In der Zwischenzeit können Sie einfach das anbehalten, was Sie anhaben.«

»Dies ist eine Baumwollhose. Sie mochten die Cordhose ja nicht, also habe ich gewechselt.«

»Haben Sie auch eine Jeans?«

Er nickte. »Ja, eine. Ich trage sie bei der Gartenarbeit. Meine Tante liebt Rosen, aber sie machen sehr viel Arbeit.«

»Es ist nett, dass Sie sich so gut um Ihre Tante kümmern, Nick. Dafür bewundere ich Sie ehrlich.«

»Vielen Dank. Ich empfinde das überhaupt nicht als Belastung.«

»Warum ziehen Sie nicht einfach Ihre Jeans und ein T-Shirt an? Sie haben doch ein T-Shirt, oder?« Als er misstrauisch nickte, fügte sie hinzu: »Los, ziehen Sie sich schnell um. Ich würde gern anfangen.«

»Oh, in Ordnung. Aber geben Sie nicht mir die Schuld, wenn Sie sich wehtun. Ich wiege deutlich mehr als Sie.«

Mia lächelte hinterhältig. »Ich bin nicht die Spur besorgt.«

»Ich glaube, Sie haben mir das Schlüsselbein gebrochen.«

Hände auf die Hüften gestützt, blickte Mia auf Nick hinunter und lächelte. Er war knallrot im Gesicht, hauptsächlich, weil es ihm peinlich war, nahm sie an. Abgesehen von seinem Stolz, der einen beträchtlichen Dämpfer erlitten hatte, schien er unverletzt zu sein. »Ich habe Ihnen gesagt, dass Sie sich darauf gefasst machen müssen, von mir über die Schulter geworfen zu werden. Ich habe Ihnen reichlich Vorwarnungen gegeben, etwas, was ein Angreifer bestimmt nicht tut.«

»Ich war einfach nicht darauf vorbereitet, das ist alles.«

Sie streckte ihre Hand aus. »Wollen wir es noch einmal versuchen?«

Nick nickte und griff nach Mias Hand. Als sie ihn hochziehen wollte, brachte er sie mit einem Ruck aus dem Gleichgewicht, zog sie auf den Teppich und rollte sich mit seinem ganzen Körper über sie. »Ist das ein guter Zug?«, fragte er honigsüß und die reine Unschuld.

Mia konnte seine Erregung spüren, als er sich so an sie presste, und sie bekam einen trockenen Mund. Ja, Nick, hätte sie am liebsten gesagt, das ist ein hervorragender Zug!

Seine Lippen waren nur Zentimeter von ihren entfernt, und sie hatte das plötzliche Bedürfnis, ihn zu küssen, herauszufinden, ob sie so weich waren, wie sie glaubte. Aber dann übernahm doch ihr Verstand wieder die volle Kontrolle, und sie befahl: »Nehmen Sie Ihre Brille ab, Nick.

Ich werde jetzt sehr hart mit Ihnen umspringen und möchte nicht, dass sie kaputtgeht.«

»Äh, ich kann aber nicht gut sehen ohne sie. Ich behalte sie lieber auf.«

»Sie müssen auch nicht gut sehen können, Sie müssen nur aufpassen. Außerdem haben Sie gleich genug mit sich zu tun, um sich darüber noch Gedanken zu machen.«

Nick musste innerlich lächeln über Mias resolute Art und ihr Selbstbewusstsein. In diesem Winzling steckte wirklich ein Teufelsweib. Er nahm die Brille ab, und ihr schockierter Blick sagte ihm besser als alle Worte, dass er wirklich grauenhaft aussah mit dem schauderhaften Modell, das er für seine Rolle ausgewählt hatte.

Was ja schließlich der Sinn der Sache war. Aber er konnte einfach nicht anders: Sein Selbstbewusstsein bekam gewaltigen Auftrieb, als sie ihn so bewundernd ansah.

»Sie haben so hübsche Augen. Warum tragen Sie keine Kontaktlinsen, statt sie zu verstecken?«

Die Gelegenheit war zu günstig, um sie nicht schnell beim Schopfe zu packen: »Sie haben einen schar ... schönen Körper. Warum verstecken Sie ihn unter unförmiger, unattraktiver Kleidung?«

Sie sprang auf. »Mein Körper ist überhaupt nicht attraktiv. Er ist zu jungenhaft. Angela hat nicht nur den Verstand, sondern gleichzeitig den fantastischen Körper und große Brüste abbekommen. Für mich sind nur die Reste geblieben, was nicht sehr viel war.« So offen war sie noch nie zuvor einem Mann gegenüber gewesen, aber dies war ja nur Nick. Und mit ihm konnte man völlig ungezwungen reden, eher wie mit einer guten Freundin, obgleich sie nicht gerade »Freundin« gedacht hatte, als er über ihr lag.

»Ihre Schwester ist eine sehr attraktive Frau, aber sie ist nicht so hübsch wie Sie«, sagte er und setzte sich neben sie aufs Sofa.

Mia freute sich über das Kompliment und war Nick dankbar dafür, obwohl sie ihm kein Wort glaubte. »Hören Sie, Nick, mir ist klar, dass Sie nicht gerade viel Erfahrung mit Frauen haben, und deshalb sage ich Ihnen jetzt, was Sache ist.

Sie waren gerade eben ein bisschen erregt. Ich konnte Ihre ... nun ja, Sie wissen schon, spüren, und ich bin fest davon überzeugt, dass Männer häufig mit diesem speziellen Anhängsel denken statt mit ihrem Gehirn. Sie müssen sich deswegen nicht schämen«, fügte sie angesichts seines entsetzten Gesichtsausdrucks hinzu. »Es hat Ihre Wahrnehmung nur ein bisschen farbiger gemacht, hat Sie Dinge sehen lassen, die nicht wirklich vorhanden sind.«

Er nahm seine Brille und setzte sie wieder auf. »Meine Sehschärfe ist ausgezeichnet mit dieser Brille. Aber Sie dagegen sind nicht in der Lage, ein Kompliment zu erkennen, wenn Ihnen eins gemacht wird. Warum verstecken Sie Ihre Weiblichkeit? Wovor haben Sie Angst?«

Nicks Bemerkungen lagen etwas zu nah an der Wahrheit für ihren Geschmack, und Mia versteifte sich. »Wenn ich etwas nicht leiden kann, dann ist es, angelogen zu werden. Und wenn ich so etwas wie Weiblichkeit hätte, wüsste ich es. Schließlich sehe ich jeden Tag in den Spiegel, und der Spiegel lügt nicht, so wie manche Leute, deren Namen ich nennen könnte.«

Mia war immer ein Wildfang gewesen. Ihr fiel es leichter, sich zu den Jungs gehörig zu fühlen. Dadurch konnte sie Ablehnung auf ein Minimum reduzieren. Und wenn sie sich selbst nicht zu ernst nahm, sich etwas am Riemen riss, ihre Erwartungen nicht zu hoch schraubte, Schmeicheleien und Liebesbeteuerungen keinen Glauben schenkte, würde der Fall nicht allzu tief sein, wenn die Zeit kam, dass sie mal wieder verlassen wurde. Und die Zeit kam so sicher wie das Amen in der Kirche.

Dauerhafte Beziehungen hatte Mia nie gehabt. Sie war so oft verlassen worden, und das aus tausend verschiedenen Gründen – *Meine Mutter liegt im Sterben, ich bin schwul, ich möchte Missionar werden* –, dass sie schon anfing, die Ausreden zu genießen und sich überlegte, ob sie die beste prämieren sollte.

Nick dachte kurz nach. »Es kann schon sein, dass ich nicht immer die Wahrheit sage«, gab er vorsichtig zu, »aber ich sage absolut die Wahrheit, wenn ich Ihnen, Mia DeNero, sage, dass Sie eine attraktive Frau sind und Ihre Fig … Persönlichkeit eine Wucht ist. Und wieso glauben Sie, dass ich keine Erfahrung mit dem anderen Geschlecht habe?«

Diese Vorstellung hatte wehgetan, obgleich er sich über ihre Schlussfolgerung nicht wunderte. Schließlich hatte sie ihn von Anfang an als Obertrottel eingestuft. Konnte ihr das jemand vorwerfen? Mit Sicherheit sah er so aus und verhielt sich so, und es fing an, ihm auf den Geist zu gehen. Die Belastbarkeit des männliches Egos hatte effektiv ihre Grenzen.

»Sie sind noch Jungfrau, habe ich Recht?«, platzte sie heraus.

Nick war so verdutzt, dass ihm für einen Moment die Worte fehlten, was Mia als Zustimmung interpretierte. »Ich wusste es doch.«

Verärgert durch ihre Vermutung, packte Nick Mias Schultern, zog sie, bevor sie protestieren konnte, an sich und gab ihr einen so heißen und tiefen und nicht enden wollenden Kuss, dass ihr die Luft wegblieb und ihr schwindlig wurde.

Seine Lippen bewegten sich kennerhaft über ihren Mund, knabberten zuerst spielerisch an ihrer Unterlippe und saugten dann an ihr. Mias Reaktion war absolut spontan: Sie bestand nur noch aus Verlangen, aus heißem Verlangen.

Sie stöhnte laut, und Nick ließ von ihr ab, ein zufriedenes Lächeln im Gesicht. Er erhob sich und sagte: »Ich muss arbeiten.«

Benommen lehnte sie sich zurück in die Sofakissen, betastete vorsichtig ihre Lippen, seufzte zufrieden und sah zu, wie Nick seinen Stuhl vor den Computer stellte und sich hinsetzte, um zu arbeiten.

Man sollte ein Buch wirklich nie nach dem Umschlag beurteilen.

Das, was Niccolò Caruso, im Allgemeinen ein harmloser Schriftsteller, hier gerade abgeliefert hatte, konnte man beim besten Willen nicht als jugendfrei bezeichnen.

Und, du liebe Güte, was für ein toller Küsser!

7

Warum sollte ich eher den Erwartungen anderer Leute entsprechen als meinen eigenen?
10 Dinge, die ich an dir hasse

Mia hatte seit gestern Abend an wenig anderes gedacht als an *den* Kuss, dieses köstliche, berauschende, atemberaubende Mordsding von einem Kuss.

Sie hatte daran denken müssen, während sie im Bett lag – *allein, verdammt!* –, dachte daran, während sie heute Morgen duschte – ihr ganzer Körper war angespannt und kribbelte –, und sie dachte daran, während sie über ihr Kreuzworträtsel zu Nick hinüberspähte. Der schien ihren inneren Tumult gar nicht mitzubekommen und die Ruhe selbst zu sein, so wie er auf die Tastatur seines Computers einhackte und ihr den perfekt formulierten Absatz entlocken wollte.

Mia wusste, dass sie den Tatsachen ins Auge blicken musste. Sie war hoffnungslos verliebt in Nick. Er war nicht ihr Typ – obgleich sie eigentlich keinen bestimmten Typ hatte –, aber wenn das der Fall wäre, dann wäre es ganz sicher nicht jemand wie der pingelige, ruhige, konservative, Rosenkohl-ist-sehr-gesund-Nick.

Außerdem musste sie sich ständig vor Augen halten, dass Nick ein Klient war. Und es kam überhaupt nicht in Frage, dass sie lüsterne, erotische Gedanken an einen Klienten verschwendete. Das war unprofessionell, um nicht zu sagen ungesund.

Aber er hatte einen echt hübschen Hintern. Das war ihr vorher gar nicht so aufgefallen.

Eine Leibwächterin schäkerte nicht mit einem Mann herum, den zu beschützen sie geschworen hatte. Ja, ihr Körper war dabei schon im Spiel, aber nicht in *diesem* körperlichen Sinne. Okay, Patty Hearst hatte ihren Bodyguard geheiratet, aber sie war eh schon ein bisschen arg durch den Wind gewesen durch die Entführung.

Mia war auch ein bisschen durch den Wind, hauptsächlich wegen sexuellen Notstands, der wahrscheinlich schuld daran war, dass sie sich so angezogen fühlte von Nick. Es war halt eine ganze Weile her. Genau genommen war es so lange her, dass sie sich nicht mehr erinnern konnte, mit wem sie zuletzt geschlafen hatte. Offenbar war es kein bleibender Eindruck gewesen, geschweige denn, ihren Eltern gegenüber erwähnenswert.

Nicht dass sie das getan hätte. Ihr Vater hätte ihr sonst bestimmt einen Keuschheitsgürtel verpasst. Sam DeNero war ein übermäßig beschützender Vater.

Mia hatte das Bedürfnis, gebumst zu werden, ein besseres Wort fiel ihr gerade nicht ein. Nun ja, es gab noch dieses Wort mit »f«, aber das erschien ihr doch ein wenig derb, und politisch korrekt war es heutzutage auch nicht gerade. Unglücklicherweise waren keine passenden Kandidaten in Sicht – niemand außer Nick jedenfalls, und bei ihm hieß es: Hände weg.

Er hatte schöne Hände – stark und sanft, mit langen Fingern, die –

Mia musste einen Mann finden; Nick musste eine Frau finden.

Nur nicht einander.

In dem Kuss gestern Abend hatten eine Menge aufgestaute Sehnsucht und Gefühl gelegen. Hitze – siedende, süße, Hormone-auf-Hochtouren-bringende Hitze. Verlangen war durch ihren Körper gefahren wie ein Messer durch Butter. Seine Lippen waren so weich und sanft gewesen. Und erst seine Zunge – du liebe Güte! Der Wahnsinn.

Ein Mann mit einer Erektion war wie eine Bombe, die jeden Moment explodieren konnte. Sie durfte einfach nicht zulassen, dass der Vulkan … nun ja, irgendwo in ihrer Nähe ausbrach.

Nein, nein. Egal wie interessant dieser Gedanke möglicherweise war, Nick brauchte eine Frau. Und zwar schnell. Auf diese Weise konnte sie am besten ihr … Herz beschützen.

Und sie wusste auch schon, wo sie eine finden konnte.

»Wie lange wollen Sie noch arbeiten, Nick? Wir müssen zum Metzger und für heute Abend etwas zum Essen kaufen. Wie wär's mal mit Schweinekoteletts?«

»Fein, fein. Was immer Sie wollen. Ich bin beschäftigt.«

Sie seufzte. »Ich bin irgendwie hungrig. Können wir vielleicht irgendwo einen Burger essen oder so? Ich lade Sie ein.«

Stöhnend drehte Nick sich auf seinem Stuhl herum. Er hatte den ganzen Tag über vermieden, Mia anzusehen; er musste unaufhörlich an diesen Kuss denken und wie wunderbar es sich angefühlt hatte.

Und wie dämlich er gewesen war.

Er durfte nicht zulassen, dass die ganze Operation gefährdet wurde, nur weil er spitz wie ein Teenager war.

Verfluchte Dummheit.

Und verflucht sei auch Mia, dass sie so … so … na eben Mia war!

Er hatte die erste Regel jeder verdeckten Ermittlung gebrochen: sich nie mit einem Zivilisten einlassen, weder auf romantische noch sonst irgendeine Art, besonders nicht, wenn dieser Zivilist … eine Frau war.

»In Ordnung. Ich muss nur noch diesen Absatz beenden. Wenn Sie vorher noch was zu erledigen haben, tun Sie's. Ich bin gleich fertig.«

Mia ging ins Badezimmer, nicht um sich zu schminken – sie trug selten Make-up –, sondern um aufs Klo zu gehen. Die Blase zu leeren schaffte mehr Platz für Pommes und Cola.

Sie hatte vor, eines Tages ein Buch über dieses Thema zu schreiben. Sie würde all die kleinen Tipps auflisten, die einem halfen, den alltäglichen Stress besser zu bewältigen.

Die Blase zu leeren war nur einer von vielen. Dazu gehörte zudem, unwichtige Dinge wie Bücher und Zeitschriften im Einkaufswagen zu verstecken, damit man sich nicht schuldig fühlte, unnötig Geld auszugeben. Und wenn man gerade eine Diät machte, eine, bei der man peinlich genau Buch führen musste, konnte man einen Erdbeer-Daiquiri als Obst aufschreiben und musste trotzdem kein schlechtes Gewissen haben.

Anders als Nicks Buch, das höchstwahrscheinlich nur ein begrenztes Publikum finden würde, würde ihres ein Knüller werden. Es gab jede Menge Menschen auf der Welt, die ständig nach Ausreden suchten.

Sie konnte doch nicht die Einzige sein, oder?

Mia verkniff sich ein Bäuerchen – sie hatte reichlich Zwiebeln auf ihrem Cheeseburger gehabt zum Mittagessen – und betrat kurze Zeit später zusammen mit Nick, der ihr dicht auf den … ähem … Fersen folgte, Santinis Metzgerei.

Lou Santini, der Sohn der Besitzerin, stand hinter dem Verkaufstresen – beladen mit einer Rinderseite über der Schulter – und sah aus wie einer dieser »Ich-Tarzan-du-Jane«-Typen, die dem Song »A Hunka, Hunka Burning Love« neue Bedeutung gaben. Aber sie sah in ihm nichts anderes als einen guten Freund. So nett er auch war, er reizte sie nun einmal null.

Aber Mia bewunderte nichtsdestotrotz seinen Bodybuilder-Körper. Der Mann hatte eine unglaubliche Brustmuskulatur. Und erst seine Arme … die reinsten Baumstämme. Kein Zweifel, Donatella Foragi war die Schönheitskönigin und Lou Santini der Adonis von Little Italy.

Und zu Donna Wisemans größtem Verdruss dazu der Sexprotz des Viertels. Es war klar, dass Donna verknallt war in ihren Arbeitgeber, obgleich sie das auf Nachfrage vehement geleugnet hätte. Und Lou war hingerissen von Donna, dessen war sich Mia sicher. Die Blicke, die die beiden Dickköpfe austauschten, waren heiß genug, um Stahl zum Schmelzen zu bringen.

Was stand also zwischen ihnen?

Nicht was, sondern wer war die Frage.

Lous Drachen von Mutter, Nina, konnte Donna nicht ausstehen. Sie hielt die junge Frau für ein hirnloses Betthäschen, das nur auf Geld aus war, und machte keinen Hehl daraus, dass Donna ihrer Meinung nach nicht gut genug für ihren Sohn war. Nicht dass irgendeine Frau das wäre.

Mrs. Santini war Witwe, und Mia hatte schon kurz nach ihrer Ankunft in der Stadt und nachdem sie die Santinis kennen gelernt hatte, herausgefunden, dass Lous Schicksal, in die Schuhe seines Vaters zu schlüpfen und die Verpflichtung für seine herrische Mutter zu übernehmen, nicht das Leichteste war. Dazu kamen noch Ninas Erwartungen an Lou, die nicht einmal nach italienischen Maßstäben als vernünftig bezeichnet werden konnten.

Italiener! Sie hatten wirklich grotesk altmodische Vorstellungen, wenn es um die Familie ging.

Mia konnte das aus erster Hand bezeugen.

»Hi, Mia!«, begrüßte Lou sie breit grinsend und machte seinem Kieferorthopäden alle Ehre. Mia hatte auch gerade Zähne, aber die hatte sie der Natur und den guten DeNero-Genen zu verdanken.

»Schön, dich zu sehen«, sagte er. »Was kann ich heute für dich tun? Das Kalbfleisch, das ich frisch geschnitten habe, ist echt 'ne Wucht.«

»Lou, ich möchte dir meinen Klienten vorstellen. Dies ist Nick Caruso, viel gedruckter Autor.«

»Im Ernst? Irgendwas, was ich vielleicht gelesen habe?«, fragte der Schlachter. »Ich bin verrückt nach guten Thrillern.«

Mia schüttelte den Kopf. »Nicks Bücher sind vergriffen, behauptet er jedenfalls. Stimmt doch, Nick, oder?«

»Stimmt.« Nick gefiel der hungrige Blick nicht, den Lou Mia zuwarf, als würde er sie am liebsten verschlingen, so dass er einige Mühe hatte, freundlich zu lächeln.

»Wir sind hier, um Schweinekoteletts zu kaufen«, verkündete er, und Mia sah ihn sonderbar an.

»Ist Donna hier?«, fragte Mia den Metzger, der Nick ebenfalls verdutzt anstarrte. »Ich würde gern etwas mit ihr besprechen.«

»Donna kommt gleich wieder. Sie ist nur eben zu Moressis Apotheke gegangen, um ein Rezept für meine Mutter abzuholen. Ma leidet in letzter Zeit etwas unter dem Wetter.«

»Oh, tut mir Leid, das zu hören. Ich hoffe, es ist nichts Ernstes.«

Lou zuckte die Achseln und sah besorgt aus, ließ sich aber nicht weiter über das Thema aus, und Mia hielt es für das Beste, ihn nicht zu bedrängen.

Die Ladenglocke klingelte, und Mia und Nick drehten sich um zu Sophia Russo. Die ältere Frau, deren Haarpracht an Lucille Ball oder Bozo erinnerte, kam darauf an, aus welcher Perspektive man es betrachtete, strahlte, als sie Nicks ansichtig wurde und begrüßte ihn wie einen verloren geglaubten Freund oder Verwandten. Wie gewöhnlich übersah sie Mia, die enttäuscht war, dass nicht Donna, sondern diese lästige Frau hereingekommen war.

»*Bona sera*, Nick. Ich habe wunderbare Neuigkeiten für Sie. Mein Bruder ist bereit, mit Ihnen zu reden. Alfredo sagte, Sie sollen Zeitpunkt und Ort bestimmen, er würde dann kommen. Natürlich musste ich ihn überreden, aber das habe ich gern getan. Ich habe ihm gesagt, dass Sie mich an Joe Perillo erinnern, und den hat Alfredo immer gemocht.«

Nick gab sich alle Mühe, nicht so aufgeregt auszusehen, wie er sich fühlte, und bedachte Sophia mit einem warmen Händedruck, die prompt wie ein junges Mädchen errötete. »Vielen Dank, Mrs. Russo. Ich freue mich sehr über Ihre Hilfe. Ihren Bruder Alfredo interviewen zu können, wird meinem Buch so viel mehr Gewicht und Authentizität verleihen. Ich kann Ihnen gar nicht sagen, wie dankbar ich Ihnen bin.«

»Dann werden Sie mir eines Tages ebenfalls einen Gefallen tun, nicht wahr?«

Mia erkannte eine Fangfrage, wenn sie sie hörte, und fragte sich, was die Frau wohl ausheckte. Bestimmt nichts

Gutes, das war bombensicher. Sophia war die geborene Unruhestifterin. Sie war Weltmeisterin im Gerüchteverbreiten, mischte sich in Dinge ein, die sie nichts angingen, und erteilte ungebetene Ratschläge.

»Natürlich, Mrs. Russo. Es wäre mir eine Freude, Ihnen wo immer ich kann behilflich zu sein.« Nick war an einem Punkt angelangt, wo er so gut wie alles tun würde, wenn es bedeutete, seine Untersuchung voranzubringen, die im Moment gerade in einer Sackgasse war.

Weder er noch Burt hatten konkrete Beweise gefunden, dass Graziano oder sein Partner Palumbo etwas mit der Geldwäsche zu tun hatten. Wer auch immer die Bücher fälschte, leistete ganze Arbeit.

»Drückt er sich nicht gewählt aus, Lou? Nick ist ein gebildeter Mann, so kultiviert, ein wahrer Gentleman. Die Frau, die ihn einmal bekommt, kann sich wirklich glücklich schätzen.« Sie drehte sich mit einem Blick zu Mia um, der sagte: *Und du wirst das nicht sein, Mia DeNero, nicht, wenn ich ein Wörtchen mitzureden habe.*

»Sie sind zu liebenswürdig, Mrs. Russo.«

Sophie grunzte zustimmend und wendete sich jetzt Lou zu, der ihre Fleisch- und Geflügelbestellung entgegennahm. Dann ging sie nach oben, um Lous Mutter einen Besuch abzustatten. Sie und Nina konnten sich eigentlich nicht ausstehen und gingen sich in der Regel aus dem Weg. Aber wenn jemand krank war, wie in Mrs. Santinis Fall, dann musste man seine Pflicht erfüllen, allen Groll beiseite legen, über seinen Schatten springen und Hilfe anbieten.

Die alten Regeln wurden gewissenhaft befolgt in Little Italy.

»Sagen Sie, Nick, spielen Sie Poker?«, fragte Lou, reichte Mia das Päckchen mit den Schweinekoteletts und nahm das Geld von ihr entgegen. »Ich treffe mich einmal pro Woche mit einigen Kumpels aus der Nachbarschaft zu einem freundschaftlichen Spiel. Haben Sie Lust, Freitagabend auch zu kommen? Wir spielen bei Eddie Falcone und könnten noch gut jemanden gebrauchen.«

Nick, der Poker fast genauso liebte, wie an der Börse zu spekulieren, wollte schon zusagen, aber Mia ließ ihm keine Chance.

»Nick denkt gar nicht daran, mit dir und deinen Falschspielerfreunden Karten zu spielen, Lou Santini, das kannst du dir getrost abschminken.« Sie drehte sich zu Nick um und erläuterte: »Als ich das letzte Mal mit Lou und seinen betrügerischen Freunden gespielt habe, hätte ich fast meine Unterwäsche verloren. Sie hielten es nicht für nötig, mir vorher zu sagen, dass es Strip-Poker war.«

Wahnsinnige, irrationale Wut übermannte Nick. »Sie haben sich vor fremden Männern ausgezogen? Ich muss schon sagen, Mia, das überrascht mich wirklich sehr.« Die Vorstellung machte ihn stinksauer, aber er dachte nicht weiter darüber nach, warum das so war. Er traute sich nicht.

»He, überlegen Sie sich, wen Sie einen Fremden nennen!«, sagte Lou schmunzelnd.

Mia lachte. »Keine Sorge, Nick. Ich trug jede Menge Schmuck, Pullover und dergleichen. Aber Lou hier sieht verdammt gut aus im Unterhemd, das kann ich Ihnen sagen.« Sie zwinkerte dem Schlachter zu, und die beiden lachten verschwörerisch, was Nicks Stimmung nicht gerade hob.

»Wie schön für Lou. Klingt, als ob Sie beide sich gut kennen würden.«

»Kein Grund, eifersüchtig zu werden«, beruhigte ihn Lou. »Mia hat mir keine Chance gegeben, obwohl ich mich durchaus bemüht habe.«

»Du hast dich nicht sehr bemüht«, sagte sie mit einem beinahe flirtenden Unterton, fand Nick.

War Mia in den Metzger verknallt? Wollte sie deswegen unbedingt hierher gehen?

»Ihr wollt also heute Abend nicht essen gehen?«

Lou zu antworten blieb Mia erspart, da die Tür geöffnet wurde und Donna hereinschlenderte. Die attraktive Rothaarige trug einen grünen Designeranzug, der offensichtlich ein Vermögen gekostet hatte, und dazu passende hochhackige Pumps. In der rechten Hand trug sie eine Apothekertüte.

Als Nick die umwerfende Frau sah, weiteten sich seine Augen bewundernd, was Mia stinkwütend machte. Und das war unvernünftig, denn schließlich wollte sie die ganze Zeit nur deswegen zu Santinis, um Nick mit Donna bekannt zu machen, was sie nun tat und sich einredete, dass sie jedem der hier Anwesenden einen riesengroßen Gefallen tat. Wie schmerzlich das auch sein mochte.

»Hast du gestern Abend *The Sopranos* gesehen, Mia?«, fragte Donna. »James Gandolfini wird richtig fett. Carmella sollte sich von Tony scheiden lassen; er sieht wie ein Schwein aus.«

»Donna ist eine echte Expertin, wenn es um Fernsehen und Kino geht«, erklärte Mia Nick. »Im Vergleich zu ihr habe ich null Ahnung.«

»Eine völlig sinnlose Beschäftigung und reine Zeitverschwendung, wenn man mich fragt«, sagte Lou, und Donna warf ihm einen verletzten Blick zu, den sie hinter Ärger kaschierte.

»Dich fragt aber keiner. Hier.« Sie klatschte dem Schlachter die Arzneitüte gegen die Brust. »Lauf schon und gib das deiner Mutter. Wenn sie erfährt, dass ich es geholt habe, hält sie es für vergiftet.«

Lou sah sie dankbar an, nickte und verabschiedete sich rundum, bevor er nach oben verschwand.

»Wie gefällt Ihnen unsere kleine Gemeinde, Nick?«, erkundigte sich Donna. »Ich habe mich inzwischen daran gewöhnt, aber meine Mutter hasst es, mich hier zu besuchen, findet es zu konventionell und langweilig. Doch Lola ist halt an das aufregende Leben in Atlantic City gewöhnt. Hat Mia Ihnen erzählt, dass meine Mutter früher Barsängerin war?«

Und ihr Vater war Blackjack-Kartengeber in einem der Kasinos. Nick hatte seine Hausaufgaben gemacht. Er wusste, dass es keine Verbindung zwischen Atlantic City und der laufenden illegalen Operation hier in Baltimore gab.

»Nein. Das hat sie nicht erwähnt. Und, um Ihre Frage zu beantworten, ich bin sehr gern hier. Eine außerordentlich freundliche Nachbarschaft, und das Essen ist hervorragend. Was will man mehr?«

»Ja schon, ich hätte nichts dagegen, für immer hier zu bleiben, aber …« Donna zuckte die Achseln, blickte in Richtung Treppe und dem gerade verschwunden Mann hinterher und seufzte abgrundtief. »Ich lasse es auf mich zukommen.«

Am nächsten Nachmittag, während sie im *Mama Sophia's* auf das Erscheinen von Alfredo Graziano warteten, der mit Nick verabredet war, nutzte Mia die Gelegenheit, um Nick über Donna auszuquetschen.

»Was halten Sie von Donna Wiseman? Sie sieht toll aus mit ihrem roten Haar und der fantastischen Figur, nicht wahr? Ein Mann müsste verrückt oder schwul sein, wenn er nicht das Bedürfnis hätte, mit ihr auszugehen.«

Also deshalb hatte Mia ihn zu Santinis geschleppt. Sie wollte, dass er auf die attraktive Rothaarige traf. Mia versuchte, ihn mit einer Frau zu verkuppeln. Zweifellos, damit er seine Jungfräulichkeit verlöre, dachte Nick schwer empört.

Du lieber Himmel! Wenn dieser leidenschaftliche Kuss nicht bewiesen hatte, dass er durchaus Bescheid wusste, wie er eine Frau befriedigen konnte, tatsächlich bereits viele befriedigt hatte, dann gab es nur noch eine Möglichkeit, die das tun würde.

Denk nicht einmal daran, Caruso.

»Warum geht Lou nicht mit Donna aus? Beide sind attraktiv und scheinen sich gut zu verstehen. Der Gedanke wird ihm wohl doch bestimmt schon gekommen sein.«

»Nun ja, schwul ist er nicht, das weiß ich genau.«

Mit einem fragenden und leicht missbilligenden Ausdruck sagte Nick: »Wirklich? Ich wusste gar nicht, dass Sie sich mit ihm getroffen haben, abgesehen von diesen Strip-Poker-Partys, meine ich.«

»Nun ja, ich bin mit Lou nie im biblischen Sinn zusammen gewesen, wenn es das ist, was Sie wissen wollen.« Und warum wollte er das wissen? Nick schien beinahe eifersüchtig zu sein, was eine durchaus interessante Vorstellung war.

Er zuckte die Achseln. »Es geht mich nichts an.«

»Wenn Sie sich gern mit Donna verabreden würden, könnte ich das wahrscheinlich arrangieren. Ich glaube, dass sie einsam und frustriert ist.«

Oder meinte sie etwa sich selbst?

»Danke, dass Sie sich Gedanken über mich machen, aber ich bin ganz zufrieden mit dem momentanen Zustand. Wie ich Ihnen schon erklärt habe, fehlt mir im Moment die Zeit, mich auf jemanden einzulassen. Außerdem ist es sonnenklar, dass Donnas Herz bereits vergeben ist.«

Mia seufzte deprimiert. »Das haben Sie also auch bemerkt, hm? Ich weiß, dass Donna verrückt nach Lou ist und umgekehrt. Aber aus den beiden wird nie ein Paar.« Sie erzählte ihm von Ninas irrationaler Ablehnung und wie abscheulich sie die jüngere Frau behandelte.

»Wenn Lou ein richtiger Mann wäre, würde das kein Hindernis für ihn sein. Er ist erwachsen. Aber vielleicht ist er ein Muttersöhnchen und kann keine eigenen Entscheidungen treffen oder sich gegen seine Mutter durchsetzen.«

Mia funkelte Nick ärgerlich an, und ihm war sofort klar, dass er einen Fehler gemacht hatte. »Ich hätte angenommen, dass gerade Sie, der schließlich mit seiner alten Tante in einer ähnlichen Situation lebt, Verständnis für Lou haben würde. Er trägt die Verantwortung für seine Mutter. Italienische Männer nehmen so etwas sehr ernst. Sie sind Italiener; Sie sollten das wissen.«

Nick nickte hastig. »Natürlich, Sie haben Recht. Ich verstehe es total. Es ist nur so, dass Lou und Donna so gut zusammenzupassen scheinen. Ich finde es schrecklich, dass er zulässt, dass seine Mutter sich zwischen ihn und die Frau stellt, die er offensichtlich liebt.«

»Tja, Sie könnten eines Tages in eine ähnliche Situation kommen. Wenn Ihre Tante Bertrice so gesund ist, wie Sie sagen, könnte sie noch jahrelang leben. Sie könnten jemanden kennen lernen und heiraten wollen, und vielleicht gefällt ihr die Frau Ihrer Wahl nicht.«

»Natürlich würde Tante Bertrice sie mögen. Ich habe in allen Dingen einen exzellenten Geschmack, und …«

»Außer, was Kleidung betrifft«, unterbrach Mia ihn grinsend. »Oh, sehen Sie«, fuhr sie schnell fort, bevor Nick die scharfe Erwiderung, die ihm bestimmt auf der Zunge lag, ausspucken konnte. »Da kommt Onkel Alfredo. Und sieht er nicht aus wie ein echter, sehr eleganter Mafioso?«

Nick beäugte den Mann, der auf sie zukam. Alfredo Graziano sah wie der typische, gepflegte Italiener aus, von den Spitzen seiner glänzenden schwarzen, spitz zulaufenden Schuhe bis zu den schwarz-grau melierten Haaren, die durch die viele Pomade so steif wie eine zwei Wochen alte Leiche waren. Sein zweireihiger Nadelstreifenanzug war dunkelgrau, sein Wollmantel sah teuer aus, und natürlich trug er einen schwarzen Filzhut.

»Ah, meine kleine Mia«, sagte Alfredo, nahm seinen Hut ab, zog seine Handschuhe aus und platzierte beides auf den nächstgelegenen Stuhl. »Du siehst von Mal zu Mal hübscher aus.« Der ältere Mann küsste Mia auf die Wange, dann streckte er Nick die Hand entgegen.

»Ich bin Alfredo Graziano. Ich glaube, Sie erwarten mich.«

Nick starrte auf den Goldring, den er am kleinen Finger trug, und hielt es durchaus für möglich, dass der Möchtegern-Don von ihm erwartete, ihn zu küssen, genau wie Don Corleone. Er ergriff die Hand des älteren Mannes und schüttelte sie. »Ich freue mich sehr, Ihre Bekanntschaft zu machen, Mr. Graziano. Vielen Dank, dass Sie gekommen sind und sich bereit erklärt haben, mit mir zu reden.«

»Sie dürfen mich Don Alfredo oder Fredo nennen, wenn Sie möchten. Was Ihnen lieber ist.«

Total von den Socken erwiderte Nick: »Vielen Dank, aber ich glaube, wir sollten ganz formell bleiben, wenn Sie nichts dagegen haben. Ich habe meinen Kassettenrekorder mitgebracht, und ich glaube, für die Niederschrift ist Förmlichkeit am besten geeignet, verstehen Sie?«

»Nick nimmt es mit Worten sehr genau«, erklärte Mia und hoffte, dass der alte Mann nicht beleidigt war.

Alfredo machte eine Handbewegung, als würde er ihnen wie der Papst Dispens erteilen, und wischte ihre Bedenken beiseite. »Ganz, wie Sie wollen.«

Nick holte einen gelben Schreibblock und einen Kugelschreiber aus seiner Aktentasche, um sich Notizen zu machen. Obgleich er Grazianos Antworten aufnahm, wollte er zusätzlich seinen Eindruck von dem Mann während ihrer Unterhaltung festhalten. »Wenn ich es richtig verstanden habe, geben Sie zu, Individuen zu kennen, die möglicherweise mit dem organisierten Verbrechen zu tun haben. Ist das richtig, Mr. Graziano?« Nick hielt den Atem an und schickte im Stillen ein Stoßgebet zum Himmel, dass der Mann es zugeben und ihm seinen Job erleichtern würde. Aber der wich stattdessen der Frage aus.

»Warum schreiben Sie ein Buch über die Mafia?«, wollte Alfredo wissen. »Es ist schon so viel darüber geschrieben worden, von Puzo und diesem Verräter Sammy ›Der Stier‹ Gravano, der Gotti verpetzt hat. Was gibt es noch zu diesem Thema zu sagen? Ich glaube, Sie setzen da auf das sprichwörtliche falsche Pferd.«

Nick hatte seine Antwort parat und erwiderte aalglatt: »Ich habe mich schon immer für dieses Thema interessiert und wollte ein Buch über organisiertes Verbrechen schreiben. Ich glaube, dass für eine neuere Interpretation genügend Interesse vorhanden ist. Und ich würde gern die internen Strukturen der Mafia so wahrheitsgetreu wie möglich beschreiben, jenseits jeder hollywoodmäßigen Übertreibung, eben so, wie es wirklich ist.«

»Meine Schwester hat mir erzählt, dass Sie Mia engagiert haben, um Sie vor bösen Elementen zu beschützen«, sagte der alte Mann und machte keinen Hehl daraus, dass ihm weder die Vorstellung von Mia als Leibwächter, noch dass Nick sie engagiert hatte, gefielen.

»Ich bin ein paar Mal bedroht worden und hielt es für das Beste, Vorkehrungen zu treffen.«

»Mia«, bat Alfredo sie, »bist du so nett und holst mir ein Mineralwasser von der Bar? Ich habe großen Durst.« Er zog seine Brieftasche und drückte ihr eine Dollarnote in die Hand, und Nick fielen zahlreiche Hundertdollarnoten ins Auge.

Die Geschäfte in Lucky Louie's Autowelt mussten ja hervorragend laufen. Aber er würde seine Saisonkarte für die Fußballspiele der Ravens darauf verwetten, dass das kein ehrlich verdientes Geld war.

Weil sie kein Wort von der Unterhaltung verpassen wollte, schnappte Mia sich nur ungern das Geld und kam Alfredos Bitte nach. »Ich bin gleich wieder da. Wehe, ihr besprecht irgendetwas Interessantes, während ich weg bin!«

Nachdem sie außer Hörweite war, beugte Alfredo sich vor zu Nick. »Wie kommt es, dass Sie sich eine Frau für einen Männerjob ausgesucht haben? Ich finde es falsch, dass Sie eine Frau bitten, Sie zu beschützen. Männer sollten sich um Frauen kümmern, nicht umgekehrt. Frauen bekommen Babys und überwachen ihre Familien. Sie spielen nicht Bodyguard. Es fällt mir schwer, einen Mann, der sich hinter den Röcken einer Frau versteckt, zu respektieren.«

Da Mia selten Röcke trug, wusste Nick, dass es eh schwierig gewesen wäre. Aber es war ihm dennoch peinlich, dass der alte Mann ihn mit der Nase darauf gestoßen hatte, und er spürte, wie ihm Hitze den Nacken hochkroch. »Ich sah Mias Anzeige und beschloss, sie aufzusuchen. Es ist ungerecht, jemanden aufgrund seines Geschlechts zu diskriminieren, Mr. Graziano. Das wissen Sie sicher. Und ich bin der Meinung, dass Frauen so ziemlich alles können, wenn's drauf ankommt.«

»Ich wäre deswegen beinahe nicht gekommen.« Der ältere Mann schüttelte den Kopf. »Mir gefällt so etwas nicht. Aber meine Schwester Sophia hält Sie für einen netten Mann, also habe ich es mir anders überlegt. Ich tue meiner Schwester gern einen Gefallen, außerdem würde sie mir sonst das Leben zur Hölle machen. Die Frau hätte *capo* werden sollen.«

Nick lächelte und glaubte ihm alles, was er über Sophia gesagt hatte, aufs Wort. »Wenn Sie schon davon reden, kennen Sie irgendwelche?«

»Sagt Ihnen der Begriff *omerta* etwas? Es ist nicht klug, über solche Dinge außerhalb der Familie zu sprechen. Es könnte schlecht für Ihre Gesundheit sein. *Capisce*?«

»Sie haben also den Todeseid abgelegt? Wem gegenüber, der Gotti-Familie?«

»Wenn Sie mir allgemeine Fragen stellen, versuche ich, sie Ihnen zu beantworten, aber zu etwas Bestimmtem kann ich mich nicht äußern. Es ist wichtig, dass ich am Leben bleibe, weil ich heiraten möchte.«

Obwohl er enttäuscht war, zwang Nick sich zu lächeln. »Herzlichen Glückwunsch!« Er schüttelte dem älteren Mann die Hand. »Ich hoffe, dass Sie sehr glücklich werden. Wer ist denn die Glückliche?«

»Lenore Gallagher. Sie ist eine gute Frau, so dass ich weiß, dass ich sehr zufrieden sein werde. Nächste Woche feiern wir hier in diesem Lokal unsere Verlobung. Sie müssen auch kommen und Mia mitbringen. Ich mag sie. Sie ist ein kluges Mädchen. Und sie hat Mumm. Das kann man nicht von jeder Frau behaupten, nur von den guten.«

»Lobst du mich schon wieder über den grünen Klee, Onkel Alfredo?« Mia stellte das Mineralwasser vor ihn auf den Tisch und küsste seine Wange. Das Restaurant war relativ leer und ruhig, und sie hatte jedes Wort von Alfredos und Nicks Unterhaltung mitbekommen.

Mia freute sich, dass Nick seine Entscheidung, sie zu engagieren, verteidigt hatte. Obgleich sie auch Alfredo seine altmodische Haltung nicht übel nahm. Er gehörte eben noch zur alten Schule, die glaubte, dass der Platz einer Frau zu Hause war und dass sie Babys gebären musste. *Würg.*

»Du bist ein gutes Mädchen, Mia, aber du solltest nicht so gefährliche Dinge tun. Du könntest verletzt werden. Sag mir Bescheid, wenn du Hilfe brauchst, um etwas Neues anzufangen. Vielleicht kann ich bei dem einen oder anderen ein gutes Wort für dich einlegen. Oder noch besser, du solltest für Vinnie und mich arbeiten. Wir könnten sehr gut eine Halbtagskraft im Autohaus gebrauchen.«

»Nick kann bezeugen, dass wir sehr selten das Haus verlassen und dass in letzter Zeit alles schön ruhig war. Aber vielen Dank für das Angebot, Onkel Alfredo.«

»Und was ist mit dem, was im Einkaufszentrum passiert ist? War das auch schön ruhig?« Alfredos Blick durchbohrte sie, und Mias Augen weiteten sich überrascht.

»Du weißt davon? Aber wir haben mit keiner Menschenseele darüber gesprochen.« Sie und Nick waren übereingekommen, dass es besser wäre, die Freunde oder Familie nicht unnötig zu erschrecken und die Sache für sich zu behalten.

»Ich habe Freunde, die mich mit Informationen versorgen«, antwortete Alfredo.

»Gott, ich hoffe, meine Mutter weiß von nichts. Sie hat es noch nicht erwähnt.«

»Nun ja, sei nicht zu überrascht, wenn dein Vater es weiß«, warnte Alfredo sie. »Excops wissen alles. Sam hat mit Sicherheit genauso gute Verbindungen wie ich. Dein Vater mag zwar Kleider tragen, aber er ist keine alte Frau.«

»Nick und ich sind heute Abend bei meinen Eltern zum Essen eingeladen, so dass wir es früh genug erfahren.«

Nick warf Mia einen ärgerlichen Blick zu, und sie lächelte entschuldigend, setzte sich und sagte: »Okay, ich halte jetzt die Klappe, so dass ihr zwei euch unterhalten könnt.«

»Danke.« Nick wandte sich wieder Alfredo zu, der mit ziemlicher Sicherheit keinen blassen Dunst von der Mafia hatte. Es war zwar nur ein Gefühl, ein Instinkt für hanebüchenen Blödsinn, wann immer er darauf stieß, aber er war sich so gut wie sicher, dass er gerade nichts als Blödsinn gehört hatte. Er hoffte, dass er Recht behielt, weil er den alten Kauz liebenswert fand. Und er wollte, dass Dans Mutter glücklich wurde, was sie sicher nicht wäre, wenn ihr Verlobter im Knast landete.

Nick und Alfredo unterhielten sich noch weitere dreißig Minuten, dann entschuldigte sich der Ältere und ging. Nick war enttäuscht von dem Gespräch. Alfredo hatte ihm außer dem Termin der Verlobungsfeier und was Nick anziehen sollte und welchen Wein er heute Abend den DeNeros mitbringen sollte – italienischen natürlich – keine einzige nützliche Information gegeben.

»Ist Ihre Mutter eine gute Köchin?«, fragte Nick, sammelte seine Notizen ein und war abmarschbereit. Wenn Rosalie DeNero über die gleichen Kochkünste verfügte wie ihre Tochter, sollte er lieber zur Vorbeugung eine Tablette gegen Sodbrennen einnehmen, oder vielleicht auch zwei.

Mia nickte begeistert. »Die beste. Sie macht heute Lasagne. Das ist mein Lieblingsessen.«

Bei der Erwähnung dieses Gerichts, das Nick heiß und innig liebte, begann sein Magen zu knurren. »Klingt gut. Ich bin sicher, dass sie besser schmeckt als die Tiefkühllasagnc, dic wir gestern Abend gegessen haben.«

Mia überging diese Bemerkung. »Sind Sie zufrieden mit dem Interview? Haben Sie etwas Neues erfahren?«

»Eigentlich nicht. Was ziemlich enttäuschend ist. Das meiste, was Alfredo mir erzählt hat, wusste ich schon.«

»Nun, das muss recht viel sein, nicht wahr? Ich meine, Sie sitzen seit Tagen am Computer und recherchieren. Sie müssen inzwischen ein Experte sein, was das organisierte Verbrechen betrifft.«

»Ich brauche noch mehr, viel mehr. Dies ist nur die Spitze des Eisbergs. Beweise sind wichtig für jedes gute ... Buch.«

»Möglicherweise kann ich Ihnen ja helfen. Wissen Sie, ich könnte Ihre Notizen durchsehen und Vorschläge machen, derlei Dinge.«

Er schüttelte nachdrücklich den Kopf. »Nein! Ich wollte sagen, ich muss die Recherchen allein machen. Und ich bin sehr abergläubisch und möchte nicht, dass jemand meine Arbeit liest, bevor das Buch fertig ist. Ich bin es gewohnt, allein zu arbeiten.«

»Und wie Sie mir erzählt haben, auch gewohnt, allein zu leben. Passen Sie auf, dass Sie nicht auch allein bleiben.«

8

Ich musste mich auf die Zehenspitzen stellen
wie ein Zwerg vor dem Pissbecken.
Die nackte Kanone

»Es wurde aber auch langsam Zeit, dass du diesen ansehnlichen Mann zum Essen einlädst, Mia. Dein Vater und ich fingen schon an, uns zu fragen, ob du dich unserer schämst. Das tust du doch nicht, oder?«

Mia ignorierte einen der mit schöner Regelmäßigkeit erfolgenden verletzten Blicke ihrer Mutter und reichte ihr das Stück Parmesankäse, das sie aus dem neuen GE-Kühlschrank – ein verfrühtes Weihnachtsgeschenk von Sam – geholt hatte und rümpfte bei dem durchdringenden Geruch die Nase.

»Wie kommst du nur auf solchen Blödsinn? Ich habe euch immer meine Freunde vorgestellt.«

»Du weißt schon ...« Rosalie wies mit dem Kopf zum Wohnzimmer, wo Sam sich mit Nick unterhielt, und verdrehte bedeutungsvoll die Augen. »Wegen deinem Vater und seiner Art, sich zu kleiden. Damit kommt nicht jeder klar.«

Mia fand, dass Sam DeNero als Drag-Queen Rosalie DeNero als Drama-Queen durchaus vorzuziehen war. Und ihr machten die bizarren Kleidungsstücke ihres Vaters sowieso nichts aus, jedenfalls nicht mehr. Als Kind hatte sie schon darunter gelitten, dass ihr keiner erklärte, warum Daddy so gern Mommys Nachthemd und Morgenrock anzog und warum er manchmal Lippenstift auflegte und Strumpfhosen trug. Irgendwann hatte sie ihn einfach als riesengroße, lebende Barbiepuppe betrachtet, was die Sache leichter machte.

Heute Abend trug Sam eine feuerrote Stretchhose, einen grünen, mit kleinen Glitzersteinen bestickten Pullover, den ein großer Santa-Claus-Kopf schmückte, dessen Bart aus weißem Kaninchenfell bestand – ziemlich festlich, wirklich – und goldene Glöckchenohrringe, die bei jeder seiner Bewegungen bimmelten. Seine Füße steckten in roten Samthausschuhen, seine eigenen, nicht die ihrer Mutter.

Der Anblick reichte, um Santa Claus bis ans Ende seiner Tage am Nordpol festzuhalten.

Nick war nicht zusammengezuckt, hatte nicht nach Luft geschnappt und nichts Unpassendes geäußert, als er heute Abend ihren Vater begrüßte, und bekam dafür von ihr viele Pluspunkte für sein Zartgefühl und seine Toleranz.

Okay, ihr gegenüber war er beileibe nicht immer so verständnisvoll, besonders nicht, wenn es um ihre mangelnden Kochkenntnisse ging. Aber wenn er nett zu ihren Eltern war, konnte Mia das irgendwie verkraften. Auch wenn es ihr nicht gefiel.

»Nick hält Dad für einen netten Kerl. Und dich mag er ebenfalls, Mom, also mach dir deswegen keine Sorgen. Aber wie ich dir schon mal erklärt habe, Nick und ich sind kein Paar, so dass es eigentlich egal ist, ob er euch mag oder nicht.«

»Der Mann ist sehr kultiviert, und er sieht gut aus. Nick Caruso wäre ein guter Fang. Diese Autoren verdienen viel Geld. Irgendwo habe ich gelesen, dass John Grisham ein riesiges Haus in Virginia besitzt mit Pferden und allem.«

»*Biiitte*! Ich bringe Nick nie wieder hierher, wenn du

nicht aufhörst damit. Du musst mir versprechen, vor ihm kein Wort verlauten zu lassen, das auch nur im Entferntesten nach Verkuppeln riecht. Das wäre im höchsten Maße unprofessionell.« Ganz abgesehen davon, dass es peinlich wäre, obgleich sie inzwischen daran gewöhnt sein müsste. Man wächst nicht als eine DeNero auf, ohne eine Elefantenhaut zu entwickeln.

»Und ihn küssen ist es nicht?«

Mia ließ beinahe den Teller mit Mozzarella fallen, den sie gerade auf den Küchentisch stellen wollte. »Diese verdammte Angela! Sie hat ein großes Mundwerk. Und zu deiner Information, ich habe nicht Nick geküsst, er hat mich geküsst. Das ist ein großer Unterschied.«

Sie hätte es ihrer Schwester nie anvertrauen dürfen, das war Mia jetzt klar. Aber wieso hatte Angela es ihrer Mutter erzählt? Das ergab keinen Sinn. Sie hatten ihre gegenseitigen Geheimnisse zuverlässig für sich behalten.

Rosalie lächelte mit Genugtuung und ein bisschen schalkhaft. »Deine Schwester hat es mir nicht erzählt. Ich habe geraten. Du wirkst einfach so, als würde dir Nick mehr gefallen, als du zugeben willst.«

Geraten? Mia hätte es wissen müssen. »Ich sehe schon, du hast immer nur das eine im Sinn, und ich weigere mich, das noch länger mit dir zu diskutieren. Ich gehe jetzt ins Wohnzimmer. Mal sehen, worüber Dad und Nick sich unterhalten. Vielleicht ist die Unterhaltung etwas normaler.«

»Das bezweifle ich.«

Leider hatte Rosalie Recht.

»Haben Sie je daran gedacht, mal die Kleider Ihrer Tante anzuprobieren, Nick?«, hörte Mia, als sie kurze Zeit später das Wohnzimmer betrat, und ihr sank das Herz.

Nein. Normal konnte man das wirklich nicht nennen. Überraschung! Überraschung!

Nick nippte an seinem Scotch, und sie sah förmlich, wie er sich den Kopf nach einer passenden Erwiderung zerbrach, die ihren Vater nicht beleidigen würde. Sie hielt sich im Hintergrund und fragte sich, wie er diese kritische Situation wohl meistern würde. Der Mann, so viel hatte sie inzwischen herausgefunden, war der personifizierte Takt, und er enttäuschte sie auch dieses Mal nicht.

»Tante Bertrice hat einen schrecklichen Kleidergeschmack, Sam.« Nick zog eine Grimasse, um seine Worte zu unterstreichen. »Außerdem ist sie sehr klein, und nichts von ihr würde mir passen. Und selbst wenn das der Fall wäre, ist es nicht etwas, was mich am vordringlichsten interessiert. Mia wird Ihnen bestätigen, dass ich nicht gerade einen Kleiderfimmel habe.«

»Na ja, es ist nicht jedermanns Geschmack. Und ich halte mich inzwischen auch etwas zurück. Hab's der Frau versprochen, verstehen Sie. Aber hin und wieder ziehe ich gern was Todschickes an, besonders an Feiertagen und zu besonderen Anlässen. Frauen haben ja so viel Auswahlmöglichkeiten. Männer können immer nur Anzüge tragen. Diese Eintönigkeit finde ich richtig kränkend. Wir sind eindeutig benachteiligt.«

»Haben Sie schon mal daran gedacht, sich einen Samtanzug anfertigen zu lassen? Während der Kolonialzeit trugen Männer Samt und Brokat; manchmal war ihre Kleidung sogar mit Pelz und Edelsteinen besetzt. Teure Stoffe galten als Zeichen von Wohlstand und Vornehmheit. Und natürlich trug jeder Mann, der als ›Gentleman‹ betrachtet wurde, eine Perücke, obgleich ich das nicht gerade empfehlen würde.« Es war unnötig, Sam auf noch exzentrischere Ideen zu bringen; er hatte bereits genug eigene.

Nachdenklich schlürfte Sam sein Bier und ließ sich den Vorschlag durch den Kopf gehen. »Was Sie nicht sagen. Vielleicht sollte ich mir das tatsächlich mal überlegen. Ich glaube, was mich an der Männerkleidung am meisten stört, ist die Trostlosigkeit. Wenn ich das ein wenig aufpeppen könnte –«

»Ich hoffe, mein Vater nagt Ihnen nicht das ganze Ohr ab, Nick.« Mia setzte sich neben Nick aufs Sofa und lächelte ihn dankbar an. Als er das Lächeln erwiderte, stieg ihr Hitze in die Wangen, und ihr Herz machte definitiv einen Satz.

»Das tust du doch nicht, oder, Dad?«, lenkte sie schnell ab und hoffte, die Krankheit, die sie da ausbrütete, im Keim ersticken zu können. Das gefiel ihr gar nicht, absolut nicht. Eventuell hatte sie etwas Schreckliches erwischt, so etwas wie die Pest. Ja, die Pest wäre eine plausible Erklärung. Wieso war ihr sonst so heiß und schwitzig und hatte sie Herzrasen, als hätte sie gerade einen Marathonlauf hinter sich?

»Ich glaube, ich lasse mir einige Samtanzüge schneidern – Männeranzüge, in verschiedenen Farben. Was hältst du davon, Mia? Ich glaube, das würde mir stehen, meinst du nicht auch? Obgleich Samt natürlich ziemlich aufträgt und mein Arsch eventuell zu dick wirkt.« Er hob seinen Hintern leicht an und betrachtete ihn prüfend, und Nick gluckste leise.

»Das ist eine gute Idee«, ermunterte Mia ihn. »Klingt richtig revolutionär.«

»Ja, das hat Nick auch gesagt, und er wird es wissen als Schriftsteller und überhaupt.«

»Ich bin kein Experte in diesen Dingen, Sam, aber in der öffentlichen Bibliothek finden Sie wahrscheinlich Bücher über Kleidung während der Kolonialzeit.«

Sam wechselte das Thema so abrupt, dass Mia beinahe ein Schleudertrauma erlitten hätte.

»Wann hattet ihr beiden eigentlich vor, mir von dem Vorfall im Parkhaus des Einkaufszentrums zu erzählen? Ich sollte so etwas wirklich nicht durch Fremde erfahren müssen.«

Mia wollte schon antworten, aber Nick kam ihr zuvor.

»Das war nichts weiter«, versuchte er den älteren Mann zu beruhigen. »Nur zwei dumme Jugendliche, die uns ausrauben wollten. Der Sicherheitsdienst des Einkaufszentrums hat sich um sie gekümmert. Es war im Handumdrehen erledigt.«

»Und keiner von euch ist verletzt worden?«

Mia und Nick tauschten Blicke aus, bevor Mia sagte: »Nein, Dad. Ich habe einen Schuss abgegeben und mich durch den Rückstoß auf den Hintern gesetzt. Ich habe mir den Kopf gestoßen, nur eine kleine Beule, aber das war alles.«

»Tja, so dick, wie dein Kopf ist, überrascht mich das nicht weiter. Aber vielleicht, nur um ganz sicher zu gehen, sollte ich mit dir auf dem Schießplatz ein bisschen üben. Klingt in meinen Ohren so, als wäre die Pistole, die du gekauft hast, etwas zu groß für dich. Du brauchst etwas mit etwas weniger Rückstoß.«

»Aber ich mag meine Glock«, protestierte Mia.

»Glock, schmock. Was ist gegen einen Polizeirevolver einzuwenden? Wie auch immer, was hältst du davon? Ich sehe, dass ich meine väterlichen Pflichten vernachlässigt habe. Und wenn du eine Pistole besitzt und die Absicht hast, sie zu benutzen, solltest du wissen, wie man sie richtig benutzt. Ich möchte nicht, dass du dir einen Fuß abschießt oder gar noch Schlimmeres.«

Bei jedem Wort, das Sam von sich gab, äußerte Nick durch Kopfnicken begeisterte Zustimmung, genau wie diese Hunde, die man manchmal hinten in Autos sieht. Aber Mia war zu glücklich, um sich über Nicks mangelndes Zutrauen zu ärgern. Ihr Vater hatte ihr noch nie seine Hilfe angeboten, bei keinem ihrer »albernen Jobs«, wie er sich ausdrückte, in dem Glauben, dass sie das entmutigen und sie damit aufhören würde.

Hatte es aber nicht. Würde es auch nicht.

»Das wäre toll, Dad. Das würde mir sehr gefallen.« Obgleich sie eine versierte Schützin war, konnten ein paar Tipps nie schaden. Und einen Vater zu haben, der Interesse an ihrer Arbeit zeigte ... nun ja, wundervoll.

Zufrieden, dass seine Tochter sich einsichtig zeigte und quasi schon zugestimmt hatte, sich einen anderen Job zu suchen, lächelte Sam. »Sie kommen auch mit, Nick. Ein Mann sollte wissen, wie man eine Pistole abfeuert und sich selbst und seine Familie verteidigt.«

»Nick lernt schon Selbstverteidigung, Dad. Ich bringe ihm ein paar Karategriffe bei.«

»Um Himmels willen, Mia! Verletz den Mann bloß nicht. Er könnte uns verklagen.« Sam schlug sich auf die Schenkel und lachte schallend, wobei seine Ohrringe bimmelten, und Mia lachte ebenfalls lauthals.

Der Einzige, der nicht amüsiert war, war Nick, der sich zurücklehnte und auf die Zähne biss, bis ihm der Kiefer weh tat. Den Milchbubi zu spielen fing definitiv an, sich abzunutzen. Verdammt, er wollte ja nicht angeben, aber er hatte den schwarzen Gürtel in Karate.

»Hoffentlich kann ich einiges von dem, was ich gelernt habe, in mein Buch einfließen lassen«, sagte er, so ruhig er konnte, obgleich er nichts lieber täte, als Mia dieses doofe Grinsen aus dem Gesicht zu küssen … *äh* … wischen. »Lebenserfahrungen und so weiter.«

»Seien Sie nicht beleidigt, Sohn. Wir haben uns nur einen kleinen Scherz mit Ihnen erlaubt.«

»Oh, Nick ist nicht böse, Dad. Er sieht meistens so brummig aus. Du solltest ihn sehen, nachdem er etwas gegessen hat, was ich gekocht habe. Er ist definitiv schwierig.«

»Sie sind jedenfalls nicht Martha Stewart, das ist mal klar«, gab Nick zurück, und dieses Mal lachte Sam, aber nicht über ihn, so dass er sich schon ein klitzekleines bisschen besser fühlte.

Mia zog eine Schnute. »Also, Gott sei Dank nicht! Die Frau ist … ist …«

»Phänomenal?«, schlug Nick vor.

»Ein Freak. Nebenbei, ich wette, dass sie nichts außer ihrer Arbeit kennt.«

»Das Gleiche könnte man von dir behaupten, Kind.«

Rosalie kam herein, um Bescheid zu sagen, dass das Essen auf dem Tisch stand, und sie strebten gemeinsam in die Küche. »Ich sage Mia ständig, dass sie sich häuslich niederlassen und heiraten soll, Nick. Das Leben einer Frau ist unvollständig ohne einen Mann an ihrer Seite, aber diese jungen Frauen heutzutage verstehen das nicht. Sie wollen nur unabhängig sein. Ihre Schwester ist verheiratet, ihre Freundinnen sind verheiratet; Mia sollte ebenfalls heiraten.«

Als diese den amüsierten Ausdruck und das Lachen in Nicks Augen bemerkte, riss sie den Stuhl vom Esstisch zurück und setzte sich, ohne darauf zu warten, dass er ihn ihr zurechtrückte. »Ich habe dir gesagt, Mom, dass ich nicht vorhabe zu heiraten. In meinen Augen ist es eine total überschätzte Institution. Und ich bin sicher, dass Nick ähnlich denkt, ist es nicht so?«

»Stimmt das, Nick?«, fragte Rosalie, deren Hoffnungsschimmer in den Augen sich etwas verflüchtigte, während sie ihm ein mordsgroßes Stück Lasagne auftat.

»Ich weiß nicht, woher Mias Eindruck stammt, dass ich gegen Heiraten bin, Mrs. DeNero. Sie und Sam sind derartig schlagende Beispiele für eheliches Glück. Ich kenne nicht viele Leute, die sich so lieben. Es ist ziemlich inspirierend, um das Mindeste dazu zu sagen.«

Himmel! Woher hatte er nur diese salbungsvollen Worte? Wenn er so weitermachte, würde er bald das Alter Ego seines Obertrottels abgeben.

Mia steckte sich den Finger in den Hals und machte würgende Geräusche, bis ihre Mutter ihr Einhalt gebot. Dann lächelte Rosalie über den Tisch hinweg ihrem Mann zu, sah, dass ihm Tomatensoße übers Kinn lief, und ihr erfreuter Gesichtsausdruck schmolz so schnell wie die Mozzarellaschicht über der Lasagne.

Mia warf Nick einen wütenden »Du-Verräter«-Blick zu, aber er lächelte nur geheimnisvoll und widmete sich hingebungsvoll seinem Essen.

Rache ist süß, dachte er grinsend.

Mia starrte sich in dem rechteckigen Spiegel an, der an der Innenseite ihrer Schlafzimmertür hing, und war alles andere als zufrieden mit ihrem Erscheinungsbild.

Das schwarze mit Perlen bestickte Jackett war wirklich nicht ihr Stil. Es war zu elegant, zu schick, viel zu sehr Angela und überhaupt nicht Mia.

Es war natürlich Angela gewesen, die sie überredet hatte, den Hosenanzug zu kaufen, die meinte, dass sie sich ein bisschen feiner anziehen sollte für die Graziano-Gallagher Verlobungsfeier. Obgleich ihre Schwester wahrscheinlich eins dieser bequemen dehnbaren Schwangerschaftsteile tragen würde, die, soweit Mia es beurteilen konnte, der einzige Vorteil einer Schwangerschaft waren.

Na ja, wenigstens kann ich eine Hose dazu tragen.

Die Größe ihrer Handtasche schloss aus, dass sie ihre Waffe wie üblich versteckt trug, aber sie würde nicht unbewaffnet gehen oder sich überraschen lassen. Nicht nach dem, was im Einkaufszentrum passiert war. Dieses Mal würde sie kein Risiko eingehen; dieses Mal würde sie Nick Caruso beschützen oder dabei sterben.

Sie beugte sich vor und betastete die kleine, handliche Pistole, die an ihrem Fußgelenk befestigt war. Sie gab ihr eine Art Bonnie-Parker-Gangsterbraut-Feeling mit einem zusätzlichen Hauch von Wonder Woman.

Mia DeNero, Retterin der Welt.

Hände auf den schmalen Hüften und Beine gespreizt, nahm sie die typische Wonder-Woman-Haltung ein und musste grinsen über ihre prima Vorstellung. Sie war mitten in der schönsten Traumwelt, als das störende Klopfen an der Tür einsetzte.

»Beeilen Sie sich, Mia! Wir kommen noch zu spät.«

Mia zuckte zusammen und kam wieder zu sich. »Nur mit der Ruhe!«, rief sie ihm durch die geschlossene Tür zu. »Ich bin sofort fertig.«

Nick war so verdammt pingelig in Sachen Pünktlichkeit. Du liebe Güte. Für sie stand seit langer Zeit fest, dass eine halbe Stunde mehr oder weniger niemanden umbringen würde.

»Zu einer Einladung zu spät aufzutauchen, ist unhöflich. Ich bin nicht gern unhöflich oder zu spät dran.«

Mia warf einen letzten Blick in den Spiegel und beschloss, dass es mit dem, was ihr zur Verfügung stand, nicht besser werden würde, und seufzte. Sie sah überhaupt nicht aus wie Wonder Woman, die in Wirklichkeit die fantastische Lynda Carter war, mit langen schwarzen Haaren und wunderschönen blauen Augen.

Sie machte die Tür auf und sah, dass Nick inzwischen Löcher in ihre Auslegeware lief. Er trug einen schwarzen Anzug, ein weißes Hemd und eine schwarze Krawatte – die Inkarnation des Sensenmannes.

Und sie machte sich Gedanken über ihr Aussehen! Ha!

»Was sind Sie, ein Leichenbestatter auf dem Weg zu einer Beerdigung? Haben Sie keine bessere Krawatte? Die hier ist grauenhaft.«

Nick tätschelte das geschmähte Kleidungsstück und sagte: »Nein. Gehen wir jetzt. Wir sind schon spät dran. Ich –«

»Ja, ja, ich weiß. Sie kommen nicht gern zu spät.« Sie runzelte die Stirn. »Eine Sekunde –« Mia eilte zurück ins Schlafzimmer und ließ einen sprachlosen und schwer genervten Nick zurück.

Ein paar Sekunden später war sie wieder da und schwenkte eine leuchtend rote Krawatte. »Die habe ich für meinen Dad gekauft. Ich wollte sie ihm zu Weihnachten schenken, aber ich glaube, Sie brauchen sie nötiger als er.«

Nicks Augen weiteten sich ungläubig. »Da ist ja ein Schneemann drauf!«

Mia zog an einem Ende, und die Krawatte begann, »Frosty, der Schneemann«, zu spielen. Noch entgeisterter als zuvor schüttelte Nick den Kopf. *Scheiße, nein! Ich trage doch keine Krawatte mit einem Schneemann*, wollte er protestieren, sagte aber stattdessen: »Ich weigere mich, eine Krawatte zu tragen, die Musik macht. Du liebe Zeit! Ich würde mich zum Gespött der ganzen Party machen.«

»Das Gleiche haben Sie auch schon bei der Lederhose behauptet und es trotzdem überlebt. Warum sind Sie so abhängig von anderer Leute Meinung? Ein selbstsicherer Mann kann alles tragen, sogar Rosa. Mein Vater ist das beste Beispiel.«

»Ihr Vater ist Transvestit. Und nicht gerade jemand, dem ich nacheifern möchte. Verstehen Sie mich nicht falsch; ich mag Sam. Ich möchte mich nur einfach nicht so anziehen wie er.«

Sie hielt ihm die Krawatte mit diesem rebellischen Gesichtsausdruck vor die Nase, den Nick inzwischen fürchten gelernt hatte. »Entweder Sie binden sie um, oder wir gehen nicht.«

Mia hatte gewonnen, und Nick wusste das. Er wollte unbedingt zu dieser Feier gehen heute Abend, um noch einmal mit Alfredo Graziano zu reden und seine Freunde kennen zu lernen. Die Partner des alten Mannes waren irgendwie verwickelt in die krummen Geschäfte, und er musste herausfinden, wie tief, und das konnte er nur, wenn er die richtigen Fragen stellte und ihre Antworten abwog.

Er riss ihr die Krawatte aus der Hand, nahm seine eigene ab, legte sich Mias um und sagte, während er den Windsorknoten band: »Das ist Erpressung, Mia. Und ich lasse mich nicht gern erpressen, besonders nicht von jemandem, den ich dafür bezahle, mir zu helfen.«

»Nun seien Sie doch nicht so brummelig, Nick. Wo bleibt Ihre Feierlaune? Sie hätten alle erschreckt mit der anderen Krawatte, in der Sie ausgesehen haben wie jemand, der Hölle und Verdammnis predigt.« Sie zupfte noch einmal an dem Ende seiner Krawatte, die brav wieder Musik machte. »Ich liebe diesen Song, Sie nicht?«, sagte Mia und schmetterte begeistert mit.

Nick zählte bis zehn, dann bis zwanzig und schließlich bis dreißig. »Also. Sind Sie jetzt zufrieden?«, fragte er, als er fertig gezählt hatte.

Mia lächelte zufrieden, als sie ihr Gesamtkunstwerk betrachtete. »Noch nicht ganz. Aber es ist zumindest ein Anfang.«

Kurze Zeit später betrat Nick das *Mama Sophia's,* überflog das Restaurant so unauffällig wie möglich und entdeckte Alfredo und seine Verlobte in angeregter Unterhaltung mit Angela und John. Die vier lachten gerade schallend und amüsierten sich offenbar prächtig.

»Begrüßen wir doch das frisch verlobte Paar«, schlug er Mia vor, die freundlich einer Gruppe von vier Männern zuwinkte, die er noch nicht kennen gelernt hatte, obgleich er Eddie Falcone von dem FBI-Foto identifizierte.

»Diese Typen da drüben sind Lous Pokerkumpels«, erklärte sie. »Alles sehr nette Männer. Ich hoffe, Sie haben nicht den falschen Eindruck gewonnen durch Lous Bemerkung vor einigen Tagen über die Strip-Poker-Party. Er wollte Sie nur ein wenig aufziehen.«

Und was kümmerte es sie, wenn doch?

Nick drückte ihre Hand. »Wir gehen lieber hier entlang. Ich möchte nicht, dass sie sich über meine Krawatte lustig machen.«

»Sie sehen ganz prima aus, Nick, viel besser als vorher. Keiner wird sich über Sie lustig machen.«

»Darüber kann man geteilter Meinung sein.«

»Mia!« Angela trat vor und küsste ihre Schwester auf die Wange. »Dieser Hosenanzug steht dir perfekt. Ich wusste es doch. Du siehst wunderschön aus.«

Mia warf Nick einen Seitenblick zu und seufzte, wie gut er aussah. Sie war enttäuscht, dass er ihr kein Kompliment über ihr Aussehen gemacht hatte. In Wahrheit hatte sie sich so sorgfältig angezogen, um ihm zu gefallen, wollte, dass er sie für begehrenswert hielt. Sie wusste, dass sie sich in gefährlichen Gewässern bewegte; sie konnte nur hoffen, nicht zu ertrinken.

»Danke.« Sie lächelte ihren Schwager an, dessen Anblick ihr jedes Mal die Sprache verschlug. Glücklicherweise war er ein netter Mensch und passte zu seinem tollen Aussehen. »Wie stehen die Dinge bei Stefano, Franco und Franco, John? Treibt meine Schwester dich schon in den Wahnsinn?«

Der große Mann sah seiner Frau liebevoll in die Augen und drückte Angelas Taille oder das, was noch übrig war. »Angela ist eine tolle Ergänzung unserer Praxis. Tony ist schon ganz verliebt in sie.«

Die schwangere Frau lachte. »Hör auf zu sticheln, John! Du weißt doch, dass die einzige Frau in Tonys Leben Marie ist.«

»Jeder liebt Angela«, sagte Mia mehr zu sich selbst, aber Nick hörte die unterschwellige Sehnsucht darin und wünschte, er könnte ihr etwas sagen, was sie aufrichten würde. Er bezweifelte, dass Mia ihre Schwester von ihrem Unterlegenheitsgefühl wissen lassen wollte. Sie war sich ihrer selbst in so vielen Dingen nicht sicher: ihr Aussehen, ihre Fähigkeiten und ihre Intelligenz. Irgendjemand hatte ihrem Selbstvertrauen einen echten Knacks versetzt, und er glaubte nicht eine Sekunde, dass es Mias Vater gewesen war.

Glücklicherweise war Angela gerade in ein Gespräch mit Annie und Joe Russo vertieft, die soeben eingetroffen waren, und hatte den Schmerz ihrer Schwester nicht mitbekommen.

»Habe ich Ihnen schon gesagt, wie schön Sie heute Abend aussehen? Mir gefällt ihr Outfit.«

Mia errötete und lächelte glücklich. »Danke. Angela hat mir geholfen, es auszusuchen. Wie Sie wahrscheinlich bemerkt haben, ist Kleidung nicht gerade meine Stärke.«

Er blickte ihr tief in die Augen und spürte, wie er versank. Er schüttelte sich, sagte: »Wollen wir dem Don unseren Respekt erweisen?«, und zwinkerte Mia zu, die irgendwie nervös wirkte.

»Äh, gut ... gute Idee. Sie haben Lenore noch nicht kennen gelernt, eine ganz wunderbare Frau. Ich mache Sie bekannt.«

Wie versprochen, übernahm Mia die Vorstellung, und Nick fand, dass Lenore Gallagher eine würdevolle, freundliche und sehr attraktive Frau war.

Als er ihr die Hand schüttelte, bemerkte er den großen Diamantring an ihrer linken Hand. Er sah nach mindestens drei Karat aus, wenn nicht mehr. Nick schätzte, dass der Ring zwischen zehn und fünfzehntausend Dollar gekostet hatte. Nicht gerade Kleingeld.

Woher hatte Alfredo das Geld, um so einen Ring zu kaufen?

Nachdem die angemessenen guten Wünsche, Komplimente und Fragen über die Verlobung und Nicks Buch ausgetauscht waren, gingen Alfredo und Lenore hinüber zu zwei Männern, die ungefähr in Alfredos Alter waren.

Den kleineren erkannte Nick von einem FBI-Fahndungsfoto wieder. Der andere Kerl, Vincent Palumbo, war Grazianos Partner vom Autohaus, aber über ihn wusste er nicht viel. Der Mann hatte kein Vorstrafenregister.

Paul Buttoni, ein kleiner Gauner, gehörte zur Larry-Calzone-Bande. Und wenn man sah, wie die beiden Männer sich umarmten, schien er ein enger Bekannter von Alfredo zu sein – eine interessante Entdeckung, und ganz gewiss nicht gut für die Glaubwürdigkeit des alten Mannes.

Bekannte Mitglieder der Mafia zu einer Privatfeier einzuladen bedeutete in der Regel, dass eine persönliche oder geschäftliche Beziehung bestand.

»Kennen Sie diese Männer, Mia? Die, mit denen Alfredo sich gerade unterhält?«, fragte er und hoffte, dass sie irgendwelchen Klatsch aufgeschnappt hatte. Nichts verbreitete sich schneller in Little Italy.

Sie warf den beiden einen Blick zu und überlegte kurz. »Ich bin mir nicht sicher, wer der Kleine ist, aber der andere ist Alfredos Geschäftspartner, Vincent Palumbo. Alfredo nennt ihn Vinnie. Sie sind zusammen aufgewachsen, glaube ich.«

Sie blickte hoch, und ihre Augen blitzten vor Neugierde. »Warum?«

Er zuckte die Achseln und hoffte, weitaus nonchalanter zu wirken, als er sich fühlte. »Nur so. War nur neugierig. Sie scheinen ganz interessant zu sein. Vielleicht kann ich sie ja für ein zukünftiges Buch gebrauchen.«

»Sie sind heute Abend nicht hier, um zu arbeiten, Nick. Also hören Sie auf, ständig an Bücher zu denken. Wir wollen uns amüsieren. Ich erwarte, dass Sie mit mir tanzen.«

Er erblasste bei dieser Forderung. »Tanzen? Ich tanze nicht gern.« Er hatte seit Jahren nicht getanzt und gewiss nicht vor, jetzt damit zu beginnen. Mia in den Armen zu halten war allerdings eine verführerische Vorstellung, zu verführerisch und definitiv zu gefährlich, es nur in Erwägung zu ziehen. Schon gar nicht, es zu tun.

»Nun, ich aber. Und wenn ich schon den Babysitter bei Ihnen spielen muss, können Sie wenigstens etwas entgegenkommender sein.«

Sein Gesicht nahm eine ungesunde rote Farbe an, und Nick sagte empört: »Babysitter? Ich zahle Ihnen dreitausend Dollar monatlich, damit Sie –«

Sie grinste ihn an. »Erwischt. Kommen Sie.« Sie griff nach seiner Hand. »Ich bin hungrig. Mal sehen, was es zu essen gibt.«

»Das ist die erste vernünftige Bemerkung, die ich von Ihnen gehört habe heute Abend.«

»Ich sagte ja, dass ich entgegenkommend sein kann.«

»Das stimmt. Aber was Sie verschwiegen haben, ist, dass Sie auch manipulativ und dickköpfig sein können, nicht zu vergessen herrisch.«

Mia streichelte seine Wange. »Na na, nun seien Sie mal kein so schlechter Verlierer wegen der Krawatte, Nick. Es war zu Ihrem eigenen Besten.«

Die Band begann »It Had to Be You« zu spielen, und Mia blieb abrupt stehen und zupfte Nick am Ärmel. »Bitte tanzen Sie auf der Stelle mit mir. Ich liebe diesen Song. Er ist so …« Sie wollte schon sagen romantisch, konnte sich aber gerade noch bremsen. »Wunderbar. Bitte, bitte.«

»Wie kann ich einer solchen Bitte widerstehen? Sie

müssten mich ja für unhöflich halten, wenn ich Nein sagen würde. Aber sagen Sie hinterher nicht, dass ich Sie nicht gewarnt habe.«

Während Mia sich an Nicks Brust schmiegte und den Worten des Songs lauschte, fragte sie sich, ob sie möglicherweise der Wahrheit nahe kamen. Nick war mit keinem der Männer, die sie bisher kennen gelernt hatte, zu vergleichen. Zuerst hatte ihr das missfallen, aber ihr war bewusst geworden, dass sie seine ruhige, nachdenkliche Art, ja, sogar seine Widerspenstigkeit, neue Dinge auszuprobieren, mochte. In gewisser Weise war er genauso unsicher wie sie, und das fand sie ziemlich liebenswert.

»Sie überraschen mich, Mia. Ich hätte nicht gedacht, dass Sie gern tanzen. Ich hielt Ringen eher für Ihren Stil.«

Nicks Grinsen provozierte sie zu der Bemerkung: »Seien Sie still, oder Sie landen auf dem Rücken.«

Er sah sie schelmisch an. »Und Sie machen sich dann über mich her?«

Eine wahrhaft verlockende Vorstellung. »Vielleicht. Aber im Moment habe ich einen unbändigen Appetit … auf etwas zu essen, so dass Sie im Moment vor mir sicher sind.«

»Schade«, erwiderte er.

Mias Herzschlag und ihre Vorstellungskraft liefen in null Komma nichts auf Hochtouren, und sie hielt es für das Klügste, nichts darauf zu erwidern.

Als Mia zur Toilette ging, nutzte Nick die Gelegenheit, in eine abgelegene Ecke des Restaurants zu verschwinden, wo er Burt von seinem Handy aus anrief. Sein Freund nahm nach dem dritten Klingeln ab.

»Wer auch immer es ist, hat hoffentlich einen verdammt

guten Grund, mich zu stören, während ich mir *Die dunkle Bedrohung* ansehe. Skywalker gewinnt gerade das Rennen.«

»Himmel noch mal, Burt! Ich bin's, Nick. Mach deinen verdammten VCR aus, und hör zu. Du musst etwas für mich herausfinden.«

»Es ist ein DVD-Player, kein VCR. Habe ihn gerade erst gekauft. Und ich bin beschäftigt. Verpiss dich, Nick.«

»Ich habe höchstens eine Minute. Mia ist gleich wieder da. Sie ist nur mal aufs Klo gegangen.«

»Wo zum Teufel bist du, Junge?«

»Auf Alfredo Grazianos Verlobungsfeier.«

Ein schriller Pfiff, dann ein resigniertes: »Okay, schieß los.«

»Hier sind zwei Männer, gute Freunde von Graziano. Über Palumbo habe ich nicht viel herausfinden können. Sieh zu, was du ausgraben kannst. Schreibst du auch mit, Burt?« Der Mann war berüchtigt für seine Vergesslichkeit, wenn er in einen Film vertieft war.

»Ja, ja, jedes verdammte Wort.«

»Er ist Grazianos Geschäftspartner vom Autohaus. Anscheinend sind sie zusammen aufgewachsen. Schick mir eine E-Mail, wenn du was herausgefunden hast, egal was.«

»Mach ich. Noch was?«

»Ja, aber darüber rede ich nicht gern am Telefon. Wir müssen uns so bald wie möglich treffen.« Er musste dringend mit jemandem über seine wachsende Zuneigung zu Mia reden. Mit ihr getanzt und sie eng an sich gedrückt zu haben heute Abend hatte nur bestätigt, was er schon die ganze Zeit befürchtete, nämlich dass sie ihm sehr wichtig geworden war.

»Das wird nicht einfach sein, Nick, wo du dir selbst einen Rund-um-die-Uhr-Bodyguard verschafft hast. Um was geht's denn? Du hast doch hoffentlich keine Dummheit gemacht?«

»Nein, nein, Burt. Es ist nur –«

»Nick, da sind Sie ja. Ich habe schon überall nach Ihnen gesucht. Es ist viel zu unsicher, hier allein herumzuschlendern. Sie sollten doch vor der Damentoilette auf mich warten!«

Nick beeilte sich zu sagen: »Ich muss jetzt Schluss machen, Tante Beatrice. Ich rufe dich bald wieder an.«

»Sieht so aus, als würdest du jetzt schon unterm Pantoffel stehen, Junge.«

Immer noch Burts hämisches Lachen im Ohr, lächelte Nick Mia entschuldigend an: »Tut mir Leid. Ich wollte meine Tante anrufen, und vor den Toiletten waren so viele Menschen, und es war zu laut. Ich hätte kein Wort verstanden.«

»Das ist ja eigenartig. Als ich herauskam, war niemand da.« Mia beäugte ihn misstrauisch. »Tun Sie das nicht wieder! Wie soll ich denn auf Sie aufpassen, wenn ich nicht einmal weiß, wo Sie sind?«

Sie hakte sich bei ihm ein und lächelte. »Kommen Sie, Nick. Nachdem ich mir solche Sorgen um Sie gemacht habe, müssen Sie wenigstens noch einmal mit mir tanzen.«

Nick schüttelte den Kopf. »Ich glaube nicht, dass das eine gute Idee ist.« Genau genommen war es eine sehr schlechte Idee. Es gab Grenzen dessen, was ein Mann ertragen konnte, und Mia war unglaublich begehrenswert.

»Ein Nein akzeptiere ich einfach nicht. Es gibt nur wenige mädchenhafte Dinge auf der Welt, die ich mag; Tanzen ist eins davon.«

»Sie sind wirklich eine sehr bestimmende Frau, Mia DeNero. Hat Ihnen das schon mal jemand gesagt?«

Sie grinste und zog ihn in Richtung Tanzfläche. »Einige.« *Dutzende.*

9

Ein einsamer Mann ist leichte Beute.
Der namenlose Reiter

»Sie tanzen sehr gut, Nick. Ich begreife gar nicht, warum Sie sich so gescheut haben, die Tanzfläche zu betreten.«

»Ich fühle mich unsicher. Wenn ich etwas nicht gut kann, lasse ich es lieber.«

Und wie sieht es bei dir mit Sex aus?, hätte Mia nur zu gern gefragt, verfluchte sich innerlich aber sogleich für diesen abwegigen Gedanken.

Nicht besonders klug, Mia. Dumme, dumme, sexhungrige Mia!

Aber es war himmlisch, in Nicks starken Armen zu liegen, den frischen Zitronenduft seines Rasierwassers zu riechen und sich von seinem Atem die Wange kitzeln zu lassen. Sie könnte sich mühelos daran gewöhnen, und das ängstigte sie unbeschreiblich. Er war schließlich ihr Klient, was ihn zu einer Art verbotener Frucht machte. Aber einmal in diesen Apfel zu beißen könnte ihr schrecklich gut gefallen. Zu gut gefallen.

»Übung macht den Meister, Nick. Und Sie sollten wirklich etwas bestimmter auftreten. Wenn Sie nie etwas Neues ausprobieren, können Sie auch nichts dazulernen.«

»Ja, aber einige Dinge mache ich eben lieber als andere.« Nick musterte ihre Lippen.

Mia trat zurück und starrte ihn an. »So wie Sie das sagen, klingt das ziemlich zweideutig.«

Er geriet nicht aus dem Takt. »Ich habe über meinen Computer gesprochen. Bei einigen Programmen bin ich nicht so versiert, wie ich es gerne wäre.«

»Oh.«

»Was dachten Sie denn, was ich gemeint habe?«

»Nichts. Überhaupt nichts.«

Nick zog Mia enger an sich. »Vielleicht, wenn ich beim Tanzen die Bewegungen Ihres Körpers spüre, kann ich dadurch lernen, mich besser zu bewegen.« Er presste sie an sich, und Mia spürte seine Hitze und ihre eigene und schluckte schwer. *Der Vesuv stand kurz vor der –*

»Oh, ich glaube, Sie bewegen sich schon ziemlich gut, Nick. Wir wollen doch nicht, dass mein Vater herbeistürzt und uns kräftig eins überzieht, weil wir zu eng tanzen, oder?«

Er warf den Kopf in den Nacken und lachte laut, und sie ergänzte: »Das ist kein Scherz. Das ist mir bei einem Schulball passiert. Es war schrecklich peinlich. Und es steckt mir nach wie vor in den Knochen.«

»Okay, ich glaube Ihnen. Was genau ist passiert?«

»Die Aufsichtsperson fand, dass ich und Timmy Molinari zu eng tanzten; er hat uns eine Zeitung auf den Kopf gehauen und darauf bestanden, dass wir Abstand halten.«

Nick grinste und wünschte sich, er hätte die junge Mia gekannt. Sie war bestimmt eine tolle Nummer als Teenager gewesen. »Und haben Sie?«

»Natürlich. Dann, als ob das nicht schon schlimm genug gewesen wäre, musste ich am nächsten Morgen, als ich zum Sozialkundeunterricht ging, feststellen, dass die Ballaufsicht niemand anderer hatte als mein neuer Lehrer, Mr. Englebright. Das ganze Jahr über hatte ich Komplexe. Und dann verpasste mir der Mistkerl zu allem Übel eine

Drei, und ich wusste, dass er das nur getan hat, weil er mich nicht leiden konnte. Er hielt mich für vorlaut.«

»Und, sind Sie das?«

Sie grinste. »Nur wenn die Situation es erfordert. Und –«

»Da sind Sie ja, Nick.« Mit einem strahlenden Lächeln kam Sophia Russo zielstrebig über die Tanzfläche auf sie zu, und Mia stöhnte innerlich. Die Frau hatte etwas unterbrochen, was eine sehr pikante Unterhaltung zu werden versprach. Dann stöhnte sie noch lauter, als sie sah, wer die ältere Frau begleitete – niemand anders als die Venus von Milo persönlich.

Neben Sophia befand sich die umwerfendste, schönste, weiblichste Frau, die Mia je erblickt hatte. Sie war beinahe einen Meter achtzig groß, hatte dunkle Haare, olivfarbene Haut, eine fantastische Figur und große Brüste – sozusagen ein Alptraum für jede andere Frau.

Mia, die sich immer schon hässlich und jungenhaft neben diesem quasi aufgepumpten Typ Frau vorkam, lächelte dünn und bemerkte, dass Nick seine Augen von dieser Sexbombe gar nicht abwenden konnte. Sie beschloss hier und jetzt, dass ihr Hass auf diese hinreißende Person, egal wer sie war, absolut gerechtfertig war.

»Dies ist meine Patentochter Gabriella Perillo«, erklärte Sophia Nick und überging Mia wie gewöhnlich. »Gabriella ist aus Italien zu Besuch hier. Wissen Sie noch, dass ich Ihnen von Joe erzählt habe? Nun, dies ist seine Tochter. Sie ist *bella*, nicht wahr?«

Nick wich der Fangfrage aus, obgleich er Gabriella Perillo tatsächlich sehr attraktiv fand, und streckte die Hand aus. »Ich freue mich, Sie kennen zu lernen, Miss Perillo. Ich hoffe, dass Sie Ihren Aufenthalt in Baltimore genießen. Vergessen Sie nicht, das National Aquarium zu besichtigen. Es ist sehr informativ.« Er hatte keine Ahnung, ob das stimmte, weil er nie da gewesen war, aber er nahm es an.

»Ich finde es hier bestimmt recht unterhaltsam, nachdem ich Sie kennen gelernt habe, Nick. Sophia hat mir so viel von Ihnen erzählt. Ich kann es kaum erwarten, Sie besser kennen zu lernen. Und Sie müssen mich Gabriella nennen oder Gabi. Wir sind doch jetzt Freunde, oder?«

Also, Miss Italy verschwendete keine Zeit, das musste man ihr lassen. Die Miezekatze schnurrte geradezu.

»Ich bin Mia DeNero«, unterbrach Mia, die beschlossen hatte, dass es angesagt war, sich selbst vorzustellen, da Nick sie offensichtlich vergessen hatte. Und sie lag bestimmt nicht falsch, wenn sie davon ausging, dass mit Sophia in dieser Hinsicht schon gar nicht zu rechnen war.

Gabriellas Lächeln war der reine Sonnenschein, der die Erde wärmte. Ihre Zähne waren ebenmäßig und schön. »Ich bin ein wenig überrascht, dass diese Party nicht so gut ist«, sagte sie mit einem schweren italienischen Akzent, obgleich sie hervorragend Englisch sprach. »Ich dachte immer, dass alles in Amerika ... wie heißt es noch? ... first class ist. Aber das Essen war so la-la und die Musik auch nicht besonders. In Italien haben wir bei so wichtigen Anlässen stets Live-Musik.«

»Mein Essen war ausgezeichnet«, sagte Mia und bemerkte, dass Sophia irgendwie überrascht und erfreut war über ihre Bemerkung. »Vielleicht haben Sie die falschen Dinge ausgewählt. Und ich persönlich finde DJs viel besser als eine Band. Man hat weitaus mehr Auswahl mit Bändern und CDs.«

»Vielleicht.« Obgleich sie liebreizend lächelte, spürte

Mia, dass diese Frau etwas Gemeines an sich hatte. »In Palermo gehe ich häufig essen. Wir haben einige exzellente Restaurants dort. Dieses ist nicht sonderlich gut. Es tut mir Leid, dass ich so direkt bin; das ist nun mal meine Art. Amerikaner sollten nicht versuchen, wie Italiener zu kochen. Es ist nichts weiter als eine armselige Imitation.«

»Tja, jedem das seine, kann ich da nur sagen. Ich jedenfalls liebe das Essen im *Mama Sophia's*«, mischte Nick sich ein und fragte sich, warum Sophia das Lokal ihrer Tochter nicht verteidigte. Sophia stellte sich in der Regel beschützend vor ihre Familie. Es war zwar okay, wenn sie selbst sie von morgens bis abends kritisierte, aber wehe jemand anders traute sich, das zu tun.

»Du bist bestimmt noch müde vom Flug, Gabriella. Vielleicht hat dir deshalb das Essen nicht geschmeckt.« Die ältere Frau bemühte sich nach Kräften, ihre Patentochter zu beschwichtigen.

»Es stimmt schon, Marys Essen ist nicht so gut wie meins«, fuhr sie fort. »Aber dennoch ist es sehr gut. Ihr Restaurant ist sehr angesehen in Little Italy und hat hervorragende Kritiken in vielen wichtigen Zeitungen bekommen.

Und Onkel Alfredo wollte, dass seine Lieblingssongs gespielt werden heute Abend, so dass er statt *The Paisans* einen Discjockey engagiert hat.«

Gabriella warf ihre dicke schwarze Haarmähne zurück, sah ihre Patentante freundlich an und gab ihr einen Kuss auf die Wange. »Du hast sicher Recht, Sophia.« Dann wandte sie sich wieder Mia zu, musterte sie kritisch von Kopf bis Fuß und rümpfte die Nase.

»Ihr Hosenanzug ist sehr unelegant, Mia. Er gefällt mir nicht. Er ist zu maskulin. Überhaupt nicht weiblich.«

Sophia errötete.

Mia versteifte sich, und Nick legte ihr die Hand auf den Arm, um sie von einer Überreaktion abzuhalten. Wenn er ihre blitzenden Augen richtig interpretierte, hatte sie nicht übel Lust, der unverblümten Frau eine zu knallen. »Ich finde, Mia sieht wunderbar aus«, sagte er.

Mia war viel zu empört, um sowohl auf das eine wie das andere einzugehen.

Gabriella zuckte die Achseln. »Das ist Geschmacksache, nicht wahr? Eine Frau sollte sich wie eine Frau anziehen und nicht wie ein Mann, natürlich nur, wenn sie über die richtige Ausstattung verfügt. Vielleicht ist das das Problem.« Sie starrte auf Mias Busen.

»Was bilden Sie sich ein –« Wutentbrannt ging Mia auf sie zu, aber Nick hielt sie zurück. »Lassen Sie mich! Ich werde ihr zeigen, was eine richtige Ausstattung ist.«

»Lassen Sie sie«, flüsterte er ihr, nur für sie hörbar, ins Ohr. »Gabriella Perillo ist fremd hier. Offenbar hat sie null Ahnung von uns.« Mia beruhigte sich etwas, aber sie erinnerte sich trotzdem daran, dass Nick vor gar nicht allzu langer Zeit etwas Ähnliches über ihre Garderobe geäußert hatte.

»Ich bin sicher, Sie wollten Mia nicht beleidigen. Habe ich Recht, Miss Perillo?« Nick fühlte sich alles andere als wohl in seiner neuen Rolle als Friedensstifter. »Kritik kann man sehr leicht in den falschen Hals bekommen und missverstehen. Das ist Ihnen sicher bekannt.«

»Ich habe es genauso gemeint, wie ich es gesagt habe. Mir ist beigebracht worden, mich klar auszudrücken. Ich habe nur betont, dass sich in Italien keine Frau so anziehen würde. Wir sind viel kultivierter. Italienische Designer sind den amerikanischen weit überlegen. Das weiß jeder. Wir haben das bessere Essen, und wir haben die bessere Kleidung.« Ganz die Unschuld, lächelte sie mit großen Augen. »Aber natürlich wollte ich Mia nicht beleidigen.«

Mia verwöhnte die Frau mit einem tödlichen Blick und glaubte ihr kein Wort von dem Dementi. Hinter dem gezierten Lächeln steckte eine raffinierte, böse, teuflische – kurzum, Gabriella Perillo war eine Hexe. Sah das etwa keiner außer ihr?

»Ich wollte, dass Sie meine Patentochter kennen lernen, Nick«, unterbrach Sophia, bevor Mia antworten konnte. »Gabriella bleibt einige Wochen hier, und ich dachte, es wäre nett, wenn Sie beide Freunde würden.«

Gabriella schien dieser Vorschlag sehr zu gefallen. Nicks Gesichtsausdruck schien ebenfalls Zustimmung auszudrücken. Nur Mia sah aus, als müsse sie sich gleich übergeben.

»Wenn Nick sich mit Gabriella treffen möchte, halte ich ihn nicht davon ab. Aber ich bestehe darauf, ihn zu diesen Verabredungen zu begleiten. Sie müssen nämlich wissen, Gabriella, dass Nick unter meinem Schutz steht, und ich lasse ihn nicht aus den Augen.«

»Ein erwachsener Mann muss beschützt werden? So etwas kennen wir in Italien nicht.«

»Du bist nicht mehr in Kansas, Toto.«

Verwirrt durch Mias Zitat, erwiderte Gabriella: »In Italien können Männer selbst auf sich und ihre Frauen aufpassen.«

»Nick ist im Visier der Cosa Nostra«, erklärte Sophia ihrer Patentochter mit gesenkter Stimme. »Er schreibt ein Buch, und sie haben bereits mehrfach sein Leben bedroht. Man muss diese Dinge sehr ernst nehmen. *Capisce*?«

»Ah, mafioso. *Si*, jetzt verstehe ich, dass Sie ein Problem haben und Schutz brauchen. Aber warum haben Sie keinen Mann engagiert, wenn das so ist, Nick?«

Mit einem boshaften Lächeln wandte sie sich an Mia. »Oder sind Sie vielleicht einer dieser Männer, die sich in eine Frau verwandelt haben? Ich habe von solchen Dingen gehört.«

Sophia bekreuzigte sich. Nick erblasste. Aber Mia lächelte nur und wirkte dabei wie ein Raubtier kurz vor dem tödlichen Sprung.

»Ich kann Ihnen versichern, Gabriella, dass ich sehr wohl eine Frau bin.« Okay, vielleicht nicht so sehr Frau wie die Perillo-Hexe, aber dennoch … »Nicht alle Frauen haben es nötig, so offenherzig zu sein. Wir sind uns unserer Weiblichkeit bewusst, müssen sie aber nicht zur Schau stellen.«

»Ich behaupte immer noch, dass ein Frau sich wie eine Frau und nicht wie ein Mann verhalten sollte.«

Mia starrte bedeutungsvoll auf das kurze Kleid und das tiefe Dekolletee. »Und woher weiß ich, dass Ihre Titten echt sind? Ich wette, in ihnen ist genug Silikon, um ein Schiff über Wasser zu halten.«

Nick hüstelte und legte sich schnell die Hand über den Mund, um sein Lachen zu verbergen.

Gabriella keuchte empört. »Tante Sophia, wie kannst du zulassen, dass diese Frau so mit mir redet? Ich bin Gast in diesem Land, oder?«

Sophia nickte ernst. »Ja, das bist du, Gabriella. Aber du hast dich sehr schlecht benommen heute Abend. Ich kann nur hoffen, dass Nick dein Benehmen entschuldigt.«

Immer noch verwundert, wie es ihm passieren konnte, zwischen diese Kampfhennen zu geraten, lächelte Nick aalglatt. »Ich bin sicher, dass alles nur ein schreckliches Missverständnis ist. Warum geben Sie beide sich nicht die Hand und vertragen sich wieder? Schließlich ist die Weihnachtszeit eine Zeit der Vergebung.«

Gabriella ergriff stattdessen seine Hand, und Mias Augen verengten sich gefährlich. »Kommen Sie, Nicky, tanzen Sie mit mir. Sie tanzen doch, oder?«

Als FBI-Agent war Nick schon in so mancher schwierigen und gefährlichen Situation gewesen, aber im Moment konnte er sich an keine erinnern, die so schlimm war wie diese. Mia erdolchte ihn geradezu mit ihren Blicken und wollte, dass er die Einladung ablehnte, Sophia blickte ihn voller Hoffnung an, hörte bereits laut und deutlich die Hochzeitsglocken läuten, und, um alles noch schlimmer zu machen, scharten sich inzwischen etliche Gäste um sie.

Für einen Mann, der sich möglichst unauffällig verhalten wollte, machte er seine Sache grottenschlecht.

»Ich würde gern tanzen«, sagte er schließlich, lächelte Gabriella an und überhörte Mias scharfes Luftholen. Ihrem Zorn würde er sich später stellen, außerhalb der Öffentlichkeit. Aber jetzt musste er die Situation entschärfen. Und mit einer schönen Frau wie Gabriella zu tanzen war weiß Gott nicht das Schlimmste.

Sobald Nick und Gabriella auf der Tanzfläche waren, wandte Sophia sich zu Mia um. »Ich entschuldige mich für das Betragen meiner Patentochter heute Abend. Ich weiß nicht, was in Gabriella gefahren ist. So unverblümt war sie letztes Mal nicht. Ich glaube, sie leidet immer noch unter dem Tod ihrer Mutter.« Die gestorben war, als Gabriella zwölf war, aber das unterschlug Sophia großzügig.

»Sie müssen sich nicht entschuldigen, Mrs. Russo. Man

kann Sie nicht für die Unhöflichkeit anderer Leute verantwortlich machen, nur für Ihre eigene.«

Und daran mangelte es wahrlich nicht, was Mia aber nicht weiter vertiefte. Es war so selten, dass Sophia Russo sich entschuldigte, dass sie es noch etwas länger genießen wollte.

Die ältere Frau lächelte, und in ihren Augen lag Bewunderung. »Sie haben Rückgrat, Mia DeNero. Das gefällt mir.« Sie ging auf die andere Seite des Raums und ließ eine Mia zurück, die ihr mit offenem Mund hinterherstarrte.

Sophia war kaum weg, als Oma Flora auftauchte. Die alte Frau war ganz in Schwarz gekleidet, weil sie nach wie vor um ihren Ehemann trauerte, der vor mehreren Jahrzehnten gestorben war. Mary nannte ihre Großmutter immer eine »berufsmäßige Trauernde«. Flora besuchte mit Vorliebe Leichenhallen, um den aufgebahrten Toten ihren Respekt zu bezeugen, egal, ob sie mit ihnen bekannt gewesen war oder nicht.

Es war etwas typisch Italienisches. Tod spielte eine wichtige Rolle im Leben jedes Italieners. Sie lebten damit, feierten ihn, beteten um sein Kommen und beklagten sich lauthals bei dem Allmächtigen, wenn tatsächlich mal jemand krank wurde.

»Ich habe gesehen, was passiert ist, und gehört, was Gabriella Perillo gesagt hat. Du musst Nick vor dieser Frau beschützen. Sie ist nicht gut. Ein verzogenes Gör. Ihr Vater gibt ihr, was sie will. Er hat keine Söhne, keine Frau, also lässt er ihr ihren Willen. Ich mag die Perillos nicht. Sie haben keine Klasse. Die Tochter ist genau wie der Vater. *Puttana! Bastardo!*« Oma tat, als würde sie ausspucken, und Mias Augen weiteten sich vor Verblüffung.

»Ich weiß nicht genau, was du von mir erwartest, Oma

Flora. Wenn Nick sich mit Gabriella verabreden möchte, kann ich ihn nicht daran hindern.«

»Ich glaube, dein Nick hat mehr Verstand. Er ist klug, oder?«

»Männer denken leider nicht immer mit ihrem Verstand.«

Die alte Frau gackerte laut. »Das ist wahr. Harter Stamm, weiche Birne, das ist bei vielen Männern so. Aber ich glaube, dein Nick ist anders. Ich mag ihn. Er erinnert mich an meinen Sal. Ein guter Mann, mein Salvatore. Frank kommt ganz seinem Vater nach.«

»Ich kann Nick Caruso vor der Mafia beschützen, Oma Flora, aber mehr kann ich nicht tun.« Mia hatte weder die richtige Ausstattung noch die Fähigkeit, um mit einer Frau wie Gabriella zu konkurrieren. Und sie konnte an Nicks ekstatischem Gesichtsausdruck, während er mit diesem Männer verschlingenden Biest tanzte, ablesen, dass ihre Tricks bereits ihre Wirkung taten.

Es sollte ihr gleichgültig sein; er war nur ein Klient, rief Mia sich zur Ordnung.

Aber es war ihr nicht gleichgültig.

Flora nahm Mias glatte Hand in ihre verrunzelte. »Manchmal braucht eine Frau ein bisschen Hilfe von ihren Freundinnen, richtig?«

Mia blickte hinüber zu ihrer Schwester, die sich mit Mary und Annie unterhielt, und überlegte, ob die ihr wohl helfen würden. Sie musste einfach verhindern, dass Gabriella sie übertrumpfte. Mia musste beweisen, und wenn auch nur sich selbst, dass sie bei dieser Weiblichkeitsnummer mithalten, wenn nicht sogar gewinnen konnte.

»Du weißt ziemlich viel für eine runzlige, kleine Frau, nicht wahr, Oma?«

Flora kniff der jüngeren Frau in die Wange und lächelte sie liebevoll an. »Ich mag dich, Mia. Du erinnerst mich an mich, als ich noch ein junges Mädchen in Sizilien war. Und du bist deinen Eltern eine gute Tochter, und Angela, die mich vor dem Gefängnis bewahrt hat, eine gute Schwester. Ich glaube, du wirst eine sehr gute Ehefrau.«

Mia runzelte verwirrt die Stirn. »Aber ich habe nicht vor zu heiraten, Oma Flora.«

Die alte Frau lächelte rätselhaft, schwieg aber.

Mia verputzte gerade eine zweite Portion Tiramisu, als ihre Eltern aufkreuzten. Fast hätte sie sich an dem leckeren Dessert verschluckt. Ihr Vater trug einen leuchtend roten Samtanzug, der Santa Claus neidisch gemacht hätte.

Und Santa Claus war Sam definitiv nicht!

»Ich hoffe, dass wir nicht zu spät kommen.« Rosalie küsste ihre Tochter auf die Wange und sah ihren Mann vorwurfsvoll an. »Dein Vater musste unbedingt noch in letzter Minute etwas ändern an seinem Ensemble.« Sie verdrehte die Augen. »Du siehst übrigens sehr hübsch aus, Mia. Schwarz steht dir ausgezeichnet.«

»Also, was sagst du? Sehe ich gut aus, oder nicht? Deine Mutter kann sich einfach nicht entscheiden, ob sie lieber Kleider oder Anzüge mag. Typisch Frau. Man kann sie nie zufrieden stellen.«

Rosalie tätschelte ihrem Gatten die Wange. »Du siehst sehr gut aus, mein Lieber. Es ist nur so ... hell, das ist alles. Ich muss mich erst daran gewöhnen.«

»Du siehst sehr festlich aus, Dad. Mrs. Bucco hat wahrhaftig nicht lange für diesen Anzug gebraucht. Sie hat prima Arbeit geleistet.«

Er lächelte und freute sich über das Kompliment. »Das

Rüschenhemd war meine Idee. Ich fand, dass es das Ganze noch ein bisschen auflockert. Du weißt, wie sehr ich einfache, glatte Hemden hasse. Vielleicht appliziere ich noch einige Rheinkiesel. Und ich vermisse meine Ohrringe. Ohne sie komme ich mir ganz nackt vor.«

»Wo ist Nick?« Rosalie überflog die Menschenmenge, und Mia schaffte es nicht, ihren Ärger und ihre Enttäuschung zu unterdrücken.

Mit einem Kopfnicken wies sie Richtung Tanzfläche. »Er ist anderweitig beschäftigt mit Gabriella Perillo, die frisch aus Italien eingetroffen ist.« Nick war plötzlich zu einem Tanznarr mutiert. Für jemanden, der noch vor wenigen Stunden behauptet hatte, dass er Tanzen hasst, war er jetzt geradezu die Wiedergeburt von Fred Astaire. Es war offensichtlich, dass er die Frau attraktiv fand.

Sam gab einen Pfiff von sich. »*Madone!* Sie ist ein –«

»Schhh, Sam! Siehst du nicht, dass Mia ganz traurig ist?«

»Ich habe doch nur mal einen Blick riskiert. Und ich bin sicher, dass Nick das auch nur tut. Männer heiraten Frauen wie diese nicht. Glaubt mir.«

Rosalie verschränkte die Arme über der Brust und spießte ihren Mann mit »dem Blick« auf. »Willst du damit sagen, dass dieser italienische Import besser aussieht als ich, als deine eigene Tochter?«

»*Madone*! Ich kann nicht gewinnen. Ich sollte lieber meinen Mund halten. Ich hole mir jetzt ein Bier.« Sam trollte sich an die Bar.

»Hast du dich mit Nick gezankt, Mia? Tanzt er deshalb mit diesem Geschöpf? Warum? Sie sieht aus wie ein Straßenmädchen. Sehr gewöhnlich, wenn du mich fragst.«

Mia lächelte. Was Loyalität anging, war auf Rosalie hundertprozentig Verlass. »Das fand ich auch, Mom. Aber du weißt ja, wie Männer sind. Sie mögen solche offenherzigen Typen.«

»Ich würde mir keine Sorgen machen, Kind. Er wird schon nach und nach wieder zu Verstand kommen und erkennen, wer die bessere Wahl ist.«

»Ich kann nur wiederholen, Mom, dass Nick und ich kein –«

»Mir machst du nichts vor, Mia. Du kannst deine Gefühle nicht verbergen. Nimm es mir bitte nicht übel, aber was das angeht, bist du ein offenes Buch. Es ist sonnenklar, dass du dir etwas aus diesem Mann machst.«

»Ich mag ihn ja auch. Wir sind Freunde. Aber das ist alles.« Sie dachte nicht daran, ihrer Mutter noch weitere Munition zu liefern. Rosalie würde einen Termin für die kirchliche Trauung buchen und die Einladungskarten in Auftrag geben, wenn sie auch nur den kleinsten Hinweis oder eine Ermutigung bekäme. Ihre Mutter wünschte sich nichts sehnlicher, als dass Mia heiraten und ihr Enkel schenken würde, und Nick hatte sie sich offenbar als den passenden Samenspender ausgeguckt.

»In meiner Jugend war es so, dass eine Frau um den Mann, den sie wollte, gekämpft hat.«

Mia sah ihre Mutter an, als hätte sie den Verstand verloren. »Als du noch den Weltuntergang prophezeit hast, mochte ich dich lieber. Ich behaupte nicht, dass ich mich für Nick interessiere, aber wenn ich das täte, nur mal theoretisch wohlgemerkt, wie sollte jemand auf die Idee kommen, dass ich mit Gabriella konkurrieren könnte? Ihre Brüste sind größer als mein Kopf.«

Rosalie warf den Kopf zurück und lachte. »Aber stell dir mal vor, wie schlaff sie im Alter herunterhängen werden.«

Mia umarmte ihre Mutter und gab ihr einen Kuss. »Danke, Ma. Genau das habe ich gebraucht.«

»War mir ein Vergnügen, Kind. Dafür bin ich doch da.«

»Ich fasse es nicht, dass Sie tatsächlich sechsmal mit dieser … dieser Frau getanzt haben«, stellte Mia Nick zur Rede, sobald sie wieder in ihrer Wohnung waren. »Haben Sie nicht behauptet, dass Sie nicht gern tanzen? Oder bezog sich das nur darauf, dass Sie nicht gern mit mir tanzen?«

»Gabriella ist nicht so schlecht, wie Sie denken. Sie war eigentlich ganz nett, sobald wir auf der Tanzfläche waren.«

»Nett!« Mia schüttelte den Kopf. Die Dummheit der Männer stank zum Himmel. Natürlich war Gabriella nett. Sie hatte schließlich vor, Nick zu erobern. War er wirklich so blöde?

Nick massierte sich den Nacken, weil sich Kopfschmerzen ankündigten. »Sie selbst haben mir geraten, etwas Neues auszuprobieren, ein bisschen zu experimentieren. Ich habe mich nur an Ihren Ratschlag gehalten.«

»Wo bleibt Ihre Loyalität? Dieses Perillo-Weib war ziemlich unhöflich zu mir, und das habe ich nicht verdient.«

Nick war müde, und ihm war so gar nicht danach, das heute Abend zu vertiefen. Er hatte für einen Abend genug Theater erlebt. Ganz zu schweigen davon, dass er sich Gabriellas erwehren musste, als sie ihn vor dem Männerklo in die Enge getrieben hatte und küssen wollte. Es war, als müsste er sich einer Amazone erwehren. Die Frau war beinahe ebenso groß wie er, und sie war auch stark. Er hatte dem Schöpfer dafür gedankt, dass Mia sie nicht gesehen hatte. Das hätte er noch endlos zu hören gekriegt.

»Ich war Sophia einen Gefallen schuldig. Sie hatte schließlich das Gespräch mit ihrem Bruder ermöglicht, und ich wollte nur höflich sein.«

Mia sah ihn grimmig an und befahl dann: »Ziehen Sie sich aus. Wir werden einige Ringkampfkniffe üben.«

Bass erstaunt schielte Nick auf seine Armbanduhr. »Jetzt? Es ist bereits ein Uhr morgens, und ich bin müde.«

»Na und? Wir können ausschlafen und haben morgen nichts Besonderes vor. Es ist Sonntag. Und wenn Sie genug Energie zum Tanzen haben, haben Sie auch bestimmt genug Energie für eine Unterrichtsstunde in Selbstverteidigung.«

Nick schüttelte den Kopf und lockerte die Krawatte. »Ich bin zu müde. Verschieben wir es auf morgen.«

Mia dachte gar nicht daran, das Nein zu akzeptieren, verschwand im Schlafzimmer und kam eine Minute später wieder in ihrem Trainingsanzug. »Sie werden sich diesen Anzug noch ruinieren. Ich habe nicht die Absicht, heute Abend besonders sanft mit Ihnen umzuspringen.«

Nick drehte sich um vom Sofa, wo er sein Bettzeug ausgebreitet hatte, und grinste. »Oh, darum geht's also? Sie wollen sich dafür rächen, dass ich mit Gabi getanzt habe, und –«

»Ach, jetzt sind wir schon bei Gabi. Klingt, als ob Sie beide in allerkürzester Zeit die besten *Freunde* geworden sind.«

Er überhörte die Unterstellung. »Und Sie wollen mir eine Lektion erteilen.«

»Seien Sie nicht albern. Ich will nur sehen, ob Sie irgendetwas behalten haben von unseren früheren Übungen.«

Und ich will dir eine Lektion erteilen.

»Und wenn ich mich weigere?«

»Ich muss Sie nur zu Boden werfen und auf Sie eintrommeln. Und wenn Ihr Anzug dabei zerreißt, zahle ich nicht die Reparatur.«

Nick schmiss sein Jackett über die Sofalehne und begann, sein Oberhemd aufzuknöpfen. »Drehen Sie sich nicht um, während ich mich umziehe?«

Mia verzog keine Miene. »Warum? Ich habe durchaus schon mal einen nackten Mann gesehen.« Sie verschränkte die Arme und forderte ihn wortlos auf weiterzumachen. Sie erwartete eigentlich, dass er eine knallrote Birne bekommen und ins Schlafzimmer rennen würde.

Aber zu ihrem Erstaunen tat er das nicht. Stattdessen zog Nick sein Hemd aus und stand mit nackter Brust vor ihr. Mia stockte der Atem, und sie spürte, wie ihr Herzschlag sich unkontrolliert beschleunigte.

Verdammt, aber seine Brust sah einfach umwerfend lecker aus! Und die anderen Teile waren auch nicht übel!

»Ich nehme an, dass Sie Ihre Hose anbehalten.«

»Warum nehmen Sie das denn an? Ich habe absolut nicht vor, sie zu ruinieren.« Er öffnete den Hosengürtel und zog den Reißverschluss herunter.

Bei diesem Geräusch geriet Mia in Panik. »Moment, warten Sie mal, Nick! Ich glaube nicht, dass wir ringen sollten, wenn Sie keine Hose tragen.«

Er zuckte die Achseln. »Wie Sie wollen, Mia. Sie sind diejenige, die heute Abend unbedingt ringen wollte. Aber wenn Sie befürchten, dass ich dadurch irgendwie im Vorteil bin –« Er zog seine Hose aus und stand vor ihr in schwarzseidenen Boxershorts.

Ihr Blick wurde magisch von der deutlichen Wölbung angezogen, und sie gab einen Seufzer von sich. Dann sah sie hoch und bemerkte, dass er lächelte, so als ob er ihre Gedanken lesen könnte. Sie errötete.

»Ich bin überrascht, dass Sie den Nerv haben, sich die Hose vor einer Frau auszuziehen. Ich habe Sie einfach nicht für den exhibitionistischen Typ gehalten, das ist alles.«

»Ich habe beschlossen, mich an Ihren Ratschlag zu halten und etwas draufgängerischer zu sein. Predigen Sie mir nicht andauernd, dass ich mich mehr gehen lassen sollte, mich nicht darum kümmern sollte, was andere Leute denken? Außerdem haben Sie mir mal gesagt, dass Sie nicht daran denken, übermäßig zurückhaltend zu sein, nur weil wir auf engem Raum zusammenwohnen, und dass Sie in dieser Hinsicht keine sonderlichen Hemmungen hätten.«

»Das stimmt, habe ich auch nicht.« *Dieses Spiel können genauso gut zwei spielen*, dachte sie und zog sich den Trainingsanzug aus. »Es wäre nicht fair, wenn ich meine Sachen anbehalte, also ringe ich in Unterwäsche mit Ihnen.«

Ihr winziges Unterhöschen und der Spitzen-BH waren schwarz und höllisch sexy, und Nick konnte nichts anderes denken, als dass sie unglaublich heiß aussah, als sie einen Satz auf ihn zumachte, ihn zu Boden warf und ihn dort festnagelte, dass ihm die Luft wegblieb.

Als er wieder zu Atem kam, sagte er: »Mann! Das war aber unfair von Ihnen.«

»So würde sich halt ein wirklicher Angreifer verhalten«, belehrte sie ihn, hielt seine Arme über seinem Kopf fest und starrte ihm in die Augen. »Sie glauben doch wohl nicht, dass ein Angreifer Erbarmen mit Ihnen hätte, Nick?«

»Versuchen wir es noch einmal«, sagte er mit heiserer Stimme und spürte, wie seine Erregung wuchs. Mia musste es auch bemerkt haben, weil sie wissend lächelte, beinahe triumphierend, dachte er.

»Oh, ich glaube, für heute Abend hatten wir genug Unterricht, meinen Sie nicht auch, *Nicky*?«, sagte sie und sprang hoch. »Gute Nacht.« Lachend rannte sie in ihr Schlafzimmer, schlug die Tür zu und schloss ab.

»He, warten Sie! Ich muss noch ins Badezimmer.«

»Zu spät. Ich bin schon im Bett. Sie müssen bis morgen früh warten.«

Schwer fluchend auf die Welt im Allgemeinen und auf die Frauen im Besonderen, marschierte Nick mit einer prächtigen Erektion in die Küche, öffnete den Kühlschrank, schnappte sich die Flasche Evian und goss sie sich über den Kopf und vorn über seine Boxershorts.

»Verfluchte, unmögliche Frau!«

Und verfluchter Mist, dass ich so unendlich gern mit ihr schlafen möchte.

10

Ich bin zu alt für diesen Scheiß.
Lethal Weapon

Seit ihrem Zusammenstoß mit Gabriella hatte Mia drei Anläufe genommen, sich mit ihrer Schwester, Mary und Annie zum Mittagessen zu verabreden, sich aber jedes Mal in letzter Minute dagegen entschieden.

Sie war fest entschlossen, diese Perillo auf ihrem ureigenen Spielfeld zu schlagen, und wollte deshalb ihre Freundinnen um Hilfe bitten, aber jedes Mal hatte sie in letzter Minute gekniffen und neue Ausreden erfunden, warum sie nicht kommen konnte.

Aber heute half ihr dank Angela keine Ausrede. Als Mia heute Morgen ihre Schwester angerufen hatte, um ihre Verabredung zum Mittagessen abzusagen – ihre Ausrede war dieses Mal, dass sie Nick nicht allein lassen konnte –, hatte Angela die einzige Person vorbeigeschickt, die sie als Bodyguard vertreten sollte, die Mia unmöglich ablehnen konnte – ihren Vater, den Excop.

»Sie haben wirklich nichts dagegen, dass mein Vater vorbeikommt?«, fragte Mia Nick. »Er stört Sie auch bestimmt nicht. Ich habe ihm eingebläut, dass Sie arbeiten müssen und er sich ruhig zu verhalten hat. Wenn Sie ihm das Home-Shopping-Programm einschalten, ist er bestimmt glücklich und zufrieden.«

»Es macht mir gar nichts aus. Ich habe Burt eingeladen, so dass wir drei uns ein Fußballspiel ansehen können, oder einen Film oder was auch immer. Machen Sie sich also keine Gedanken. Ich komme prima klar.«

Mia sah ihn erstaunt an. »Burt? Aber ich dachte, Sie wollen ihn nicht hier haben.«

Nick ging die Lüge glatt von der Zunge: »Er hat mir eine Nachricht aufs Handy gesprochen und gefragt, ob wir uns treffen können, also habe ich ihn eingeladen. Ich habe ihn in letzter Zeit ziemlich vernachlässigt und deswegen leichte Schuldgefühle.«

Nicks Kehrtwendung, was Burt anging, kam Mia ziemlich merkwürdig vor, aber sie hatte keine Zeit, ihn deswegen ins Kreuzverhör zu nehmen. »Ich bleibe nicht lange weg. Wir wollen nur Mittagessen und vielleicht ein bisschen shoppen. Angela kauft immer noch Sachen für ihr Baby ein. Man könnte denken, dass ihr Baby das einzige Baby ist, dass jemals auf die Welt gekommen ist. Er oder sie wird das bestangezogenste Kind in ganz Baltimore sein, ganz zu schweigen davon, dass es wahrscheinlich grauenhaft verwöhnt wird. Ich glaube, meine Mutter und John werden sich noch heftig darum streiten, wer auf das Baby aufpassen darf.«

»Viel Spaß. Ich bin sicher, dass es uns beiden ganz gut tut, mal für eine Weile getrennte Wege zu gehen. Schließlich sind wir jetzt ununterbrochen zusammen, seit Sie mich als Klienten übernommen haben, und erzwungene Nähe kann manchmal schwierig sein.«

Hörte sie da Erleichterung heraus? War er glücklich – geradezu erpicht darauf –, sie loszuwerden? Es sah ganz danach aus.

Natürlich wusste Mia, dass ihr Einsatz bald vorüber sein und sie und Nick wieder eigene Wege gehen würden. Aber innerlich war sie noch nicht so weit.

Sie fragte sich, ob sie es je wäre.

Mia hatte ihre selbst aufgestellte Regel verletzt. Sie hatte zugelassen, jemanden zu sehr zu mögen, hatte die wachsende Zuneigung zu Nick zugelassen. Er war in der kurzen Zeit, die sie ihn kannte, Teil ihres Lebens geworden – ein sehr großer Teil. Sie war sich nicht sicher, ob es Liebe war, aber wenn nicht, kam es dem verdammt nahe.

Sie konnte ihre Gefühle anderen gegenüber verleugnen und würde das selbstverständlich weiterhin tun, um ihren berufsmäßigen Auftritt nicht zu gefährden. Aber sie konnte den Schmerz in ihrem Herzen nicht leugnen, das Gefühl von Atemlosigkeit, das sie jedes Mal überfiel, wenn sie zusammen waren.

Nick war notwendig für sie geworden.

Mia wollte ihn, begehrte ihn.

Und sie hatte Angst, fürchtete sich vor der Zukunft. Oder vermutlich fürchtete sie sich davor, was diese nicht bringen würde.

Ein Klopfen an der Tür hinderte Mia daran, weiter über all das nachzudenken. Sie bat ihren Vater herein, schärfte ihm ein, niemand anders außer Burt Mulrooney hereinzulassen, und machte sich in der Hoffnung, dass nichts schief gehen würde, auf den Weg zum Loft ihrer Schwester in Fell's Point.

Sie fühlte sich immer ein wenig unwohl, wenn sie ihren Vater um Hilfe bat. Und obgleich er Spitze gewesen war bei den Schießstunden, ihren Umgang und ihre Fortschritte mit der Waffe gelobt und nicht gelacht hatte, als Nick die Zielscheibe verfehlte, wollte sie selbst für ihre Erfolge verantwortlich sein und nicht, weil ihr Vater ihr geholfen hatte.

»Man glaubt es kaum! Du hast es tatsächlich hierher geschafft«, begrüßte Angela ihre Schwester, nahm ihr den Mantel ab und hing ihn an die Messinggarderobe im Flur.

Angela trug ein sehr schmeichelhaftes rotes Schwangerschaftskleid aus Wolle, das ihren dunklen Typ betonte. »Du siehst gut aus«, sagte Mia.

Die schwangere Frau lächelte dankbar. »Danke. Ich fühle mich ein bisschen wie der Fettsack in der Goodyear-Werbung, so dass ich Komplimente dringend nötig habe.«

Mia bewunderte die Größe des Lofts. Es war so groß, dass ihr ganzes Appartement in Angelas Wohnzimmer gepasst hätte. »Eine tolle Wohnung. Irgendwann habe ich auch eine, die genauso groß ist.« Sie seufzte schwer und fragte sich, ob dieser Tag jemals kommen würde, und wusste, dass es eher unwahrscheinlich war. Jedenfalls bei ihrem derzeitigen Einkommen.

Angela musterte ihre Schwester sorgfältig. »Ich weiß nicht, was in letzter Zeit mit dir los ist, Mia, aber ich glaube, dass du unbedingt mal eine Pause von Nick Caruso brauchst. Du bist eine richtige Einsiedlerin geworden, lebst völlig zurückgezogen und verhältst dich ziemlich mysteriös. Warum erzählst du mir nicht, was dich bedrückt? Du weißt, dass du mir alles sagen kannst. Wir haben uns doch immer gegenseitig vertraut.« Sie reichte Mia eine Cola und stellte ihr ein Schale Salzstangen hin. »Ich erzähle es Mom bestimmt nicht, falls du dir deswegen Sorgen machst. Ich verspreche es.«

Mia trank einen Schluck Cola und erwiderte: »Ich warte lieber, bis Mary und Annie da sind. Ich hasse es, alles zweimal zu erklären.« Sie sah auf die Uhr auf dem Kaminsims. »Sie müssten doch jede Minute eintreffen, richtig?«

»Kurz bevor du gekommen bist, hat Annie angerufen

und gesagt, dass sie sich auf den Weg macht. Sie ist im Laden aufgehalten worden und wollte Mary noch abholen.« In dem Moment klingelte es, und Angela grinste. »Da sind sie schon …«

Das Mittagessen bestand aus kaltem Huhn, Nudelsalat und rohem Gemüse mit Dip, und alle aßen gierig und redeten über profane Dinge wie das Wetter, Arztbesuche und den aktuellen Klatsch in der Nachbarschaft. Während die Frauen sich über Marys Beitrag zum Lunch hermachten – Schokoladen-Cannoli, ihre Spezialität – und dazu Kaffee tranken, erklärte Mia ihnen, warum sie um das Treffen gebeten hatte.

»Hat eine von euch zufällig Gabriella Perillo auf Onkel Alfredos Verlobungsfeier kennen gelernt? Ich meine außer dir, Mary. Offenbar kanntest du sie schon.«

»Mir ist unbegreiflich, wie meine Mutter sie erträgt. Obwohl, wenn ich es mir recht überlege, die beiden Frauen sich gar nicht so unähnlich sind.« Mary schüttelte den Kopf. »›Wie du mir, so ich dir‹, wie man so schön sagt.«

Annie zog eine Grimasse. »Ich konnte den italienischen Bimbo auf den ersten Blick nicht ausstehen. Sie hat doch tatsächlich Joe angebaggert, sogar noch, nachdem er sich geweigert hat, mit ihr zu tanzen. Und ich habe gesehen, wie sie sich an deinen Schriftstellerfreund rangeschmissen und versucht hat, ihm das Gesicht abzuschlecken.«

Verblüfft von dieser Enthüllung schwieg Mia, aber wütende Eifersucht nagte an ihr und breitete sich wie ein Krebsgeschwür aus.

»Wieso interessierst du dich für Gabriella Perillo, Mia?«, wollte Angela wissen. »Ich habe sie zwar nicht kennen gelernt, aber John hat regelrecht von ihr geschwärmt. Sie ist attraktiv. Und dünn.« Sie tätschelte ihren vorstehenden Bauch. »Und sie sieht, anders als *moi*, nicht im Geringsten wie eine Planschkuh aus.«

»Wem sagst du das?«, sagte Mary mitfühlend. »Wenn meine Haut sich noch weiter dehnt, kann ich meine Couch damit beziehen. Allerdings muss ich gestehen, dass ich meine Schwangerschaft als Entschuldigung benutze, alles Mögliche in mich hineinzustopfen. Wenn wir schon davon reden, legt jemand Wert auf das letzte Cannoli?«

»*Cara*, die Ärztin wird mit dir schimpfen«, warnte Annie ihre Freundin. »Sie sagte, du musst auf deinen Zuckerkonsum achten, von den Kalorien mal ganz zu schweigen.«

Mary verdrehte die Augen. »Halt den Mund, Annie! Du klingst schon wie meine Mutter. Ich glaube, du verbringst zu viel Zeit in Sophias Gesellschaft. Das ist viel schädlicher für deine Gesundheit, als diesen Cannoli zu essen, besonders für deine geistige Gesundheit.«

Annie machte eine wegwerfende Handbewegung und erwiderte: »Schwangerschaft bekommt dir nicht besonders, *cara*«, und Mary errötete, weil sie wusste, dass Annie Recht hatte. Ihre Stimmungsschwankungen waren kolossal.

Mia räusperte sich und versuchte, erneut die Aufmerksamkeit der drei Frauen zu erlangen. »Weil ich euch wegen Gabriella Perillo um Hilfe bitten möchte. Versteht ihr, sie macht sich an Nick ran. Nicht dass ich irgendwelche Absichten oder so hätte«, betonte sie schnell, und die drei Frauen tauschten einen viel sagenden Blick aus.

»Aber sie hat mich vor ihm beleidigt, angedeutet, dass ich möglicherweise ein Mann bin und sich über meine Flachbrüstigkeit lustig gemacht. Und sie hat sogar den hübschen Hosenanzug kritisiert, den du mit mir ausgesucht hast, Angie.«

Angela bekam den Mund nicht wieder zu. »Das soll wohl ein Witz sein! Was gibt es denn an dem Hosenanzug auszusetzen? Du sahst wundervoll darin aus, das sagte ich dir ja schon.«

»Sie sagte, er sei männlich, aber das ist völlig unwichtig. Ich brauche Hilfe. Ich will Gabriella Konkurrenz machen, möchte weiblicher und weniger jungenhaft aussehen.«

»Aber warum, wenn du keine Absichten auf Nick hast?«, wollte Annie wissen.

Mia seufzte und lächelte etwas verlegen. »Also gut, ich habe gelogen. Ich gebe zu, dass ich mich ein klitzekleines bisschen für Nick interessiere, obwohl ich das nicht sollte, wegen dieser Klienten-Nummer. Aber ich habe nicht die Absicht, dieser Frau zu gestatten, ihre Angel nach ihm auszuwerfen. Sie ist nicht annähernd gut genug für Nick.«

Die drei Frauen sahen sich verblüfft an, dann lächelte Angela und tätschelte ihrer Schwester die Hand.

»Du siehst wunderhübsch aus, so wie du bist, Mia. Du solltest dich von jemandem wie Gabriella Perillo, die offensichtlich keine Klasse hat, nicht verunsichern lassen.«

»Angela hat Recht«, sagte Annie. »Wenn du unsere Hilfe brauchst, immer gerne, aber nur, wenn es die richtigen Gründe sind. Es ihr heimzuzahlen sollte nicht der Hauptgrund sein, dich zu verändern.«

»Du müsstest es für dich selbst wollen«, unterstützte Mary ihre Freundin Annie, »weil du anders aussehen, oder, wie in meinem Fall, die Aufmerksamkeit eines Mannes erregen möchtest. Bei Dan hat Annie mir geholfen.«

»Annie hat dir geholfen, dein Aussehen zu verändern?«

Das überraschte Mia. Mary war eine schöne Frau, die keinerlei künstliche Unterstützung brauchte. Sie war das, was Rosalie eine »natürliche Schönheit« nannte.

Die schwangere Frau lachte. »Annie gefielen meine Unterwäsche und der Stil meiner Kleidung nicht, also ist sie mit mir einkaufen gegangen. Wenn du die Aufmerksamkeit von Nick Caruso gewinnen möchtest, dann bin ich absolut dabei, dir zu helfen.«

»Nick ist ein Klient. Ich bin da in einem Konflikt. Ich schätze, ich verhalte mich nicht sehr professionell.«

»Ich finde ihn süß«, sagte Angela. »Ich kann es dir nicht verdenken, dass du dich für ihn interessierst. Es ist eher umgekehrt: Wenn es nicht der Fall wäre, müsste ich befürchten, dass mit dir etwas nicht stimmt.«

»Dein Schriftstellerfreund ist ein echt heißer Typ, Mia.« Annies Grinsen konnte man nur als dreckig bezeichnen. »Und einen knackigen Hintern hat er auch.«

»Ihr würdet mir also helfen, *falls* ich beschließe, dass ich eure Hilfe brauche, ist das richtig?«

»Bekommst du schon kalte Füße?« Angela sah ihre Schwester ungläubig an. »Du hast vier Anläufe gestartet, um so weit zu kommen, und jetzt kriegst du kalte Füße. Ich fasse es nicht.«

»Nicht richtig. Ich möchte nur ganz sicher sein, dass es wirklich das ist, was ich will. Ich weiß, dass ich nicht schön oder sexy bin wie Gabriella, und ich möchte nicht, dass ich am Ende wie eine Närrin oder Verzweifelte dastehe. Ich möchte nicht, dass man über mich lacht.« Besonders nicht Nick. Sie würde es nicht aushalten, wenn er sie für eine Witzfigur hielte.

»Du hast dich schon dein ganzes Leben vor Ablehnung gefürchtet, Mia«, sagte Angela sanft. »Das ist der Grund, warum du dich hinter Sweatshirts und unförmigen Jeans versteckst und deine weibliche Seite herunterspielst.«

»Weil ich nie so hübsch und sexy aussehen werde wie eine von euch. Sehen wir den Tatsachen ins Auge, ich habe keinen Busen, überhaupt keine nennenswerten Kurven, und –«

»Titten sind total überbewertet«, unterbrach Mary sie feixend. »Und da ich vor meiner Schwangerschaft auch nicht so gut bestückt war, hat Annie mich überredet, mir einen Wonderbra zu kaufen. Und glaub mir, er hat *Wunder* gewirkt. Jetzt habe ich ein tolles Dekolletee. Ich kann mir einen Bleistift zwischen die Brüste stecken, und er bleibt auch tatsächlich da stecken.«

»Aber was um alles in der Welt bringt dir das?«, fragte Mia und schaute die Schwangere an, als hätte sie den Verstand verloren.

Mary grinste. »Ich will es einfach nur können.«

»Verdammt, wir haben kein Bier.« Sam runzelte die Stirn. »Es ist mir unbegreiflich, dass meine Tochter mich einlädt und den Kühlschrank nicht auffüllt. Wie sollen wir uns ein Fußballspiel ansehen ohne Bier? Das ist unamerikanisch.«

Nick, der vor Sams Ankunft das Budweiser in einem der Schränke versteckt hatte, lächelte nur und schlug vor: »Warum holen Sie uns nicht schnell einige Sixpacks im Supermarkt an der Ecke, Sam?« Nick fischte einen Zwanziger aus seiner Brieftasche und gab ihn Mias Vater. »Auf meine Kosten. Burt kann so lange den Babysitter spielen, bis Sie wieder da sind.«

Der ältere Mann sah etwas unsicher aus. »Ich weiß nicht, ob das eine gute Idee ist. Mia wird stinksauer, wenn sie das hört. Ich habe meiner Tochter hoch und heilig versprochen, gut auf Sie aufzupassen, Nick.«

»Wie soll sie das denn herausfinden? Ich erzähle es ihr bestimmt nicht. Sie vielleicht?«

»Um Gottes willen, nein!« Sam wandte seine Aufmerksamkeit Burt zu. »Glauben Sie, dass Sie ein Auge auf Nick haben können, während ich mal kurz zum Supermarkt sause? In meinem Mantel ist eine Pistole.« Er griff in die Tasche, holte den Revolver heraus und legte ihn auf den Tisch. »Nur für den Fall, dass es Ärger gibt.«

»Wir kommen prima klar. Ich bezweifle, dass die Mafiatypen überhaupt wissen, dass Nick hier wohnt, und Sie sind ja nicht lange weg«, versicherte Burt dem älteren Mann mit einem beruhigenden Lächeln.

Sam nickte, griff sich sein Jackett, verschwand durch die Tür und rief ihnen zu: »Bin gleich wieder da.«

»Du bringst diesen alten Kerl noch in Schwierigkeiten, wenn seine Tochter herausfindet, dass er dich allein gelassen hat.«

»Das lässt sich nicht ändern. Wir können in Gegenwart von Sam nicht reden, und ich muss wissen, ob du irgendetwas Neues über Buttoni oder Palumbo herausgefunden hast, das mir weiterhilft. Außerdem bin ich nicht allein. Du bist hier.«

»Offiziell habe ich nichts erfahren, muss ich dir leider sagen, aber es geht das Gerücht um, dass Palumbo für die Mafia arbeitet. Ich glaube, für Larry Calzones Gang.«

Interessiert fragte Nick: »Hängt Graziano mit drin?«

»Das weiß keiner so genau, aber es ist zweifelhaft. Er war immer eine ehrliche Haut. Und das Autohaus ist nach seinem Vater benannt. Meine Quelle glaubt nicht, dass Al irgendetwas tun würde, das den Namen seines alten

Herrn beschmutzt. Er hat ihn sehr verehrt, jedenfalls hat man mir das gesagt.«

»Wir müssen das unbedingt ganz sicher wissen. Such weiter. Ich habe die Absicht, jemanden ins Autohaus einzuschleusen, um handfeste Beweise zu besorgen. Adams und Malloy stehen vor dem Autohaus in einem Überwachungswagen. Bisher ist noch niemand Wichtiges aufgekreuzt.«

»Der Plan mag ja funktionieren, aber es könnte auch gefährlich werden. Diese Mafiatypen fackeln nicht lange bei Spionen. Ich habe von einem Fall gehört, wo sie jemandem, der geplappert hat, den Schwanz abgeschnitten und in den Mund gestopft haben, um ihn für ewig zum Schweigen zu bringen. Eins weiß ich jedenfalls genau: Ich möchte nicht, dass sich irgendjemand an meinem Schwanz zu schaffen macht, es sei denn, es ist eine Frau. Ich glaube, ich werde zu alt für diesen Scheiß.«

Nick grinste. »Willst deine Pension nicht gefährden, was, alter Mann?« Burt runzelte die Stirn, weil sein Partner der Wahrheit so nahe kam, und Nick fügte in ernstem Ton hinzu: »Ich sehe keine andere Möglichkeit. Higgins reißt mir den Arsch auf, wenn ich nicht bald brauchbare Beweise liefere.

Aber keine Sorge, Burt. Ich habe dabei gar nicht an dich gedacht. Mann! Wenn es hart auf hart geht, kannst du nicht mal mehr einem zehnjährigen Mädchen davonrennen mit all dem Übergewicht, das du mit dir herumschleppst.«

»Da sei dir man nicht so sicher, Junge. Ich bin nicht scharf darauf zu sterben, aber ich bin auch kein Schlappschwanz. Ich tue, was erforderlich ist, und kneife nicht.«

Nick legte seinem Freund den Arm um die Schulter.

»Das weiß ich doch, Kumpel. Ich wollte dich nur auf den Arm nehmen.«

»Also, und worüber wolltest du gestern unbedingt am Telefon mit mir reden? Du hast gesagt, du musst etwas mit mir besprechen, und seitdem platze ich vor Neugier.«

»Es hat nichts mit der Ermittlung zu tun, jedenfalls nicht direkt.«

Burt kannte Nick lange genug, um zu wissen, dass etwas nicht stimmte. »Es ist Mia, nicht wahr? Ich wusste es. Sie sieht viel zu gut aus, als dass du es nicht bemerken würdest. Und ihr beiden spielt seit Wochen häusliches Glück. Du hast sie doch nicht etwa gebumst, oder? Das wäre nicht gut, Junge.«

Nick zählte bis zehn, um sich vor Augen zu führen, dass Burt ein Freund war. »Nett, Burt, sehr nett. Du hast eine Klappe wie eine Dreckschleuder, weißt du das? Und es geht dich einen Dreck an, mit wem ich schlafe. Es ist nur so, dass ich Mia attraktiv finde, und ich glaube, ihr geht es ebenso. Sie hat etwas an sich …«

Mia ging ihm unter die Haut. Das war nicht zu leugnen. Er musste nur die Augen schließen und konnte im Geist ihr süßes Lächeln heraufbeschwören, sah sie lebhaft und wütend vor sich, wenn sie sich stritten, was oft der Fall war, erinnerte sich daran, wie sie sich in seinen Armen angefühlt hatte, als er sie küsste.

»Klingt für mich so, als hätte es dich schwer erwischt, Nick. Und du hast dir den falschen Zeitpunkt und die falsche Frau ausgesucht. Handle bloß nicht übereilt und mach irgendwelche Dummheiten. Ich weiß, wie wichtig dir deine Karriere ist, und dich mit einer Zivilistin einzulassen kann dich in große Schwierigkeiten bringen. Das habe ich von Anfang an versucht, dir klar zu machen.«

»Mach dich nicht lächerlich, Burt. Ich habe mich nicht verknallt. Es ist nur so, dass ... na ja, wir leben hier so eng zusammen, sehen uns jeden Tag, manchmal sogar nur halb bekleidet. Sie hat mich sogar dazu gebracht, mit ihr zu ringen. Es ist eine körperliche Anziehung, mehr nicht. Ich weiß einfach nicht genau, wie ich damit umgehen soll, das ist alles.«

»Wenn du meinen Ratschlag hören willst, dann zieh so schnell wie möglich bei Mia aus. Du spielst mit dem Feuer, und du bist dabei, dich zu verbrennen.«

»Du weißt, dass ich jetzt nicht ausziehen kann, nicht bevor wir irgendwas Handfestes über Graziano haben.« Und um ehrlich zu sein, wollte er auch nicht ausziehen. Nicht bevor er sich nicht sicher war, was er für Mia empfand, wie seine Gefühlslage aussah. Und da seine Karriere nicht unmittelbar gefährdet war, wollte er die laufenden Ermittlungen zudem nicht vermasseln, indem er die in Frage kommenden Personen misstrauisch machte. Wenn Palumbo und Co. erführen, dass das FBI Nachforschungen über sie anstellte, würden sie ihre Aktivitäten im Handumdrehen abbrechen.

»Du hast bereits mit Graziano gesprochen und nichts Wichtiges herausgefunden. Ich sehe keinen Grund, warum du noch länger bleiben solltest. Jedenfalls keinen, der etwas mit dieser Operation zu tun hat.« Nick warf seinem Freund, der ihn besser kannte, als ihm lieb war, einen bösen Blick zu, aber der Agent ignorierte ihn und fuhr fort: »Ich habe dir von Anfang an gesagt, dass der alte Kerl kein Spieler ist. Du verschwendest deine Zeit mit ihm.«

»Es ist nur ein Gefühl, Burt, aber irgendwie weiß ich, dass Alfredo der Schlüssel zu allem ist. Ich muss nur noch herausfinden, wie alles zusammenhängt, wie das Geld gewaschen wird.«

»Vielleicht ist er das, vielleicht auch nicht. Aber in der Zwischenzeit könnte deine Karriere den Bach runtergehen. Und ich weiß, dass du das nicht willst. Teufel noch eins, du hast zu hart dafür gearbeitet, um so weit zu kommen.«

»Nichts wird passieren. Was in Philadelphia passiert ist, war Pech, aber jeder macht mal einen Fehler. Ich kann mir nicht den Rest meines Lebens Vorwürfe deswegen machen, und Special Agent Higgins auch nicht. Ich hätte gar nichts erzählen sollen. Immer überreagierst du. Du liebe Zeit! Du bist ja schlimmer als meine erfundene Tante Bertrice.«

»Offenbar machst du dir Gedanken, sonst hättest du das Thema überhaupt nicht angeschnitten.«

Nick hatte darauf keine Antwort, weil er wusste, dass Burt Recht hatte. Absolut Recht. Und er wusste verdammt noch mal nicht, was er tun und wie er mit Mia umgehen sollte.

Wenn er ihr von der Operation erzählen könnte, würde das die Sache natürlich sehr vereinfachen. Er fühlte sich jetzt schon reichlich mies, dass er sie so benutzte, aber er wusste, dass er die Ermittlung nicht gefährden durfte.

Schlimm genug, dass er bereits selbst in Gefahr war.

Mia stellte ihre Handtasche auf den Flurtisch, zog sich den Mantel aus und starrte dann Nick ungläubig an. »Ich glaube es einfach nicht, dass Sie tatsächlich die Einladung der Russos, morgen Abend zum Abendessen zu kommen, angenommen haben. Sind Sie verrückt? Ist Ihnen entgangen, wie sehr ich Gabriella-mir-bleibt-die-Spucke-weg-so-toll-bin-ich-Perillo verabscheue?«

Nick gab sich ganz nonchalant. »Sophie hat angerufen, als Sie bei Ihrer Schwester waren. Ich wusste nicht, wie ich mich herauswinden sollte, also habe ich zugesagt.«

Erstens bezweifelte Mia stark, dass die Einladung auch ihr gegolten hatte. Und zweitens war es offensichtlich, dass der eigentliche Grund, warum Nick die Einladung nicht abgelehnt hatte, der war, dass die fabelhafte Gabriella selbstverständlich da sein würde.

Man konnte gar nicht so viel essen, wie man kotzen wollte.

»Wie wäre es zum Beispiel mit Nein. Oder mit: Ich habe zu viel zu tun. Ich muss arbeiten. Ich hasse italienisches Essen. Sie sind Schriftsteller. Sie verdienen sich Ihren Lebensunterhalt mit Lügen. Sie hätten sich irgendwas ausdenken können.«

Ich bin Federal Agent und verdiene mir meinen Lebensunterhalt mit Lügen.

»Ich mag italienisches Essen, das weiß jeder, einschließlich Sophia«, erwiderte Nick.

»Und italienische Frauen.«

»Sie sind Italienerin«, erinnerte Nick sie mit einem Grinsen, das ihre Pulsfrequenz stark erhöhte.

»Wechseln Sie nicht das Thema. Sie hätten sich vorher mit mir abstimmen sollen. Das wäre jedenfalls höflich gewesen. Womöglich habe ich ja für morgen Abend bereits andere Pläne.«

»Und, haben Sie welche?«

»Nein. Aber das spielt keine Rolle. Ich hätte welche haben können. Zu dieser Zeit des Jahres ist ständig irgendetwas los. Nehmen Sie zur Kenntnis, dass ich jegliche Einladungen abgelehnt habe, seit –«

»Warum sind Sie denn so sauer? Es ist doch nur ein

Abendessen, und Alfredo ist auch da. Das gibt mir noch eine Gelegenheit, mit ihm über mein Buch zu sprechen.« Und ihm vielleicht einige gezielte Fragen über seine Jugendfreunde zu stellen. Obgleich er vorsichtig sein musste, um den alten Mann nicht misstrauisch zu machen. Alfredo war ein gewitzter alter Fuchs.

»Ich bezweifle, dass das der einzige Grund ist, warum wir gehen. Ich bin sicher, dass Sie nichts lieber wollen, als diese Amazone wiederzusehen.«

Nick zog die Augenbrauen hoch: »Sind Sie eifersüchtig? Es hört sich ganz danach an. Ich fühle mich geschmeichelt.«

Mia verschränkte die Arme über der Brust, um nicht Gefahr zu laufen, ihm dieses schmierige Grinsen aus dem Gesicht zu schlagen, und hob trotzig das Kinn, obgleich ihre Wangen sich hitzig rosa gefärbt hatten. »Wohl kaum. Sie sind überhaupt nicht mein Typ«, log sie. »Ich kann nur Gabriella nicht ausstehen. Und glauben Sie ja nicht, dass ich nicht gehört habe, wie Sie beide auf der Verlobungsparty herumgeknutscht haben. Alle Welt redet darüber. Eine empörende Zurschaustellung von Gefühlen, so wie zwei unreife Teenager, war, glaube ich, die Beschreibung.«

Du großer Schreck! Nick verging auf der Stelle das Grinsen. »Ich habe mit Gabriella nicht gek … sie nicht geküsst. Sie hat sich mir aufgedrängt. Ich war ziemlich schockiert über ihr Benehmen, wenn Sie es genau wissen wollen.«

»*Ach was*. Und ich nehme an, Sie mussten sie sich vom Leib halten. Kommen Sie schon, Nick. Ich habe Sie schließlich in Aktion erlebt, wissen Sie noch?«

»Ich habe Sie nur dieses eine Mal geküsst, und ich habe

mich bereits dafür entschuldigt. Ich habe doch versprochen, dass es nicht wieder passiert.«

Warum? Weil es so schrecklich war?

Und was, wenn ich möchte, dass es wieder passiert?

»Stimmt, das haben Sie.« Nick mochte sie zwar nicht wieder geküsst haben, aber er hatte einige beeindruckende Erektionen in ihrer Gegenwart gehabt. Das zählte schließlich ebenso, dachte Mia.

»Hören Sie, wenn es Sie so ärgerlich macht, rufe ich Sophia an und sage wieder ab.«

»*Ha*! Damit sie mich verfluchen kann? Wissen Sie, was losgeht, wenn eine dieser alten italienischen Frauen einen mit einem Fluch belegt? Mir könnten die Haare ausfallen. Oder noch schlimmer, ich könnte Schuppenflechte bekommen.« Mia schnitt eine Grimasse und kratzte sich die Arme, als hätte sie bereits die Krätze. »Sophia hat sich in den Kopf gesetzt, dass Sie Gabriella heiraten. Wussten Sie das? Oder sind Sie so naiv, dass Sie nicht bemerken, was diese Frau vorhat?«

»Ich weiß sehr gut, was sie im Sinn hat, und ich weiß auch sehr gut, wie ich mit Frauen umgehen muss, sogar mit solchen, die Schuppenflechte haben.«

Mia verdrehte die Augen. »Ist Ihnen je in den Sinn gekommen, dass Gabriella Perillo Beziehungen zur Mafia haben könnte, dass sie vielleicht aus Italien hierher geschickt worden ist – ein weiblicher Killer, wenn Sie so wollen –, um Sie umzunieten? Sie haben jemand geschickt, dem Sie vertrauen, in den Sie sich vielleicht sogar verlieben.«

Okay, es war ziemlich weit hergeholt, aber was Besseres war ihr auf die Schnelle nicht eingefallen. Und es war möglich. Irgendwie. Vielleicht.

Nick unterdrückte ein Lächeln. »Nein, der Gedanke ist mir noch nicht gekommen.«

»Tja, wie gut, dass Sie mich haben, nicht wahr? Ich gebe Acht auf Sie. Sogar Oma Flora sagte, dass man sich vor Gabriella vorsehen muss. Sie hat mir extra gesagt, dass ich auf Sie aufpassen soll.«

Nick sah sie erstaunt an. »Wirklich? Das hat Flora gesagt?«

Mia machte das Zeichen für den Pfadfinderschwur. »Bei meiner Ehre, genau das waren ihre Worte. Und ich glaube, Oma hat einen sechsten Sinn, was Gabriella betrifft. Vielleicht sieht sie nicht gerade tote Menschen, aber sie sieht irgendetwas. Bei einigen Dingen, die sie mir erzählt hat, sträubten sich mir die Nackenhaare.«

»Was für Zeugs ... äh ... Dinge hat sie denn erzählt?«

»Das darf ich nicht sagen, aber es war echt der Hammer.«

Nachdenklich rieb Nick sich das Kinn und antwortete: »Wissen Sie, von dem Standpunkt habe ich das noch gar nicht betrachtet. Vielleicht wäre es gar nicht so dumm, mitzuspielen und zu sehen, was Gabriella vorhat.«

Voller Panik, dass ihr Schuss nach hinten losgegangen war und sie Nick geradewegs in Gabriellas Klauen getrieben hatte, schüttelte Mia nachdrücklich den Kopf. »Nein! Das ist keine gute Idee.«

»Eventuell sollte ich sie nach versteckten Waffen abtasten, möglicherweise trägt sie gar Zwillingstorpedos.«

Die Vase, die an Nick vorbeiflog, verfehlte seinen Kopf nur um Haaresbreite, bevor sie an die Wand krachte. Das Letzte, was er zu sehen kriegte, war Mias Allerwertester, bevor sie ihm die Schlafzimmertür vor der Nase zuknallte.

11

Das sind nur Ihre Gefühle, die leider über
keinerlei Verstand verfügen.
Passagier 57

»Die Manicotti sind köstlich, Mrs. Russo. Die Menge an Käse ist genau richtig, und die Soße ist ebenfalls sehr schmackhaft. Sie sind eine exzellente Köchin.«

Sophia lächelte Nick freundlich an und wies auf die Frau, die neben ihr saß. »Gabriella hat das heutige Essen gekocht. Sie ist diejenige, die Sie loben sollten, Nick. Gabriella ist eine Frau mit vielen Talenten und wird dem Mann, der das Glück hat, sie zur Ehefrau zu bekommen, eine wundervolle Gattin sein.«

Wundervolle Gattin! Mist!

Mia war speiübel. Wie es schien, war Gabriella nicht nur schön, sondern konnte obendrein noch gut kochen. Tja, ihrer Meinung nach konnte man niemandem trauen, der nicht regelmäßig tiefgekühlte Fertiggerichte aß. Und sie würde sich hüten, die perfekt manikürten Klauen ... äh ... Nägel dieser Frau zur Sprache zu bringen. Sie warf einen Blick auf ihre eigenen, zuckte zusammen, ballte schnell die Fäuste und versteckte ihre kurzen, abgebrochenen Nägel. Sie hoffte, dass niemand, einschließlich Nick, sie bemerkt hatte.

»Ich wette, dass Mia eine genauso gute Köchin ist.« Oma Flora lächelte die junge Frau an, legte ihre knotige Hand über ihre und drückte sie sanft. »Das stimmt doch, oder, Nick? Sie essen, was sie kocht. Ich glaube, Mia kocht noch besser als Gabriella Perillo.« Verächtlich blickte sie über den Mahagonitisch hinweg Sophias Patentochter an und lächelte süffisant.

»Mia kocht mit viel Gefühl«, erwiderte Nick so ehrlich wie möglich und hoffte inständig, dass jetzt kein neuer Streit zwischen den Kampfhennen darüber entbrannte, wer die beste Köchin war. »Sie ist sehr … einfallsreich. Wir hatten viele interessante Martha-Stewart-Momente.«

Erfreut über die eloquente Lüge, die Nick so mühelos über die Lippen perlte, lächelte Mia ihn dankbar an, und er erwiderte ihr Lächeln.

»Ah, Martha Stewart. *Bellissimo!* Ich habe ihre Zeitschrift in Italien abonniert. Sie ist eine kluge Frau«, schwärmte Gabriella, nippte an ihrem Wein und blitzte Mia wütend an.

Bisher hatte die grässliche Frau ihre scharfe Zunge gehütet, wahrscheinlich weil Sophia ihr gedroht hatte, dass sie sofort ihre Sachen packen könne, wenn sie unhöflich sein sollte zu ihren Gästen, namentlich zu Mia. »Ich habe irgendwo gelesen, dass Marthas Mann sie verlassen und ihre Assistentin geheiratet hat, so dass ich mir nicht so sicher bin, was ihre Klugheit betrifft«, meinte Mia.

»Ich wette, dass sie ihren Ehemann im Schlafzimmer vernachlässigt hat.« Ein Bild der Unschuld, genehmigte sich Oma Flora einen Schluck Wein, während ihre Schwiegertochter bei dieser unerhörten Bemerkung entsetzt nach Luft schnappte und die Hand an die Kehle presste.

»*Mama mia, disgrazia*!«

Flora überging Sophias Aufschrei. »Man kann nicht die ganze Zeit in der Küche stehen und kochen, wenn man seinen Ehemann glücklich machen möchte. Mein Sal war sehr glücklich«, fügte sie hinzu, füllte sich ihr inzwischen leeres Weinglas nach und nahm einen weiteren kräftigen Schluck.

Sophia wurde so rot wie die Weihnachtskerzen, die den Tisch schmückten. »Sei still, alte Frau! Ich erlaube nicht, dass an meinem Esstisch solche Reden geführt werden.« Sie wandte sich an ihren Mann und sagte: »Frank, sag deiner verrückten Mutter, sie soll still sein.« Sie hob den Blick zu dem Kruzifix an der Wand und bekreuzigte sich, nur für den Fall, dass Gott zugehört hatte. »Flora ruiniert noch mein Abendessen mit ihrem Gerede über Sex. Was sollen unsere Gäste nur denken?«

Die alte Frau machte eine wegwerfende Handbewegung: »*Vaffanculo*!«

Gewöhnt an die ständigen Feindseligkeiten zwischen seiner Frau und seiner Mutter – der Zweite Weltkrieg war nichts gegen Floras und Sophias Streitereien –, sagte Frank: »*Vergiss es*!«, überhörte den Befehl seiner Frau, wofür sie ihn hasserfüllt anfunkelte, und wandte seine Aufmerksamkeit Nick zu.

»Meine Frau hat mir erzählt, dass Sie ein Buch über die Mafia schreiben, Nick. Haben Sie sich schon mit Alfredo unterhalten? Er kennt jede Menge Leute, die Ihnen eventuell behilflich sein können.«

Nick blickte hinüber zu dem älteren Mann, der zu seiner Linken saß. »Ich wäre hocherfreut, wenn mir Mr. Graziano noch mehr erzählen würde. Ich bin sicher, dass er viele interessante Geschichten auf Lager hat.«

Erfreut über den Respekt, den ihm der jüngere Mann gezollt hatte, nickte Alfredo und lächelte. »*Si*. Habe ich. Aber ich habe Lenore versprochen, nicht mehr über solche Dinge zu reden. Das ist jetzt Vergangenheit.«

»Al hat mit diesem Teil seines Lebens abgeschlossen«, erklärte Lenore Gallagher und tauschte ein Lächeln mit ihrem zukünftigen Ehemann aus, und Nick fragte sich, ob das wirklich stimmte.

Er hoffte es für beide. Er hatte den alten Kerl innerhalb kürzester Zeit ins Herz geschlossen und würde gern glauben, dass Alfredo nicht nur Theater spielte für die Frau, die er liebte.

»Erzähl Nick von Pauley, Al«, drängte Frank seinen Schwager, der ihm einen empörten Blick zuwarf.

»Al hat einen Freund aus Kindertagen, der mit einer der örtlichen Verbrecherfamilien Geschäfte tätigt«, erklärte Frank und übersah geflissentlich Alfredos Missfallensbekundungen. »Alles kleine Fische, aber vielleicht kann er Sie ja mit ihm bekannt machen. Pauley ist ein echter Typ. Er und Al sind zusammen zur Schule gegangen.«

»Pauleys Geschäfte haben nichts mit unserer Freundschaft zu tun«, erklärte Al. »Ich frage ihn nicht, und er erzählt mir nichts. Das ist für beide Parteien das Beste.«

»Glauben Sie, Ihr Freund Pauley würde mir erlauben, ihn für mein Buch zu interviewen?«, fragte Nick und betete im Stillen, dass Alfredo zustimmen würde, musste aber zu seiner Enttäuschung erleben, dass der den Kopf schüttelte.

»Das ist unmöglich. Ich habe Ihnen ja schon gesagt, Nick, Reden kann tödlich sein. Und ich möchte meinen Freund nicht beleidigen, indem ich ihn frage. Wir reden nie über seine Geschäfte oder meine.«

»Luca Brazzi ist jetzt Fischfutter«, meinte Oma sachlich, und Alfredo nickte ernst.

»Das stimmt. Am Grunde des Ozeans, zusammen mit allen möglichen anderen toten Dingen.«

»Wie ich höre, laufen die Geschäfte gut in Lucky Louie's, Al.« Frank stand auf, ging um den Tisch herum und schenkte allen Chianti nach. Allen bis auf seine Mutter. Flora hatte definitiv genug. Bald würde sie anfangen, aus Leibeskräften »O mein Papa« zu singen, und das wäre nur eine begrenzt erfreuliche Erfahrung. Floras hohe Töne konnten nur einen läufigen Kater erfreuen.

»Vielleicht sollte ich mal vorbeischauen und mir einen neuen Wagen aussuchen. Der Buick ist schon ziemlich hinüber.«

»Der Buick war schon vor dreißig Jahren ziemlich hinüber, Frank«, korrigierte Al seinen Schwager. »Komm nur vorbei und schau dir an, was wir haben. Ich habe einige Modelle am Lager, die ich gern noch dieses Jahr verkaufen würde. Ich werde dir ein Angebot machen, das du nicht ablehnen kannst.«

Alle, bis auf den FBI-Agenten, fanden diese Anspielung auf *Den Paten* sehr witzig und lachten.

»Vielleicht sind Sie auch an einem neuen gebrauchten Wagen interessiert, Nick? Ich würde Ihnen einen hervorragenden Preis machen«, sagte Alfredo, und Nick hätte Frank Russo küssen können, dass er ihm die Steilvorlage geliefert hatte, die er so dringend benötigte.

Jetzt hatte er einen legitimen Grund, im Autohaus herumzuschnüffeln. Und er würde Alfredos Partner Vinnie kennen lernen. »Möglicherweise nehme ich Sie beim Wort, Mr. Graziano.«

»Aber Ihr Wagen ist doch prima!«, platzte Mia heraus, sah Nick an, als hätte er jetzt völlig den Verstand verloren und überlegte, was nur in den normalerweise vernünftigen Mann gefahren war.

Nick hätte die Frau am liebsten erwürgt, sagte aber

stattdessen: »Ja, aber ich finde den Volvo inzwischen langweilig. Ich dachte an etwas, was ein bisschen schicker ist. Möglicherweise ein Kabriolett oder ein Sportwagen.«

Gabriella klatschte in die Hände. »*Oooh!* Ich liebe Sportwagen. Lamborghini. Ferrari. *Exquisito*.«

Sie hatte ein Monster geschaffen, beschloss Mia. Nick trug heute Abend ein marineblaues Sportsakko und Blue Jeans. Er sah aus, wie einem Modemagazin für Männer entsprungen. Und jetzt wollte er einen Sportwagen, auch bekannt als Miezenschleuder, kaufen?

Wann hatte diese Transformation stattgefunden? Und warum hatte sie nichts davon mitgekriegt?

Okay, sie hatte gewollt, dass er sich veränderte. Aber nicht so sehr, dass er anderen Frauen ins Auge stach. Gabriella schien nicht einmal Nicks dicke hässliche Brille zu stören. Allerdings waren blutsaugende Vampire nicht allzu wählerisch, wenn es um Beute ging. Sie schlugen ihr nur die Zähne ins Fleisch und saugten.

»Ich weiß, worauf man beim Autokauf zu achten hat. Mein Dad hat es mir beigebracht. Ich helfe Ihnen gern beim Aussuchen«, bot Mia an und bemerkte, dass Nick nur mäßig begeistert war über ihr Angebot.

»Mia ist sehr klug. Sie weiß sehr viele Dinge.«

»Danke, Oma Flora«, sagte Mia zu der alten Frau. »Meine Intelligenz wird oft übersehen.«

»Gabriella, warum führst du Nick nicht ins Vorderzimmer und zeigst ihm den Weihnachtsbaum, während ich den Kaffee und das Dessert hole?« Sophia warf ihrer Patentochter einen bedeutungsschwangeren Blick zu, der Mia nicht entging.

Bestimmt waren an der Decke Mistelzweige befestigt, wahrscheinlich sogar im Flur. Und der Kassettenrecorder spielte bestimmt »Here Comes The Bride« statt »Here Comes Santa Claus«.

Die ältere Frau drehte sich zu Mia um und fragte: »Würden Sie mir bitte in der Küche helfen?«

Offenbar hatte Mias Scharfsinn seine Grenzen, denn sie hatte es nicht geschafft, Sophia zu überlisten, die Königin aller Kupplerinnen. »Natürlich«, antwortete sie und entschied, dass die notorische Einmischerin zwar das Gefecht gewonnen hatte, die Schlacht aber noch lange nicht vorbei war.

Nick hielt direkt am Randstein vor *Mama Sophia's,* stellte den Motor aus und damit gleichzeitig auch den CD-Player, aus dem Bing Crosbys »Silver Bells« plärrte.

Mia stieg aus dem Wagen und blickte in den nächtlichen Himmel. Wie auf schwarzem Samt funkelten und glitzerten die Sterne, und obgleich es eine bitterkalte Dezembernacht war, hatte sie doch etwas Magisches an sich. Sie machte sie irgendwie ruhelos, erwartungsvoll …

Hoffnungsvoll?

»Machen wir noch einen Spaziergang«, schlug sie vor, als Nick neben sie trat, um mit ihr nach oben zu gehen. »Ich habe noch keine Lust, ins Bett zu gehen, Sie?«

»Tja, ich bin schon etwas müde.« Er hatte den ganzen Abend wie ein Luchs aufpassen müssen. Zunächst war da Sophia, die pausenlos versucht hatte, ihn und Gabriella von den anderen zu separieren, und dann die Frau selbst, die alles versucht hatte, um ihn unter den Mistelzweig zu ziehen. Er war echt geschlaucht und hundemüde. Er wurde langsam zu alt, um solche Spielchen mit einer sexbesessenen, heiratswütigen italienischen Femme fatale zu spielen.

»Bitte, bitte! Es ist gar nicht weit bis zum Hafen. Wir können ein bisschen aufs Meer blicken und eventuell eine Münze ins Wasser werfen und uns etwas wünschen.«

Nick musterte Mia einen Moment. Ihre dunklen Augen glänzten erwartungsvoll, ihre Wangen waren frisch und rosig von der Kälte. Sie sah bezaubernd aus. Und wie das leibhaftige Versprechen von Problemen mit einem großen P. »Und was würden Sie sich wünschen?«, fragte er, amüsiert über diesen plötzlichen Wechsel in ihrem Verhalten.

Mia war ungewöhnlich still gewesen heute Abend und hatte während der Heimfahrt kaum mit ihm geredet. Er dachte, dass sie sich vielleicht nicht wohl fühlte nach dem schweren Essen bei den Russos, was er sehr gut hätte nachempfinden können.

Was er für eine Einladung zu einem schlichten Abendessen gehalten hatte, hatte sich als ein achtgängiger Essensmarathon herausgestellt. Nichts brauchte er jetzt dringender als einen Alka-Seltzer-Cocktail.

»Wenn ich es verrate, tritt es nicht ein.« Mia griff nach seiner Hand und zog ihn mit sich. »Kommen Sie. Der Spaziergang wird uns gut tun. Ich bin sicher, dass wir mindestens dreißigtausend Kalorien vertilgt haben heute Abend.« Den schweren Früchtekuchen, den es zum Dessert gab und der wahrscheinlich fünfzig Pfund gewogen hatte und gut und gerne als Schiffsanker hätte benutzt werden können, nicht mitgerechnet. Auf jeden Fall fühlte er sich wie ein Stein an, als er sich bis zu ihrem Magen durchgekämpft hatte.

Wer, wenn er noch ganz richtig im Kopf war, mochte Früchtekuchen? Igitt!

Mia hatte alle ekligen gelben, grünen und roten kandierten Früchte aussortiert, bevor sie einen Löffel voll in den Mund steckte. Und ohne die Unmengen von Schlagsahne, die sie sich aufgetan hatte, hätte sie bestimmt überhaupt keinen Bissen herunterbekommen.

»In Ordnung«, gab Nick nach und war neugierig, was Mia jetzt wieder vorhatte. »Aber ich kann nicht allzu lange bleiben. Ich muss zu Hause noch unbedingt an den Computer.«

Sie sah ihn ungläubig an. »Sie wollen heute Abend noch schreiben? Aber es ist doch schon spät.« In dem Moment hielt ein Wagen vor der Ampel, und eine übermütige Gruppe lachender Teenager hupte und schnitt ihnen Grimassen, worauf Mia nicht gefasst war. Überrascht wäre sie wohl hingefallen, wenn Nick sie nicht aufgefangen hätte.

»Idioten!«, brummelte Mia und genoss das Gefühl von Nicks Händen um ihre Taille. Aber kaum hatte sie das zu Ende gedacht, entfernte er sie auch schon wieder, schob sie in die Hosentaschen und trat einen Schritt zurück.

»Wer hat denn etwas von schreiben gesagt? Ich möchte die Börsendaten überprüfen und sehen, wie viel Geld ich heute gewonnen oder verloren habe. Vorher würde ich nicht einschlafen können.«

Kopfschüttelnd lachte Mia. »Ich schätze, es wird noch schlimmer, wenn Sie wirklich Geld investieren.«

Nick sagte gepresst: »Sie sollten viel öfter lachen, Mia. Dann sehen Sie besonders hübsch aus.«

Hübscher als Gabriella?, wollte sie fragen. »Danke. Meine Zähne sind zwar nicht perfekt, aber sie sind ganz passabel.« *Warum musstest du es jetzt verderben, Mia? Der Mann hat dir gerade ein Kompliment gemacht, und du hattest nichts Besseres zu tun, als über deine albernen Zähne zu reden. Schhhhh! Wenn man von Idioten spricht.*

Der Hafen lag ziemlich verlassen da, als sie sich auf eine

Betonbank nicht weit weg vom Wasser setzten. »Es ist so friedlich hier«, sagte Mia seufzend. »Ich sitze sehr gern hier. Ich finde es außerordentlich entspannend, auf das Wasser zu blicken und die Gedanken schweifen zu lassen.«

Nick runzelte die Stirn. »Ich hoffe doch, dass Sie abends nicht allein hierher gehen. Das ist viel zu unsicher und wäre äußerst unklug.«

»Glauben Sie mir, ich bin klug, ganz zu schweigen davon, dass ich bewaffnet bin. Und ich bin lange nicht hier gewesen, also müssen Sie mir keinen Vortrag halten.«

»Nur weil Sie eine Waffe haben, heißt das noch lange nicht, dass Sie in Sicherheit sind. Ein starker und zu allem entschlossener Mann kann Sie überwältigen, Ihnen die Pistole abnehmen und Sie vergewaltigen oder töten oder beides.«

»Na, na, sind wir heute Abend nicht ein wenig zu pessimistisch? Ein absolut erfreuliches Thema, das Sie da gewählt haben, Nick. Wollen Sie mir die gute Laune verderben? Ich war wild entschlossen, sie mir nicht von Gabriella verderben zu lassen heute Abend.« Obgleich, als sie und Nick im Wohnzimmer verschwunden waren, sie doch sehr hatte an sich halten müssen, um nicht hinterherzustürzen und die Frau tätlich anzugreifen. Sie war davon überzeugt, dass Gabriella Nick so abgeknutscht hatte, dass kein Auge trocken geblieben war.

»Gabriella fährt bald wieder nach Italien, so dass Sie sich über sie nicht länger ärgern müssen.«

Mias Gesicht erhellte sich umgehend, und am liebsten hätte sie vor Entzücken in die Hände geklatscht. Um das nicht zu tun, schob sie die Hände zwischen die Knie und versuchte, nicht zu begeistert auszusehen. »Wirklich? Wann?«

»Gabriella hat mir heute Abend erzählt, dass ihr Vater sie Weihnachten bei sich haben möchte. Und da Weihnachten kurz vor der Tür steht, nehme ich an, dass sie sehr bald wieder in Sizilien sein wird. Sie hat mich eingeladen, sie dort zu besuchen.«

Mia tat ihr Bestes, um ihren Anfall von glühender Eifersucht zu verbergen, aber sie war wütend. Gabriella überschritt wirklich jede Grenze. »Sehen Sie? Was habe ich Ihnen gesagt? Sie gehört zur Mafia. Gabriella versucht, Sie in den Tod zu locken, so wie die Mafia es bei Michael Corleone getan hat, als er nach Sizilien gefahren ist.«

»Ich nehme an, dass Sie über *Den Paten* sprechen?«

Sie verdrehte die Augen. »Natürlich, worüber denn sonst: Wissen Sie nicht, wie es war, als Michael nach Sizilien kam, sich dort verliebte, heiratete und die Mafia versucht hat, ihn umzubringen, und stattdessen seine Frau getötet hat? Er hat sich natürlich nach und nach gerächt.«

»Und Sie glauben, wenn ich fahre, könnte mir das Gleiche passieren?«

»Ich bin sicher.«

Mia sah so ernst aus, dass Nick sie am liebsten in die Arme genommen und abgeküsst hätte. Aber er wusste, dass das nicht sehr klug wäre. Und Nick musste ab jetzt sehr klug handeln. Es stand zu viel auf dem Spiel.

Sein Herz?

Du lieber Himmel! Aus welcher Ecke kam das denn?

»Danke für die Warnung. Ich behalte das im Hinterkopf.«

Mia versuchte zu lächeln, aber da ihre Zähne leider schrecklich klapperten, gelang ihr der beabsichtigte verführerische Effekt nicht so recht.

»Sie frieren. Wo sind Ihre Handschuhe?« Nick nahm

ihre eisigen Hände in seine und rubbelte sie. »Gehen wir nach Hause. Es ist zu kalt, um hier draußen zu sitzen. Ich mache uns eine heiße Schokolade.«

Erwärmt durch seine Besorgnis und seine Berührung, gestattete sie ihm, ihr hoch zu helfen. Sie blickten sich, wie es schien, eine Ewigkeit in die Augen. Es war definitiv einer dieser Film-Momente, und Mia spürte, dass dies die Gelegenheit war, auf die sie den ganzen Abend gewartet hatte.

Ihr ganzes Leben schon, wenn sie ehrlich war.

Sie beugte sich leicht vor und forderte Nick quasi auf, sie in die Arme zu schließen und zu küssen. Die Einladung hätte nicht deutlicher sein können. In ihren Augen leuchteten Neonlichter auf, die blinkten: *Ich will dich! Ich will dich.*

Aber Nick kam nicht zu der Party.

Stattdessen trat er einen Schritt zurück und ließ ihre Hand fahren. »Wir sollten sehen, dass wir schnell nach Hause kommen, sonst frieren wir uns noch zu Tode.«

Aber Mia fühlte sich bereits tot. Ihr Herz war wie abgestorben.

Sie war abgelehnt worden.

Nick hatte sie nicht küssen wollen.

Richtig überrascht war sie eigentlich nicht. Er war schließlich den ganzen Abend in Gabriellas Nähe gewesen, hatte sie wahrscheinlich unter dem Mistelzweig geküsst und würde sie wahrscheinlich wieder küssen.

Warum sollte er also den Wunsch haben, sie zu küssen?

Hatte er nicht. Würde er nicht haben.

Sie konnte sich mit der Amazone nicht messen.

Es wurde Zeit für die Veränderung, so scheußlich die Vorstellung auch war.

»Ich halte es für keine gute Idee, dass du ständig hier aufkreuzt, Pauley. Du musst dich etwas rarer machen, damit Alfredo nicht auf falsche Gedanken kommt.« Vinnie funkelte seinen Kumpanen wütend an – den größten Idioten der gesamten Ostküste – und widmete sich wieder seinen Hackklößchen mit Tomatensoße. Wenn es etwas gab, was er abgrundtief hasste, dann, dass jemand ihn beim Mittagessen störte. Ein Mann sollte die Möglichkeit haben, in Ruhe und Frieden zu essen, um keine Verdauungsstörungen zu erleiden.

»Ich hielt es für besser, nicht anzurufen, Vin, und ich musste unbedingt gleich mit dir sprechen.«

Vincent wischte sich mit einer Serviette die Soße vom Kinn. »Was ist so wichtig, dass es nicht warten kann?« Er kannte Pauley gut genug, um zu wissen, dass er noch die banalsten Dinge für wichtig hielt. Der Mann war schlimmer als eine Frau, wenn es um absolut nebensächlichen Scheiß ging.

»Al hat gestern Abend angerufen und gefragt, ob ich Interesse hätte, mich mit irgendeinem Typ, der ein Buch über die Mafia schreibt, zu unterhalten.«

Endlich hatte Pauley Vinnies ungeteilte Aufmerksamkeit. »Du willst mich verarschen, oder?«

Der kleinere Mann schüttelte verneinend den Kopf. »Wenn dieser Autor anfängt, hier herumzuschnüffeln, können wir großen Ärger bekommen. Ich fand, dass ich dir das erzählen sollte, damit wir uns überlegen können, was da zu tun ist.«

»Wo liegt das Problem? Rede einfach nicht mit ihm.«

»Bist du verrückt? Natürlich rede ich nicht mit ihm. Al hat dem Kerl bereits gesagt, dass ich das nicht tun würde, aber er wollte mich trotzdem fragen. Sagte, er würde diesen Nick Caruso mögen. Der Kerl sei schwer in Ordnung, sagt er.«

»Von einem Nick Caruso habe ich noch nie was gehört. Was für Bücher schreibt er denn? Fantasy? Ich mag Fantasybücher. Und diese Justizkrimis. Die sind auch gut.«

Pauley zuckte die Achseln. »Woher zum Teufel soll ich das wissen? Und außerdem ist das völlig schnuppe. Ich weiß nur, wenn dieser Typ hier herumschnüffelt, könnte er Wind von unseren Aktivitäten bekommen, und das würde Calzone echt nervös machen.«

Calzone wäre nicht der Einzige, der nervös werden würde, aber Vincent deckte nicht gern seine Karten auf, wenn es um Poker oder Geschäfte ging. »Dann kümmere dich darum. Warum nervst du mich mit solchem Kleinscheiß? Du bist doch derjenige, der ständig sagt, dass er das Herz und die Seele dieses Arrangements ist.«

»Was?«

Pauley war kreidebleich geworden. Der rückgratlose kleine Scheißer machte sich vor Angst in die Hosen, ärgerte sich Vinnie. Er sprach es aus. »Sieh … zu, … dass … du … ihn … los … wirst. Wir können keine weiteren Probleme gebrauchen. Alfredo reicht schon. Ich brauche nicht auch noch einen Schriftsteller, der Ärger macht und uns das Geschäft vermasseln kann.«

»Ihn los werden? Du willst, dass Caruso erledigt wird? Aber er hat doch noch gar nichts angestellt. Du kannst doch nicht jemanden erledigen, der nichts getan hat. Das ist nicht richtig.«

»Was? Willst du etwa warten, bis er was herausfindet, ist es das, was du mir erzählen willst? Ist das etwa klug?«

Pauley trat von einem auf den anderen Fuß, und Vinnie ging die Geduld aus. »Was zum Teufel ist denn bloß los?«

»Ich habe noch nie jemanden getötet, Vinnie. Ich bin nicht sicher, ob ich das kann.«

»Himmelherrgott noch mal, Pauley! Wie zum Teufel bist du eigentlich an Calzone rangekommen? Du bist ja ein verdammter Amateur.«

»Ich war zur rechten Zeit am rechten Ort. Und ich ging mit Larrys Schwester. Carla hat mich empfohlen.«

»Dann bezahl jemanden dafür, wenn du es selbst nicht auf die Reihe kriegst. Ich bin sicher, dass du genug asoziales Pack kennst, das ein paar Extradollar gebrauchen kann. Wie schwer kann es schon sein, einen blöden Schriftsteller umzunieten?«

»Sammy der Stier ist Schriftsteller. Glaubst du, dass ich mich mit einem wie dem anlegen möchte? Der Kerl ist ein Mörder.«

»Und eine Ratte. Vergiss nie, wer deine Freunde sind, Pauley.«

Pauley richtete sich kerzengerade auf. »Du auch nicht, Vinnie. Ich bin der, der dich mit ins Boot geholt hat bei diesem Geschäft. Vergiss das nicht. Ein Wort von mir zu Calzone, und es ist vorbei mit dem schnellen Geld.«

Vinnie legte seinem Freund den Arm um die Schulter und versuchte, seinen Fehler wieder auszubügeln. »Kein Grund, mich zu bedrohen, Pauley. Ich wollte damit gar nichts andeuten. Ich habe nur ganz allgemein gesprochen.«

»In Ordnung. Mal sehen, was ich wegen Caruso machen kann. Wie schwer kann es schon sein, einen Schriftsteller zu töten? Er sitzt den ganzen Tag auf seinem Arsch, richtig?«

Pauley grinste, und Vinnie ebenfalls, der sich darüber freute, dass sein Geschäftspartner so leicht zu beeinflussen war und ihm seine Lügen abgenommen hatte.

Buttoni war immer schon ein Gefühlsmensch gewesen. Er hatte nie gelernt, dass Geschäft vor Vergnügen kam, und ganz bestimmt vor Freundschaft.

Und dass Geld vor allem anderen kam.

12

Wir sind Frauen. Wir sagen nicht, was wir wollen,
aber wir behalten uns das Recht vor,
sauer zu sein, wenn wir es nicht bekommen.
Sie liebt ihn, sie liebt ihn nicht

»Ihr erwartet doch wohl nicht von mir, dass ich *das* trage? Das ist mehr als frivol. Nicht einmal ich traue mich, das anzuziehen.«

Jede jungenhafte Faser von Mia rebellierte angesichts des knappen schwarzen Kleides, dass Annie ihr zur Prüfung hinhielt. Es war gewissermaßen ein verführerisches, tief ausgeschnittenes (vorn und hinten!) Nichts.

»Wir haben es gerade hereinbekommen. Es ist von Versace, und das bist absolut du, Mia. Vertrau mir«, sagte die Miteigentümerin von Goldman's Department Store ihrer skeptischen Kundin. Annies Vater, Sid, gehörte die andere Hälfte des Bekleidungsgeschäfts, aber es war Annie, die dafür gesorgt hatte, dass das überalterte Sortiment aufgepeppt wurde, so wie sie auch vorhatte, Mia aufzupeppen.

Augenzwinkernd strahlte Mary übers ganze Gesicht. »Oh, wie gut ich mich noch daran erinnern kann. Ich bin froh, dass dieses Mal nicht ich Annies Opfer bin.«

Annie blitzte ihre Freundin verärgert an. »*Oy vey!* Es hat funktioniert, oder? Du bist mit Dan verheiratet. Und es gab durchaus Zeiten, wo du es nicht für möglich gehalten hast.«

Die beiden Frauen steckten sich gegenseitig die Zunge heraus, dann lachten sie schallend. »Du hast Recht, Annie«, sagte Mary und streichelte ihren Bauch. »Und ich werde dir ewig dankbar sein.«

»Also, freut mich sehr, dass ich zu eurer Erheiterung beitragen kann.« Mia riss Annie das Kleid aus der ausgestreckten Hand, marschierte damit in Richtung Umkleideraum und rief ihnen über die Schulter zu: »Ich probiere das verdammte Ding an, aber ich kann euch jetzt schon sagen, dass ich es nicht tragen werde.«

»Also, Mia, nun sei aber mal fair.« Angela, die vor der Umkleidekabine wartete, versuchte, vernünftig mit ihrer Schwester zu reden. »Das rote Lederkleid, das du gekauft hast, enthüllt auch nicht weniger als dieses hier. Ich kann da keinen großen Unterschied erkennen.«

Mia streckte ihren Kopf durch die Vorhänge vor der Kabine. »Stimmt, aber ich habe das rote Kleid nicht gekauft. Das war Nick. Das ist ein großer Unterschied.«

»Woran du ziemlich genau erkennen kannst, was dem Mann gefällt«, hob Annie hervor, ein wenig zu vernünftig für Mias Geschmack. Die Frau war zehnmal weltgewandter, als Mia je hoffen konnte zu werden, und ungefähr zwanzigmal so sexy.

»Dein Körper ist Klasse. Benutze ihn«, sagte Annie und fügte hinzu, als Mia mit einer Mischung aus Abscheu und Verzweiflung auf ihre Brüste zeigte: »Okay, du bist nicht gerade Dolly Parton. Aber ein guter Push-up-BH kann Wunder wirken für dein Dekolletee. Oder noch besser, trag überhaupt keinen BH, und ich bezweifle stark, dass es Nick überhaupt interessiert, ob du so etwas wie ein Dekolletee hast.«

Mia warf erneut einen Blick in den Spiegel und schüttelte den Kopf. »Ich würde mich zu Tode schämen, wenn ich mit diesem Kleid in die Öffentlichkeit ginge. Ich komme mir nackt vor. Man kann jedes einzelne Pölsterchen und jeden einzelnen Hubbel sehen, den ich habe ... oder nicht habe.« Verdammt! Warum musste sie auch so flachbrüstig sein? Gabriella hatte Brüste, um die sie sogar eine Kuh beneidet hätte. Neben diesen Wassermelonen nahmen sich Mias Teile wie Walnüsse aus.

»Du hast überhaupt keine Pölsterchen, deshalb kannst du ja solche eng anliegenden Kleider tragen«, klärte Angela Mia auf, die das Kleid gerade den drei Frauen vorführte. Sie setzte sich auf den Stuhl, den Annie ihr hinschob, und warf ihrer Freundin einen dankbaren Blick zu. »Und wenn wir erst mal alle Accessoires beisammen haben, wie hochhackige Pumps, Schmuck –«

»Hochhackige Schuhe! Ich weigere mich, diese spitzen Dinger zu tragen, die geradezu schreien ›Ich bin zu haben! Nimm mich.‹ Wie erniedrigend.« Mia betrachtete seufzend ihre bequemen Turnschuhe. »Was ist nur gegen bequeme und praktische Sachen einzuwenden?«

»Du brauchst sowohl neues Make-up als auch eine neue Frisur«, sagte Annie und überhörte den empörten Aufschrei der jungen Frau. Sie war Widerstand gewöhnt. Mary hatte ähnlich reagiert, als Annie darauf bestanden hatte, dass ihre Freundin Tangas in ihr Unterwäsche-Repertoire aufnahm.

»Aber ich trage nie Make-up. Und was ist nicht in Ordnung mit meinem Haar? Es ist lockig. Viel kann ich damit nicht machen.«

»Du musst aber nicht unbedingt mit einer Kleinmädchenfrisur herumlaufen. Wann warst du zuletzt beim Friseur?« Annie musterte kritisch Mias Kopfschmuck und verzog das Gesicht. »Mr. Roy kann Wunder wirken. Ich weiß, dass er entzückt wäre, Hand an deine Haare zu legen und dir einen neuen Schnitt zu verpassen. Vielleicht solltest du dir auch einen anderen Farbton überlegen. Nichts Dramatisches, nur ein paar Lichter ins Haar. Farbe ist immer sehr aussagekräftig.«

»Wer weiß das besser als du, Annie«, scherzte Mary, die damit auf die Zeit anspielte, wo ihre Freundin sich je nach der Stimmung, in der sie war, die Haare gefärbt hatte.

»Aber ich mag mein Haar!«, protestierte Mia. »Es ist pflegeleicht. Und ich gehe nicht zum Friseur. Für meinen Geschmack sieht man danach zu unnatürlich gestylt aus. Ich schneide mir die Haare selbst, wenn sie zu lang werden.«

Die drei Frauen sahen sich entgeistert an und versuchten, ihr Entsetzen nicht allzu deutlich zu zeigen, bevor Angela herausbrachte: »Sieh mal, Mia, ich gehe jede Wette ein, dass Gabriella Perillo sich nicht an ihrem eigenen Haar vergreift. Und wenn du Nicks Aufmerksamkeit erlangen –«

»Aber die Amazone reist ab! Ich habe diesen ganzen Kram nicht nötig. Ich bin euch allen wirklich dankbar, dass ihr mir helfen wolltet, aber wenn Nick mich nicht mag, so wie ich bin, dann ist er es auch nicht wert, dass ich ihm hinterherlaufe.«

Mia, du bist eine solche Lügnerin!

»Gott hilft denen, die sich selbst helfen«, betonte Mary und sah aus, als wüsste sie ganz genau, wovon sie sprach. »Und du hast uns erzählt, dass Gabriella Nick nach Sizilien eingeladen hat. Er fährt vielleicht, wenn sie ihm das richtige Angebot macht. Und du weißt, dass sie das tun wird. Leider denken Männern oft nicht mit ihrem Verstand. Eine attraktive, ungebundene Frau ist eine große Versuchung.«

Als sie an den vergangenen Abend im Hafen dachte, wo Nick es abgelehnt hatte, sie zu küssen, wusste Mia, dass ihre Freundinnen die Wahrheit sagten, und sie seufzte niedergeschlagen. »Ich schätze, ihr habt Recht. Männer sind ja so oberflächlich. Ich sollte mir eigentlich gar nicht erst die Mühe machen. Schließlich ist es unethisch, sich mit einem Klienten einzulassen.«

Annie verdrehte ihre himmelblauen Augen. »Erspare mir das. Ich habe einen ehemaligen Priester geheiratet. Ich glaube nicht an irgendwelche Regeln und Vorschriften, wenn es um Herzensangelegenheiten geht.«

Mia lächelte ihre extravagante Freundin liebevoll an. »Du hast dich wirklich Hals über Kopf in Joe verliebt, stimmt's? Und es war bestimmt nicht leicht, sich Sophia zu widersetzen. Ich bewundere dich, Annie.«

»Es ist immer noch nicht leicht, aber es ist die Sache wert. Wenn du deinen Märchenprinzen gefunden hast, dann musst du um ihn kämpfen, egal, welche Hindernisse sich dir in den Weg stellen, einschließlich rechthaberische Schwiegermütter.«

»Annie hat Recht.« Angela ergriff die Hand ihrer Schwester. »Ich möchte, dass du glücklich wirst, Mia, dass du jemanden findest, der so herzensgut ist wie John. Wenn du die Gelegenheit nicht nutzt, wirst du nie wissen, was wahres Glück ist.«

Mia starrte die drei Frauen abwechselnd an, dann schüttelte sie den Kopf, als ihr die Bedeutung dessen, was die drei meinten, schlagartig klar wurde. »Moment mal, Moment mal! Kommt bloß nicht auf falsche Gedanken wie Hochzeitsglocken und Orangenblüten. Ich suche nichts für Dauer. Ich möchte nur eine unkomplizierte Affäre haben, etwas, was beide genießen, und –«

Lügnerin! Lügnerin! Lügnerin! Sei wenigstens ehrlich zu dir selbst, Mia, wenn du schon deinen engsten Freundinnen nicht die Wahrheit sagen kannst.

Mary fing an zu lachen, und Annie fiel mit ein.

Die Hände auf die Hüften gestemmt, das Kinn trotzig in die Luft gereckt, verlangte Mia zu wissen: »Und was ist bitte schön so verdammt lustig? Und warum lacht ihr über mich?«

»Wir haben früher mal das Gleiche gesagt.« Mary wischte sich die Lachtränen mit ihrem Ärmel weg. »Ich schwor hoch und heilig, dass ich nicht heiraten wollte, besonders nicht, nachdem ich mich mit dem Restaurant selbstständig gemacht hatte.«

»Ich auch«, sagte Annie. »Dass ich ausgerechnet Joe mal heiraten würde, wäre mir nie in den Sinn gekommen.«

»Ich schätze, ihr könnt mich in diesen illustren Kreis mit aufnehmen.« Angela grinste breit. »Schon komisch, wie das Schicksal zuschlägt, wenn man so gar nicht Ausschau hält, nicht wahr?«

»Ihr wollt mir also sagen, dass ich heiraten möchte und es nur selbst noch nicht weiß?« Mia wirkte äußerst skeptisch. »Ich glaube, ich wüsste es, wenn ich für den Rest meines Lebens in den Hafen der Ehe einschippern möchte.«

»Ich glaube, was wir dir zu sagen versuchen und offenbar nicht sehr verständlich ausdrücken«, erwiderte Angela, »ist, dass wir alle eine Weile brauchten, um herauszufinden, dass wir unser Herz verloren hatten, lange bevor wir es bemerkt haben.«

»Du sprichst von … Liebe?« Mia schluckte schwer und

sah entgeistert aus, allerdings aus völlig anderen Gründen dieses Mal.

»So schlimm ist es gar nicht.« Annies Blick war von Zärtlichkeit erfüllt. »Verheiratet zu sein hat definitiv seine Vorteile. Es ist nett, jeden Morgen aufzuwachen und der Mann, den du liebst, liegt neben dir. Ich sage dir, das macht dich dreimal besser fit für den Tag als Koffein.«

»Das kann ich auch haben, ohne verheiratet zu sein«, sagte Mia ihrer grinsenden Freundin.

»Das ist nicht dasselbe«, fiel Mary ein. »Wenn du endlich diesen einen besonderen Mann gefunden hast, dann ist es, als ob zwei Hälften zusammen ein Ganzes ergeben. Du fragst dich, wie du es überhaupt ausgehalten hast, so lange ohne ihn zu leben.«

Mia schüttelte den Kopf. »Also, nehmt bitte hier und jetzt zur Kenntnis, dass ich nicht in Nick Caruso verliebt bin.«

Bin ich nicht! Bin ich nicht! Bin ich nicht!

»Ich mag ihn wirklich gern, aber wir haben überhaupt nichts gemeinsam. Er ist viel zu konservativ und spießig für meinen Geschmack. Ich gebe zu, dass er echt gut küssen kann und dass er spitze aussieht in Unterhose. Ich schätze, das ist mehr, als viele Frauen kriegen.«

»Wollen wir versuchen, sie zu überzeugen?«, fragte Annie ihre Freundinnen, die unisono die Köpfe schüttelten.

»Das ist zwecklos«, zuckte Mary die Achseln. »Wenn es passiert, passiert es. Und dagegen ist Mia absolut machtlos.«

»Das klingt ja wie eine tödliche Krankheit. Da kann ich nur dankbar sein, ihr nicht erlegen zu sein.« Letztes Mal war sie beinahe an gebrochenem Herzen gestorben.

»Ist das so, Mia?«, fragte Angela, die unfähig war, die Besorgnis in ihrer Stimme zu verbergen.

Aber Mia wollte nicht mit ihr darüber diskutieren. Angela war schon immer klüger gewesen, als ihr lieb war. »Ich dachte, ihr wollt mir helfen, jemand ins Bett zu kriegen. Das hat für mich im Moment erste Priorität. Ich hätte gern mal wieder Sex, bevor ich total einroste.

Machen wir also weiter mit dieser verdammten Veränderung, bevor ich es mir anders überlege und beschließe, die ganze Sache zu vergessen. Ich habe nicht den ganzen Tag Zeit, wisst ihr. Ich muss nach Hause zu Nick. Dad war nicht sonderlich erfreut, schon wieder den Babysitter zu mimen.« Genau genommen war Sam begeistert gewesen über die Aussicht, mit Nick mal wieder Poker spielen zu können, aber sie fand, so klang es bedeutend dramatischer.

Großer Gott!, dachte Mia. Ich verwandele mich ja schon in Rosalie, die Drama-Queen.

»Du wirst es dir noch anders überlegen.«

Mia warf genervt die Hände in die Luft. »Verdammt, Annie! Hör auf, so selbstgefällig zu grinsen. Nur weil du regelmäßig Sex hast, ist das noch lange kein Grund –«

Annies Lachen füllte den Laden und veranlasste einige andere Kunden, sich den Hals zu verrenken, um zu sehen, was es da so Lustiges gab. »Das hat nichts mit Sex zu tun. Du bist verliebt. Sobald du es dir selbst eingestehst, wird das Leben für alle Beteiligten bedeutend einfacher, und wir können entspannt weiter an deiner Verwandlung zur hinreißenden Sexbombe basteln.«

»Ich bin nicht verliebt!«, erklärte Mia.

Aber es war sonnenklar, dass keine ihrem Protest glaubte, am wenigsten Mia selbst.

Nick stampfte im Sitzen mit den Füßen auf, um seine Blutzirkulation in Gang zu halten, während er den Menschenmassen auf der Eisbahn zuschaute. Aber er nahm weder wahr, was um ihn herum vor sich ging, noch das Lachen und die Freudenrufe, die durch die eiskalte Luft schallten.

Seine Gedanken waren woanders. Bei Mia, wenn er ehrlich war. Da, wo sie schon seit Tagen waren.

Das Objekt seiner Grübeleien lief Schlittschuh mit einer Gruppe von Bekannten, lachte und winkte ihm fröhlich zu. »Kommen Sie, leisten Sie uns Gesellschaft, Nick«, rief Mia, deren Wangen rosig von der Kälte waren. »Es macht unglaublichen Spaß.«

Nick winkte zurück, lächelte abwesend und schüttelte ablehnend den Kopf. Er hasste es, Mia zu belügen, hasste die Geschichte, die er erfunden hatte, hasste es, sie glauben zu lassen, dass er jemand war, der er nicht war.

Der erfundene Nick Caruso war ein viel besserer Mensch als der FBI-Agent Nick Caruso. Er war nett und rücksichtsvoll gegenüber seiner Tante, höflich und fürsorglich Leuten gegenüber, die er kaum kannte, und er präsentierte sich nicht als dieser oberflächliche, flatterhafte Männertyp, den die meisten Frauen verabscheuten.

Nichts von alledem hatte ihn vorher interessiert. Er hatte sich nie darum gekümmert, was andere Leute von ihm hielten. Aber Mia war anders. Sie vertraute ihm, glaubte ihm, gab sich große Mühe, ihn in ihr Leben einzubeziehen, ihn überall mit hinzunehmen, wie zum Beispiel zu dieser Spendenaktion der Gemeinde für das örtliche Krankenhaus.

Der Kinderflügel des Mercy Hospital musste renoviert werden, was Nick für eine sinnvolle Sache hielt und deswegen auch nicht übermäßig protestiert hatte, als Mia darauf bestand, ihn mitzuschleifen. Sie erklärte, dass sie bewaffnet sei, nur für alle Fälle. Und dass sie die Liste der potenziellen Spender geprüft und keinen bedrohlichen darunter entdeckt habe. Er musste sie wirklich loben; Mia nahm ihren Job weiterhin sehr ernst und blieb aufmerksam.

Nick war ein Teil von Mias Leben geworden, genauso wie sie ein Teil seines Lebens. Nur war es eben gar nicht seins, sondern sie war Teil eines Lebens geworden, das nicht existierte. Er lebte eine Lüge, und eines Tages würde das jedem schmerzlich klar werden.

Aber es war seine Pflicht, nicht seine wahre Identität und seine Motive, warum er in Little Italy war, zu enthüllen. Nick durfte seine Tarnung nicht auffliegen lassen. Er hatte einen Job zu erledigen, und er beabsichtigte, ihn so gut wie möglich zu erledigen.

Er hatte nur nicht damit gerechnet, dass er sich gefühlsmäßig derartig engagieren würde, dass er auf Menschen stoßen würde, die ihm etwas bedeuteten. Und er dachte dabei nicht nur an Mia, obgleich sie der wichtigste Mensch von allen war. Er mochte inzwischen auch die Russos und DeNeros ziemlich gern, er mochte sie mit all ihren Schwächen und genoss es, an ihrem Leben teilzunehmen.

Was würde geschehen, wenn sie herausfänden, warum er sich mit ihnen angefreundet hatte?

Sie würden sich betrogen fühlen, besonders Sophia. Die ältere Frau würde ihm nie verzeihen, dass er sie vorgeschoben hatte, um an ihren Bruder heranzukommen. Und ihr Respekt war Nick viel wert.

Am meisten aber quälte ihn die Vorstellung, was Mia denken würde. Ob sie in der Lage wäre zu verstehen, warum er unehrlich sein musste. Obgleich Mia durchaus ihre sehr speziellen Lebensregeln hatte, war sie doch ehrlich, besaß Integrität und spielte keine Spielchen und belog Leute, um das zu bekommen, was sie wollte.

Mia würde ihn hassen. Sie würde –

»Sie haben doch gesagt, dass es Ihnen nichts ausmacht, zu dieser Spendensammlung zu kommen. Aber wie Sie da so zusammengesunken sitzen, macht es eher den Eindruck, als ginge es Ihnen miserabel.«

Nick schaute hoch und entdeckte Mia am Geländer. Ihre Nase war so rot wie bei einem Zirkusclown, aber sie sah anbetungswürdig aus mit ihrer bunten Strickmütze und dem Schal.

Mia schnallte sich die Schlittschuhschoner unter, öffnete die Pforte, kam die Treppe hoch und setzte sich neben ihn auf die Bank. »Wenn Sie wollen, können wir gehen«, bot sie an, obgleich er wusste, dass ihr das Schlittschuhlaufen Riesenspaß machte. »Aber Sie waren nicht einmal auf dem Eis. Deshalb überlege ich, ob ich Sie so einfach davonkommen lassen soll. Ich sagte Ihnen ja, dass ich alles überprüft habe und für sicher halte, falls Sie sich deswegen Sorgen machen. Ich bezweifle sehr, dass es viele Schlittschuh laufende Killer in Little Italy gibt.«

»Ich mache mir, wie ich Ihnen ebenfalls sagte, nicht viel aus Schlittschuhlaufen. Ich kann es nicht sonderlich gut. Aber es macht Spaß, Sie und Ihre Freunde dabei zu beobachten.«

Mia warf einen Blick auf ihre Uhr. »Es ist schon fast fünf. Wir müssen sowieso bald aufbrechen, um rechtzeitig bei meinen Eltern zu sein. Mom würde mich umbringen, wenn wir zu spät zum Essen kämen. Sie hat mich hoch und heilig schwören lassen, dass wir pünktlich sind.«

Nick zögerte einen Moment und wählte seine Worte mit Bedacht: »Sind Sie sicher, dass ich Sie begleiten soll? Ich komme mir irgendwie komisch vor, schon wieder bei Ihren Eltern zu Gast zu sein.« *Und deine Eltern so hemmungslos auszunutzen.*

»Was soll denn der Unsinn? Ma und Dad sind ganz verrückt nach Ihnen. Außerdem ist Kochen Rosalies Leidenschaft. Sie wäre am Boden zerstört, wenn sie Ihnen ihren berühmten Kalbsbraten Marsala nicht vorsetzen könnte. Ganz zu schweigen davon, dass Dad dann keinen Grund hätte, sich besonders hübsch und verwegen aufzurüschen.«

Nick seufzte, und Mia fügte etwas unsicher hinzu: »Aber wenn Sie keine Lust haben, müssen Sie es sagen, Nick. Ich weiß, dass meine Eltern nicht gerade die einfachsten Menschen der Welt sind.«

Sie sah verletzt aus, und Nick ergriff ihre Hände. Er freute sich, dass sie seinen Rat befolgt hatte und Handschuhe trug. »Ich mag Ihre Familie sehr, Mia. Verstehen Sie mich bitte nicht falsch. Ich möchte nur keinem irgendwelche Umstände machen, das ist alles.«

»Reden Sie keinen Unsinn. Das ist doch kein Umstand. Sie tun jedem einen Gefallen, auch mir. Ich kann meine töchterlichen Pflichten erfüllen und gleichzeitig Ihr Leibwächter sein.«

»Wenn Sie meinen.«

»Ja, das meine ich. Hören Sie auf, sich Sorgen zu machen.«

Nicks Blick überflog die Eisbahn und entdeckte auf der anderen Seite Sophia und Gabriella, die ihn feindselig anfunkelten. Er winkte ihnen zu, aber sie grüßten nicht zurück. »Was ist denn mit den beiden los?«, fragte er verwirrt. »Sie wirken irgendwie wütend.«

Mia grinste. »Das sind sie auch. Sophia wird Sie möglicherweise sogar verfluchen. Sie wollte Sie heute zum Essen einladen, und ich habe ihr nur zu gern mitgeteilt, dass Sie heute Abend bereits mein Gast sind. Macht es Ihnen nicht Spaß, wie die Frauen sich um Sie reißen? Ich bin sicher, dass das Ihrem Ego mächtig Auftrieb gibt.«

»Spaß ist nicht gerade das Wort, das ich benutzen würde.« Nick musterte Mia jetzt genauer und wirkte etwas verdutzt. »Sie sehen heute irgendwie anders aus. Haben Sie Make-up benutzt?«

Mias Wangen färbten sich rosa. »Nur ein kleines bisschen. Ich experimentiere ein wenig.« Bei Goldman's hatte Annie sie mit allem Möglichen versorgt, mit verschiedenen Lippenstiften, Rouge und Lidschatten und ihr sogar beigebracht, wie man das ganze Zeugs anwendet. Mia hielt es für das Beste, sich sukzessive zu verwandeln. Und ab und zu ein wenig Make-up aufzulegen schien ihr für den Anfang eine gute Idee zu sein. Schließlich wollte sie nicht, dass Nick einen Schock erlitt bei ihrer plötzlichen Veränderung vom jungenhaften Typ zur Femme fatale.

Als wäre das überhaupt möglich.

»Sie haben wunderschöne Haut. Sie brauchen doch keine künstlichen Hilfsmittel.«

Sein Kompliment erwärmte sie bis in die erfrorenen Zehenspitzen. »Danke. Annie hat mich gestern dazu überredet, mir die Sachen zu kaufen, als ich zufällig bei Goldmans war. Sie ist eine sehr überzeugende Verkäuferin, und ich habe es nicht geschafft, Nein zu sagen.«

»Das ist genau das, was nette Mädchen in Schwierigkeiten bringen kann, besonders wenn sie kirschroten Lippenstift tragen.«

Nicks Neckerei führte dazu, dass ihr gesamter Körper

prickelte und ihr Herz sich überschlug. Vielleicht fand Nick sie ja doch attraktiv. Seine glühenden Blicke signalisierten es jedenfalls und machten ihr Hoffnung, dass sich dieses Mal die Dinge anders entwickeln würden.

Sie schluckte, lächelte verführerisch und erwiderte: »Wer sagt denn, dass ich ein nettes Mädchen bin?«

Nick und Mia beschlossen, den relativ kurzen Weg von der Eisbahn bis zum Haus ihrer Eltern zu Fuß zu gehen. Es lag Schnee in der Luft, und eingemummelt in ihre Parkas spazierten sie zügig durch die Kälte. Es war dunkel geworden, aber die Straßenlaternen und die weihnachtlich geschmückten Vorgärten und Häuser spendeten genug Licht.

Als sie um die Ecke bogen, freute sich Mia und klatschte wie ein kleines Kind in die Hände, was durch die Handschuhe etwas gedämpft klang. »Sehen Sie nur! Dad hat die Außendekoration angebracht.« Sie wies auf das Backsteinhaus auf der linken Straßenseite. »Sieht das nicht hübsch aus? Ich weiß, dass alle Welt heutzutage weiße Lichter nimmt, aber diese bunten Glitzerdinger mag ich immer noch am liebsten.«

Nick musste angesichts Mias Begeisterung lächeln und konnte sie sich mühelos als sechsjähriges Kind am Weihnachtsmorgen vorstellen. Sie hatte wahrscheinlich sehr viele schöne Kindheitserinnerungen, von denen sie zehren konnte, und er fragte sich, ob sie wusste, wie viel Glück sie gehabt hatte. Eigentlich war er davon überzeugt, dass sie das sehr wohl wusste.

Mit ironischem Augenzwinkern erwiderte er: »Ich glaube, mir sind die Augen zugefroren, oder die Kälte hat mich blind gemacht. Aber ich bin sicher, wenn ich etwas sehen könnte, wäre es ein spektakulärer Anblick.«

Sie boxte ihn in den Arm. »Oh, Nick, seien Sie kein solcher Schlappmann. So kalt ist es doch gar nicht. Ich hoffe sogar, dass es schneit. Wäre das nicht toll, wenn wir dieses Jahr weiße Weihnachten hätten?«

Er kuschelte sich noch tiefer in seine Jacke und fing schon bei dem Gedanken daran an zu zittern. »Seit wann sind Sie eigentlich ein Eskimo?«

»Ich bin ein Wintermensch. Ich liebe die Kälte und den Schnee. Ich gebe zu, dass ich nicht so gern jogge, wenn es kalt ist, aber wenn ich mich einmal dazu aufgerafft habe, finde ich es sehr erfrischend.« Seit Nick bei ihr wohnte, war sie nicht mehr joggen gegangen, und sie vermisste diese morgendliche Routine. Sie hatte schon daran gedacht, Nick zu fragen, ob er sie begleiten würde, glaubte aber nicht, dass er mit ihr mithalten konnte.

Trotz seines muskulösen Körpers schien er nicht allzu athletisch zu sein. Ein Beweis dafür: Er lief nicht gern Schlittschuh. Sie fragte sich, ob er als Kind je Fußball oder Baseball gespielt hatte. Womöglich hatte seine ältliche Tante solche Aktivitäten nicht gutgeheißen.

»Ich finde es bewundernswert, wie Sie jeden Tag Ihre Übungen machen«, sagte Nick jetzt, sehr zu Mias Überraschung. »Ich kann es abends hören, wie Sie ächzend und stöhnend Ihre Push-ups und Sit-ups machen.«

Ihr Lächeln war unglaublich sexy, und Nick spürte, wie ihm trotz der Kälte heiß wurde. »Woher wollen Sie wissen, dass meine Gymnastik verantwortlich ist für das Stöhnen, das Sie hören? Vielleicht mache ich ja etwas schrecklich Unanständiges.«

Direkt auf dem Vorderrasen ihres bescheidenen elterlichen Hauses warf Nick den Kopf in den Nacken und lachte schallend über die provokante Vorstellung, die sie heraufbeschworen hatte. »Für mich klingt es eigentlich nicht so, als wäre es der reine Genuss für Sie, aber wenn das der Fall ist, sollten Sie mich eventuell an diesen netten kleinen Übungen teilhaben lassen.«

Kichernd wollte Mia gerade antworten, als der erste Schuss fiel.

Die Kugel zischte an Nicks Kopf vorbei und traf den Mülleimer, der am Randstein auf die morgige Müllabfuhr wartete. Es ging alles so schnell, dass Mia nicht mal Zeit blieb zu schreien.

Ohne nachzudenken griff Nick nach seiner Pistole, dann wurde ihm bewusst, dass er keine trug. »Scheiße!«

Gleichzeitig befahl Mia: »Runter«, zog ihn mit sich und warf sich schützend vor ihn auf den Boden, als der zweite Schuss fiel. Das alles passierte in Sekundenbruchteilen. Sie fielen beide hin, sie dann über ihn. Und alles, was Nick sehen konnte, als er aufblickte, war, dass hellrotes Blut aus der Frau sprudelte, die er, wie ihm gerade klar geworden war, liebte.

13

Wenn irgendetwas sicher ist in diesem Leben,
wenn Geschichte uns irgendetwas gelehrt hat,
dann, dass du jeden töten kannst.
Der Pate

Als Mia aufheulte, erschrak Nick sich schier zu Tode. Er schaute sich rasch prüfend um, um sicherzugehen, dass die Heckenschützen geflohen waren, bevor er so sanft er konnte die verletzte Frau aufhob und sie zum Haus trug. Er bewegte sich schnell, aber vorsichtig und flehte alle Götter an, dass jemand sofort aufmachen würde, als er sich der Haustür näherte.

Sam DeNero wurde blass angesichts der leblosen Gestalt seiner Tochter. »Mia! Du liebe Güte!« Seine Augen glitzerten gefährlich. »Was zum Teufel ist mit meiner Tochter passiert, Nick?« Er zog Nick und sein kostbares Bündel ins Haus und schlug die Tür zu, bevor irgendjemand aus der Nachbarschaft sehen konnte, was hier vor sich ging.

»Rufen Sie 911 an! Mia ist angeschossen worden. Es war zu dunkel, um etwas zu erkennen, so dass ich nicht weiß, wie schwer sie verletzt ist.« *Bitte, lieber Gott, lass sie nicht sterben*, betete Nick im Stillen, und ihm brach der kalte Angstschweiß aus. Bei der Vorstellung, dass er nie wieder ihr lausbübisches Grinsen sehen, ihr fröhliches Lachen hören würde, wurde ihm ganz schlecht und schwindelig.

»Tragen Sie Mia ins hintere Schlafzimmer, und legen Sie sie aufs Bett«, wies Sam ihn mit befehlsgewohnter Stimme an. »Rosalie, hol den Erste-Hilfe-Kasten«, rief er seiner Frau zu, die ahnungslos in der Küche war und ein Abendessen vorbereitete, das wahrscheinlich keiner essen würde.

»Wollen Sie denn keinen Notarzt rufen?«, fragte Nick, legte Mia auf ihr Bett und schaltete das Licht an. Mit zitterndem Arm fuhr er sich über die schweißnasse Stirn und fragte sich, warum der ältere Mann zögerte.

Rote Bauernrosen prangten an den Wänden von Mias Zimmer, aber leider keine auf ihren Wangen. Im Lampenlicht sah sie blass wie der Tod aus, und Nick hatte einen Heidenschiss, dass sie sterben würde.

Himmelherrgott noch mal! Wie konnte das nur passieren?

Das ganze Fiasko war natürlich seine Schuld. Und irgendwie musste er zusehen, den schlimmsten Schaden abzuwenden, selbst wenn seine Überwachungsaktion dabei in die Binsen ging. Kaum hatte er die Entscheidung getroffen, griff er in seine Manteltasche und zog sein Handy heraus. »Mia muss so schnell wie möglich in ein Krankenhaus, Sam. Ich rufe jetzt –«

»Nein!« Der Ältere schüttelte den Kopf. »Noch nicht. Wir rufen an, wenn es unbedingt nötig ist. Aber wenn wir 911 anrufen, kommt die Polizei und stellt Fragen, und ich nehme an, dass weder Sie noch meine Tochter möchten, dass jemand in Angelegenheiten herumschnüffelt, die ihn nichts angehen. Habe ich Recht?«

Bei dem wissenden Blick, den Mias Vater ihm zuwarf, sträubten sich Nicks Nackenhaare. Er nickte und beobachtete, wie Sam seiner Tochter vorsichtig den Mantel und den Pullover auszog und sie, so gut es ging, mit einer Decke zudeckte. Sie war blass und hatte offenbar Blut verloren, aber die Wunde sah nicht so ernst aus, wie Nick zunächst befürchtet hatte.

»Ihr Oberarm ist getroffen worden. Es ist lediglich eine Fleischwunde«, verkündete Sam erleichtert und fuhr fort, die Wunde mit geübten Fingern zu untersuchen. »Es ist keine Kugel in der Wunde; es war nur ein Streifschuss. Ein kleines Kaliber, höchstwahrscheinlich eine 22er, und sie wird nur eine kleine Narbe zurückbehalten.«

Nick, der kein Kirchgänger im eigentlichen Sinn war, dankte dem Allmächtigen. »Aber sie bewegt sich überhaupt nicht und gibt keinen Ton von sich. Sind Sie sicher, dass sie wieder auf die Beine kommt? Sie sieht mir verdammt noch mal nicht danach aus.«

»Mia hatte immer schon eine niedrige Schmerzschwelle. Sie ist einfach ohnmächtig geworden. Das ist auch das Beste. Ich muss diese Schusswunde nämlich reinigen und verbinden, bevor sie wieder zu sich kommt.«

Rosalie kam nun mit sauberen Handtüchern und dem Erste-Hilfe-Kasten ins Zimmer geeilt. »Lebt Mia?«, fragte sie. »Übersteht sie das? Mein Baby, mein Baby.« Sie eilte ans Bett ihrer Tochter, strich Mia das schweißnasse Haar aus der Stirn und küsste sie auf die Stirn. »Mami ist hier, Baby. Alles wird wieder gut.«

Sam würdigte seine Frau keines Blickes. »Reiß dich zusammen, Rosalie. Mia ist bald wieder auf dem Damm. Sie ist bewusstlos, das ist alles. Die Wunde ist nicht tief. Es war ein Streifschuss in den fleischigen Teil ihres Oberarms. Sobald ich die Wunde gereinigt und verbunden habe, ist sie wieder so gut wie neu.«

»Bist du sicher? Du würdest mich doch nicht belügen,

Sam?« Rosalie wischte sich mit dem Handrücken die Tränen weg, und er drückte ihr beruhigend die Schulter.

»Versprochen. Und jetzt holst du mir bitte meine schwarze Ledertasche aus unserem Schlafzimmerschrank, den mit der medizinischen Ausrüstung. Ich will Mia ein Antibiotikum spritzen.«

Rosalie nickte und beeilte sich, seiner Bitte zu folgen.

Nick fragte nicht nach, wieso Sam eine medizinische Ausrüstung parat hatte, aber er vermutete, dass der Excop so etwas schon häufiger gemacht hatte während seiner Zeit bei der Bostoner Polizei, obwohl er dabei vermutlich kein Goldlamékleid getragen hatte.

Komisch, aber erst jetzt fiel Nick auf, was Sam trug. Entweder war er zu abgelenkt gewesen durch Mias Verwundung, oder er begann, sich an die abstrusen Verkleidungen des Mannes zu gewöhnen. Er hoffte, dass es Ersteres war.

Sam bemerkte Nicks fragenden Blick und erklärte: »Ich war Sanitäter bei der Armee. Ich kenne mich aus mit solchen Dingen. Und ich bin sogar gut darin, machen Sie sich also keine Sorgen.«

»Kann ich irgendwie behilflich sein?«, fragte Nick und schämte sich, dass er nicht schon früher gefragt hatte. Normalerweise war er sehr kontrolliert und hatte sich im Griff. Aber im Moment fühlte er sich wie ein neugeborenes Fohlen auf wackligen Beinen. Er schaffte es nicht, unbeteiligt und objektiv zu bleiben, wenn es um Mia ging.

Er liebte sie, und das wuchs sich zu einem riesengroßen Problem aus.

Aber im Moment musste er sich zusammenreißen, herausfinden, wer ihn töten wollte und warum. Um das andere würde er sich später kümmern, wenn er Zeit hatte, sich

Gedanken zu machen, was um alles in der Welt er machen sollte.

Sam blickte kurz auf, musterte den jüngeren Mann und runzelte die Stirn. »Sie können sich da auf den Stuhl setzen, Sohn. Sie sehen aus, als würden Sie auch gleich umkippen, und ich habe jetzt keine Zeit, Sie vom Fußboden abzukratzen.«

Nick tat wie ihm geheißen und stützte seinen Kopf in die Hände. »Mia hat mir das Leben gerettet. Diese Kugel war für mich bestimmt.«

»Die Mafia?«

Da er nicht die leiseste Ahnung hatte, wer es auf ihn abgesehen hatte, nickte Nick, um seine Lügengeschichte aufrechtzuerhalten. Gleichzeitig fragte er sich, ob Sam mehr wusste, als er zu erkennen gab. Cops hatten einen sechsten Sinn für Intrigen, ebenso Excops. »Ich weiß es zwar nicht genau, aber das wäre die logische Erklärung.«

Mit gerunzelter Stirn legte Sam seiner Tochter konzentriert den Verband an. »Meinen Sie?«

Rosalie eilte wieder herein und reichte ihrem Mann den gewünschten Koffer, und für den Moment blieb Nick die Antwort erspart.

Einige Minuten später flatterten Mias Augenlider, sie öffnete die Augen und schien erstaunt zu sein, dass sich ihre Eltern über sie beugten. Dann fiel ihr alles mit entsetzlicher Klarheit wieder ein, und erschrocken versuchte sie, sich aufzurichten. »Wo ist Nick? Geht es ihm gut?«

Sam drückte sie sanft zurück in die Kissen. »Sei nicht so unvernünftig, Mia, sonst wirst du wieder ohnmächtig.«

»Mir geht's gut, vielen Dank«, meldete Nick sich zu Wort, der zu ihr trat und ihre Hand nahm. »Mir das Leben zu retten scheint zu einer lästigen Angewohnheit von Ihnen zu werden, Miss DeNero.«

Mia lächelte weich und drückte ihm die Hand, aber mehr als ein schwacher Versuch wurde nicht daraus. Ein Klumpen bildete sich in Nicks Hals, und ihm wurde nachträglich noch schlecht, wenn er daran dachte, dass er sie heute Abend hätte verlieren können.

»Was meinen Sie damit?« Rosalie bekreuzigte sich und wurde noch blasser, als sie es bereits war. »Ist so etwas schon mal vorgekommen?« Ihr Blick wanderte hin und her zwischen Nick und ihrer Tochter. »Du hast mir gesagt, deine Arbeit sei ungefährlich, Mia.«

»Nick will mich nur necken, Mom. Ich habe heute auf der Eisbahn seinen Hals gerettet. Stimmt's, Nick?«

»Ich bin ein sehr schlechter Schlittschuhläufer, Mrs. DeNero. Ich falle ständig hin, und Mia musste mir häufiger zu Hilfe eilen, als ich mich zuzugeben traue.« Die Lüge ging ihm leicht über die Lippen.

»Ich weiß nicht, ob ich einem von euch beiden glauben soll, aber ich bin viel zu durcheinander, um euch ins Kreuzverhör zu nehmen. Wenn meine Tochter allerdings wieder ganz gesund ist, erwarte ich eine genaue Erklärung, was heute Abend passiert ist. Haben Sie mich verstanden, junger Mann?«

»Mom, du überreagierst. Das war bestimmt ein zufälliger Schuss aus einem vorbeifahrenden Auto. Du weißt doch, dass so etwas ständig passiert in Baltimore. Ein Drogendeal ist schief gelaufen, oder es war irgendein Fall von Verwechslung. Ich glaube nicht, dass sie auf uns schießen wollten.«

Mia wusste ganz genau, dass die Kugel für Nick bestimmt gewesen war, dass die Mafia Wind davon bekommen haben musste, wo er sich aufhielt, und sein Leben in Gefahr war. Sie hatten versucht, ihn umzubringen, und würden nicht so schnell aufgeben.

»Das ist mir egal. Ihr bleibt beide heute Nacht hier«, befahl Mias Mutter und duldete keine Einwände, während sie einige Strähnen ihres dunkelblonden Haars, die sich aus ihrem Knoten gelöst hatten, wieder befestigte. »Nick kann im Gästezimmer schlafen. Ich möchte nicht, dass ihr heute Abend nach Hause geht.«

»Das geht in Ordnung, Mrs. DeNero.« Nick sah keinen Sinn darin, mit der Frau zu streiten, die echt durcheinander und berechtigterweise außer sich war. »Ich glaube sowieso nicht, dass es gut wäre, Mia zu transportieren. Morgen ist es noch früh genug.«

»Mir geht's prima, aber wenn du es unbedingt möchtest, bleiben wir hier, Mom. Ich habe auch immer noch vor, bei euch zu essen, nur damit du Bescheid weißt. Der Kalbsbraten Marsala riecht köstlich. Wann essen wir?«

Rosalie sah aus, als würde sie gleich der Schlag treffen. »Der Braten! Ich hoffe, er ist noch nicht verbrannt.« Sie hastete in die Küche.

Sam schüttelte den Kopf. »Niemand außer deiner Mutter würde sich in so einem Moment Sorgen machen, ob der Braten angebrannt ist oder nicht. Du rufst mich, wenn du meine Hilfe brauchst, Mia, oder wenn dein Arm anschwillt. Ich habe dir vorsorglich ein Antibiotikum gespritzt, aber wir müssen ihn im Auge behalten und sicher gehen, dass du keine Entzündung bekommst.«

»Aber was ist mit dem Abendessen? Ich bin kurz vorm Verhungern. Beinahe getötet worden zu sein, hat meinen Appetit mächtig gesteigert. Ich bin sicher, dass Nick ebenfalls Hunger hat.«

»Ich rufe euch, wenn das Essen fertig ist. Du kannst dich zu uns an den Tisch setzen, wenn du dich kräftig genug dazu fühlst, oder wir bringen dir und Nick ein Tablett, und ihr könnt hier essen.«

»Danke für alles, Dad. Und keine Sorge. Mir geht es gut. Und Nick leistet mir Gesellschaft.«

Sam sprach zwar nicht aus, was er dachte, aber Nick konnte die Enttäuschung in den Augen des älteren Mannes ablesen, bevor er das Zimmer verließ und die Tür hinter sich schloss.

»Ihr Vater denkt, dass ich Schuld an diesem Vorfall habe, und er hat Recht, Mia. Ich hätte besser aufpassen müssen. Sie können gar nicht ermessen, wie Leid es mir tut, dass das passiert ist. Ich fühle mich total verantwortlich dafür.«

Sie musterte ihn und nahm Sorge und Bedauern wahr, was sie verwirrte. »Wieso fühlen Sie sich schuldig? Es ist doch nicht Ihr Job aufzupassen. Ich bin der Bodyguard. Ich bin diejenige, die besser auf die Umgebung hätte achten müssen, statt über Weihnachtsbeleuchtung ins Schwärmen zu geraten und …« Und über den Mann, der neben ihr saß.

Mia gab sich selbst die Schuld an dem, was passiert war. Wenn sie nicht so abgelenkt gewesen wäre von Nick, von ihrem erotisch aufgeladenen Geplänkel, hätte sie die Killer vielleicht entdeckt, bevor sie auf sie schießen konnten.

Ihre mangelnde Professionalität hatte ihrer beider Leben gefährdet. Sie schwor sich, dass das nie wieder vorkommen würde. Sie wusste, dass es ein Fehler war, sich in Nick zu verlieben.

Aber wie sollte sie ihre Gefühle in den Griff kriegen? Wie sollte sie es bewerkstelligen, Nick nicht zu lieben?

Annie und die anderen hatten Recht. Sie hatte sich in Nick verliebt, wie dumm und verantwortungslos das auch immer war.

Mia schloss die Augen und seufzte schwer, unwillig, das Gesicht anzuschauen, das sie die meiste Zeit verfolgte, und zwar sowohl im wachen als auch im schlafenden Zustand.

Wer hätte je gedacht, dass die jungenhafte Mia sich in einen Computer-Spinner verknallen würde? Mia bestimmt als Allerletzte.

Aber genau das war eingetreten.

Und jetzt musste sie einen Weg finden, ihre Gefühle abzuschalten, sich wieder auf das Eigentliche zu besinnen und der Bodyguard zu sein, den Nick engagiert hatte.

Sie musste sich darauf konzentrieren, Nick zu beschützen, nicht, ihn zu lieben, weil das der sicherste Weg war, dass er getötet wurde.

Aber das schien ungefähr so einfach zu sein, wie Nick vor der Mafia zu schützen. Und sie war sich überhaupt nicht mehr sicher, ob sowohl das eine wie das andere möglich wäre.

»Was soll das heißen, du kommst nicht zu meiner Weihnachtsparty? Dies ist mein erstes offizielles Fest, das ich gebe, seit ich John geheiratet habe. Du musst kommen, Mia.«

Mia lehnte sich zurück in die Kissen in ihrem Bett und wünschte sich seufzend, dass ihre Schwester heute nicht bei ihr zu Besuch wäre und die Einladung ausgesprochen hätte.

Es war in den letzten beiden Tagen seit der Schießerei schon schwer genug gewesen, sich mit anderen Dingen zu beschäftigen als mit Nicks ansehnlichem Rücken oder damit, wie gut er in Jeans aussah, die er inzwischen häufiger trug. Wenn sie mit ihm zu einer Party gehen musste … Na ja, sie wollte sich nicht zu sehr in Versuchung führen. Schon gar nicht jetzt, wo sie sicher war, dass sie ihn liebte. Es wäre die reinste Tortur.

Sie berührte ihren verletzten Arm und gab sich die größte Mühe, bemitleidenswert auszusehen, obgleich sie sich in Wahrheit spitzenmäßig fühlte. »Ich bin angeschossen worden, falls du es noch nicht bemerkt haben solltest. Gönn mir ein wenig Ruhe. Mir ist einfach nicht danach, zu einer Weihnachtsfeier zu gehen, deine eingeschlossen.«

Angela zeigte sich völlig unbeeindruckt von Mias Theater. »Ich habe deine Verwundung gesehen. Das ist gar nichts. Dad hat dich ganz toll wieder zusammengeflickt. Ich bezweifle, dass du auch nur die kleinste Narbe zurückbehältst. Ich gebe allerdings zu, dass du wegen des Verbandes schlecht ein ärmelloses Kleid tragen kannst, aber –«

War ihre Schwester absichtlich so begriffsstutzig? »Hallo! Ich gehe zu gar keiner Party. Und ich trage ganz bestimmt nicht dieses Aufreißerkleid, das ihr drei ausgesucht habt.«

»Woher kommt denn dieser plötzliche Sinneswandel? Wolltest du Nick nicht in dein Bett locken?«

»Inzwischen halte ich das für keine gute Idee mehr. Die ganze Gabrielle-Konkurrenz-machen-Nummer war sowieso blöde. Und da sie morgen zurück nach Italien fliegt, kann ich sie abhaken.

Ganz zu schweigen davon, dass ich beinahe für seinen Tod verantwortlich gewesen wäre, weil ich an *Sachen* gedacht habe, an die ich nicht hätte denken sollen.« Und das hatte sie unglaublich erschreckt. »Ich muss diese kleine Schwäche für ihn rasch überwinden. Und das schaffe ich auch. Ich brauche nur etwas mehr Zeit dafür.«

Angela setzte sich auf die Bettkante und ergriff die Hand ihrer Schwester. »Wann genau hast du bemerkt, dass du Nick liebst?«

Panik überflog Mias Gesicht. »*Schhhh*! Er kann dich eventuell hören. Sprich nicht so laut.«

»Er hört mich nicht. Nick trägt Kopfhörer. Das habe ich vorhin bemerkt, als ich dir eine Cola geholt habe.«

»Wahrscheinlich hört er eine dieser Opern, die er so schätzt.« Mia kräuselte missbilligend ihre Nase.

»Das glaube ich nicht. Er schien sich eher nach Rockmusik zu bewegen.«

Mias Augen weiteten sich verblüfft. *Nick hörte Rockmusik? Auf keinen Fall.*

»Ich glaube, dass ich im tiefsten Inneren schon eine ganze Weile wusste, dass ich Nick liebe, aber ich wollte es nicht zugeben. Schließlich war das nicht gerade Teil meines aktuellen Jobs. Verdammt! Wie gewöhnlich habe ich mal wieder alles vermasselt, Ang. Ich mache immer etwas falsch. Dad hat Recht – ich bin der geborene Verlierer.«

»Sich in jemanden zu verlieben ist das Richtigste, was es gibt auf der Welt, Mia! Also hör auf, solchen Unfug zu reden. Ich weiß, dass Nick sehr zufrieden ist mit deiner Arbeit. Er hat es mir selbst gesagt.«

»Er wollte nur nett sein. Nick fühlt sich schuldig, weil ich angeschossen worden bin, als ich mich vor ihn geworfen habe.«

»Soweit ich dich bisher verstanden habe, ist Nick nicht gerade großzügig im Verteilen von Komplimenten. Ich glaube, dass er dich sehr mag, Mia.«

So gern Mia das geglaubt hätte, so konnte sie dennoch nicht zulassen, sich weiterhin Hoffnungen in diese Richtung zu machen. Und sie würde auch ihre Schwester nicht ermutigen, so etwas anzunehmen. Sie zuckte unverbindlich die Achseln. »Egal. Jedenfalls halte ich es für keine gute Idee, dass wir zusammen auf deinem Fest erscheinen. Das würde die Sache nur noch mehr verkomplizieren, und mein Leben ist derzeit bereits kompliziert genug.«

»Nur für den Fall, dass du deine Meinung änderst, habe ich dir ein Geschenk mitgebracht.« Angela holte die Einkaufstüte von Macy's, die sie am Bettende abgestellt hatte, und reichte sie Mia. »Ich hoffe, es gefällt dir.«

Mia quietschte vor Entzücken, als sie das hinreißende smaragdgrüne Strickkleid aus dem Seidenpapier hob. Es war sehr klassisch, hatte lange, enge Ärmel, einen runden Halsausschnitt und beidseitige Rockschlitze – es war eng anliegend und sexy und dennoch konservativ.

»Wie toll! Ich bin begeistert. Es ist so … ganz mein Stil. Danke, Ang.« Sie beugte sich vor und gab ihrer Schwester einen schmatzenden Kuss auf die Wange. »Alle schrecklichen Dinge, die ich im Laufe der Jahre über dich gesagt habe, nehme ich hiermit zurück.«

Angela grinste. »Also kommst du nun zu meiner Party? Ich falle auf die Knie vor dir, wenn es sein muss.«

Mia ließ sich das kurz durch den Kopf gehen. Auf jeden Fall wäre es eine völlig neue Erfahrung und die Wiedergutmachung dafür, dass Angela ihrer kleinen Schwester fünfundzwanzig Cent pro Blatt für die Benutzung ihres parfümierten Briefpapiers berechnet hatte, als Mia zehn Jahre alt war. »Okay, in Ordnung. Aber wenn die Dinge außer Kontrolle geraten mit Nick, gebe ich dir die Schuld.«

»Was kann schon passieren?«

Bei der Vorstellung der verschiedenen Möglichkeiten überfiel Mia ein Kribbeln bis in die Zehenspitzen, und sie hatte nun das Gefühl, es gar nicht abwarten zu können.

Nick sprach leise in den Hörer und hoffte, dass Mia und ihre Schwester noch einige Zeit im Schlafzimmer beschäftigt sein würden, damit er sein Gespräch mit Burt beenden konnte. »Hast du von deinem Informanten etwas über die Schießerei erfahren? Mach schnell. Ich habe nur ein paar Minuten.«

»Ich hoffe, die Ironie an der Sache gefällt dir, Nick. Aber es sieht ganz danach aus, als hätte dein vorgebliches Buch über die Mafia ein paar Leute in der Stadt nervös gemacht, namentlich Larry Calzone und seine Jungs, zu denen, wie wir bereits annahmen, Paul Buttoni gehört. Sie haben versucht, dich umzulegen, damit du keinen Wind bekommst von ihren illegalen Machenschaften.«

»Du lieber Himmel! Wer hätte gedacht, dass meine Fantasiegeschichte mich tatsächlich in Schwierigkeiten bringen könnte.«

Burt klang besorgt. »Du musst außerordentlich vorsichtig sein, Nick. Diese Arschlöcher probieren es garantiert noch einmal. Am besten hältst du dich über die Weihnachtstage bedeckt und unternimmst möglichst wenig. Dann kann auch nicht viel passieren. Ich halte die Ohren offen und informiere dich, sobald ich etwas Neues höre.«

»In Ordnung. Ich möchte, dass Mia sich erst einmal richtig erholt von diesem Schreck, bevor ich entscheide, was ich als Nächstes unternehme.«

»Als Nächstes solltest du auf jeden Fall verdammt noch mal zusehen, dort so schnell wie möglich die Fliege zu

suchte nach Anzeichen einer Infektion und achtete darauf, dass sie sich nicht überanstrengte. Natürlich wehrte sie sich mit Zähnen und Klauen dagegen, hatte ihm zudem einige deftige Schimpfwörter an den Kopf geworfen, aber er war so hartnäckig, dass sie schließlich nachgab und sich hin und wieder etwas länger ausruhte.

Ihr Lachen umhüllte ihn wie ein warmer, kuscheliger Quilt. »Er ist in Ordnung. Mir geht es prima. Hören Sie auf, sich Sorgen zu machen. Sie sind noch schlimmer als meine Mutter, und das soll was heißen. Und seit wann sind Sie eigentlich ein Partylöwe? Ich dachte, es käme Ihnen sehr entgegen, wenn wir nicht lange blieben.«

Nick warf einen Blick aus dem Fenster und stellte fest, dass sie durch eine ihm unbekannte Gegend fuhren. Sie hatten die Autobahn schon vor einigen Meilen verlassen und befanden sich auf einer Nebenstraße. »Sagen Sie, wohin fahren wir eigentlich? So lange brauchen wir doch nicht von der Wohnung Ihrer Schwester zurück zu uns. So viel weiß ich immerhin.«

»Nur Geduld. Ich fahre Sie an einen Ort, der Ihnen ganz bestimmt das richtige Weihnachtsgefühl vermittelt. Was Sie gleich zu sehen kriegen, würde sogar den alten Ebenezer Scrooge dazu bringen, aufzustehen und es sich anzuschauen. Es ist unglaublich.«

»He, was das angeht, habe ich heute schon eine reichliche Dosis genossen und mich, wie ich finde, wacker geschlagen. Oder habe ich mich etwa gewehrt, mitten im Wohnzimmer der Francos mit Ihnen zu ›Jingle Bell Rock‹ zu tanzen, so peinlich es mir auch war?«

»Ich hatte das deutliche Gefühl, dass ich das kleinere Übel war«, parierte Mia. »Die Alternative wäre Sophia als Tanzpartnerin gewesen. Ich habe gesehen, wie Sie blass wurden, als sie Sie aufforderte. Deswegen habe ich mich entschlossen, Sie zu retten, nur für den Fall, dass sie immer noch verknallt in ihre alte Flamme Joe Perillo ist und vorhatte, diese Leidenschaft auf Sie zu übertragen.«

Bei der Erinnerung zuckte Nick zusammen. Das Objekt von Sophia Russos Zuneigung zu sein war eine wahrhaft schreckliche Vorstellung, sogar für einen ausgekochten FBI-Agenten. »Verstehen Sie mich nicht falsch. Es tut mir nicht Leid, dass wir so früh gegangen sind. Um ehrlich zu sein, ich möchte nichts lieber als schnell nach Hause fahren und im Computer die neuesten Börsendaten überprüfen. Ich möchte wissen, ob diese Technologie-Aktien sich wie von Ihnen vorhergesagt entwickelt haben. Ich war eher misstrauisch, noch weiter in dieses Segment zu investieren, aber Ihre letzten Ahnungen haben jedes Mal ins Schwarze getroffen.«

»Warum denn misstrauisch? Technologie ist das Geschäft der Zukunft. Ich weiß, dass der NASDAQ im Keller war, aber das traf auf den gesamten Markt zu. Ich glaube, dass sich alles wieder auf breiter Front erholt. Sie werden schon sehen. Mein Bauchgefühl täuscht mich selten.«

»Was sagt denn Ihr Bauchgefühl, wann wir zu Hause sind? Diese Hors d'Oeuvres Ihrer Schwester waren zwar sehr gut, aber ich habe schon wieder Hunger.«

Und nicht nur auf Essen.

Noch nie zuvor hatte er eine Frau so begehrt wie Mia, so mit Herz und Seele und nicht nur körperlich. Sie zu lieben hieß, dass jede Menge Schwierigkeiten auf ihn zukamen, aber er konnte einfach nicht anders. Obgleich es gegen jede Regel verstieß, sich mit jemandem, der mit einer Ermittlung zu tun hatte, einzulassen, pfiff er darauf. Er war verrückt nach Mia. Und dagegen war er schlicht und ergreifend machtlos, außer dass er ihr auf die uralte Art und Weise demonstrieren konnte, was er für sie fühlte.

Mia antwortete nicht. Stattdessen fuhr sie in die 34th Street und wartete auf Nicks Reaktion. Sie wurde nicht enttäuscht.

»Heilige Sch… Strohsack!« Nicks Augen weiteten sich. »So etwas habe ich noch nie gesehen.« Die ganze Straße war über und über mit allen möglichen Weihnachtsdekorationen geschmückt, ganz zu schweigen von Millionen Lichtern. Jeder Hausbesitzer hatte versucht, den anderen mit einer außergewöhnlichen illuminierten Außendekoration zu übertrumpfen. Das Resultat war spektakulär und schön – und unglaublich kitschig.

»Mann! Diesen Ort zu finden ist nicht sonderlich schwierig für Santa Claus. Ich wusste gar nicht, dass es diese Straße gibt.«

»Ich bisher auch nicht, bis ich sie gestern in einer Maryland-Lotto-Werbung gesehen habe. Ist es nicht irre? Es haut einen glatt um. Was die hier wohl für Elektrorechnungen haben?«

»Das möchte ich gar nicht wissen«, antwortete Nick schaudernd, während sie langsam durch die hell erleuchtete Straße fuhren und sich in die lange Reihe der anderen Schaulustigen in ihren Wagen einreihten.

»Freut mich, dass es Ihnen gefällt. Ich konnte es kaum erwarten, es Ihnen zu zeigen.«

»Es ist schön, Mia, aber nicht so schön wie Sie. Sie stellen jedes einzelne dieser Lichter in den Schatten, wenn Sie lächeln und Ihr Gesicht strahlt.«

Nicks ungewöhnlich überschwängliche Bemerkung war Mia peinlich, und sie errötete, aber gleichzeitig konnte sie ein Grinsen nicht unterdrücken. »Ich habe mich schon gefragt, wann Sie mein neues Kleid kommentieren würden. Sie haben kein Wort gesagt, als ich heute Abend aus dem Schlafzimmer kam.«

Mias Anblick hatte ihn glatt umgehauen, so dass er befürchtet hatte, dass seine Stimme verraten würde, wie sehr er sie liebte. »Ihre Schönheit hat mich sprachlos gemacht.«

»Oh, Nick. Sie sagen ständig die allernettesten Dinge. Ihre Tante muss sehr stolz auf Sie sein. Sie hat Ihnen so gute Manieren beigebracht. Meine Mom wiederholt ebenfalls ständig, was für ein netter Mann Sie sind.« Nick zuckte zusammen, was Mia aber entging.

Bei seinem ganzen Lügengebäude kam Nick sich absolut nicht wie ein netter Mensch vor, nur wie ein Mann, der liebte. Und obgleich er es hasste, die Scharade weiterzubetreiben, konnte er nichts anderes tun. Wenn er Mia die Wahrheit sagte, würde sie ihn hassen. Und das konnte er keinesfalls riskieren.

Er streckte die Hand aus, um ihr Haar zu berühren und gestand ihr: »Sie erwecken völlig neuartige Gefühle in mir, Mia. Sie sind etwas ganz Besonderes. Ich hoffe, Sie wissen das.«

Ihre feinen Nackenhaare stellten sich auf, und sie spürte, wie sich ihre Kehle zusammenzog. »So sollten Sie lieber nicht reden, wenn ich Auto fahre, Nick. Sonst laufen wir noch Gefahr, einen Unfall zu bauen.« Sie spürte, wie ihr heiß wurde, und das hatte nichts mit der Autoheizung zu tun, die auf vollen Touren lief.

Wenn Nick doch nur das Gleiche für sie fühlen würde wie sie für ihn. Aber Mia wusste, dass das nicht so war. Wenn die Vergangenheit sie eins gelehrt hatte, dann das, dass sie kein Glück mit Männern hatte, besonders nicht mit denen, aus denen sie sich besonders viel machte.

Eine merkwürdige Stille entstand im Wagen, und sie versuchte, sie mit einem Scherz zu verscheuchen. »Sie sind nur dankbar, weil ich Ihnen das Leben gerettet habe. Geben Sie es zu.«

»Das bin ich. Aber das hat nichts mit meinen momentanen Gefühlen zu tun. Fahren wir nach Hause.«

In seiner Stimme lag Versprechen und noch etwas anderes, was sie nicht richtig ausmachen konnte. Mia hatte einen grapefruitgroßen Klumpen im Hals und schluckte schwer, bevor sie fragte: »Um die Börsendaten zu überprüfen?«

Nick schüttelte den Kopf, und ihr Herz vollführte einen Stepptanz. »Ich habe etwas völlig anderes im Sinn. Etwas viel Besseres.«

Mia war nicht naiv; sie wusste, was das »andere« war. Es war dasselbe andere, wovon sie seit Wochen träumte. Aber jetzt, wo es kurz davor war, dass sie »gebumst« wurde, wie sie sich so unnachahmlich prosaisch gegenüber ihrer Schwester und ihren Freundinnen ausgedrückt hatte, war sie nervös und unsicher, ob es eine gute Idee war.

Ihr Herz war beteiligt. Ihre Beziehung auf eine andere Ebene zu stellen, konnte für sie am Ende nur Liebeskummer bedeuten. Aber sie wusste, wenn er sie fragte, würde sie nicht Nein sagen.

Sie liebte ihn, wollte mit ihm zusammen sein, für ewig, wenn sie ehrlich war. Aber sie wusste aus früheren Erfahrungen, dass lebenslanges Glück mehr als unwahrscheinlich war. Also würde sie nehmen, was Nick bereit war, ihr zu geben, ihre gemeinsame Zeit wie einen Schatz hüten und sich mit ihrem gebrochenen Herzen dann auseinander setzen, wenn es so weit war.

Mia zog ihren Mantel aus und legte ihn über den nächsten Stuhl. Nick saß bereits auf dem Sofa und hielt ein Glas Wein in der Hand. Sie erwartete, dass er nervös war. Schließlich war sie sich ziemlich sicher, dass er nicht sehr viel Erfahrung mit Frauen hatte. Aber er sah überhaupt nicht nervös aus. Genau genommen schien er sehr viel ruhiger zu sein als sie selbst.

»Komm, setz dich, Mia. Ich finde, wir sollten ein Glas Wein trinken, um uns zu entspannen.«

Sie ging zum Sofa, setzte sich neben ihn, und er reichte ihr ein Glas Bordeaux. Er musste den Wein gekauft haben, weil sie keinen im Hause hatte. »Danke.« Und auch, dass er unvorbereitet einfach ins vertrautere ›Du‹ wechselte, war »irgendwie« normal.

»Du hast dieses Kleid für mich getragen heute Abend, nicht wahr?«

Ihr wurde heiß unter seinem bewundernden Blick, aber es machte keinen Sinn, etwas zu leugnen, was wahr war. »Ja. Ich wollte hübsch aussehen für dich.«

»Es hat funktioniert. Du siehst unglaublich aus, und ich will dich. Ich möchte mit dir ins Bett gehen und dich lieben.«

»Ja? Ich … äh. Ich bin mir nicht sicher, was –«

Er nahm ihr das Weinglas aus der Hand und stellte es auf den Beistelltisch. »Versuch nicht abzustreiten, dass du genau wie ich fühlst, was zwischen uns ist, Mia. Ich weiß, dass du es fühlst. Die Anziehung ist zu stark, um sie zu leugnen. Ich habe das Begehren gesehen in deinen Augen. Und du weißt ganz genau, dass ich vor Verlangen nach dir schier umkomme.«

»Ist das so?« Als Antwort legte er ihre Hand auf seine Hose, und sie spürte seine starke Erregung. Ihre Augen weiteten sich überrascht, und sie musste schlucken. »Oh, stimmt.«

Er umfasste ihren Hinterkopf und zog sie an sich. »Ich habe vor, dich jetzt zu küssen. Hindere mich daran, wenn es nicht das ist, was du auch willst. Aber ich muss dich warnen: Wenn du Nein sagst, bringst du mich höchstwahrscheinlich um.«

Sie konnte nicht anders; sie lächelte. »Und ich dachte schon, ich wäre die einzige Drama-Queen.«

Sie zerschmolzen in einem leidenschaftlichen Kuss, und als Nicks Zunge ihren Mund erforschte, wehrte Mia sich nicht dagegen. Sie hätte es gar nicht gekonnt, hätte es nicht einmal dann gewollt, wenn jemand ihr eine Million Dollar geboten hätte. Tatsächlich konnte sie überhaupt nicht genug bekommen von Nicks Küssen und presste sich so eng an ihn, bis sie praktisch auf ihm lag. »Mmmm. Du bist ein guter Küsser.«

»Du auch«, antwortete er und ließ seine Hände über ihren Rücken wandern, was ihre gesamten Nervenenden zum Leben erweckte.

Sie griff nach oben und nahm ihm die Brille ab. »Ich glaube, die Gläser sind sowieso schon beschlagen, die brauchen wir nicht mehr.«

Nick hatte inzwischen das Gefühl, dass sein harter Schwanz jeden Moment den Reißverschluss seiner Hose zum Bersten bringen würde. »Du liebe Güte, Mia! Du bringst mich effektiv um den Verstand. Ich begehre dich unglaublich. Ich glaube, ich wollte dich von der ersten Sekunde an, als ich dich mit dem Bananenklecks auf der Nase gesehen habe. Du sahst unglaublich süß aus.«

»Nicht gerade einer meiner besten Momente.« Sie streichelte seine Wange. »Lass uns ins Schlafzimmer gehen.

Ich bin zu alt, um hier auf dem Sofa herumzuknutschen wie ein geiler Teenager, und du ebenfalls.«

Er hob die Augenbraue. »Ich wollte eigentlich den Küchentisch vorschlagen.«

»Der war schon an der Reihe. Das ist verbotenes Terrain. Ich musste Mary versprechen, ihn nicht zu entweihen.«

»Mary?«, sagte Nick verblüfft und grinste dann breit. »Diese Wohnung hat, glaube ich, schon allerlei zu sehen bekommen.«

Sie zog ihn hoch. »Wollen wir unseren Teil dazu beitragen?«

Als sie im Schlafzimmer waren, stellte Mia fest, dass sie überhaupt nicht mehr nervös war. Und sie war dankbar, dass sie heute Morgen die Geistesgegenwart besessen hatte, das Bettzeug zu wechseln und das Bett zu machen.

Weibliche Intuition?, fragte sie sich.

»Ich brauche Hilfe beim Reißverschluss.« Mia drehte ihm erwartungsvoll den Rücken zu, damit Nick ihr helfen konnte.

Er schmiss sein Sportsakko über einen Stuhl. »Mit Vergnügen«, sagte er, öffnete Stück für Stück den Reißverschluss und folgte ihm langsam mit dem Mund, bis Mia vor Frustration am liebsten geschrien hätte. »Du trägst ja gar keinen BH.«

Sie musste angesichts seiner Überraschung lächeln und ließ ihr Kleid zu Boden fallen. Dann zog sie ihre Strümpfe aus, ohne die Augen von ihm abzuwenden. »Das ist richtig. Schockiert dich das?«

Nicks Blick wanderte nach unten, und er starrte das dunkel gelockte Haarbüschel zwischen ihren Schenkeln an, bemerkte, dass Mia auch keine Unterhose trug, und starrte dann erneut auf ihre Brüste. Jetzt war es endgültig um den kläglichen Rest seiner Selbstbeherrschung geschehen. »Himmelherrgott noch mal!«

Obgleich sie protestierend quiekte, hob er Mia hoch, legte sie mitten aufs Bett und folgte ihr umgehend.

»Willst du dich denn nicht ausziehen?«

»Doch, aber vorher muss ich noch etwas erledigen.« Seine Lippen schlossen sich erst um die eine, dann die andere Brustwarze und saugten, bis Mia vor Wonne laut aufstöhnte. Da sie das Gefühl hatte, gleich abzuheben, krallte sie sich sicherheitshalber im Bettlaken fest.

Mit einem sexy Grinsen erhob sich Nick, schüttelte sein Oberhemd ab, dann seine Hose und die Boxershorts. Mia machte große Augen, als sie seine Erektion wahrnahm. Und die Größe!

»Ich hatte ja keine Ahnung«, murmelte sie, und es war ihr nicht bewusst, dass sie ihre Gedanken laut ausgesprochen hatte.

»Wovon?« Er legte sich neben Mia und schloss ihren nackten Körper in seine Arme.

»Ah, nichts weiter. Ich sehe schon, dass ich nicht die Einzige bin heute Nacht, die voller Überraschungen steckt.«

»Du redest zu viel.« Er küsste sie erneut, sehr zärtlich und ausdauernd, bis sie laut stöhnte. Seine Lippen wanderten über ihren Hals, ihre Brust, ihren Bauch … und hielten dann inne.

Vor Erwartung flatterten Schmetterlinge wie wild in ihrem Bauch, und Mia hielt den Atem an. »Nick«, stieß sie hervor mit einer Stimme, die sie kaum als ihre eigene erkannte, als er ihr intimstes Körperteil gefunden hatte. »O Himmel!«, krächzte sie und spürte, wie sich ihr ganzer Körper unter seiner kunstfertigen Liebkosung aufbäumte.

Als sie die wunderbare Folter keine Sekunde länger aushalten konnte, schlängelte sie sich aus seiner Umarmung und stupste ihn auf den Rücken, kniete sich vor ihn und küsste ihn. Mia hatte das noch für keinen Mann getan, aber sie wollte es für Nick tun, weil sie ihn liebte.

Kurz darauf presste Nick hervor: »Hör auf, Mia, oder wir sind fertig, bevor wir richtig angefangen haben.«

Sie hob den Kopf, und als sie bemerkte, dass sein Gesicht schweißgebadet war, lächelte sie verschmitzt und freute sich, dass sie eine ähnliche Wirkung erzielt hatte wie er. »Rache kann ganz schön hart sein, nicht wahr?«

Sein Knurren war die reine Erotik, und er legte sich mit seinem ganzen Körper über sie, spreizte sanft ihre Beine und vergewisserte sich, dass sie bereit für ihn war. Er griff nach einem der Kondome, die er auf dem Nachttisch bereitgelegt hatte, und zog es sich über. »Ich habe noch nie eine Frau so begehrt wie dich.«

Sie spürte, wie sich ein Kloß in ihrer Kehle bildete, und gab sich alle erdenkliche Mühe, den Worten keine Bedeutung beizumessen. Es war nichts weiter als das übliche Geschwafel, wenn es um Sex ging, sagte sie sich. »Sagt man das nicht jeder Frau, mit der man schläft?«

»Habe ich dir nicht gesagt, dass du zu viel redest?«, parierte er, küsste sie leidenschaftlich und drang mit einer einzigen Bewegung tief in sie ein.

Mia schlang ihre Beine um Nick und nahm ihn in sich auf. Sie kam ihm entgegen, erwiderte seine Küsse, und gemeinsam trieben sie fieberhaft und schnell dem Höhepunkt zu. Mit wenigen kraftvollen Stößen brachte Nick sie zum Orgasmus, und sie rief laut seinen Namen aus. Eine Sekunde später explodierte er nahezu in ihr.

Als sie wieder einen klaren Gedanken fassen konnte,

waren Mia zwei Dinge absolut klar: Nick war unglaublich gewesen – der Inbegriff eines erotischen Traums; und sie würde ihn nie wieder aus ihrem Bett oder aus ihrem Herzen lassen.

»Mia«, flüsterte Nick kurz darauf und strich ihr eine schweißnasse Locke aus dem Gesicht. »Das war wunderbar. Du warst wunderbar.«

»Ich wette, das sagst du all deinen Bodyguards.«

Das Lächeln, das sie erwartet hatte, blieb aus. »Ich meine es ernst, Mia. Ich – es gibt Dinge, über die wir reden müssen, wichtige Dinge, aber ich darf im Moment noch nicht darüber reden.«

Zuerst sah Mia verwirrt aus, dann wurde sie blass. »O mein Gott! Du bist verheiratet, stimmt's?« *Bitte, bitte, lass es alles, aber nicht das sein*, betete sie im Stillen. Zweimal in einem Leben wäre einfach ein zu grausamer Scherz.

»Nein!« Er schüttelte den Kopf. »Ich bin nicht verheiratet oder habe irgendeine andere Beziehung.«

Sie hatte den Atem angehalten und stieß jetzt erleichtert die Luft aus. »Was ist es dann? Du siehst aus, als hättest du schreckliche Gewissensbisse, Nick. Ich erwarte keinen Heiratsantrag, nur weil wir miteinander geschlafen haben, wenn es das ist, was dich umtreibt. Ich bin ein großes Mädchen. Ich weiß, wie man dieses Spiel spielt.«

»Das ist es nicht, Mia. Es ist nur schwierig für mich, es zu erklären. Ich kann es zurzeit einfach nicht. Aber ich möchte, dass du weißt, dass du mir wichtig bist. Du bedeutest mir wirklich sehr viel.«

Mia streichelte seine Wange und wünschte sich, dass das stimmte, wusste aber, dass es nicht so war. Sie hatte das schon mal gehört, von Greg, und es hatte sich als eine große, dicke Luftblase herausgestellt. Solches Gerede entsprang immer irgendeinem Schuldgefühl, mehr war es nicht, also würde sie es ihm leicht machen. »Du machst dir Sorgen wegen deiner Tante, nicht wahr? Was sie davon hielte, wenn sie wüsste, was wir getan haben?«

Nick fluchte innerlich und fügte seinem Berg von Lügen eine weitere hinzu. »Zum Teil. Tante Bertrice ist sehr altmodisch. In ihrem Denken tun Männer und Frauen so etwas einfach nicht außerhalb einer Ehe.«

Bei seinen Worten beschloss Mia, Tante Bertrice zu vergessen. »Heißt das, dass du nicht wieder mit mir schlafen willst?«

Nick zog Mia in seine Arme und drückte sie an sich. »Wie kommst du denn darauf! Aber ich sterbe vor Hunger. Können wir uns vielleicht ein paar Sandwiches machen und etwas später genau dort weitermachen, wo wir aufgehört haben?«

»Das versetzt meinem Ego natürlich einen argen Dämpfer, dass du dich allein durch die Aussicht, etwas zu essen zu bekommen, aus meinem Bett locken lässt. Wenn ich mich ganz doll anstrenge, schaffe ich es ja womöglich, dich von deinem Hunger abzulenken.« Sie leckte ihm das Ohrläppchen, pustete sanft in sein Ohr und bemerkte erfreut, dass sein Atem sich beschleunigte.

»Sie spielen nicht fair, Miss DeNero.«

»Ich spiele aber gern, falls Sie das noch nicht bemerkt haben sollten, Mr. Caruso, und ich gewinne sehr gern.«

Mein Herz hast du bereits gewonnen, hätte Nick ihr gern gesagt, wusste aber, dass er das nicht sagen durfte.

Noch nicht.

Aber bald.

Bald wäre seine Ermittlung abgeschlossen, und dann

konnte er Mia sein Herz vor die Füße legen, ihr sagen, was er für sie fühlte.

Er war sehr lange einsam gewesen. Mia hatte den Leerraum in seinem Leben gefüllt und die Sehnsucht nach Dingen geweckt, die er früher für unmöglich gehalten hatte, nämlich nach Heirat, Familie und Für-immer-glücklich-Sein.

»Sobald dieses Buch fertig ist, werde ich –«

Sie verschloss ihm die Lippen mit ihrer Hand. »Versprich mir lieber nichts, Nick. Mir reicht es, einen Tag nach dem anderen zu genießen. Ich erwarte gar nichts von dir, was ich für das Beste halte.«

»Für den Moment mag das zutreffen«, gab er ihr Recht, dann küsste er sie wieder, und beide vergaßen die Vergangenheit, die Zukunft und alles, was dazwischen geschehen war.

15

Vergiss nicht, ein Kondom überzuziehen.
Der Vater der Braut

»Oh, sieh nur!« Mia eilte zu dem Doppelfenster, das auf die hintere Straße hinausging, und spähte durch die Vorhänge. Dunkle Wolken bedeckten den metallgrauen Himmel, so dass man den Eindruck bekam, es sei Mitternacht statt elf Uhr morgens. »Es schneit, genau wie der Wetterfrosch vorhergesagt hat. Endlich hat er mal Recht gehabt. Wie gut, dass wir schon einen Weihnachtsbaum besorgt haben. Jetzt haben wir den ganzen Tag Zeit, ihn zu schmücken.«

Sie hatten die letzten beiden Tage im Bett verbracht, sich geliebt, waren nicht ans Telefon gegangen und hatten so gut wie nichts gegessen, was Mia als deutlichen Fortschritt verbuchte.

Nicht, dass sie sich beschweren wollte. Der Sex war fantastisch gewesen. Aber Weihnachten war nur noch wenige Tage entfernt, und sie hatte während der Feiertage regelmäßig einen Baum aufgestellt. Das Leben ging weiter, sogar für schwer Verliebte.

Die kleine Tanne, die sie bei dem Straßenverkäufer an der Ecke gekauft hatte, war eineinhalb Meter hoch und perfekt gewachsen; sie roch göttlich. Sie hatte die Absicht, sie dieses Jahr ganz patriotisch zu schmücken, nur rote, weiße und blaue Lichter und Kugeln, und vielleicht etwas rotes Lametta hier und da.

Nick lächelte bedauernd, während im Hintergrund leise Weihnachtslieder zu hören waren. Er hasste es, Mia zu enttäuschen. Sie hatte ein echtes Faible für Weihnachten, und er wusste, dass sie sich darauf freute, den Baum zu schmücken und ihn in der Wohnung aufzustellen.

Aber er hatte die vergangenen beiden Tage seine Pflichten vernachlässigt und musste unbedingt Kontakt zu Burt aufnehmen, ob es irgendwelche neuen Entwicklungen bei der Ermittlung gab. Er wollte diesen Geldwäschefall hinter sich bringen und wieder ein normales Leben führen, damit er Mia sagen konnte, dass er sie liebte und heiraten wollte.

Obgleich er sehr an seinem Job hing, bedauerte er doch, dass seine Arbeit ihn davon abgehalten hatte, irgendeine dauerhafte Beziehung einzugehen, was natürlich auch mit seiner Weigerung zu tun hatte, sich zu öffnen, um ja nicht verletzt und verlassen werden zu können. Er hatte auf Nummer sicher gespielt, aber jetzt wusste er, dass er das nicht länger wollte.

Mia hatte alles geändert. Er wollte mit ihr leben, wollte eine Familie, auch wenn er sich nicht sicher war, ob er seine Angst überwinden würde, Kinder zu haben. Aber natürlich griff er den Ereignissen vorweg.

»Wie schön, dass du das heute machen kannst, mein Schatz. Ich muss nämlich arbeiten, oder ich werde nie fertig mit dem Buch. Und dann macht mir mein Verleger die Hölle heiß, dass ich die Mafia so ungeschoren davonkommen lassen habe.«

»Immer arbeitest du, Nick. Wann darf ich denn mal dein unvollendetes Werk lesen? Ich verspreche dir, nicht zu kritisch zu sein. Ich habe ein sehr gutes Auge für Schwachstellen.« Er hatte seit Wochen praktisch pausenlos gearbeitet. Er musste doch einiges vorweisen können. Warum zeigte er es ihr also nicht?

»Ich bin sicher, dass du das hast, aber ich habe noch gar nichts ausgedruckt. Es ist alles auf der Diskette.«

»Ist das nicht eine merkwürdige Art zu arbeiten? Wenn ich du wäre, würde ich bestimmt eine Kopie ausdrucken, damit ich sie verbessern und korrigieren kann. Warum druckst du nicht eine Fassung aus und –«

Nick schüttelte den Kopf. »Warum lässt du mich nicht meine Arbeit beenden, damit wir uns später vergnügen können. Ich verspreche dir, dass ich es wieder gutmachen werde.« Der Blick, den er ihr zuwarf, war die pure Erotik, und Mias Fußzehen und noch einige andere Körperteile fingen an zu kribbeln.

»Das Mindeste, was du tun kannst, ist, unbekleidet zu tippen , damit ich mich wenigstens an deinem Anblick erfreuen kann.«

»Wenn du mich weiter so anschaust, falle ich unter dem Weihnachtsbaum über dich her.« Er zwinkerte ihr viel sagend zu.

Mit einem hinterhältigen Grinsen lüpfte Mia ihr Sweatshirt und enthüllte ihre nackten Brüste. »Versprechungen, nichts weiter als Versprechungen.«

Nick, dessen Gelüste unübersehbar waren, sprang auf, und Mia kreischte, als er sich auf sie stürzte. In dem Moment klopfte es an der Tür.

»Verdammt!« Er schluckte einen Fluch hinunter. »Wer kann das denn sein? Wer auch immer es ist, hat ein lausiges Timing, das ist mal sicher. Und was mache ich jetzt hiermit?« Er wies auf die nicht gerade kleine Ausbuchtung in seiner Hose und runzelte die Stirn, und seinen Gesichtsausdruck konnte man nur als schmerzhaft bezeichnen.

»Halte diesen Gedanken bitte fest, während ich mich um unseren unerwünschten Besuch kümmere und versuche, ihn so schnell wie möglich loszuwerden. Es gehört sich einfach nicht, eine so schöne Erektion zu verschwenden.«

Aber als Mia die Tür öffnete, standen ihre Eltern vor ihr, und sie wusste, dass Nick und sie nicht so bald heißen, besinnungslosen Sex unter dem Weihnachtsbaum haben würden. Was wirklich bedauerlich war, weil sie vorgehabt hatte, während des Höhepunkts eine mitreißende Version von »Christmas Tree« wie Madeline Kahn in *Frankenstein junior* zu geben.

Sam und Rosalie waren schwer beladen mit hübsch verpackten Paketen, und Rosalie trug eine rote Einkaufstüte von Macy's über dem Arm.

»Hoffentlich stören wir euch nicht«, sagte Mias Mutter. »Wir haben uns Sorgen gemacht, weil ihr nicht ans Telefon gegangen seid, so dass dein Vater vorschlug, vorbeizuschauen und uns zu überzeugen, dass alles in Ordnung ist. Ich habe etwas Christbaumschmuck für deinen Baum gekauft. Macy's hat gestern alles um fünfzig Prozent herabgesetzt.«

Mia küsste ihre Mutter auf die Wange und hätte sich ohrfeigen können, nicht daran gedacht zu haben, wenigstens Rosalie Bescheid zu sagen, sich keine Sorgen zu machen. Aber sie hatte an nichts und niemand anders als an Nick gedacht, der genauso enttäuscht aussah, wie sie sich fühlte.

Sie zwang sich zu einem Lächeln und bat ihre Eltern herein, schüttelte den Schnee aus ihren Mänteln und hing sie an die Flurgarderobe. »Wir wollten gerade den Baum schmücken«, erklärte sie.

»Das ist aber ein schöner Baum«, sagte Sam und inspizierte ihn mit Kennermiene von oben bis unten. »Obgleich ich nicht verstehe, warum du dir jedes Jahr die Mühe mit einem frischen machst. Die künstlichen sind genauso hübsch. Und du hast nicht überall die verdammten Nadeln.«

Mia zog eine Grimasse. »Nächstes Jahr fahre ich aufs Land und schlage mir einen Baum in einer Baumschule.« Aber dann fiel ihr ein, dass Nick nicht da wäre nächstes Jahr, um den Spaß mit ihr zu teilen, und ihr Lächeln verflüchtigte sich.

Plötzlich war die Aussicht, Feiertage ohne Nick zu verbringen, überhaupt irgendetwas ohne ihn zu feiern, viel zu grauenhaft, um es sich auch nur vorzustellen. Sie wollte kein Leben ohne Nick.

Verdammt! Sie hatte gehofft, dass er ihr seine Liebe gestehen würde, damit sie das Gleiche tun konnte. Sobald das der Fall gewesen wäre, hätte sie eventuell das Thema auf Heiraten bringen können, um seine Reaktion zu testen. Sie wusste, dass es ein bisschen unorthodox war, dass die Frau das Thema anschnitt, besonders eine Frau, die allein das Wort *Heirat* abscheulich fand. Aber die Dinge hatten sich geändert. Sie wollte bei Nick sein, für immer, und vielleicht würde er sie nie fragen, ob sie mit ihm leben wollte.

Nach ihrer ersten schlechten Erfahrung in Sachen Liebe hätte sie es nicht für möglich gehalten, je den Wunsch zu haben, heiraten zu wollen. Sie war damals jung und naiv gewesen und hatte mehr Lust als Liebe für den älteren Mann empfunden. Jetzt wusste sie mit Gewissheit, dass Nick ihr Seelengefährte war. Sie wollte zwar nach wie vor – noch – keine Kinder haben, großer Angsthase, der sie war –, aber Nick als Ehemann war plötzlich eine sehr reizvolle Vorstellung geworden.

Warum sagte er ihr nicht, dass er sie liebte? Sie hatten sich die intimsten Dinge anvertraut, waren sich sehr nahe gekommen, hatten sich gegenseitig Dinge aus ihrer Vergangenheit erzählt – sie hatte ihm sogar gestanden, dass sie mal Klebe in Angelas Haare gekippt hatte, ihre Erfahrung mit Greg Farris allerdings noch nicht. Es hatte sich nie der richtige Zeitpunkt ergeben.

Warum sprach Nick also nicht aus, wonach sie sich so sehnte?

Weil er nicht das Gleiche fühlt wie du, Mia.

»Was ist los, Kind? Du siehst aus, als würde dich etwas sehr beschäftigen.« Rosalie setzte sich an den Küchentisch, während Sam Nick im Wohnzimmer Gesellschaft leistete. »Du hast dich doch nicht mit Nick gestritten, oder? Vielleicht sollten wir lieber wieder gehen.«

»Nein, Mom, darum geht es nicht.«

»Hast du deine Periode? Ich fühle mich auch immer nicht ganz auf der Höhe, wenn ich meine Tage habe. Das sind die Hormone, weißt du.«

Seufzend setzte Mia sich neben ihre Mutter. »Das ist es nicht, Mom.«

»Tja, aber irgendetwas ist es. Und wenn ich mich nicht furchtbar täusche, hat es etwas mit dem Mann zu tun, auf den du aufpasst. Du liebst Nick, ist es nicht so?«

Mia spähte in das andere Zimmer und war erleichtert, dass Nick und ihr Vater vor dem voll aufgedrehten Fernseher hockten. »Kann man es so deutlich sehen?«

»Ich bin deine Mutter. Ich habe langjährige Übung darin, deine Gefühlslagen zu interpretieren. Also, was gedenkst du zu tun?«

»Ich glaube, dieses Gespräch haben wir schon einmal geführt, Mom.«

Rosalie nickte. »Wegen dieser Perillo. Und der Ratschlag ist derselbe: Nimm dir, was du möchtest, und lass dich von niemandem daran hindern, es zu kriegen.«

»Ich habe gehofft, dass Nick mir seine Liebe gesteht, aber das hat er nicht getan. Ich muss mir seiner Gefühle sicher sein. Ich bin so frustriert, dass ich sogar schon daran gedacht habe, ihm einen Heiratsantrag zu machen, nur um seine Reaktion zu testen.«

Rosalies Augen weiteten sich erstaunt: »Ich möchte ja nicht zu neugierig erscheinen und mich in dein Privatleben einmischen, Kind, aber wenn du und dieser gut aussehende Mann keine Liebesbeziehung habt, wäre ich ziemlich überrascht. Wie kannst du mit einem Mann schlafen und nicht wissen, ob er dich ebenso liebt? Du spürst es an seinen Berührungen, seinen Küssen, an jedem Wort, das er dir zuflüstert.«

»Du liebe Güte, Ma! Du siehst dir zu viel *Oprah* an.«

Rosalie lächelte. »Ich bin schon eine ganze Weile auf der Welt, Mia. Ich weiß, du und deine Schwester können es nicht glauben, aber ich weiß einiges über Liebe.«

Mia verdrehte die Augen. »Wenn du jetzt anfängst zu singen ›If that guy gets into your blood, go out and get him‹, verlasse ich sofort den Raum.«

»Oh, gibt es so einen Song?«

»Spiel bloß nicht die Unschuldige, Rosalie DeNero. Ich weiß, dass du dir *Ally McBeal* ansiehst.«

»Nicht mehr so häufig. Die Serie gefällt mir nicht mehr, seit Billy tot ist.«

»Du glaubst also, ich sollte mir Nick einfach schnappen?«

»Du hast beinahe dein Leben für diesen Mann gegeben. Was hast du denn sonst noch zu verlieren, außer den Mann selbst?«

»Ich hasse es, wenn du Recht hast.«

Rosalie lächelte sanft und tätschelte ihrer Tochter die Hand. »Ich weiß, Kind, dein Vater auch.«

»Nick hält etwas zurück. Er hat mir gesagt, dass ihm sehr viel an mir liegt, dass es aber Dinge gibt, die ihm im Weg stehen.«

Rosalie sah besorgt aus. »Seine alte Tante?«

Mia zuckte die Achseln. »Ich weiß es nicht. Er hat nicht weiter darüber geredet.« Und sie hatte sich seitdem unablässig den Kopf zerbrochen über diese rätselhafte Äußerung.

Es gab vieles an Nick, worüber sie sich den Kopf zerbrach. Manchmal wirkte er wie ein weltfremder Spinner, und dann gab es wieder Zeiten, wo er echt cool und männlich war. Im Bett war er eindeutig der Bestimmende. Er schlief mit ihr wie ein Mann, der über eine reichliche Erfahrung verfügte, nicht wie jemand, der sich selten mit Frauen traf, wie er behauptete. Er arbeitete ständig an seinem Buch, aber sie hatte noch keine einzige Zeile seiner Anstrengungen zu Gesicht gekriegt.

Mia seufzte. Sie entwickelte offenbar schon paranoide Züge.

»Dein Vater glaubt, dass Nick etwas verbirgt. Ich weiß, dass Sam meistens misstrauisch ist – das ist der Cop in ihm –, aber manchmal treffen seine Instinkte genau ins Schwarze.«

Ihr Vater glaubte das? Obgleich Mia sich im Stillen vornahm, ihn deswegen auszufragen, hatte sie das Bedürfnis, Nick zu verteidigen. »Was könnte Nick schon verbergen?

Er sitzt den ganzen Tag vor seinem Computer, arbeitet an seinem Buch oder überprüft Börsendaten. Der einzige Mensch, mit dem er geredet hat, seit er bei mir wohnt, und den ich nicht sehr gut kenne, ist sein Freund Burt Mulrooney. Und der scheint absolut harmlos zu sein. Ich muss sogar sagen, dass ich Burt mag. Er ist genau wie ich ein Filmfreak.«

»Und wovon lebt sein Freund?«

»Das weiß ich nicht genau. Er könnte Journalist sein, jedenfalls war er das früher mal.«

»Du kennst Nick noch nicht sehr lange, Mia. Vielleicht solltest du die Dinge etwas langsamer angehen lassen, im Gegensatz zu meiner vorherigen Empfehlung. Ich möchte nicht, dass du noch einmal verletzt wirst.«

Vielleicht, aber die Dinge gerieten bereits mit halsbrecherischer Geschwindigkeit außer Kontrolle, wie ein Zug, der zunehmend schneller fuhr und den niemand stoppen konnte. Und Mia wusste nicht, wie man die Notbremse zog.

Die bunten Weihnachtsbaumlichter waren eingeschaltet und glitzerten, die Pillsbury-Zimtbrötchen lagen im Backofen und rochen bereits himmlisch, und Mia saß vor dem Baum auf dem Fußboden und wartete ungeduldig darauf, dass Nick sein Geschenk auswickelte.

»Ich hoffe, es gefällt dir. Ich verspreche dir, dass es keine zweite Lederhose ist, obgleich ich stark in Versuchung war. Du siehst halt einfach scharf aus in Leder.«

»Zu schade, dass du sie nicht gekauft hast. Ich fing gerade an, mich für den Val-Kilmer-Look zu erwärmen«, neckte er sie und wickelte das Geschenk aus. Nick öffnete den Karton und war tief gerührt über dieses Geschenk, eine wunderschöne ledergebundene Ausgabe von Shakespeares gesammelten Werken. Mia hatte sich wirklich Gedanken gemacht, und er würde dieses Geschenk ewig in Ehren halten.

»Ich habe versucht, etwas für deinen Bücherschrank zu Hause zu finden. Ich bin sicher, dass du einen großen hast.« Sie errötete. »Bücherschrank, meine ich. Hör auf, mich so anzusehen. Es gehört sich nicht, am Weihnachtsmorgen schmutzige Gedanken zu haben. Schließlich ist es ein heiliger Feiertag.«

Nick lachte. »Ich freue mich riesig über die Bücher, meine Süße. Vielen Dank. Ich wollte schon immer Shakespeares gesammelte Werke haben. Woher wusstest du das? Es ist das perfekte Geschenk.«

Sie lächelte glücklich. »Ich habe mir einfach gedacht, dass Autoren sehr viel lesen und dass in jedem Bücherschrank ein Shakespeare stehen sollte. Wenn ich mich recht erinnere, hat das vor langer Zeit mal jemand als Regel aufgestellt.«

Nick griff unter den Weihnachtsbaum und reichte Mia eine rot eingewickelte Schachtel. »Mein Geschenk ist etwas egoistischer, aber ich hoffe trotzdem, dass es dir gefällt.«

»Egoistisch? Wie das denn?« Neugierig riss Mia das Papier ab und gluckste, als sie in dem Seidenpapier die Teddys und die Tanga-Slips fand, die Nick vorgeblich für seine Tante gekauft hatte während ihres Bummels durchs Einkaufszentrum. »Du hast mich ausgetrickst, Nick Caruso, hast mir eingeredet, diese Unterwäsche wäre für deine Tante. Ich hätte es besser wissen müssen, aber du hast so überzeugend gelogen.«

Die Wahrheit ihrer Worte ließ Nick erröten. »Ich kann es kaum erwarten, dich in dieser Reizwäsche zu sehen.

Und ohne. Besonders ohne.« Er wackelte einladend mit den Augenbrauen. »Jetzt wäre zum Beispiel ein prima Zeitpunkt.«

»Du bist so geil wie ein Ziegenbock. Aber ich schätze, du hast Glück, da es heute Nacht über dreißig Zentimeter Neuschnee gegeben hat und wir sowieso nicht groß was unternehmen können.«

»Mir ist das nur recht. Ich bleibe eh lieber drinnen, wo es schön warm ist. Und ich kann nicht genug von dir kriegen, Mia. Ich ... Ich ...«

Sag es! Sag es, bettelte Mia im Stillen. Aber er sagte ihr nicht, dass er sie liebte. Mit einem frustrierten Seufzer antwortete sie: »Tja, wenn uns wirklich noch nach Abenteuern zumute sein sollte, können wir später noch einen Schneemann bauen.«

»Ich würde lieber im Bett bleiben und mich mit dir unter die Bettdecke kuscheln. Das ist bedeutend reizvoller, und außerdem gehe ich dabei nicht das Risiko ein, Frostbeulen zu bekommen.«

Die Vorstellung, sich mit Nick zu lieben, erregte Mia wie gewöhnlich. Wieso reichte ein schlichter Blick oder ein Satz von ihm, um heißes Verlangen in ihr zu wecken? Kein Mann hatte je diese Wirkung auf sie gehabt. Sie nahm an, dass die Tatsache, dass sie Nick liebte, etwas mit ihren verrückt spielenden Pheromonen zu tun hatte, die sich in erschreckender Weise vervielfältigten.

»Ich weigere mich, meine Kochkünste zu verschwenden, nur um deine fleischlichen Gelüste zu befriedigen. Erst wird gefrühstückt.«

»Tiefgefrorene Brötchen aufzubacken kann man schwerlich als Kochkunst bezeichnen. Was würde die liebe Martha sagen, wenn sie das hörte?«

»Wenn Martha Stewart so viel Zeit im Bett zugebracht hätte wie ich kürzlich, hätte sie sich einen Dreck um Kochen und Backen geschert. Sie hätte weder Zeit noch Neigung dazu verspürt, und mir geht es genauso. Also sei zufrieden und glücklich, dass du frisch aufgebackene alte Brötchen bekommst, und halt den Mund.«

Nick warf den Kopf in den Nacken und lachte schallend, was Mia durch und durch ging. »Weißt du eigentlich, dass du verdammt gut aussiehst mit dieser Schürze. Sehr zahm.«

Sie warf ihm einen verärgerten Blick zu. »Wie eine Katze?«

»Katzen tragen keine T-Shirts oder haben so hübsche Beine wie du. Außerdem bist du sehr viel weniger pelzig. Ich finde, du solltest dieses T-Shirt ausziehen und nur die Schürze tragen. Wir könnten Restaurant spielen. Ich bin der Kunde und gebe dir durch Zeichensprache zu verstehen, was ich gern essen würde.«

Mia warf eine Serviette nach Nick und traf ihn mitten ins Gesicht. »Du bist absolut schamlos! Wie kann man so etwas am Weihnachtsmorgen sagen!«

Sie bückte sich, um die Brötchen aus dem Ofen zu holen, und spürte dabei, wie Nick sich von hinten an sie presste. »Habe ich schon die Vorteile erklärt, die darin liegen, wenn du nur eine Schürze trägst?«, flüsterte er ihr ins Ohr, worauf sie prompt eine Gänsehaut bekam. »Vorn ist das Lätzchen, und –«

Mia schüttelte ihn ab, drehte sich um und schob Nick von sich, um ihn an weiteren Ausführungen zu hindern. »Zeit zum Frühstücken.« Sie lächelte und fragte sich, ob es immer so lustig und romantisch zwischen ihnen bleiben würde. Aber dann fiel ihr wieder ein, dass Nick ausziehen würde, sobald sein Buch fertig wäre, und es gab ihr einen schmerzhaften Stich.

Sie legte die heißen Brötchen in den Brotkorb, stellte ihn auf den Tisch und setzte sich. Dann nahm sie ihre Kaffeetasse hoch und hoffte, dass sie weitaus nonchalanter wirkte, als sie sich fühlte, während sie fragte: »Bist du eigentlich bald fertig mit deinem Buch?«

Nick griff zum Krug mit dem Orangensaft und füllte beide Gläser. »Ich bin fast fertig, aber noch nicht ganz. Warum?«

»Ich dachte gerade daran, dass du ausziehst, wenn es fertig ist und du es deinem Verleger gegeben hast. Ich meine, dann bräuchtest du keinen Schutz mehr.«

»Aber dich brauche ich immer, Mia. Ich sagte dir doch, dass du mir sehr wichtig bist.«

»Dann lass uns heiraten!«, platzte sie heraus, und Nick verschüttete Orangensaft über den ganzen Küchentisch.

Er sah Mia prüfend an, ob sie es ernst meinte. »Heiraten! Du möchtest heiraten?«

Mia zuckte die Achseln und kam sich plötzlich unglaublich dämlich vor, dass sie das gesagt hatte. Offensichtlich hatte Nick nicht das gleiche Bedürfnis, genau wie sie befürchtet hatte. Er war so weiß geworden wie der Schnee draußen vor dem Fenster. Sie versuchte, ihren Fehler wieder auszubügeln, und zwang sich zu einem Lächeln. »Erwischt! Ich habe nur einen Scherz gemacht.«

Nick lächelte auch, aber nur halbherzig, unsicher, ob sie die Wahrheit sagte. »Mia, ich habe dir gesagt, dass es Dinge gibt, über die ich nicht –«

»Ich habe nur einen Scherz gemacht, okay? Vergiss es einfach, und iss die Brötchen, bevor sie kalt werden. Ich mach uns noch Rühreier.« Sie stand auf, ging hinüber zum

Herd und betete, dass Nick ihr nicht folgte. Sie hatte mal wieder alles versaut, das war sonnenklar.

Aber natürlich war das nichts Neues. Mia war ein echter Champion, wenn es darum ging, ihr Leben und alles Gute, was sie gerade erlebte, den Bach runtergehen zu lassen. Warum konnte sie nicht einfach zufrieden sein mit dem, was sie hatte, und Ruhe geben? Warum musste sie unbedingt vorschlagen zu heiraten und alles ruinieren?

Dumme, dumme Mia!

»Geht es dir gut?«

Sie drehte sich um und lächelte ihn strahlend an, wenngleich sie sich kreuzunglücklich fühlte. »Prima. Wie viele Eier möchtest du?«

»Zwei, glaube ich. Du hast also nur einen Scherz gemacht?« Nick spürte, wie ihn sowohl eine Welle der Erleichterung als auch der Enttäuschung überrollte. Heirat bedeutete Bindung, und im Moment konnte er Mia das nicht bieten. Aber bald wäre er in der Lage dazu.

Es fiel ihr zwar schwer, aber trotzdem brachte Mia es fertig zu lügen: »Ich habe dir schon vor langer Zeit gesagt, Nick, dass heiraten oder Kinder kriegen für mich nicht in Frage kommt. Das bin einfach nicht ich.«

»Und was bist du?«

»Ich bin die Frau, die dein Leben gerettet hat und die nach draußen gehen und einen Schneemann bauen möchte, der ihr hoffentlich ähnlich sieht, und die darauf besteht, dass du ihr dabei hilfst. Das bin ich.« *Ich bin auch die Frau, die gerade innerlich stirbt.*

»Du bist schön, mutig und unglaublich sexy, also werde ich kein Spielverderber sein und mitmachen. Und wenn wir dann zurückkommen, können wir unter die Dusche hüpfen und uns wieder aufwärmen.«

»Vergisst du dabei nicht eine Kleinigkeit?«

Er schüttelte den Kopf. »Ich habe meine Kondomvorräte aufgestockt.«

»Das Essen bei meinen Eltern. Sie erwarten uns um zwölf.« Mia verteilte die Rühreier auf Nicks Teller und konnte sehen, wie sein selbstsicheres Lächeln sich in Luft auflöste. Sie konnte nicht anders, aber das verschaffte ihr doch eine kleine Befriedigung. Sah ganz so aus, als hätten sie jetzt beide einen Grund zum Jammern.

16

Die größte Leistung des Teufels besteht darin, die Welt davon überzeugt zu haben, dass er nicht existiert.
Die üblichen Verdächtigen

»Da läuft ein unglaublich faules Ding ab im Autohaus. Mehr konnte ich nicht herausfinden. Laut meiner Quelle steckt Calzone definitiv dahinter. Vincent Palumbo ist der Kopf des Ganzen und Pauley der Bote, genau, wie wir angenommen haben. Ich schätze, es wird Zeit, dass wir handeln.«

Burt klang müde, und Nick hoffte, dass er sich nicht zu stark vernachlässigte. Ohne Nick, der ihm über die Schulter sah, würde sein Freund zweifellos zu viel essen und trinken und nicht seine Vitaminpillen nehmen. »Wie passt Graziano ins Bild?«, fragte er, spähte ins Schlafzimmer, wo Mia immer noch schlief, und schloss die Tür so leise wie möglich, um sie nicht zu wecken.

»Er wird von den anderen beiden nur verarscht. Meiner Meinung nach soll Graziano den Sündenbock abgeben. Die arme Sau hat wahrscheinlich nicht den geringsten Verdacht. Diese Kerle sind seine besten Freunde. Das sind mir vielleicht schöne Freunde.«

»Bist du sicher, dass deine Quelle zuverlässig ist?« Nick vertraute Sträflingen, die als Polizeispitzel arbeiteten, nicht sonderlich. Die meisten wollten nur ihren eigenen Arsch retten. »Spitzel lügen oft, wie man weiß.«

»Calzone hat ihn vor einigen Monaten böse reingelegt.

Es ging dabei um gestohlene Computer, und der Typ will sich rächen. Er will auch seine Gefängnisstrafe verkürzen. Er ist geschnappt worden, Calzone nicht, und nun ist er stocksauer.«

»Um Calzone und die anderen zu überführen, brauchen wir jemand im Laden. Sonst kriegen wir nicht genug Beweise, um den Fall wasserdicht zu machen.«

»Ja, das Gefühl habe ich auch. Schätze, ich melde mich freiwillig. Ich verstehe zwar nicht viel von Autos, aber ...«

Nick hörte das Zögern bei Burt heraus, spürte, dass er sich davor fürchtete, und brachte es nicht übers Herz, ihn zu fragen. Burt näherte sich dem Pensionsalter und wurde langsam zu alt, um die wirklich schweren Jungs festzunehmen. »Danke, aber ich bin mir nicht sicher, ob du der Richtige bist für diesen Job, Burt. Wir brauchen jemanden, den sie nicht verdächtigen würden, und du tauchst viel zu häufig bei *O'Grady's* auf. Jemand könnte dich erkennen und zwei und zwei zusammenzählen.«

»Na ja, Mist! So ungern ich es zugebe, aber ich bin doch erleichtert. Meine Exfrau hat gerade eingewilligt, sich mit mir zu treffen. Muriel ist jetzt Witwe, und wir wollen nächste Woche essen gehen.«

Nick war überrascht von dieser Information. »Glaubst du, dass ihr beiden euch wieder vertragt?«

»Das bezweifle ich«, sagte Burt, und Nick hatte förmlich vor Augen, wie sein Freund die Achseln zuckte. »Aber womöglich werden wir Freunde, und das würde mir schon reichen. Ist nicht sehr lustig, allein alt zu werden, das kann ich dir versichern, Junge.«

Nick war selbst schon zu diesem Schluss gekommen. Er war sein ganzes Leben allein gewesen, und jetzt musste er es nicht mehr sein; er hatte Mia. »Ich freue mich für dich, Burt. Ich hoffe, dass alles gut wird mit dir und Muriel. Ich fand immer, dass ihr beide ein prima Paar seid.«

»Danke. Aber zurück zu unserem Problem. Wie wäre es damit, Graziano einzuweihen und um Hilfe zu bitten? Er ist bestimmt sauer, wenn er hört, was seine Freunde angestellt haben. Wenn ich an seiner Stelle wäre, hätte ich große Lust, ihnen kräftig in die Eier zu treten.«

»Daran habe ich auch schon gedacht. Aber was ist, wenn seine Loyalität gegenüber den Jugendfreunden den Ärger überwiegt und er ihnen steckt, dass wir hinter ihnen her sind? Damit wäre monatelange harte Arbeit im Eimer.« Nick schwieg einen Moment und sagte dann: »Lass mich noch mal darüber nachdenken, bevor wir eine endgültige Entscheidung treffen. Ich möchte es nicht auf den letzten Metern versauen.«

»Gut, aber egal, wie du dich entscheidest, du musst schnell handeln«, sagte der ältere Agent, und man konnte die Besorgnis in seiner Stimme hören. »Dir läuft die Zeit weg, Nick. Higgins hat einen Haufen Fragen gestellt über die Art und Weise, wie du diese Ermittlung führst. Er könnte kurz davor sein, dich von diesem Fall abzuziehen.« Burt fuhr schnell fort, um Nicks Schimpfkanonade zuvorzukommen. »Er hat es zwar nicht gesagt, aber wenn Special Agent Higgins zappelig wird, bedeutet es gewöhnlich, dass er in die Ermittlungen eingreift.«

Nick wusste, dass Burt Recht hatte, und verfluchte Higgins für seine Ungeduld und seinen Unwillen, ihm freie Hand und ihn selbst beurteilen zu lassen, was das Beste war. Und das alles nur, weil er einmal einen Fehler gemacht hatte.

Diese Ermittlung war von Anfang an auf seinem Mist gewachsen, und er hatte nicht die Absicht, sich das von

Higgins versauen zu lassen. »Das wird nicht passieren. Was ich anfange, beende ich auch, und das weißt du.«

»Dann sieh zu, dass du es beendest. Du warst in letzter Zeit mit anderen Dingen beschäftigt und abgelenkt. Wird Zeit, dass du dich wieder auf den Fall konzentrierst.«

Nick wollte seinen Ohren nicht trauen und protestierte: »Du bist doch derjenige, der mir gesagt hat, ich soll es über die Feiertage etwas ruhiger angehen. Weißt du noch?«

»Ja, aber wann hast du je auf mich gehört? Nebenbei, wer auch immer auf dich geschossen hat, muss inzwischen denken, dass er dir genug Angst eingejagt hat. Sie werden bestimmt etwas nachlässiger und nicht mehr ganz so wachsam sein.«

»Nick, mit wem telefonierst du da?«

Mias Stimme erklang durch die Schlafzimmertür, und Nick flüsterte schnell ins Handy: »Ich muss Schluss machen, Burt. Ich ruf dich wieder an, sobald ich kann.«

Er schaltete sein Handy aus, steckte es sich in die hintere Hosentasche, öffnete die Tür und legte ein unschuldiges Lächeln auf. »He, Schlafmütze. Ich habe mich schon gefragt, wann du wohl aufwachst. Wie geht es dir?« Mia hatte gestern Abend über Kopfschmerzen geklagt und sah heute Morgen immer noch nicht viel besser aus.

Mia kuschelte sich tiefer unter die Bettdecke. »Du hältst mich ja die ganze Nacht wach. Ich brauche meinen Schlaf. Was gibt's zum Frühstück? Ich sterbe vor Hunger.«

Tja, wenigstens hatte sie ihren Appetit noch nicht verloren. Mia konnte die meisten Männer mit ihren offenbar nötigen XXL-Portionen glatt unter den Tisch futtern. »Wir haben keine Milch mehr, keine Eier, kein Brot. Ich geh schnell rüber zum Minimarkt und kaufe ein, was wir brauchen. Dann mache ich dir meine Spezialpfannkuchen. Das Einzige, was wir reichlich haben, ist Ahornsirup.«

Mia fuhr sofort erschreckt hoch, als Nick ihr eröffnete, was er vorhatte, und schüttelte den Kopf. »Nein, auf keinen Fall, Nick! Ich möchte nicht, dass du allein einkaufen gehst. Das ist viel zu gefährlich. Warte, ich brauche nur eine Minute, um mich anzuziehen, und dann begleite ich dich.«

»Du hast mir gestern Abend gesagt, dass du dich nicht besonders fühlst und vielleicht eine Erkältung bekommst. Ich lasse nicht zu, dass du bei diesem garstigen Wetter hinausgehst. Das ist überhaupt nicht gut für dich.«

»Aber ich bin dein Bodyguard.« Sie nieste. »Und ich nehme meinen Job sehr ernst.« Sie nieste wieder, wischte sich die Nase mit der Bettdecke ab, und Nick zuckte zusammen. »Ich kann dich nicht allein gehen lassen.«

»Gesundheit! Und jetzt hör auf, dir Sorgen zu machen. Mir wird schon nichts passieren. Ich brauche doch nur ein paar Minuten bis zum Laden an der Ecke. Ich bleibe nicht lange weg, ich verspreche es dir.« Er beugte sich über das Bett und küsste sie auf die Stirn. »Mach's gut, mein Schatz.«

»Sei bitte vorsichtig. Ich mache mir bestimmt die ganze Zeit furchtbare Sorgen.« *Wenn Nick etwas zustoßen würde …* Der Gedanke war zu schrecklich, um ihn auch nur in Erwägung zu ziehen. Sie würde einfach nicht an so etwas denken; das bedeutete Unglück. Ihm würde schon nichts zustoßen. Das durfte nicht sein. Sie war noch nicht fertig mit Nick Caruso. Sie würde es nie sein.

Nachdem er die Tür hinter sich geschlossen hatte, seufzte Mia tief und schwer und wälzte sich aus dem Bett.

Sie spürte, wie sich ein neuer Kopfschmerz ankündigte, hoffte, dass sie keine Grippe bekäme, und trottete ins Badezimmer, um zwei Aspirin zu schlucken.

Mia zog ihren neuen Morgenrock über – ein Weihnachtsgeschenk ihrer Eltern, das sie ihrer Mutter versprochen hatte zu tragen – und erspähte ihren Computer in der Ecke. Sie beschloss, dass Nicks Abwesenheit der geeignete Moment war, um ihre E-Mails zu checken, was sie seit Tagen nicht getan hatte.

Sie erwartete eine von ihrer alten College-Freundin Stef Ann, die in Boston lebte. Mia und Stef hatten eine wunderbare Zeit in Boston gehabt – zu gut, wenn sie ehrlich war –, weil ihre Noten darunter gelitten hatten. Stef wollte, dass Mia sie besuchte, aber Mia hatte es sich bisher nicht leisten können, und jetzt, wo sie es konnte, wollte sie keinesfalls Nick allein lassen.

Unabhängigkeit war ihr mit einem Mal nicht mehr so wichtig. Sie genoss es, Teil eines Paars zu sein, die Hälfte eines Ganzen. Mary hatte Recht gehabt mit dieser Prophezeiung, genau wie Annie, weil Mia es liebte, jeden Morgen aufzuwachen und Nicks Körper an sich gekuschelt zu fühlen.

Es gab ihr ein Gefühl der Sicherheit, was seltsam war, da sie diejenige war, die ihn beschützen sollte.

Mia schaltete den Computer an und wartete darauf, dass er hochfuhr. Und wartete. Und wartete. Aber natürlich machte ihr Computer mal wieder, was er wollte, und funktionierte nicht. »Verdammtes Ding! Nie funktionierst du, wenn ich dich brauche.« Sie haute darauf. Ihre Theorie lautete: Wenn alles andere versagt, zieh ihm ordentlich eins über den Kopf. Nur dass das leider auch nicht funktionierte.

Der Computer gab keinen Mucks von sich, war mausetot. Man konnte ihn nur noch ordentlich bestatten.

Verdammt! Wie sollte sie jetzt ihre Börsendaten checken heute Morgen? Sie hatte mit Nick um zehn Dollar gewettet, dass Gateway über Nacht gestiegen war – wieder eins ihrer Bauchgefühle –, und sie hatte nicht die Absicht, ihre Wette zu verlieren.

Sie ging ins Wohnzimmer und starrte sehnsüchtig hinüber zu Nicks Computer und überlegte, ob sie sich trauen sollte, ihn zu benutzen. Die Versuchung war stark. Er hatte ihn nicht abgeschaltet – eine absolute Seltenheit. Nick verließ das Zimmer nie, ohne seinen Computer abzuschalten, der so aussah, als würde er prima funktionieren.

Sie warf einen Blick zur Wohnungstür und überschlug im Kopf, wie viel Zeit sie wohl hatte, bis er zurückkam. Sie wollte nicht dabei ertappt werden, dass sie seinen kostbaren Computer benutzte. Der Mann hatte eine echte Macke, wenn es um die Benutzung seiner privaten Dinge ging. Anscheinend hatte seine Tante Bertrice ihm nicht beigebracht, was es hieß, zu teilen.

Vorsichtig näherte sich Mia dem Laptop, bis sie direkt davor stand. Sie biss sich auf die Lippen und überlegte hin und her. Sollte sie, sollte sie nicht? Nick würde es nie erfahren. Sie würde nur mal kurz ins Internet gehen, die Börsendaten und ihre E-Mails checken und alles wieder so hinterlassen, wie sie es vorgefunden hatte.

Nachdem sie schließlich beschlossen hatte, es zu *tun*, setzte sich Mia an seinen provisorischen Schreibtisch. Seit seiner Ankunft hatte sie seinen Arbeitsplatz in Ruhe gelassen, hauptsächlich weil Nick darauf bestand. Er hatte sich ausbedungen, dass sein im Entstehen begriffenes Werk nicht angerührt wurde, und murrend hatte sie sich an ihr Versprechen gehalten, nicht in seine Privatsphäre einzudringen.

Stirnrunzelnd nahm Mia das Fehlen jeglicher Notizen, Papiere und all der anderen Dinge, die normalerweise an einem Arbeitsplatz lagen, zur Kenntnis. Nick war bestimmt der ordentlichste Schriftsteller, der ihr je über den Weg gelaufen war, auch wenn ihr genau genommen noch überhaupt keiner über den Weg gelaufen war.

Er hatte einige Sachbücher über organisiertes Verbrechen und dergleichen, aber sie sahen brandneu aus, so als hätte er sie noch nie geöffnet. Sie nahm das oberste vom Stapel in die Hand, stellte fest, dass es noch völlig unbenutzt war, und fand es höchst seltsam, wie jemand ein Buch lesen und Exzerpte daraus machen konnte, ohne die geringste Spur der Benutzung zu hinterlassen. Natürlich waren die meisten Menschen nicht so pingelig wie Nick, der zu Hause wahrscheinlich seine Lampenschirme mit einer Plastikhülle schützte.

Mia starrte auf den Bildschirm, bemerkte verschiedene unbeschriftete gelbe Ordner und war sofort neugierig, was sie wohl enthielten.

Vielleicht Nicks Buch?

Sie wusste, dass es ein Einbruch in seine Privatsphäre wäre, wenn sie einen Blick riskierte, und sie hatte es ihm auch versprochen, aber irgendwie reichte das nicht aus, um sie davon abzuhalten.

Nun klick schon AOL an, und vergiss das andere, Mia, sagte sie sich. *Brich dein Versprechen nicht.*

Aber ich möchte doch nur einen Blick hineinwerfen, um zu sehen, was Nick so schreibt, mehr will ich gar nicht.

Du bettelst geradezu um Ärger, informierte sie ihr Gewissen rüde. *Hör auf, bevor es zu spät ist!*

Aber natürlich hörte Mia selten auf ihr Gewissen, und schon hatte sie den ersten Ordner geöffnet.

Als Nick Mings Mini-Mart betrat, war der Laden total leer. Kein Wunder bei diesem lausigen Wetter, bei dem man außer liebestrunkenen FBI-Agenten keinen Hund vor die Tür jagen mochte.

Mings Mini-Mart war der erste asiatisch-amerikanische Laden, der in Little Italy eröffnet hatte, so dass Nick zu Recht davon ausging, dass der hart arbeitende Ladenbesitzer trotz des schlechten Wetters geöffnet hatte.

Er ging mit einem grünen Plastikkorb durch den Laden und sammelte die Lebensmittel ein, die er brauchte, wobei er bemerkte, dass die Regale ziemlich leer waren.

Schneestürme erweckten eine Urangst bei den Einwohnern von Baltimore, die wahrscheinlich gleich nach dem ersten Wetterbericht, der Schnee vorhersagte, in den nächsten Laden gestürmt waren, um sich mit Lebensmitteln einzudecken.

Nick fand dennoch einen halben Liter Milch – die letzte Packung in dem Kühlregal – Brot und die anderen notwendigen Dinge. In der Pharmaabteilung packte er noch ein Mittel gegen Erkältung und eine große Packung Taschentücher für Mia ein und ging dann zur Kasse, wo er eine herzförmige rote Satinschachtel mit Pralinen erspähte.

Es war ein bisschen zu früh für den Valentinstag, aber er beschloss, sie trotzdem zu kaufen, um Mia ein bisschen aufzumuntern. Frauen waren verrückt nach Schokolade, und er wusste, dass sein süßer Bodyguard zugleich eine Naschkatze war.

Er reichte dem rothaarigen, sommersprossigen Jungen

an der Kasse eine Zwanzigdollarnote, und während er auf sein Wechselgeld wartete, übersah er die beiden Männer, die den Laden betreten hatten und jetzt hinter ihm standen.

»He, Nick! Sind Sie es?«

Er drehte sich um und entdeckte Alfredo Graziano, dessen verwittertes Gesicht sich zu einem Lächeln verzog. »Nick ist Schriftsteller«, erklärte Alfredo dem kleineren Mann neben ihm – Pauley Buttoni, Verdächtiger Nummer zwei der Untersuchung.

So gepflegt Alfredo in seinem schwarzen Kaschmirmantel aussah, so abgerissen wirkte Buttoni in einem zerschlissenen blauen Parka, der schon bessere Tage gesehen hatte. Man sollte denken, dass er sich bei dem vielen Geld, das er mit seinen Betrügereien verdiente, etwas Besseres leisten könnte, dachte Nick.

Er verfluchte sein Pech. Er wollte nicht mit Buttoni reden, wollte den Mann nicht noch misstrauischer machen, als er bereits war, aber ihm blieb keine andere Wahl. Alfredo strahlte wie ein Honigkuchenpferd und zwang ihn geradezu, sich mit ihm zu unterhalten. Nick betete nur, dass Buttoni nicht bewaffnet war.

Sein Gefühl sagte ihm, dass Buttoni oder einer seiner bezahlten Handlanger verantwortlich waren für den fehlgeschlagenen Anschlag auf Nicks Alter Ego und damit derjenige, der noch kräftig dafür bezahlen würde, Mia verletzt zu haben.

»Hallo, Mr. Graziano«, sagte er und lächelte den älteren Mann freundlich an. »Wie schön, Sie zu sehen.«

»Pauley, das ist Nick Caruso. Er ist der, von dem ich dir erzählt habe, der, der ein Buch über die Mafia schreibt.«

Pauley nickte Nick knapp zu. »Und was haben Sie so

herausgefunden?«, wollte er wissen und versuchte vergeblich, völlig uninteressiert zu wirken. Nick fand, dass der Mann nervös wirkte.

»Nicht so viel, wie ich gern herausgefunden hätte. Nur das, was man so im Internet findet und in Bibliotheken.«

Der Mafioso sah erleichtert aus. »Ist wahrscheinlich besser für Ihre Gesundheit. Wie man hört, schätzen diese Mafiatypen es nicht sehr, wenn man ihnen ihre Geschäfte vermasselt.«

»Das habe ich Nick bereits erklärt. Ihm ist klar, wie die Sachen ablaufen. Stimmt's, Nick?«

»Absolut klar.«

»Und wo ist Mia?«, fragte der ältere Mann und warf einen Blick in den Laden. »Ich dachte, ihr beiden wärt unzertrennlich.«

»Sie hat sich erkältet, also bin ich einkaufen gegangen. Durch den Schneesturm ist die Verpflegung bei uns ziemlich knapp geworden.«

»Sagen Sie ihr, dass wir viel zu tun haben bei Lucky Louie's, und wenn sie sich doch noch entschließt, ihren Beruf zu wechseln und einen Teilzeitjob braucht, kann ich sie gut unterbringen. Sie würde zwar nicht übermäßig viel verdienen, aber es ist ein sichererer Job als ihr gegenwärtiger. Ich habe es ihr vor einiger Zeit schon mal angeboten, aber sie hat sich nie bei mir gemeldet.«

»Was macht diese Braut denn so Gefährliches, Al?«, erkundigte sich Pauley und biss in einen Schokoriegel, den er noch nicht bezahlt hatte.

»Mia ist Nicks Bodyguard. Er hat sie engagiert, um ihn zu beschützen, so lange er an seinem Buch arbeitet.«

Pauley lachte dreckig. »Nicht im Ernst! Sie haben einen weiblichen Bodyguard? Da kann es ja mit Ihrer Männlichkeit nicht allzu weit her sein, wenn Sie mir diese Bemerkung nicht übel nehmen, Caruso.«

Weit davon entfernt, beleidigt zu sein, sondern im Gegenteil, entzückt über den Schluss, den dieser Mann gezogen hatte, tat Nick sein Bestes, um ihn in dieser Annahme zu bestärken, und spielte den Softie. Wenn Buttoni ihn für harmlos hielt, würde er ihn und Mia in Ruhe lassen. »Ich bin nicht sehr gut, wenn es um Handgreiflichkeiten oder Waffengebrauch geht. Ich kann Gewalt nicht ausstehen.«

»Handgreiflichkeiten?« Pauley runzelte die Stirn und sah dadurch wie ein Frettchen aus. »Was bedeutet denn *der* Scheiß?«

»Nick meint damit, dass er nicht gern kämpft. Und das kann man ihm wirklich nicht zum Vorwurf machen«, erklärte Alfredo.

Paul boxte seinen Freund in den Arm. »Du bist ein echtes Weichei geworden, seit du dich mit dieser Gallagher verlobt hast, Al. Sie ist wohl ziemlich gut im Bett, was?« Er zwinkerte Alfredo zu, als hätte er einen tollen Scherz gemacht.

Aber Alfredo fand es kein bisschen komisch, er straffte sich und fixierte Pauley finster. »Rede nicht so über meine Verlobte, Pauley. Das gefällt mir nicht. Zeig gefälligst ein bisschen Respekt. Lenore ist eine anständige Frau. Und sie wird meine Frau. *Capisce*?«

»Sicher. Sicher, Al. Kein Grund, gleich aus der Haut zu fahren. Ich habe es nicht böse gemeint. Ich finde deine alte Dame prima und mag sie, wie du weißt.«

Nick hörte dem Gespräch aufmerksam zu und hätte am liebsten geschmunzelt. Zum ersten Mal, seit diese Untersuchung lief, war er sich sicher, dass Alfredo nichts mit dem Betrug zu tun hatte und der ältere Mann wahrscheinlich alles tun würde, um die Frau, die er liebte, vor den Härten des Lebens, besonders vor organisiertem Verbrechen, zu beschützen.

»Ich gehe jetzt lieber nach Hause zu Mia. Sie braucht dieses Erkältungsmittel«, sagte Nick, der es eilig hatte, diese neueste Entwicklung zu durchdenken und einen Plan zu schmieden.

»Grüßen Sie Mia herzlich von mir.« Alfredo schüttelte Nick zum Abschied die Hand. »Und vergessen Sie nicht, ihr von meinem Angebot zu erzählen.«

»Das vergesse ich bestimmt nicht.« Tatsächlich könnte Mia genau der Schlüssel zu seinem Plan sein, dachte er, verließ schnell den Laden und atmete tief durch, als er draußen stand und ihm der kalte Wind ins Gesicht schlug.

Er eilte nach Hause, zu seiner geliebten Mia.

»Du Mistkerl! Du lügnerischer, hinterhältiger, schleimender, hochstapelnder Mistkerl!«

Mia las weiter in dem Ordner und wollte einfach nicht glauben, was ihre Augen da sahen: Alfredo Graziano, der liebenswerte Mann, den sie so in ihr Herz geschlossen hatte – und der auch noch Marys Onkel war! – wurde verdächtigt, an einer groß angelegten Geldwäsche beteiligt zu sein, und er wurde von keinem anderen überwacht als dem FBI-Agenten Nick Caruso.

FBI-Agent. FBI-Agent. FBI-Agent.

Die Wörter echoten in ihrem Kopf, bis sie es nicht mehr ertragen konnte. Sie litt unsagbar, hatte das Gefühl, dass ihr Herz gleich zerspringen würde.

»Mistkerl!« Mia putzte sich die Nase, dann wischte sie sich die Tränen weg.

Wie hatte sie nur so blöd sein können? Wenn sie nur daran dachte, dass sie mit einem Hochstapler, einem Lügner, einem Mann, dem sie angeblich viel bedeutete, ins Bett gegangen war.

Ein Mann, den sie liebte.

Geschichte wiederholt sich, Mia. Und sie wusste nicht, was von beidem sie schlimmer fand.

»Ha! Du lernst es wohl nie, was, Mia?«

Dumme, dumme Mia!

Jetzt war auf einmal sonnenklar, wieso ein Mann wie Nick in das Büro einer unerfahrenen Leibwächterin marschierte und sie vom Fleck weg engagierte, ohne nach Referenzen zu fragen – nicht, dass sie welche gehabt hätte –, ohne zu wissen, ob sie dem Job tatsächlich gewachsen war. Na ja, in dieser Hinsicht hatte sie wenigstens bewiesen, dass sie das war; sie hatte dem verdammten Bastard das wertlose Leben gerettet.

Ihre Unerfahrenheit und Dummheit hatten ihn angelockt. Sie war perfekt dafür geeignet gewesen, hereingelegt werden zu können – so vertrauensselig, so naiv, so *DUMM*! Und was die Sache noch schlimmer machte, war, dass sie durchaus den einen oder anderen Verdacht gehabt hatte, wusste, dass irgendetwas faul war. Aber ihre Liebe zu Nick hatte sie blind gemacht.

Das war es, worauf Nick angespielt hatte, das große Geheimnis, das er noch nicht preisgeben konnte. Als ob er es je vorgehabt hätte. Der Mistkerl!

Mia hörte, dass Nick den Türschlüssel umdrehte. Sie stand auf und wappnete sich innerlich für das, was jetzt kam, klappte nicht nur den Deckel über den Computer, sondern auch über ihre Gefühle für ihn.

Einmal hast du mich hereingelegt, sagte sie sich. *Aber*

dabei bleibt es auch. Mia DeNero lässt sich von niemandem mehr vorführen.

Nick strahlte Mia an, als er sie sah, stellte seine Einkaufstüte ab, hing sein Jackett an die Garderobe und drehte sich zu ihr um. »Hi, Schätzchen! Wie geht es dir?«

»Ich fühle mich beschissen, wenn du die Wahrheit wissen willst, Nick. Und weißt du auch warum?«

Die Feindseligkeit in ihrer Stimme verwirrte ihn, aber er ordnete es ihrem Unwohlsein zu. »Weil du Kopfschmerzen hast? Dir tränen ja die Augen. Ich habe Taschentücher mitgebracht.« Er griff in die Tüte und reichte ihr die Packung, die sie prompt zurückwarf und fast seinen Kopf getroffen hätte.

»He! Was ist los?«

»Meine Augen tränen nicht, du Mistkerl. Ich habe geweint. Und weißt du warum, Nick? Hast du irgendeine Ahnung, warum ich geweint habe?«

Nick schüttelte den Kopf, aber langsam machte sich ein sehr ungutes Gefühl in der Magengrube breit. »Weil du dir Sorgen um mich gemacht hast?«

Sie lachte, aber es war ein unfrohes Lachen. »Oh, das ist Spitze. Warum sollte ich mir Sorgen machen um dich, Nick? Ich wette, dass du es sehr gut verstehst, auf dich selbst aufzupassen.«

Nick warf einen Blick auf seinen Laptop, sah, dass er geschlossen war, und wollte schon erleichtert aufatmen, als ihm einfiel, dass er vergessen hatte, ihn abzuschalten, nachdem er mit Burt telefoniert hatte. Er sah Mia forschend an, bemerkte den Schmerz in ihren Augen und wusste, dass die Show gelaufen war.

»Mia, ich kann alles erklären.«

»Spar dir das. Ich will nur, dass du abhaust. Pack deine

Sachen, und verschwinde aus meiner Wohnung. Je schneller, desto besser.«

Da die Scharade nun nicht länger notwendig war, nahm er die Brille ab und schmiss sie auf den Flurtisch. »Das geht nicht.«

Ihre Augen weiteten sich. »Was soll das heißen, das geht nicht? Natürlich geht das, Agent Caruso. Ich helfe dir packen.« Sie stürmte in die Küche, schnappte sich einige Einkaufstüten und begann, seinen Schreibtisch abzuräumen. Alles, was nicht niet- und nagelfest war, stopfte sie in die Tüten.

Nick trat vor und hielt ihr Handgelenk fest. »Hör auf, Mia! Wenn du weißt, wer ich bin und warum ich lügen musste, dann weißt du auch, dass ich nicht einfach abhauen kann. Wir stehen kurz davor, diesen Fall zu lösen.«

»Wie konntest du annehmen, dass Onkel Alfredo in etwas so Schmutziges verwickelt ist? Der Mann ist ein *Gutmensch*. Er hat für jeden stets ein freundliches Wort und scheut keine Mühe, um einem behilflich zu sein. Ich finde ihn wunderbar.«

»Alfredos Neigung, mit seinen Verbindungen zur Mafia zu prahlen, hat den Verdacht des Bureaus erweckt, als sie Wind von der Geldwäsche bekommen haben, die hier in Little Italy läuft. Das führte uns zu Lucky Louie's, das, wie du weißt, zur Hälfte Alfredo gehört. Deshalb gehörte er zu den Hauptverdächtigen.«

Mit einem rebellischen Ausdruck im Gesicht stellte sie sich auf die Hinterbeine. »Ich werde dir nicht dabei helfen, ihn zu vernichten.«

»Ich habe auch nicht die Absicht, das zu tun. Ich glaube nicht, dass Alfredo beteiligt ist. Zuerst schon, aber jetzt weiß ich es besser. Setzen wir uns und unterhalten uns darüber. Ich werde versuchen, dir alles zu erklären, okay?«

»O ja. Nichts würde ich lieber hören, als die Geschichte, wieso du unbedingt mit mir schlafen musstest, um deine Ermittlungen voranzutreiben, Agent Caruso. Ich bin sicher, das ist sehr interessant. Und dann kannst du mir vielleicht auch noch verraten, warum du mir erzählt hast, dass ich dir etwas bedeute. Du musst dich halb schlapp gelacht haben über meine Dummheit.«

»Aber du bedeutest mir etwas, verdammt noch mal! Mia, bitte glaub mir –«

»Halt die Klappe, Nick! Halt einfach deine verdammte Klappe. Ich glaube dir kein Wort. Aber ich lasse mir gern von dir erzählen, warum du unbedingt mich engagieren wolltest. Gute Geschichten mochte ich von klein auf schon gern. Und du bist … *warst* … immerhin Schriftsteller.«

17

Ich könnte mich ohrfeigen dafür, dich geküsst und meinen Verstand ausgeschaltet zu haben.
That Thing You Do

Die Arme verschränkt saß Mia auf dem Sofa, total unbeweglich und mit schwer zu entziffernder Miene und wartete darauf, dass Nick ihr sein Lügenmärchen verklickerte. Sie hatte nicht die Absicht, ihm zu verzeihen, aber sie war neugierig, warum er das getan hatte.

Warum er ihr das Herz gebrochen hatte.

Himmel! Zweimal in einem Leben. Sie zog Mistkerle offenbar magisch an.

Gleich nach seinem lahmen Erklärungsversuch würde sie ihn aus ihrer Wohnung und aus ihrem Leben schmeißen. Mia wollte Nick Caruso nie wieder sehen, so schmerzlich diese Vorstellung auch war.

»Willst du einfach nur dasitzen und schwitzen?« Sie hatte noch nie einen so nervösen Mann vor sich gesehen – außer vielleicht Jack Ratz, als ihn ihr Vater mit heruntergelassenen Hosen erwischt hatte – was sie ein ganz klein wenig aufbaute. Vielleicht hatte Nick doch so etwas wie ein Gewissen. Wer's glaubt, wird selig. »Oder erklärst du mir jetzt, warum du mich benutzt hast? Ich kann es kaum erwarten, mir anzuhören, was du zu sagen hast.« *Hier kommt Lüge Nummer eintausendsechshundertdreiundfünfzig*, dachte sie und stählte sich innerlich gegen das, was sie hören würde.

Nick wischte sich seine feuchten Hände an der Jeans ab, holte tief Luft und begann mit seiner Erklärung. »Ich brauchte einen Zugang zu Alfredo Graziano, um die Überwachung in Gang zu bringen. Deine Verbindung zu seiner Familie durch deine Schwester und deine Freunde wie auch die Nähe deiner Wohnung zum *Mama Sophia's* waren die Gründe, warum ich dich ausgewählt habe.«

Mia versuchte, so gelassen wie möglich zu klingen, fest entschlossen, ihm nicht zusätzlich die Befriedigung zu geben, zu wissen, wie tief er sie verletzt hatte. »Ich war also geeignet, war es das?«

In seiner Stimme schwang Bedauern mit: »In gewisser Hinsicht ja.«

Ein riesiger Klumpen saß in Mias Kehle, und sie ballte die Fäuste, weil sie ihn nur verbal treffen wollte. Geeignet für jemanden zu sein, war das Letzte, was sie wollte, ganz besonders nach dem, was sie und Nick …

»Alles, was du mir erzählt hast über dich – dein Hintergrund, deine Tante, deine Bücher – das war alles gelogen? Ich weiß im Prinzip nicht das Geringste von dir, ist es so, Nick?« Und das tat weh. Das tat sehr weh.

»Nicht alles war gelogen. Ich war tatsächlich ein Waisenkind, genau, wie ich gesagt habe, aber ich habe keine Tante Bertrice. Ich wünschte, ich hätte eine. Ich bin mein Leben lang allein gewesen.«

Verächtlich sagte sie: »Das überrascht mich nicht, so wie du die Menschen behandelst. Bist du schon immer so ein gefühlloser Mistkerl gewesen, oder hast du dir das erst so nach und nach angeeignet?«

Nick zuckte zusammen und sah unglaublich traurig aus, und einen Moment lang tat er Mia beinahe Leid. *Beinahe.* Bis sie sich wieder daran erinnerte, was für ein vollendeter Schauspieler er war. »Ich wollte dich nie verletzen, Mia. Ich wollte es dir erklären, aber ich durfte es nicht. Du weißt, was ich für dich empfinde. Ich –«

Sie hob die Hand. »Wag es ja nicht, von irgendwelchen Gefühlen zu faseln. Hast du mich verstanden, Nick? Ich habe genug davon, deinen Lügen und Halblügen zuzuhören. Ich habe das schon einmal durchgemacht. Halte dich einfach an deine so genannte Ermittlung, und lass alles Persönliche aus dem Spiel.«

»Mia, bitte!« Er massierte sich den Nacken, der sich total verspannt hatte wegen der schrecklichen Situation, die er heraufbeschworen hatte. »Das kann ich nicht. Du musst das verstehen. Ich hatte einen Job zu erledigen. Ich hatte nie vor, eine Beziehung mit dir anzufangen. Es ist einfach passiert. *Wir* sind passiert. Und ich entschuldige mich dafür, dass ich –«

»Mich gevögelt hast? Mich unter Vorspiegelung falscher Tatsachen benutzt hast? Du hast jeden angelogen, Nick, hast uns alle schamlos benutzt. Hast du nicht einmal daran gedacht, was du meiner Familie antust? Sie mochten dich, glaubten dir, genau wie ich, und du hast ihr Vertrauen missbraucht, und meins.«

»Es tut mir Leid. Wirklich.«

»Erwarte nicht von mir, dass ich dir verzeihe, weil ich es nicht tun werde. Du und ich sind fertig miteinander. Es ist vorbei. Aus. Ende der Geschichte. Nicht dass wir überhaupt eine nennenswerte Geschichte hatten, jedenfalls nicht wirklich. Es war alles nur Teil einer Fiktion, ohne Happy End.«

»Ich liebe dich, Mia.«

Der scharfe Schmerz, der Mia jetzt durchfuhr, war so heftig, dass sie ausholte und Nick eine Ohrfeige gab. Ein

Geräusch, das von den Wänden und von ihrem Herzen widerhallte. Außer im Bodyguard-Kursus hatte sie noch nie einen Menschen geschlagen, erst recht nicht jemanden, der ihr etwas bedeutete. Aber Nick hatte sie grausam verletzt. »Wag es ja nicht, das zu sagen, jetzt nicht mehr.«

Sie biss sich auf die Unterlippe und versuchte, ihre Gefühle unter Kontrolle zu bringen. »Ich hasse dich, Nick. Verstehst du? Ich hasse dich für das, was du mir angetan hast.« *Wenn es doch nur wahr wäre*, dachte Mia unglaublich traurig, unfähig, ihre Gefühle so schnell abzustellen.

Aber mit der Zeit würde sie das schon lernen. Sie würde lernen, niemandem zu vertrauen, aus ihrem Herzen keine Mördergrube zu machen, Menschen nicht nach dem Augenschein zu beurteilen. Mit der Zeit würde Nick Caruso eine unerfreuliche Erinnerung werden wie die andere unerfreuliche Erinnerung, die sie in ihrem Herzen bewahrte.

Angela hatte versucht, sie zu warnen, nicht so leichtgläubig zu sein, aber sie hatte nicht auf sie gehört, und jetzt war ihr eine schmerzvolle Lektion erteilt worden, so wie sie alles im Leben auf sehr schmerzhafte Weise gelernt hatte.

Nick rieb sich die brennende Wange, und Mia spürte leichte Reue. Es lag ihr schon auf der Zunge, sich zu entschuldigen, aber sie weigerte sich, ihrem Gewissen zu folgen. Er hatte ihren Zorn verdient, jedes bisschen davon und noch viel mehr.

»Langsam fange ich an zu begreifen.«

»Mein Vater hatte schon den Verdacht, dass irgendetwas faul war an dir. So gern er dich mochte und respektierte, so hatte Sam doch von Anfang an Zweifel. Warte nur, bis ich es ihm erzähle, bis ich jedem deine wahren Motive, warum du in Little Italy aufgetaucht bist, eröffne.

Was werden sie überrascht sein. Ich kann es kaum erwarten, mir anzuhören, was Sophia Russo dazu zu sagen hat. Ich möchte wirklich nicht in deiner Haut stecken, wenn sie das herausfindet. Die Frau gibt dem Wort *Rache* eine völlig neue Dimension.«

»Du darfst es keinem erzählen, Mia. Wenn du es tätest, würdest du die Ermittlung gefährden, und das kann ich nicht zulassen. Was wir hier tun, ist zu wichtig, und es muss in aller Heimlichkeit geschehen.«

Ungläubig sah sie ihn an, dann lächelte sie gehässig. »Was willst du denn tun, Nick? Mich verhaften?«

»Wenn es sein muss, ja. Aber ich hoffe, dass es nicht so weit kommt.«

»Mistkerl! Nur zu. Verhafte mich.« Sie streckte ihm ihre Hände entgegen. »Und wenn du mich deinen Vorgesetzten vorführst, werde ich ihnen erzählen, wie du nicht nur mein Vertrauen, sondern auch mich persönlich missbrauchst hast. Ich bezweifle, dass im FBI-Handbuch steht, dass man seine bezahlte Helferin ficken soll.«

Nick fuhr zusammen, als hätte sie ihn erneut geschlagen.

»Erstens habe ich dich nicht gefickt. Ich habe mit dir geschlafen, Mia. Das ist ein großer Unterschied. Und zweitens, warum setzt du nicht das Training, das du gehabt hast, zu deinem Vorteil ein, statt rachsüchtig meine Karriere zerstören zu wollen?«

»Wovon redest du da?«

»Ich möchte dich gern in diese Operation einbeziehen. Du bist tüchtig, hast deine Fähigkeiten bewiesen, und du bist klug. Ich könnte deine Hilfe gebrauchen, wenn du dazu bereit bist.«

Mias Herzschlag beschleunigte sich. Da war sie, hing

vor ihr wie eine verbotene Frucht – die Chance, sich zu beweisen, die Gelegenheit, etwas Wichtiges und Nützliches in ihrem Leben zu tun und alle – ihren Vater! – stolz auf sich zu machen.

Ihre Neugierde war geweckt. Diese verdammte Neugierde, die überhaupt erst dieses Durcheinander angezettelt hatte. Manchmal war Ignoranz ein wahrer Segen. »Einbeziehen? Wie denn?«

»Normalerweise würde ich nicht fragen – ich möchte dich wirklich keinem Risiko aussetzen. Und ein gewisses Risiko ist auf jeden Fall dabei; das solltest du von vornherein wissen, falls du mitmachst. Ich möchte, dass du getarnt als Angestellte in Lucky Louie's Autosalon arbeitest. Ich brauche jemanden da drinnen, dem ich trauen kann, jemand mit Computererfahrung, und ich bin überzeugt, dass sie eine Frau nicht verdächtigen würden.«

Ihr fiel die Kinnlade herunter, dann sagte sie: »Hast du nicht zugehört, Nick? Ich sagte doch, dass ich nichts täte, was Onkel Alfredo schaden könnte, nicht einmal für das FBI, und besonders nicht für dich.«

»Du würdest es mit seiner Einwilligung tun. Ich habe Alfredo im Laden getroffen. Er bat mich, dir zu sagen, dass sie eine freie Stelle im Autohaus haben. Er möchte dich einstellen, wenn du interessiert bist. Sagte, er hätte dir dieses Angebot früher schon gemacht.«

»Das stimmt.« Verwirrt runzelte sie die Stirn. »Dann weiß er also, wer du wirklich bist?«

»Nein, natürlich nicht. Sein Angebot ergab sich rein zufällig. Aber er wird es bald wissen. Sobald wir hier fertig sind, gehen wir hinüber und reden mit ihm. Es gibt Dinge über seinen Geschäftspartner und seine Jugendfreunde, die er wissen muss. Ich glaube, wenn er erfährt, was sie ausgeheckt haben und mit wem sie zusammenarbeiten, wird er nur zu bereit sein, uns zu helfen.«

»Du wirfst mir viel zu schnell mit *wir* und *uns* herum. Warum sollte ich dir auch nur irgendetwas von dem, was du mir erzählt hast, glauben? Woher soll ich wissen, dass du der bist, der du vorgibst zu sein? Du hast mir schon einmal einen falschen Personalausweis gezeigt.«

»Nein, habe ich nicht. Niccolò Caruso ist mein wirklicher Name. Ich habe dir nur meinen FBI-Ausweis vorenthalten, aus verständlichen Gründen.« Er griff in seine hintere Hosentasche, zog ein schwarzes Etui heraus und reichte es ihr.

Mia studierte das offizielle Abzeichen und das Foto des Mannes, den sie liebte, und tief seufzend warf sie es ihm zurück. »Was werden die Leute denken, wenn ich plötzlich bei Lucky Louie's auftauche? Ich arbeite doch eigentlich für den Schriftsteller Nick Caruso, oder hast du das vergessen?«

»Du sagst ihnen, dass mein Buch fertig ist und dass ich deine Dienste nicht länger benötige.«

Mia zuckte zusammen. »Tja, soweit ist das ja auch richtig, nicht wahr?«

»Nein, Mia, ist es nicht. Sobald diese Ermittlung beendet ist –«

»Mit uns ist ein für alle Mal Schluss, Nick. Ich könnte dir nie wieder vertrauen. Nicht nachdem du mich so benutzt hast. Wenn ich mich entschließe, dir zu helfen, und das ist ein großes *Wenn* und hängt ab davon, ob Onkel Alfredo mitmacht oder nicht, dann möchte ich dich nach dem Abschluss dieser Ermittlungen nie wieder sehen. Hast du verstanden?« Es war der einzige Weg, wie sie sich vor weiteren Verletzungen schützen konnte.

»Absolut.«

»Du sagtest, es könnte auch riskant sein. Wer gibt mir Rückendeckung, wenn du nicht da bist?«

»Burt Mulrooney wird dich im Auge behalten, und ich bin ebenfalls … in der Nähe. Ich lasse nicht zu, dass du verletzt wirst.«

Dafür ist es zu spät, Caruso.

»Burt steckt auch mit drin? Wer noch, Oma Flora?«

»Burt ist FBI-Agent. Er war von Anfang an mit an dieser Operation beteiligt. Er ist mein Partner.«

»Ich hätte es wissen müssen. Ich bezweifle, dass du irgendwelche richtigen Freunde hast.«

»Ich schätze, ich habe nichts Besseres verdient.«

»Wird es nicht jedem seltsam vorkommen, dass du in meiner Wohnung bleibst, wo ich dich nicht länger beschützen muss?«

»Darüber habe ich auch schon nachgedacht. Du musst so tun, als wären wir ein Liebespaar, Mia.«

Mia sah ihn ungläubig an. »Was? Du erwartest von mir, dieses Versteckspiel weiter mitzumachen, meine Familie und meine Freunde zu belügen? Vorzugeben, dass ich Gefühle für dich habe, wenn es nicht stimmt?«

Und wer lügt jetzt, Mia?

»Nur bis diese Ermittlung abgeschlossen ist. Es ist notwendig, Mia. Sonst würde ich dich nicht darum bitten.«

Sie ließ sich einen Moment Zeit für ihre Entscheidung, wog das Für und Wider seiner Argumentation gegeneinander ab und kam zu dem Schluss, dass sie vernünftig klang. Schließlich nickte sie seufzend und fragte: »Was macht dich so sicher, dass Alfredo Graziano mitmacht beim Ausspionieren seiner Freunde? Du scheinst nicht viel von seiner Loyalität zu halten.«

»Da irrst du dich gewaltig, Mia. Ich halte sehr viel von seiner Loyalität. Alfredo Graziano ist ein ehrenhafter Mann, der eine wundervolle Frau liebt, die er heiraten möchte. Sobald er erfährt, was da direkt vor seiner Nase abläuft, wird er das Bedürfnis haben, seine Reputation zu schützen und den entstandenen Schaden wieder gutzumachen.«

»Gut, gut, Agent Caruso. In diesem Fall hast du mal die Wahrheit gesagt. Wie erfrischend.«

Als sie auf der Vorderveranda von Alfredo Grazianos Fünziger-Jahre-Backsteinhaus standen – das aussah wie aus der Familienserie *Vater ist der Beste* –, verkroch Mia sich noch tiefer in ihre warme Winterjacke und war echt besorgt über das, was sie vorhatten.

»Sei bloß nicht zu unverblümt«, warnte sie Nick. »Onkel Alfredo ist alt. Er könnte leicht einen Herzschlag bekommen, wenn du mit allem auf einmal herausplatzt.«

»Ich verstehe, dass du dir Sorgen um ihn machst, Mia, aber glaub mir, ich weiß, wie ich meinen Job machen muss. Einige sind sogar der Meinung, dass ich recht gut bin. Ich verspreche, dass ich so taktvoll wie möglich bin.«

Sie schnaubte. »Als ob du wüsstest, was taktvoll bedeutet.« *Oder aufrichtig.*

Nick blieb die Antwort erspart, da Lenore Gallagher die Tür öffnete. Sie trug eine dunkelblaue Hose und einen roten Pullover und sah schlank, jugendlich und schlichtweg großartig aus.

»Was für eine nette Überraschung! Was führt euch in unser Haus? Kommt herein, kommt herein. Es ist kalt draußen.«

»Ist Mr. Graziano da, Mrs. Gallagher?«, fragte Nick

und versuchte, ganz offiziell zu klingen, schmolz aber bei ihrem freundlichen Willkommenslächeln dahin. »Ich würde gern etwas mit ihm besprechen.«

»Geht es ums Buch?« Ohne auf eine Antwort zu warten, zog sie die beiden ins Wohnzimmer, das, sehr zu Nicks und Mias Überraschung, ganz modern knallig schwarz-rot dekoriert war.

»Stören Sie sich nicht an der Einrichtung«, sagte Lenore mit einem gewinnenden Lächeln. »Ich habe vor, das nach unserer Hochzeit zu ändern. Ich glaube, das ist Als missglückter Versuch einer flotten Junggesellenbude.«

Mia konnte sich ein Lächeln nicht verkneifen bei dem Bild, das Lenores Worte hervorriefen.

Alfredo eilte herbei und lächelte, als er sah, wer ihn da besuchen kam. »Ich war gerade dabei, mich fertig anzuziehen, um ins Autohaus zu gehen«, erklärte er und strich seine Krawatte glatt. In all den Jahren, in denen er bei Lucky Louie's gearbeitet hatte, hatte er immer ganz korrekt ein Jackett mit Krawatte getragen. »Obgleich wir heute bestimmt nicht viel zu tun haben bei dem garstigen Wetter. Dennoch habe ich gern ein Auge aufs Geschäft.«

»Lucky Louie's ist auch der Grund, warum ich hier bin, Mr. Graziano«, informierte Nick den älteren Herrn, und ihm graute vor der Unterhaltung, die vor ihnen lag. Er wusste, dass er den alten Knaben gleich verletzen würde, und er wünschte, er könnte es ihm ersparen. Im Gegensatz zu dem, was Mia glaubte – aus gutem Grund –, machte es ihm kein Vergnügen, nette Menschen zu belügen und betrügen. Es war der Teil seines Jobs, den er am meisten hasste.

»Setzen Sie sich, setzen Sie sich. Lenore bringt uns einen Kaffee. Und nennen Sie mich Al. Ich kann Förmlichkeiten nicht ausstehen. Also, Nick, haben Sie vor, dieses Auto zu kaufen, über das wir gesprochen haben? Sind Sie deswegen hier? Ich kann Ihnen einen verdammt guten Preis machen, wenn das der Fall ist.«

Lenore stellte das Tablett mit den Kaffeetassen, das sie aus der Küche geholt hatte, auf den kleinen Glastisch, setzte sich neben ihren Verlobten auf das schwarze Sofa und tätschelte ihm die Hand. »Ich glaube, Mr. Caruso und Miss DeNero sind aus einem anderen Grund hier, Al.«

»Ah, das Buch.« Er hob entschuldigend die Hände. »Manchmal bin ich etwas vergesslich. Ich bin auch nicht mehr der Jüngste, müssen Sie wissen.«

»Es geht nicht um das Buch, Onkel Alfredo«, platzte Mia heraus, und Nick schoss ihr einen warnenden Blick zu.

»Mia hat Recht, Mr. Graz ... Al. Eigentlich bin ich gar kein Schriftsteller.« Nick griff in seine Hosentasche und holte seine Identifikation heraus, die er dem älteren Paar hinhielt. »Ich arbeite für das Federal Bureau of Investigation.«

Lenores Augen weiteten sich. »Das FBI? Aber warum haben Sie dann vorgegeben, Schriftsteller zu sein?«

»Das weiß ich genauso wenig, Mrs. Gallagher ... Onkel Alfredo, also denkt bitte nicht, dass ich etwas damit zu tun habe«, beeilte sich Mia zu sagen. »Ich habe es auch erst heute Morgen erfahren.« Sie warf Nick einen giftigen Blick zu.

»Ich verstehe das nicht, Nick«, sagte der ältere Mann, dessen Blick zwischen den beiden jungen Leuten hin und her schoss. »Was ist mit dem Buch, das Sie über die Mafia schreiben?«

Nick erklärte so gut er konnte die Situation bei Lucky

Louie's und die Verschwörung von Vincent Palumbo, Pauley Buttoni und Larry Calzone bei der Geldwäsche.

»Soweit wir es bisher verifizieren konnten, wird Lucky Louie's außerhalb der normalen Geschäftszeiten als Umschlagplatz für einen Betrug großen Stils benutzt. Gestohlene Wagen werden zerlegt und die Einzelteile für Reparaturen an Kundenfahrzeugen benutzt, was natürlich Palumbos Gewinn beträchtlich erhöht und anschließend Calzones. Die verbleibenden Teile werden auf dem schwarzen Markt verkauft. Um die Geldwäsche zu tarnen, gibt es zwei separate Buchführungen.«

»Wissen Sie das ganz sicher?«

Nick nickte. »Einige der gestohlenen Wagen werden überholt und neu gespritzt und dann als neue oder gebrauchte Wagen verkauft. Die Fahrgestellnummern werden gefälscht, so dass man anhand der Papiere nichts zurückverfolgen kann.«

Alfredo wurde blass. »Ich habe gestohlene Wagen verkauft?«

»Wirklich sehr taktvoll, Agent Caruso«, flüsterte Mia.

»Ich schwöre, dass ich nicht wusste, was hinter meinem Rücken vor sich geht«, sagte Alfredo und bekreuzigte sich. »Vinnie und Pauley sind meine besten Freunde. Wir sind zusammen aufgewachsen. Wie konnten sie mir das antun?« Er lehnte sich zurück und sah plötzlich alt aus und wie jemand, der eine schwere Niederlage erlitten hat.

Mitleidig ergriff Mia seine Hand. »Es tut mir so Leid, Onkel Alfredo. Gier bringt Leute dazu, die schrecklichsten Dinge zu tun. Und manchmal belügen dich gerade die, die dir am nächsten stehen, aus eigennützigen Motiven und weil sie denken, dass der Zweck die Mittel heiligt, aber das ist nie der Fall.« Sie funkelte dabei Nick an, der aber den Anstand hatte, ihrem Blick auszuweichen.

»Wie können wir helfen?«, fragte Lenore und tätschelte ihrem Verlobten liebevoll das Knie, bedeutete ihm mit dieser Geste, dass sie ihn in jeder Hinsicht unterstützen würde.

»Ja, ja!«, nickte Alfredo begeistert. »Ich tue alles, was Sie für wichtig und notwendig halten, Nick. Soweit es mich betrifft, habe ich keine Freunde mehr, die Vincent Palumbo und Pauley Buttoni heißen. Für mich sind sie tot.« Sein Gesichtsausdruck bewies, dass er sich nichts mehr wünschte, als dass sie es wären.

»Im Moment müssen Sie sich so verhalten, als hätte sich überhaupt nichts geändert. Wir möchten nicht ihr Misstrauen wecken. Wir brauchen handfeste Beweise, damit beide Männer verurteilt werden können.«

»Sie wollen, dass ich so tue, als ob nichts los sei? Ich muss lügen und freundlich ihnen gegenüber sein?« Der alte Mann seufzte tief. »Das wird mir schwer fallen, aber ich tue es.«

»Und Sie dürfen überhaupt keiner Menschenseele etwas erzählen. Sie und Lenore müssen mir versprechen, das, was ich Ihnen erzählt habe, für sich zu behalten. Außer Mia und jetzt Ihnen ist kein Zivilist in diese Informationen eingeweiht. Ich möchte auch, dass das so bleibt. Mias Leben könnte davon abhängen.«

Lenore schnappte nach Luft, Mia machte große Augen, und eine Gänsehaut überlief sie, bevor Alfredo fragte: »Wie meinen Sie das? Was hat Mia denn mit dem Ganzen zu tun?«

»Ich möchte, dass Sie sie einstellen, genau, wie Sie es heute Morgen in Buttonis Gegenwart angeboten haben.

Sie kann gut mit Computern umgehen. Ich möchte, dass sie im Autohaus herumschnüffelt und hoffentlich die Beweise findet, die wir für eine Verurteilung brauchen.«

»Aber wenn sie herausfinden, was sie da macht, töten sie sie.« Alfredo schüttelte den Kopf. »Nein, das ist zu gefährlich. Ich kann nicht zulassen, dass sie ihr Leben riskiert. Es war schon schlimm genug, als sie noch Ihr Bodyguard war, aber dies ... dies ist verrückt. Sehen Sie sie nur an, Nick. Sie ist eine zarte, hilflose Frau.«

Mia schnaufte gequält auf bei der Beschreibung, die sie ihr Leben lang verfolgt hatte. »Ich möchte es aber, Onkel Alfredo. Sonst könnte das, was sie getan haben, dein Geschäft und deinen guten Ruf beschmutzen. Das wäre nicht fair dir oder Mrs. Gallagher gegenüber. Und es ist nicht fair allen ehrlichen Leuten gegenüber, die diese Gauner betrogen haben.«

»Aber, Mia«, erklärte Lenore, »Sie bringen sich in große Gefahr. Das ist es nicht wert. Alfredo weiß, dass er ein ehrenwerter Mann ist, und das weiß jeder andere hier in Little Italy. Wir werden das schon überleben.«

»Außer, dass ich Alfredo helfen möchte, habe ich auch noch meine eigenen Gründe dafür, das zu tun, Mrs. Gallagher. Es ist wichtig für mich. Und ich bin sicher, dass ich mit allem, was auf mich zukommt, klarkomme, trotz meiner Winzigkeit.« Mia sprach mit mehr Wagemut, als sie fühlte. In Wahrheit hatte sie eine Heidenangst.

Lenore warf Nick einen enttäuschten Blick zu. »Und wo sind Sie bei diesem ganzen Theater, Mr. Caruso, wenn Sie mir diese Frage gestatten?«

»Ich wohne weiterhin bei Mia, genau wie vorher, nur dass wir jetzt so tun, als seien wir ein Liebespaar. Mia wird die ganze Zeit ein Mikrofon tragen, während sie im Autosalon arbeitet, so dass ich jeden ihrer Schritte überwachen kann. Und ein weiterer Agent wird als Kunde agieren, um sie ebenfalls im Auge zu behalten. Außerdem haben wir noch Alfredo, der Mia wenn nötig zur Seite steht.«

»Vinnie verlässt den Autosalon stets zu bestimmten Zeiten«, erzählte Alfredo Nick. »Dann kann Mia suchen. Aber wenn das schon so lange läuft, wie Sie sagen, dann hat Vincent, glaube ich, seine Spuren sorgfältig verwischt.«

»Ich erkläre Mia, wonach sie suchen soll. Ich habe den Verdacht, dass Palumbo sich derartig hämisch darüber freut, dass er Sie übers Ohr gehauen hat, dass er inzwischen etwas nachlässiger geworden ist.«

Alfredo presste die Lippen zusammen. »Dieser Hundesohn! Warum habe ich nicht gemerkt, was da los war?«

»Mach dir keine Selbstvorwürfe, Al. Das ist nicht gut für dich«, beruhigte ihn Lenore. »Mit Mr. Carusos und Mias Hilfe zahlen wir es Vincent Palumbo zurück. Was passiert ist, ist passiert. Jetzt müssen wir sehen, dass wir die Dinge wieder geradebiegen.«

Alfredo legte einen Arm um ihre Schulter und küsste Lenore auf die Wange. »Jetzt weiß ich noch mehr, warum ich dich so liebe, *mi amore*.«

Mia war gerührt von der gegenseitigen Zuneigung des Paares und warf Nick einen Seitenblick zu, der sie mit einem sehr eigentümlichen Blick anstarrte. Ein Kloß bildete sich in ihrem Hals.

Okay, vielleicht bedeutete sie ihm doch etwas. Aber das glich noch nicht die Lügen aus, die er ihr aufgetischt, und die Art und Weise, wie er sie benutzt hatte.

Vergiss das bloß nie, Mia. Vergiss das bloß nie.

18

Du solltest dich lieber um mich kümmern, lieber Gott, denn
wenn du es nicht tust, hast du mich an der Hacke.
Leben und Sterben in Las Vegas

Mias erster Tag bei Lucky Louie's Autowelt zeichnete sich nicht gerade durch einen Mangel an Katastrophen aus.

Vincent Palumbo war wütend, dass sein Partner jemanden ohne seine Zustimmung eingestellt hatte, und teilte Alfredo kühl mit, dass er Mias Gehalt ausschließlich von seiner Hälfte des Gewinns aus dem Autogeschäft bezahlen müsste. Woraufhin Alfredo erwiderte: »Kein Problem, Vinnie. Als Geschäftsführer und Gründer dieser Firma steht mir eine persönliche Assistentin zu. Mia arbeitet für mich.«

Vinnie machte eine wegwerfende Handbewegung und verbrachte den Rest des Tages damit, Mia böse Blicke zuzuwerfen und ihr die kalte Schulter zu zeigen. Was Mia eher erleichterte, weil sie in Gegenwart von Vincent Palumbo, den sie umgehend »den Fettsack« getauft hatte, eine Gänsehaut bekam.

Tag zwei war auch nicht viel besser. Vincent hatte Mia degradiert und die persönliche Assistentin dazu verdonnert, Ersatzteile zu sortieren und Regale aufzuräumen. Aber sie hatte die Vergaser mit den Benzinpumpen verwechselt, und Vincent fluchte wie ein Bierkutscher, als er ihren Fehler bemerkte, und benutzte einige Ausdrücke, die ihr völlig neu waren.

Vincent fluchte ständig, wenn Mia in der Nähe war.

Sie wusste, dass der Mistkerl nur einen Vorwand suchte, um sie rauszuschmeißen, so dass sie sich überschwänglich entschuldigte, nachdem sie zunächst in Tränen ausgebrochen war und ihn geradezu angefleht hatte, ihr zu verzeihen, alles innerhalb von fünf Minuten.

Ihre Vorstellung war brillant, und Vincent war kurz davor, sich bei ihr zu entschuldigen, besann sich dann aber doch eines Besseren, hob stattdessen resignierend die Hände und verdrückte sich in sein Büro. Nick, der ihren Austausch Wort für Wort verfolgt hatte, erzählte ihr später, dass sie einen Oscar dafür verdient hätte.

Die Situation zwischen Mia und Nick zu Hause setzte der Spannung die Krone auf. Nick schlief wieder auf der Couch, aber das verringerte nicht Mias Kummer und ihre Sehnsucht, wenn sie abends allein ins Bett ging und sich nur allzu gut an Nicks Küsse und Liebkosungen erinnerte.

Sie reduzierten ihre Unterhaltungen auf das rein Geschäftliche, besprachen nur das absolut Nötigste, tauschten nur die relevanten Informationen über das aus, was tagsüber passiert war, oder baten den anderen, mal die Butter herüberzureichen, was nicht gerade dazu beitrug, die Sache zu entspannen und weniger quälend zu gestalten.

Als Mia am dritten Tag gerade zum Autosalon gehen wollte, folgte Nick ihr zur Tür und gab ihr einen Lippenstift, der in Wirklichkeit eine Miniaturkamera war.

»Benutze sie, wenn du glaubst, irgendwelches Material gefunden zu haben, das der Ermittlung nützen könnte. Das ist leichter, als Fotokopien zu machen. Überprüfe Palumbos Kalender auf mögliche Lieferdaten oder seinen Notizblock auf dem Schreibtisch, ob er irgendwelche Termine notiert hat hinsichtlich Lieferungen oder Erhalt von Waren, die nicht von ihren üblichen Lieferanten stammen. Und du solltest ebenfalls seinen Papierkorb überprüfen.«

Mia verzog das Gesicht bei dem letztgenannten Vorschlag.

»Und wenn du die Möglichkeit dazu hast, versuch, seine Telefonrechnungen zu finden. Bestimmt haben er und Calzone miteinander telefoniert, wahrscheinlich nach Geschäftsschluss, und das könnte als Beweis genutzt werden.« Er hatte sich um eine Abhörgenehmigung bemüht, aber der Richter hielt die Beweise für nicht ausreichend, um sie zu genehmigen.

Mia ergriff die kleine Kamera und lächelte. Sie war unendlich stolz darüber, Teil dieser Ermittlung zu sein. Es war das Aufregendste, was sie je gemacht hatte, ausgenommen, mit Nick zu schlafen. Aber das zählte nicht.

»Das wird immer James-Bond-artiger, nicht wahr?«

Nick teilte ihre Begeisterung nicht. »Ja, und genauso gefährlich. Wenn Palumbo herausfindet, hinter was du her bist … also, ich muss dir ja nicht sagen, was dann passiert.«

Sie musterte ihn forschend, und was sie in seinem Gesicht fand, gab ihr nicht gerade das sichere Gefühl, diesen Einsatz mit heiler Haut beenden zu können, und etwas Persönlicheres, über das sie nicht nachdenken wollte. »Du willst mir nur Angst einjagen.«

»Da hast du verdammt Recht, das will ich. Dies ist kein Spiel, Mia. Du solltest es nicht so genießen, wie du es anscheinend tust.«

»Ich würde es mehr genießen, wenn ich etwas Brauchbares finden würde, aber bisher habe ich nichts gefunden.«

»Es sind erst zwei Tage, und Palumbo ist jedem Neuling gegenüber selbstverständlich misstrauisch. Aber das wird sich mit der Zeit legen. Also überprüfe alles noch mal und mit superkritischem Blick. Dinge, die ganz harmlos und nach nichts aussehen, können sich oftmals als nützlich erweisen. Kriminelle sind dafür bekannt, dass sie vieles einfach offen herumliegen lassen, weil sie das für das beste Versteck halten.«

Mia hörte aufmerksam zu und nickte, beeindruckt von Nicks Wissen und Fähigkeiten. Er engagierte sich mit Leib und Seele für seinen Job, und das konnte sie ihm nicht zum Vorwurf machen.

»Wie ich schon Alfredo sagte, halten Kriminelle sich für zu klug, um erwischt zu werden, und alle anderen für blöde. Bei so vielen Fehlern, wie du sie in den vergangenen beiden Tagen gemacht hast, denkt Vincent wahrscheinlich, dass du nur ein blödes Frauenzimmer bist, das zu doof zum Milchholen ist.«

Sie versteifte sich. »So schlimm war es nun auch wieder nicht!«

»Ich kritisiere dich doch nicht. Tatsächlich wollen wir, dass er dich für unbedarft hält. Das macht dir das, was du zu tun hast, leichter. Er wird vertrauensseliger, nachlässiger, haut ab und lässt dich allein im Büro. Und dann kriegen wir ihn zu fassen. Du musst es irgendwie schaffen, Zugang zu seinem Computer zu bekommen. Ich bin sicher, dass er dort die Unterlagen versteckt hat.«

»Ich habe es versucht, aber er bewacht mich mit Adleraugen. Er hat mir verboten, ihn auch nur anzurühren, und ich habe so getan, als wüsste ich nicht, wie man einen Computer überhaupt bedient.«

»Vielleicht hast du heute die Gelegenheit zum Schnüffeln. Alfredo sagte mir, dass Palumbo sich heute mit jemandem außerhalb des Autosalons zum Mittagessen verabredet hat. Wir glauben mit Calzone. Aber du hast nicht viel Zeit, also sei sehr vorsichtig und mach um Gottes willen nichts Leichtsinniges.

Je früher wir die Beweise finden, die wir brauchen, desto schneller kann ich dich da rausholen. Deine Beteiligung gibt mir ein ungutes Gefühl. Ich bin von Anfang an nervös gewesen deswegen.« Aber Higgins saß ihm im Nacken, und er hatte keine andere Möglichkeit gesehen.

»Ich werde mein Bestes tun.« Mia verstaute die Kamera in ihrer Handtasche und rückte den Schulterriemen zurecht.

»Ich weiß, dass du das tust, Mia, und ich ... wir im Bureau sind dir sehr dankbar für alles, was du tust. Übrigens, sei nicht überrascht, wenn du heute auf Burt triffst. Er will vorbeikommen, sich einige Wagen ansehen und den interessierten Kunden spielen.«

»Danke für die Warnung. Mit ihm in der Nähe fühle ich mich schon sicherer.«

»Er ist immer in der Nähe, Mia. Du musst nur über die Straße sehen, dann entdeckst du dort einen geparkten Lieferwagen mit der Aufschrift KLEMPNEREI PARROT. Burt und ich sitzen den ganzen Tag in diesem Lieferwagen, verfolgen jede deiner Bewegungen und hören jedes Wort, das du sagst. Du führst viele Selbstgespräche, wusstest du das?«

Sie musterte ihn verblüfft. »Ihr seid in einem Überwachungsfahrzeug, genau wie in den Filmen? Aber warum hast du mir das nicht gesagt? Dann hätte ich mich viel sicherer gefühlt. Und was soll das heißen, ich führe Selbstgespräche? Das tue ich nicht.«

Er musste lächeln angesichts ihres indignierten Gesichtsausdrucks. »Wir wollten, dass du dich zuerst an deine Umgebung gewöhnst, und sichergehen, dass du weder dich noch uns verrätst. Ich habe doch versprochen, dich nicht aus den Augen zu lassen. Ich lasse nicht zu, dass irgendjemand dich verletzt, Mia.«

»Dafür ist es zu spät, Agent Caruso«, sagte sie mit schmerzerfüllter Stimme und so leise, dass er sie kaum verstehen konnte, dann ging sie mit hoch erhobenem Kopf hinaus.

Nick schlug mit der flachen Hand gegen die Wand und wünschte sich sogleich, es nicht getan zu haben, weil es höllisch wehtat. Er schüttelte die Hand, um das Brennen zu mildern. »Scheiße!« Er hasste sich für das, was er Mia angetan hatte und immer noch antat. Er hatte alles versaut, und jetzt bekam er die Quittung dafür.

Die einzige Frau, die er je geliebt hatte, hasste ihn, und zwar mit voller Berechtigung. Er hatte sie belogen, benutzt und alles getan, was sie ihm vorwarf. Als Entschuldigung konnte er nur seinen Job vorschieben, und eigentlich nicht einmal das, weil er sich als Agent unkorrekt verhalten hatte, als er mit Mia geschlafen hatte. Das hatte er nur aus eigennützigen Motiven getan, weil er sie liebte.

Nick wusste, dass er für jede Gemeinheit, die sie ihm vorgeworfen hatte, verantwortlich war. Es war nichts anderes, als was er sich selbst schon hundertmal vorgeworfen hatte.

Wie konnte er also das zerbrochene Porzellan kitten?

Er liebte Mia von ganzem Herzen. Er wollte sie nicht verlieren.

Aber in Wahrheit musste er befürchten, dass er sie bereits verloren hatte.

Mia hielt sich die Nase zu, als sie Vincent Palumbos schwarzen Papierkorb durchwühlte, und sie hätte sich beinahe übergeben, als sie spürte, wie sie ein Hackbällchen zwischen ihren Fingern zermatschte. »*Iiiihhh!* Wie eklig!« Sie schnappte sich einige Papiertaschentücher von Palumbos Schreibtisch und wischte sich die Hände ab.

Wie Nick vorhergesagt hatte, war Vincent zum Mittagessen gegangen und würde hoffentlich die nächsten zwei Stunden nicht zurückkommen. Alfredo war draußen im Salon mit Burt und kontrollierte die neuesten Lieferungen, während Mia ihre Suche fortsetzte und hoffte, irgendetwas zu finden, was man als belastendes Beweismaterial bezeichnen konnte.

Sie durchsuchte den Papierkorb weiter und fand kurze Zeit später einige zusammengeknüllte Papierfetzen, die sie glättete. Es schien sich um Daten zu handeln, möglicherweise von eintreffenden Autolieferungen, zusammen mit einigen Zahlen, die vielleicht Seriennummern waren. Sie wusste es nicht, aber Nick würde es wahrscheinlich erkennen, also steckte sie sich die Papierfetzen in die Hosentaschen.

Dann studierte Mia Palumbos Schreibtischkalender, aber darin konnte sie nichts Wichtiges entdecken. Dann erinnerte sie sich an Nicks Worte, dass Verbrecher häufig auf jede Tarnung verzichteten. Sie blätterte den Kalender erneut durch und entdeckte, dass sich ein Eintrag Woche für Woche wiederholte, immer am gleichen Tag stand da: »The Zone, 22.00.« Sie hatte von The Zone noch nie gehört, hielt es aber für denkbar, dass es sich um irgendeine Bar oder sonst ein Lokal handelte. Oder irgendetwas, was mit Larry Calzone zu tun hatte, also holte sie ihre Lippenstift-Kamera heraus und fotografierte jede Seite.

Jetzt war nur noch die Hauptsache übrig – und das war das Wichtigste. Vinnies Computer stand bedrohlich vor ihr, und sie setzte sich vor den Bildschirm.

Sie brauchte nur einen Moment, um das Gerät hochzufahren. Während sie die Maus wie eine Rettungsleine umklammerte, betete Mia zu allen Göttern, dass sie ihre schützende Hand über sie hielten. Sie mochte gar nicht daran denken, was passieren würde, wenn Vinnie früher zurückkäme und sie überraschte. Vor ihrem geistigen Auge materialisierte sich plötzlich das zermatschte Hackbällchen, und ein Schauder überlief sie.

Sie benutzte das Suchprogramm des Computers und forschte nach Dateien, die sich auf das Kaufen und Verkaufen von Autoteilen bezogen. Nach wenigen Minuten stieß sie endlich auf eine Goldader.

»Ja!«, murmelte sie leise, während ihre Finger über die Tasten flogen und Datei für Datei auftauchte mit allen möglichen Fahrgestellnummern und Beschreibungen von Wagen, einige mit LL bezeichnet, für Lucky Louie's – sie nahm an, das waren die rechtmäßigen Eintragungen – und einige mit C – für Calzone? – genau, wie Nick gesagt hatte.

Sie fischte die Diskette, die Nick ihr gegeben hatte, aus der Hosentasche und begann, die Dateien zu kopieren. Alle paar Minuten warf sie einen gehetzten Blick über die Schulter, weil sie eine Höllenangst vor Vincent Palumbo hatte.

Mia brauchte nicht lange, um alles zu kopieren, und hatte gerade die Diskette in der Hosentasche verschwinden lassen und das Programm runtergefahren, als die Tür geöffnet wurde und Vincent hereingeschlendert kam.

Er wurde puterrot, als er sie vor seinem Computer entdeckte; sie wiederum totenblass. Sicher würde er gleich vor Wut platzen. Mia war schlecht vor Angst.

»Was zum Teufel machen Sie in meinem Büro? Ich habe Ihnen doch verboten, meinen Computer anzurühren.«

Sie musste sich schnell etwas einfallen lassen, eine plausible Erklärung finden. *Wenn alles andere nicht geht, spiel die Dumme.* »Al meinte, es wäre in Ordnung, wenn ich ein bisschen tippen üben würde, Mr. Palumbo. Ich habe nichts kaputtgemacht. Ich konnte den Computer sowieso nicht anschalten, wusste nicht, auf welche Knöpfe ich drücken musste, um ihn in Gang zu bringen. Es tut mir wirklich Leid. Ich hoffe, ich habe nichts durcheinander gebracht.«

Er starrte den leeren Bildschirm an, und seine Wut verrauchte. Er nahm offensichtlich an, dass sie effektiv zu blöde war, um mit dem Gerät umzugehen, und Mia atmete erleichtert auf. »Raus hier! Und wenn Sie das nächste Mal meinen Computer benutzen wollen, fragen Sie mich, ob Sie das dürfen, nicht Al. Es ist ein teures Gerät. Ich möchte nicht, dass es beschädigt wird.«

»Es kommt nie wieder vor, Mr. Palumbo.«

Er betrachtete sie misstrauisch, und Mia sah förmlich, wie es in seinem Hirn arbeitete, als ob er versuchte, herauszufinden, ob sie log oder nicht. »Ich habe gehört, dass Sie einen Bodyguard-Service hatten. Warum arbeiten Sie denn hier, wenn das so ist?«, wollte er wissen.

Mia log schamlos. »Ich hatte nur den einen Klienten. Kein anderer wollte mich engagieren. Ich nehme an, weil ich eine Frau bin. Als der Fall abgeschlossen war, musste ich mir etwas überlegen, um meine Miete bezahlen zu können. Alfredos Angebot war wie die Antwort auf meine Gebete. Er ist ein wundervoller Mann.«

Vincent schnaubte verächtlich. »Ja, ja. Und nun raus hier! Sie haben jede Menge zu tun im Ersatzteilelager. Ich glaube, heute Morgen ist eine neue Lieferung eingetroffen. Sehen Sie zu, dass Sie alles katalogisieren und einräumen. Und machen Sie dieses Mal keinen Scheiß, sonst können Sie sich einen neuen Job suchen, ist das klar?«

Mia schloss die Tür hinter sich und rannte über den Flur ins Büro, als wäre der Teufel persönlich hinter ihr her. Sie atmete tief durch und versuchte, sich zu beruhigen, als Al und Burt das Verkaufsbüro betraten.

»Was ist passiert, Mia?«, fragte Alfredo besorgt. »Du siehst ganz blass aus. Du bist doch nicht krank, oder?«

Sie schüttelte den Kopf und sagte lautlos: »Nicht hier.«

Er hatte mitgekriegt, dass Vincent zurückgekommen war, und verstand. »Komm, ich glaube, du könntest ein wenig frische Luft gebrauchen. Ich möchte dir den schönen Cadillac zeigen, den Mr. Burton gerade gekauft hat. Dies ist Mr. Burton, ein neuer Kunde von uns. Er ist gerade von San Antonio hierher gezogen.«

Mia und Burt lächelten sich an. »Freut mich, Sie kennen zu lernen, kleine Dame«, machte Burt den breiten texanischen Tonfall nach, der ziemlich echt klang. Er trug sogar einen weißen Cowboyhut.

Mia verdrehte die Augen und folgte ihren Mitverschwörern nach draußen. »Wo ist der Wagen, der so wundervoll ist? Ich muss Ihnen etwas geben, und das möchte ich nicht hier im Freien tun. Palumbo hätte mich beinahe erwischt. Noch nie in meinem Leben hatte ich solche Angst.« Angeschossen zu werden war ein Schneckenschiss gegen einen wütenden Vincent Palumbo.

Alfredo nahm Mia beim Arm und führte sie durch den Ausstellungsraum. »Es tut mir Leid, dass ich dich nicht rechtzeitig warnen konnte. Vincent ist früher zurückgekommen als erwartet. Mein Kopf steckte gerade unter einer Motorhaube, als er antanzte, und es blieb keine Zeit mehr.«

»Ist schon okay. Ich habe einfach die Dumme gespielt, und er hat es mir abgenommen. Irgendwie hat es zugleich etwas Beleidigendes, wenn ich es mir genau überlege. Wie auch immer, ich habe die Dateien kopiert. Ich habe eine Diskette in meiner Tasche, die vielleicht nützlich ist.« Sie betete zu allen Göttern, dass es so wäre, weil sie das Autohaus nie wieder betreten wollte. Auch Tapferkeit hatte ihre Grenzen, und ihre Courage war für diese Woche weiß Gott verbraucht.

Als verdeckte Ermittlerin zu arbeiten war weitaus härter, als es in Filmen dargestellt wurde.

Burt wies mit einem Kopfnicken auf den roten Caddy zwei Reihen weiter. »Setzen Sie sich hinter das Steuerrad, so als würden Sie den Wagen bewundern. Stecken Sie die Disk und was Sie sonst noch haben, ins Handschuhfach. Ich hole es da raus und nehme es mit.«

»Diese ganze Mantel-und-Degen-Nummer schlägt mir auf den Magen. Ich glaube, ich habe Sodbrennen.«

»Hast du schon etwas zu Mittag gegessen?«, fragte Alfredo.

»Nein. Ich war zu beschäftigt, Mata Hari zu spielen.«

»Sobald wir hier fertig sind, gehen wir beide Mittagessen. Lass Vincent denken, was er will. Er verdächtigt mich sowieso bereits, eine Affäre mit dir zu haben. Nannte mich einen alten Narren.«

Burt versteckte sein Lachen hinter einem Hustenanfall.

Mia sah Alfredo mit offenem Mund an, dann lächelte sie. »Ich fühle mich geschmeichelt, dass Palumbo annimmt, dass ein so gut aussehender Gentleman wie du, Alfredo, an mir interessiert sein könnte.«

Der alte Mann gab ihrem Kinn einen Stups. »Du bist ein gutes Mädchen, Mia. Aber eine sehr schlechte Lügnerin.«

Als ob sie das nicht wüsste! Sie belog sich schließlich seit Tagen.

»Ich verstehe nicht, warum wir diese Täuschung weiter aufrechterhalten müssen. Ich belüge meine Eltern nicht gerne. Und bei meinen Eltern zum Essen zu sein und vorzugeben, dass wir eine Beziehung haben, ist eine faustdicke Lüge. Hast du mir nicht im Übrigen gesagt, dass mit der Diskette die Ermittlung wahrscheinlich gebongt wäre und ich nicht mehr zu Lucky Louie's muss?«

Hinter dem Steuerrad seines Volvo schielte Nick zu Mia hinüber und wünschte sich verzweifelt, dass es anders zwischen ihnen stehen würde. War es wirklich erst einige Wochen her, dass sie zu ihren Eltern gefahren waren zum Weihnachtsessen? Sie hatten eine wundervolle Zeit gehabt, hatten gescherzt, gesungen, gelacht, als würde nichts auf der Welt sie bekümmern.

Es schien eine Ewigkeit her zu sein. Und manchmal schien es, als wäre es nie passiert, als wäre alles nur ein wunderschöner Traum gewesen.

»Ich habe die Diskette und die Fotos nach Quantico zur Analyse geschickt. Sobald wir entscheiden, dass es genug Beweismaterial ist, um einen Haftbefehl zu beantragen, können wir die Scharade beenden. Du kannst dich ja morgen krankmelden. Aber bis wir sicher sind, müssen wir so tun, als wären wir ein Liebespaar, so wie wir es abgesprochen haben.«

»Nur dass ich keine besonders gute Schauspielerin bin.«

»Ich werde meinen Teil dazu beitragen, sie zu überzeugen.«

»Und was passiert, wenn dies alles vorbei ist und sie sich fragen, warum wir uns getrennt haben?«

»Es muss ja nicht so enden, Mia.«

»Doch. Muss es.«

»Nur weil du es so willst.«

»Du bist derjenige, der gelogen hat, Nick. Nicht ich.«

»Mia, Kind, du hast kaum etwas gegessen. Ich dachte, du magst meine Lasagne.«

»Sie war hervorragend, Mom. Danke, dass du dir so viel Mühe gegeben hast für uns. Ich bin einfach nicht hungrig. Ich habe sehr spät mit Onkel Alfredo zu Mittag gegessen.«

»Nun ja, wenigstens hatten Sie guten Appetit, Nick. Ich mag Männer, die ordentlich zulangen können.«

Nick, der neben Mia auf dem Sofa saß, legte ihr den Arm um die Schulter, spürte, wie sie sich versteifte, und zog sie noch näher zu sich. »Ich glaube, Mia ist einfach nur müde, Mrs. DeNero. Sie ist regelmäßige Arbeitszeiten nicht gewöhnt.«

»Wie ist dein Job im Autosalon denn, Kind? Dein Vater und ich waren ziemlich überrascht, als wir hörten, dass du Alfredos Angebot angenommen hast.«

»Mia ist endlich zu Vernunft gekommen und gibt ihren Bodyguard-Service auf. Stimmt's, Mia?«, drängelte ihr Vater, der seine Freude nicht verbergen konnte. »Das ist einfach kein guter Beruf für eine Frau, besonders nicht für eine Frau deiner Größe und Unerfahrenheit. Das habe ich dir von Anfang an gesagt.«

Einige Dinge ändern sich einfach nie, dachte Mia und seufzte schwer. »Ich weiß nicht, Dad. Ich habe mich noch nicht endgültig entschieden.« Was stimmte. Mia fragte sich des Öfteren, ob sie ihr Geschäft weiterführen sollte oder nicht, ob sie noch den Mut dazu hätte.

»Mia ist ein exzellenter Bodyguard, Sam. Jeder könnte sich glücklich schätzen, sie zu bekommen. Ich beabsichtige, ihr jetzt, da ich fertig bin mit dem Buch und ihre professionellen Dienste nicht länger benötige, die besten Referenzen auszustellen.«

»Zur Ehefrau wäre sie besser geeignet, glaube ich«, mischte Rosalie sich ein, vermied dabei aber, ihre Tochter anzusehen, weil sie wusste, wie wütend sie war.

»Das sage ich ihr ja auch ständig, Mrs. DeNero, aber Mia hat es nicht sehr eilig zu heiraten und eine Familie zu gründen. Ich versuche, sie zu überzeugen.«

»Männer sind nicht die Einzigen, die sich gern die Hörner abstoßen.«

Rosalie schnappte nach Luft und warf Nick einen raschen Blick zu, ob der Kommentar ihrer Tochter ihn beleidigt hatte. »Schäm dich, Mia! So was denkt man nicht mal.«

»Ich weiß, dass sie nur gescherzt hat, Mrs. DeNero. Mia und ich haben bereits eine Abmachung getroffen.« Nick überhörte Mias scharfes Einatmen und lächelte ihre Mutter strahlend an, die begeistert in die Hände klatschte.

»Wie wundervoll! Wann wollt ihr denn heiraten? Ich kann es kaum erwarten, alles zu arrangieren.«

»Deine Mutter arrangiert bereits seit dem Tag deiner Geburt«, zwinkerte Sam seiner Tochter zu.

»Buch bitte noch nicht die Kirche, Mom. Es wird noch lange dauern, das kannst du mir glauben.« Mia stieß Nick den Ellbogen in die Rippen, dann bat sie ihre Mutter: »Drängle bitte nicht. Sonst vertreibst du Nick noch.«

»Das passiert bestimmt nicht, Liebling.« Nick beugte sich vor und küsste sie leicht. Zuerst erwiderte sie den Kuss, dann erinnerte sie sich daran, dass sie ihn hasste, und fuhr mit einem verblüfften Gesichtsausdruck zurück.

»Es besteht kein Grund, sich vor uns zu schämen«, sagte Sam, der die merkwürdige Reaktion seiner Tochter bemerkt hatte. »Wir haben schließlich auch oft geknutscht. Tun es auch heute noch, hm, Rosalie?«

Seine Frau errötete. »Wirklich, Sam! Darüber redet man doch nicht. Das ist wirklich nicht gentlemanlike.«

»Freu dich doch, dass ich ihnen nicht erzähle, was damals auf dem Rücksitz des 69er Chevy Impala passiert ist.«

Jetzt musste Mia grinsen. »Oooh! Wurde da Angela gezeugt?« Ihr Ärger war im Nu verschwunden.

»Das geht dich gar nichts an, junge Dame«, wehrte Rosalie streng ab. »Eines Tages, wenn du selbst Kinder hast, willst du auch nicht, dass sie alles über deine Zeit der jungen Liebe mit Nick erfahren.«

Mia antwortete spöttisch: »Das ist verdammt richtig!«, und Nick verschluckte sich beinahe an seinem Bier.

19

Ich? Ich habe vor allem Möglichen Angst.
Ich habe Angst vor dem, was ich gesehen
und getan habe, und vor mir selbst, und am
meisten Angst habe ich davor, wegzugehen
und mich nie wieder so zu fühlen wie jetzt mit dir.
Dirty Dancing

Am nächsten Morgen bewegte Mia sich so vorsichtig als ginge sie wie auf Eiern durch das Autohaus. Sie hatte gehofft und gebetet, nicht noch einmal zu Lucky Louie's zu müssen, aber die Ergebnisse, die sie aus Quantico erwarteten, waren noch nicht eingetroffen, und Nick wollte Palumbo nicht misstrauisch machen. Deshalb war sie gezwungen, den Fettsack noch einen Tag länger zu ertragen.

»Was haben Sie denn, Mädchen?«, blaffte Vincent Mia an, die gedankenverloren hinter der Verkaufstheke für Ersatzteile stand. »Sie sehen so nervös aus. Gibt es etwas, was Sie nervös macht?«

»Nein, Sir!« Mia blickte sich Hilfe suchend nach Alfredo um, obgleich sie wusste, dass er draußen bei einem Kunden war. Sie war allein mit Vincent, und das Wissen, dass Nick und Burt auf der anderen Straßenseite in dem Lieferwagen saßen, verringerte ihre Nervosität nicht. »Sie haben mich erschreckt, das ist alles.« Sie klang schriller als gewöhnlich und hoffte, dass er es nicht bemerkte.

»Sind die Ersatzteile schon katalogisiert?«

»Ja, ich bin gerade fertig geworden.«

»Gut. Dann kommen Sie mit in mein Büro. Ich möchte mich privat mit Ihnen unterhalten.« Er leckte sich die Lippen, und ihr wurde ganz schlecht bei der Art und Weise, wie er auf ihre Brust stierte – auf das Wenige, was vorhanden war.

»Über was denn, wenn Sie die Frage erlauben?«

»Das erfahren Sie noch früh genug. Und nun kommen Sie schon.«

Mia bekreuzigte sich im Stillen, folgte Palumbo in sein Büro und sah mit Schrecken, dass er die Bürotür hinter ihr abschloss. »Was soll das?«

Er grinste schmierig. »Das ist doch wohl offensichtlich. Ich möchte nicht gestört werden.«

»Wenn es um gestern geht und darum, dass ich Ihren Computer benutzen wollte, Mr. Palumbo, dann habe ich Ihnen bereits gesagt, dass es mir Leid tut.«

»Wollen mal sehen, wie sehr es dir tatsächlich Leid tut, Mia. Du bist eine attraktive Frau. Das ist mir erst gestern so richtig aufgefallen.«

»Himmel noch mal, Burt! Ich muss da rein. Mia klang verängstigt. Und der Bastard könnte ihr etwas antun. Was, wenn er sie belästigt? Ich bringe den Scheißkerl um, wenn er sie berührt.«

»Beruhige dich, Nick, und vertraue Mia. Sie weiß sich ihrer Haut zu wehren. Wenn du da jetzt hineinstürmst, machst du alles kaputt.«

»Wo zum Teufel ist Alfredo? Er sollte doch ein Auge auf sie haben.«

»Er ist auf dem Gelände. Hör mal, ich weiß, dass Mia dir etwas bedeutet, aber –«

»Ich liebe sie! Sie ist das Wichtigste in meinem Leben. Ich könnte es nicht ertragen, wenn ihr auch nur ein Härchen gekrümmt würde. Ich hätte Mia nie um Hilfe bitten sollen.«

»Passiert ist passiert. Und nun hol mal tief Luft und entspann dich. Du hast Mia gebeten, uns zu helfen, weil du weißt, dass sie gut ist. Sie kommt mit Palumbo klar, glaube mir. Unterschätz sie nicht.«

Mia starrte die fleischige Hand auf ihrem Arm an, und ihr wurde speiübel. Dann wurde sie wütend. »Pfoten weg, Mr. Palumbo. Welches Angebot Sie mir auch immer machen wollen, ich bin nicht interessiert, und ich sehe es als Beleidigung an, dass Sie überhaupt auf so eine Idee verfallen sind.«

»Wieso denn? Du tändelst doch auch mit Alfredo rum. Ich habe viel mehr Geld als er, mal abgesehen davon, dass ich besser im Bett bin. Warum sollte er nicht teilen? Wir sind schließlich Partner. Und du schuldest mir noch etwas, weil du gestern hier herumgeschnüffelt hast. Ich habe dir deine schwache Geschichte keine Minute abgenommen. Wer hat dich vorgeschickt? Alfredo? Für so gewitzt hätte ich ihn gar nicht gehalten.«

Mia gab sich alle Mühe, so ausdruckslos und unbeteiligt wie möglich zu wirken. Wenn er auch nur einen Moment lang glaubte, dass sie versucht hatte, ihn auszuspionieren, würde er sie umbringen. Daran hatte sie keinen Zweifel. »Keiner hat mich vorgeschickt. Ich habe Ihnen die Wahrheit gesagt. Und zu Ihrer Information, ich tändle mit niemandem herum, auch nicht mit Alfredo. Und jetzt lassen Sie mich hier raus, sonst schreie ich den Laden zusammen.«

Vincent lachte und zog sie so eng an sich, dass sie seinen üblen Atem und den durchdringenden Geruch seines Aftershaves riechen konnte. »Mir gefallen Frauen, die Mumm haben. Ich habe dich für einen Hasenfuß gehalten, aber ich sehe schon, dass du mehr Mumm hast, als ich dachte. Du und ich passen prima zusammen.«

Mia öffnete schon den Mund, um laut zu schreien, aber Palumbo verhinderte das, indem er seine Lippen auf ihre presste. Sie wehrte sich heftig, um sich aus seiner Umarmung zu befreien, krümmte sich wie ein Wurm am Haken, aber er war stärker und hielt sie fest. Sie überlegte, ob sie Karate anwenden sollte, entschied sich aber dagegen, weil sie befürchtete, dass das sein Misstrauen eher noch anheizen und ihre Ermittlungen gefährden würde. Aber sie dachte auch nicht daran, sich von ihm vergewaltigen zu lassen, was seine Absicht zu sein schien. Sie riss ihren Kopf zurück. »Lassen Sie mich los!«

In dem Moment brüllte Alfredo vor der verschlossenen Tür: »Verdammt noch mal, Vincent! Wo ist Mia? Ich habe dir doch gesagt, dass sie meine Assistentin ist und ich sie brauche. Ist sie da drinnen?«

Palumbo ließ sie sofort frei, und Mia taumelte, fuhr sich mit der Hand über den Mund, um seine ekelhafte Berührung wegzuwischen, und hatte das dringende Bedürfnis, sich zu übergeben.

Vincent lächelte. »Das nächste Mal akzeptiere ich kein Nein.«

Sie eilte zur Tür, brauchte viel zu lange, um den Schlüssel herumzudrehen, riss endlich die Tür auf und konnte sich gerade noch verkneifen zu brüllen, dass es kein nächstes Mal geben würde.

Sie kündigte!

Zwei Tage später wurden im Geldwäsche-Fall Verhaftungen vorgenommen, eingeschlossen Larry Calzone und seine Gang, Vincent Palumbo und Pauley Buttoni, der gleich, nachdem ihm Handschellen angelegt worden waren, zu singen anfing und volle Kooperation versprach.

Die Informationen, die Mia aus Palumbos Computer hatte, reichten dem Richter aus, um diverse Durchsuchungsbefehle auszustellen.

Das FBI durchsuchte Lucky Louie's Autowelt gründlich, ebenso wie die verschiedenen Geschäfte, die Larry Calzone betrieb, und man fand genug Beweise, um alle Beteiligten für sehr lange Zeit hinter Gitter zu bringen.

Als kleinen zusätzlichen Bonus hatten FBI-Agenten auch noch ein illegales Waffenlager im Keller von Calzones Villa gefunden.

Stolz auf ihre Beteiligung an der Operation, begriff Mia letztendlich, warum Nick während seiner Überwachung von Alfredo, Vincent Palumbo und dem Autosalon zu einem Trick greifen musste.

Aber das hieß nicht, dass sie ihm verziehen hatte.

Sie wusste nicht, ob sie das je könnte.

Er hatte sie viel schlimmer verletzt als Greg. Mia hatte Nick von ganzem Herzen geliebt, und zwar als Frau, nicht als junges Mädchen. Er hatte ihr Herz erobert und es zerstört, hatte ihr Vertrauen gewonnen und es enttäuscht, und er hatte ihre Liebe entgegengenommen und sie besudelt.

Für Nick Caruso gab es keine Vergebung. Vielleicht war ihr Stolz verletzt worden, oder ihr Ego. Oder vielleicht war es ihr italienisches Erbe, das selten eine Beleidigung verzieh. Sie wusste es nicht. Sie wusste nur, dass Männer für sie erledigt waren, und allen voran Nick.

»Ich habe fast fertig gepackt, Mia, und mache mich dann auf den Weg.« Nick, salopp gekleidet in Jeans und einen grünen Pullover, stand vor dem Sofa über einen offenen Koffer gebeugt, faltete seine Hemden und Hosen sorgfältig wie kostbare Schätze und legte sie in den Koffer.

Mia lehnte an der Schlafzimmertür, schwenkte einen Bügel, auf dem eine schwarze Lederhose hing, die er vor Ewigkeiten gekauft hatte, und fragte sich, warum sie in ihrem Leben so wenig Glück mit Männern hatte.

Nein, nicht nur wenig Glück. Gar kein Glück!

»Vergiss die hier nicht. Ich glaube nicht, dass sie mir passt.«

Nick blickte auf und lächelte weich, als er die Hose sah, und sein Herz überschlug sich. »Wie könnte ich? Ich bewahre sie für meine nächste Halloweenparty auf. Vielleicht gehe ich als Val Kilmer, der Jim Morrison spielt. Und wenn ich sie trage, werde ich an dich denken.« Er sah unglaublich traurig aus.

Achtung: Herz in Gefahr! Herz in akuter Gefahr!

Mia unterdrückte die Tränen und versuchte, ausdruckslos auszusehen, obgleich sie innerlich tausend Tode starb. *Konnte man eigentlich an gebrochenem Herzen sterben?* Sie hielt es für sehr wahrscheinlich. »Ich habe meinen Schrank durchgesehen und nichts mehr gefunden, was dir gehört. Aber wenn ich noch etwas finde, schicke ich es dir zu der Arbeitsadresse, die du mir gegeben hast.«

»Es tut mir Leid, dass sich alles so entwickelt hat, Mia. Ich weiß, dass du mir nicht glaubst, aber es stimmt. Wenn ich das, was passiert ist, rückgängig machen könnte, würde ich das tun. Aber es wird mir nie Leid tun, dass ich dich liebe. Tief in meinem Herzen weiß ich, dass das kein Fehler war und keiner ist.«

»Ich verstehe, dass du einen Job zu erledigen hattest. Lassen wir es dabei bewenden.« Jede weitere Diskussion wäre einfach zu schmerzhaft, und sie fühlte sich bereits total wund und am Boden zerstört. Sie stand um Haaresbreite davor, sich in Nicks Arme zu werfen und ihn zu bitten zu bleiben. Und das wäre ein riesengroßer Fehler. Ganz zu schweigen davon, dass es erniedrigend wäre.

In diesem Moment klopfte es an der Tür, und dankbar für alles, was ihr über den schwierigen Moment hinweghelfen würde, eilte Mia hin. »Erwartest du jemanden?«, fragte sie ihn, über ihre Schulter gewandt.

Nick schüttelte den Kopf und fuhr fort, seine Sachen zu packen.

Alfredo und Lenore warteten draußen und sahen glücklich und zufrieden mit sich und der Welt aus. Mia bat sie herein. »Ich bin überrascht, euch zu sehen. Ich dachte, ihr würdet über beide Ohren mit Hochzeitsvorbereitungen beschäftigt sein. Es ist kommenden Samstag, nicht wahr?«

Lenore küsste sie auf die Wange. »Ja. Deshalb sind wir auch vorbeigekommen. Wir haben gehofft, dass wir Nick noch antreffen. Wie wir gehört haben, zieht er heute aus. Ich für meinen Teil sehe ihn sehr ungern gehen. Er war eine so nette Ergänzung unserer kleinen Little-Italy-Familie.« Die zukünftige Braut sah aus, als hätte sie zum Thema von Nicks Aufbruch noch jede Menge zu sagen, aber zu Mias großer Erleichterung schwieg sie.

Mit einem Kopfnicken wies Mia auf das Wohnzimmer. »Nick packt gerade. Geht nur hinein. Er ist fast fertig. Ich bin sicher, dass er sich freut, euch zu sehen.«

Strahlend schüttelte Alfredo Nick die Hand und zog ihn an seine breite Brust. »Ich schulde Ihnen mehr, als ich je zurückzahlen kann, Nick. Sie haben meinen Ruf und den meines Geschäfts gerettet. Ohne seinen Ruf ist ein Mann nichts wert. Ich glaube, John Gotti hat mir das gesagt.« Der ältere Mann zwinkerte dem FBI-Agenten zu, der schallend lachen musste.

Nick würde all die farbigen Charaktere vermissen, die er kennen und schätzen gelernt hatte. Aber am meisten würde er Mia vermissen – die wunderschöne, eigensinnige, unmögliche Mia. Er war verrückt nach ihr, liebte sie wahnsinnig, und sie lehnte ihn vehement ab, war nur rasend wütend.

»Ich freue mich, dass alles so gut gelaufen ist, aber Sie danken der falschen Person, Al. Mia ist diejenige, die ihren Hals riskiert hat, um die Beweise zu finden, die wir brauchten. Ohne ihre Hilfe hätten wir Ihren Partner und die anderen vielleicht nie überführen können.«

Mia errötete bei dem Kompliment. Sie hatte viele Komplimente bekommen, seit die Zeitung gestern Abend die Geschichte veröffentlicht hatte. Ihr Vater hatte sie noch spät abends angerufen, um ihr erstens zu erzählen, wie stolz er auf sie sei, und zweitens die Leviten zu lesen, dass sie ihn nicht eingeweiht habe.

Sophia hatte schon früh am Morgen angerufen und behauptet, dass Nick sich als eine schwere Enttäuschung erwiesen habe. Mia hatte ihr nicht widersprochen, obgleich die Frau, anders als Mia, beschlossen hatte, ihm zu verzeihen, weil er geholfen hatte, den Namen ihres Bruders reinzuwaschen.

»Oh, ich habe die kleine Mia nicht vergessen. Ihre Belohnung parkt unten vor dem Haus.«

Alfredo händigte der verblüfften Frau einen Satz Schlüssel aus. »Es ist der rote Cadillac – der, den Burt sich angesehen hat. Ich hoffe, er gefällt dir.«

Mias Augen kullerten vor Überraschung fast aus ihrem Gesicht. »Natürlich gefällt er mir. Aber ich weiß kaum, was ich sagen soll, Onkel Alfredo.« Sie gab ihm einen Kuss und fragte sich, was sie wohl mit einem so großen Wagen anfangen sollte, und wünschte sich, so einen als Teenager gehabt zu haben.

»Äh, also auf jeden Fall vielen Dank. Aber mir einen Wagen zu schenken, war absolut nicht nötig. Ich habe dir gern geholfen, das sagte ich ja schon.«

»Ich dachte mir, wenn du keinen zweiten Wagen brauchst oder er dir zu groß ist, dass du ihn an deine Eltern weitergeben könntest. Der Caddy war Vincents Lieblingsauto. Ich wollte ihn loswerden, und das erschien mir eine gute Gelegenheit dazu.«

Sie lächelte verständnisvoll. »Vielleicht schenke ich ihn meinem Dad. Ich glaube, er würde ihm gefallen. Für Sam ist er auf jeden Fall auffällig genug. Und Rot ist seine Lieblingsfarbe.«

»Der andere Grund unseres Besuchs«, sagte Lenore und drückte ihrem Verlobten die Hand, »ist, dass wir euch beide zu unserer Hochzeit einladen wollten. Es wird nur eine kleine Feier. Der Empfang findet im *Mama Sophia's* statt. Bitte gebt uns keinen Korb.«

Nick grinste. »Ich würde liebend gern dabei sein, wenn Sie beide den Bund fürs Leben schließen. Danke für die Einladung.« Und er würde Mia wiedersehen, wenn auch nur für wenige Stunden.

Mia blieb stumm, da sie gehofft hatte, Nick Caruso heute zum letzten Mal gesehen zu haben. Die ganze Situation war auch so schon schmerzvoll genug. Und ihm ausgerechnet bei einer Hochzeit wieder zu begegnen, wäre eine grausame und außergewöhnliche Strapaze.

»Mia? Ich hoffe, dass Sie noch keine anderen Pläne haben. Ich würde es sehr bedauern, wenn Sie nicht kommen könnten.« Lenore drehte nervös ihren Verlobungsring und wartete auf die Antwort der Jüngeren.

Mia freute sich aber natürlich über das Glück des Paares und lächelte. »Selbstverständlich komme ich. Ich freue mich schon darauf. Ich habe nur überlegt, was ich anziehe.«

»Rotes Leder stand dir immer besonders gut«, scherzte Nick, aber Mia schwieg.

»Was ist los? Warum tanzt du nicht mit dem gut aussehenden Nick? Ich dachte, du und er würden ganz viele hübsche *bambini* bekommen. Du solltest heiraten und eine Familie gründen.«

Die Wahrheit war, dass Mia sich wie ein Angsthase verhalten hatte und Nick den ganzen Abend aus dem Weg gegangen war. Sie redete sich ein, dass es so besser wäre für sie beide, besonders für ihren Gemütszustand.

Sie lächelte Oma Flora an und hörte geduldig zu, wie die alte Frau gar nicht wieder aufhörte, sich darüber auszulassen, was für ein wundervolles Paar sie und Nick abgeben würden, obgleich sie nichts lieber getan hätte, als nach oben zu rennen und sich unter ihrer Bettdecke zu verkriechen.

Mia hatte sich den ganzen Abend schon ähnliche Urteile von anderen wohlmeinenden, schlecht informierten Leuten anhören müssen, einschließlich ihrer eigenen, verräterischen Eltern, die Nick alles verziehen hatten und nicht so recht verstanden, warum Mia so wütend war auf so einen »netten Mann«, wie ihre Mutter sich auszudrücken beliebte. Ihr Vater hatte ihr vorgeworfen, unvernünftig zu sein, und gemeint, dass Nick nur seinen Job getan hatte und dass Mia ihm einen gewissen Spielraum einräumen musste.

Wieso war sie plötzlich der Bösewicht in diesem Fiasko?

Sie war schließlich die Betrogene, nicht Nick, der aus dieser schrecklichen Affäre frei von jeglichem Verdacht hervorgegangen war. Sie war das Opfer, nicht er.

Und warum ergriff dann jeder Nicks Partei?

»Es ist nicht gut, sich gegen das Schicksal zu wehren, Mia«, sagte die alte Frau gerade. »Dein Schicksal ist dieser Mann. Ich habe es gesehen.«

»Danke, Oma Flora, aber ich glaube, du brauchst eine neue Kristallkugel. Ich habe Männern abgeschworen, Nick eingeschlossen. Solange ich lebe, lasse ich mich nie wieder auf einen Mann ein. Sie machen einem nur Schwierigkeiten. Und ich habe beschlossen, allein zu leben.« *Und zölibatär.*

Sex wurde sowieso gewaltig überbewertet. Okay, vielleicht nicht der mit Nick, aber sie würde sich schon daran gewöhnen.

Die alte Frau nickte verständnisvoll und tätschelte Mias Wange. »Du bist verletzt worden. Du wirst darüber hinwegkommen. Es dauert seine Zeit. Bald –«

Heftig schüttelte Mia den Kopf und beobachtete aus dem Augenwinkel, wie Nick mit Lenore tanzte. Er sah geradezu schmerzhaft gut aus in seinem dunklen Anzug und der roten Krawatte. Ohne seine grauenvolle Brille war er eindeutig erste Klasse.

Sie hatte die bewundernden Blicke der weiblichen Gäste durchaus bemerkt, mit denen sie ihn schon den ganzen Abend verschlangen. Nick würde nicht lange brauchen, um sie zu ersetzen. Gut aussehende, charmante und rücksichtsvolle – nein, Letzteres wird gestrichen! Was ist schon rücksichtsvoll daran, so schamlos zu lügen – Männer wie Nick landeten zuverlässig auf den Füßen.

Der Mistkerl würde so weitermachen, als wäre nichts geschehen, während sie Abend für Abend allein zu Hause säße und zum Trost nichts weiter als eine Großpackung Eiscreme zur Gesellschaft hätte.

Und mit tödlicher Sicherheit auch noch zunehmen würde!

Und jeder wusste, dass die Kilos, die man zunahm, während man unglücklich war, am schwersten wieder abzunehmen waren.

»Nein, Oma. Ich möchte gar nichts vergessen. Verstehst du nicht? Nick hat mich belogen, hat mich benutzt, um an Alfredo heranzukommen. Was er getan hat, war falsch und unverzeihlich.«

Flora nahm Mias Hand und zog sie zu einem Esstisch in der Nähe, an den sie sich setzten. »In meinem Alter kann man nicht mehr so lange stehen. Und jetzt werde ich dir mal einiges erklären, und du hörst mir zu. *Capisce?* Männer haben Frauen seit Jahrhunderten benutzt. So ist es nun einmal. Gott nahm eine Rippe von Adam und machte daraus Eva, die seine Gefährtin sein und ihm Babys schenken sollte. So ist es schon seit Anbeginn der Welt.«

Wer hat diese Version der Bibel verfasst? Ein Mann?

»Ja, und was ist passiert? Eva hatte schließlich die Nase voll von diesem ganzen männlichen Gehabe und hat Adam aus dem Garten Eden geschmissen. Und warum? Weil er zu schwach war, einem dämlichen Apfel zu widerstehen, darum.

Und ihre beiden Söhne verstanden sich auch nicht, was

damit endete, dass der eine den anderen erschlug. Das nenne ich eine furchtbar nette Familie. Nicht gerade das beste Beispiel häuslichen Glücks, wenn du mich fragst, und bestimmt keins, das ich anstrebe. Allerdings ist es ein guter Grund, nie zu heiraten.«

Die alte Frau hörte sich Mias Tirade an. Ihre Augen, die schon vieles gesehen hatten, spiegelten Mitgefühl und Verständnis. »Du bist jung, Mia, deshalb betrachtest du die Dinge so. Wenn du so alt bist wie ich und verheiratet warst und viele Kinder hattest, wirst du begreifen, welch großes Geschenk Gott dir gemacht hat.«

»Alles, was ER mir geschenkt hat, ist ein gebrochenes Herz, Oma. Und das war nicht einmal ER, sondern Nick.« Mia schüttelte den Kopf. »Nein, ich schwöre Männern ab. Ab jetzt lebe ich allein. Tatsächlich glaube ich, es wird höchste Zeit, dass ich mich von der Braut und dem Bräutigam verabschiede und mich auf den Weg mache.«

»Es ist nicht gut, vor seinen Problemen wegzulaufen, *cara* Mia. Sie sind am nächsten Tag immer noch da, und am übernächsten auch noch.«

»Mein Problem befindet sich gerade auf der Tanzfläche, lacht und tanzt und verhält sich, als wäre die Welt total in Ordnung. Nach heute Abend werde ich Nick nie wieder sehen. Dann gibt es kein Problem mehr.« Sie machte eine wegwerfende Handbewegung. »Alles erledigt.«

Aber wenn Mia glaubte, dass sich ihr Problem erledigen würde, wenn sie Nick ignorierte, ihn nicht zurückrief, seine Briefe, in denen er sie um ein Treffen bat, nicht beantwortete, dann irrte sie sich.

Auf der ganzen Welt gab es nicht genug Eiscreme, um ihre Schmerzen zu vertreiben.

Und Sie können mir glauben, Mia hatte es versucht.

Als sie auf die Skala starrte, wollte sie ihren Augen nicht trauen. Sie hatte tatsächlich zwei Pfund zugenommen in den vergangenen zwei Wochen. Und Mia nahm nie zu!

Sechs Großpackungen verschiedener Eissorten quollen aus dem Mülleimer im Badezimmer und auf dem Flur, so dass es keine Überraschung war, woher das zusätzliche Gewicht kam. Und dazu kamen noch der Zwiebeldip und die Kartoffelchips, Erdnüsse, Salzstangen und die verdammten Pralinen aus ihrer Wäschekommode, die offensichtlich Nick dort versteckt hatte.

Zum Teufel mit ihm!

Aber war das nicht süß von ihm?

Also gut, dass er nicht süß war, hatte sie nie behauptet.

Nur ein verdammter Lügner!

Mia wischte sich mit dem Zipfel ihres T-Shirts die Augen ab, die schon wieder überliefen. Verdammt! Seit Wochen leckte sie wie ein Sieb und war machtlos gegen ihre Heulkrämpfe.

Sie sah jämmerlich aus, hatte sich seit Tagen nicht angezogen, sich nicht einmal die Haare gewaschen, die im Moment wie eine Klobürste aussahen. Selbstverständlich hatte sie auch nicht sauber gemacht, und es sah ziemlich katastrophal aus und stank in ihrer Wohnung.

Nick hätte so ein Verhalten nie gebilligt. Er hatte einen echten Sauberkeitsfimmel. Jedenfalls der Nick, von dem sie glaubte, dass er Nick war, war ein Sauberkeitsfanatiker. Sie hatte keine Ahnung, ob FBI-Agent Nick Caruso zwanghaft ordentlich war, obgleich sie es befürchtete. Keiner konnte so gut schauspielern!

Einfach nur, weil keiner es ihr verbieten konnte, stellte Mia den Papierkorb auf ihr Bett, setzte sich daneben und begann, den Inhalt herauszurupfen. »Da, Nick Caruso, das ist für dich!«, brüllte sie und boxte wie verrückt danach, während sie die Kartons in die Luft schmiss, Sie wünschte sich nur, dass es Nicks Kopf wäre, den sie so verprügelte.

Oder besser noch sein Herz.

Es wäre zu schön, wenn sie Nicks Herz genauso brechen könnte wie er ihres.

»Darf man sich an diesem Spiel beteiligen, oder ist es eine Privatparty?«

Mia hielt abrupt inne, als sie die Stimme ihrer Schwester hörte. Sie drehte sich um und sah mit offenem Mund Angela an, die im Türrahmen stand. Sie war so vertieft in ihren Wutanfall gewesen, dass sie das Öffnen der Wohnungstür überhört hatte.

»Wie bist du hier hereingekommen?«

Angela schwenkte einen Schlüssel. »Du hast ihn mir gegeben, als du eingezogen bist, weißt du noch? Mom hat darauf bestanden, dass ich nachsehe, ob deine Leiche bereits verwest. Sie ist davon überzeugt, dass du tot bist. Und als du auf mein Klingeln nicht geöffnet hast, habe ich mich gefragt, ob sie womöglich Recht hat.«

Mia ließ sich auf ihr Bett plumpsen. »Wie du siehst, lebe ich noch.« Nur Teile von ihr waren gestorben.

Angela warf einen Blick auf die Schweinerei, die ihre Schwester angerichtet hatte, verschränkte die Arme und schüttelte den Kopf. »Und das alles wegen eines Mannes? Ich dachte, du wärst aus härterem Holz geschnitzt, Mia.«

Mia zog eine Grimasse. »Oh, leck mich doch! Als hättest du dir nicht die Augen ausgeheult, als du geglaubt hast, dass John dich hintergangen hat.«

»In Ordnung. Ich gebe zu, dass du einen berechtigten Grund hast, sauer zu sein. Aber war es wirklich nötig, dich wochenlang einzugraben und nicht einmal Mom und Dad anzurufen? Sie sind schier verrückt vor Sorge.«

Das schlechte Gewissen regte sich in Mia. »Sie machen sich ständig Sorgen, und ich konnte es nicht ertragen, ihnen gegenüberzutreten. Mom hat einen Narren an Nick gefressen – genauso wie Dad. Sie machen mir Vorwürfe, dass ich nicht verständnisvoller bin und ihm verzeihe.«

»Sie lieben dich, Mia, und sie machen sich große Sorgen um dich. Wenn es hart auf hart kommt, bist du diejenige, auf die es ihnen ankommt, das weißt du.«

Mia seufzte abgrundtief. »Möchtest du vielleicht einen Kaffee? Oh, warte.« Sie lächelte etwas beschämt. »Wahrscheinlich habe ich gar keinen. Ich bin seit Wochen nicht mehr einkaufen gegangen.«

»Das habe ich mir schon gedacht, und deswegen habe ich bei Fiorelli welchen gekauft und auch einige Doughnuts. Ich dachte, dir könnte langsam das Trostessen ausgegangen sein.«

»Ich habe zwei Pfund zugenommen.«

Angela betrachtete zweifelnd Mias Bauch. »Bist du sicher, dass du nicht schwanger bist?«

»Absolut sicher. Letzte Woche hatte ich meine Tage.« Was auch der Grund war, weshalb sie die 1000-Gramm-Pralinenschachtel von Nick verschlungen hatte. Sie hatte ernsthaft überlegt, sie wegzuschmeißen, aber die Vernunft hatte gesiegt. Echt gute Pralinen wegzuschmeißen war ein Sakrileg, oder zumindest unamerikanisch.

»Warum nimmst du nicht eine Dusche?«, schlug Angela vor. »Du stinkst. Ich räume hier auf und mache dir dann ein ordentliches Frühstück. Ich habe auch Eier, Milch und

Müsli gekauft, nur für den Fall, dass du die Nase voll hast von Junk-Food.«

Mia schnüffelte an ihrer rechten Achsel. »Keine schlechte Idee. Ich müffle tatsächlich. Bin gleich wieder da.«

Als Mia wenig später zu ihrer Schwester in die Küche kam, fühlte sie sich ein klitzekleines bisschen frischer und munterer. Bacon brutzelte in der Pfanne, und ein großes Glas Milch stand auf jedem Set. Der Bacon roch göttlich, und Mias Magen knurrte vernehmlich und erinnerte sie daran, wie ausgehungert sie nach anständigem Essen war.

»Danke, Schwesterherz. Ich schätze, ich bin ziemlich hungrig.«

Angela verteilte die Baconstreifen auf einen Teller und stellte ihn auf den Tisch, zusammen mit einer Schüssel Rühreier. »Also, was hast du für Pläne?«

Mia biss in einen knusprigen Baconstreifen und zuckte die Schultern. »Ich habe keine. Ich schätze, ich lasse mich einfach weiter treiben wie bisher, bis mir was Passendes über den Weg läuft.«

Angela musterte ihre Schwester sorgfältig und sagte dann in bestimmtem, aber liebevollem Ton: »Ich glaube, du hast dich lange genug treiben lassen, Mia. Du hast ein Geschäft zu führen. Hast du das vergessen?«

»Da gibt es nicht viel zu führen. Und wieso machst du dir deswegen Gedanken? Du warst diejenige, die nicht wollte, dass ich einen Sicherheitsdienst eröffne. Ich hätte auf dich hören sollen, Angela. Wenn ich das getan hätte, wäre ich Nick nie begegnet, und –«

»Hättest dich nie in einen ziemlich tollen Mann verliebt?«

»Ich hasse Nick Caruso! Ich habe wirklich geglaubt, dass es dieses Mal anders wäre, dass es gut gehen würde mit uns, aber mit Männern scheint es bei mir nie zu klappen, Angie. Du kennst ja meine Erfolgsbilanz. Ich suche mir garantiert die Falschen aus. Diese Sackgasse lasse ich in Zukunft links liegen.«

Angela, die ein- oder zweimal das Gleiche wie Mia erlebt hatte, seufzte. »Hass und Liebe sind starke Gefühle, Mia. Du kannst beides gleichzeitig fühlen. So funktionieren wir nun mal. Hast du Nick je von Greg erzählt?«

Mia schüttelte den Kopf. »Nein. Ich bezweifle, ob das irgendeinen Unterschied gemacht hätte. Nick hatte einen Job zu erledigen, und das hat er ohne Rücksicht auf Verluste getan.«

»Ich glaube nicht, dass du im Moment richtig klar denken kannst, Mia.«

»Bist du es nicht manchmal leid, ständig rational und beherrscht zu sein, Angela? Hast du nicht manchmal das Bedürfnis, die Hände zu ringen, so laut zu schreien wie du kannst und wegzurennen?«

»Natürlich habe ich solche Bedürfnisse gehabt, oft sogar. Aber ich bin zu stur, um einfach aufzugeben. Und du bist es auch. Du hast der Welt viel zu bieten. Du hast schon so oft bewiesen, dass du alles erreichen kannst, was du dir in den Kopf gesetzt hast. Ich glaube, das ist ziemlich einmalig.«

Gerührt durch die Worte ihrer Schwester, sagte Mia: »Ich war ein ziemlich guter Bodyguard. Ich habe Nick das Leben gerettet.«

»Dad sagt, dass du eine Meisterschützin bist.«

»Wirklich? Dad hat das gesagt?«

Angela nickte. »Hat er. Und als er von dir gesprochen hat, wie du Nick geholfen hast ... also, ich kann dir sagen, der Mann ist schier geplatzt vor Stolz. Und Neid.«

Mia runzelte verwirrt die Stirn. »Neid? Dad war noch nie auf irgendwas oder irgendjemanden neidisch.«

»Ich glaube, er vermisst seinen Job bei der Polizei, dass er die bösen Jungs nicht mehr hops nehmen kann. Und ich glaube nicht, dass du viel Überzeugungsarbeit leisten müsstest, um ihn zu überreden, für dich zu arbeiten, falls du einen Partner für deinen Sicherheitsdienst suchst.«

»Einen Partner? Daran habe ich noch nie gedacht.« Sie kratzte sich am Ohr. »Aber auch wenn ich das für eine gute Idee hielte, ich habe keine Klienten. Also ist das sinnlos.«

Angela lächelte wissend. »Mia, alle Welt spricht davon, was du für Nick getan und wie du dem FBI geholfen hast. Du warst im Runkfunk, es gab jede Menge Zeitungsberichte, ganz zu schweigen vom Fernsehen in den letzten beiden Wochen. Hast du nichts davon mitbekommen?«

»Nein! Ich habe mich ...«

»In Selbstmitleid gesuhlt? Diese Wohnung ähnelt einem Schweinestall. Wenn Mrs. Foragi zufällig vorbeikäme, würde sie dich achtkantig rausschmeißen.«

»Sie ist nicht in der Stadt, ist heute Morgen gefahren. Mrs. Foragi und der Beerdigungsunternehmer vergnügen sich ein paar Tage auf den Bahamas. Sie hat mir eine Notiz unter die Fußmatte gelegt und mich gebeten, ihren Briefkasten zu leeren.«

»Also, ich schlage vor, dass du hier sauber machst und dann bei Mom und Dad vorbeifährst. Sie haben alle Zeitungsartikel ausgeschnitten und für dich aufgehoben, und sie haben auch einige Videoaufnahmen von den Nachrichten aufgezeichnet.«

»Du willst mir also sagen, dass ich eine Art Berühmtheit bin?«

»Ich glaube, Dan Wilson von NBC4 nannte dich ›Die FBI-Geheimwaffe‹.«

Mia grinste. »Dan hat das gesagt? Wie süß. Erinnere mich daran, dass ich ihn nie wieder wegen seines Haarschnitts aufziehe.«

»Denk über das, was ich dir gesagt habe, nach, auch bezogen auf Dad, Mia. Ich glaube, du würdest ihm einen großen Gefallen tun, wenn du ihn auffordertest, in deiner Firma mitzumachen.«

»Hmmm. Dad als Schutzengel. Tja, ich schätze, das war er für uns immer schon.« Sie überlegte einen Moment, dann langte sie über den Tisch und ergriff die Hand ihrer Schwester.

»Danke, Angela. Danke, dass du mir etwas Freiraum verschafft und Mom und Dad überzeugt hast, dass es besser ist, mich eine Weile in Ruhe zu lassen.«

»Woher wusstest du das?«

»Willst du mich verschaukeln? Mom hätte inzwischen längst die Polizei gerufen. Ich bin sicher, dass nur du sie davon abhalten konntest.«

»Tja, sie regt sich ziemlich leicht auf.«

»Im Ernst? Tatsächlich?«

Beide Frauen lachten, dann sagte Mia: »Du bist die beste große Schwester, die ein verrücktes Huhn wie ich haben kann. Ich hoffe, du weißt das.«

»Hör auf, sonst muss ich noch heulen. Du weißt, dass ich neuerdings wegen jeder Kleinigkeit anfange zu heulen. Erst vor kurzem hat John mir gesagt, dass meine Brüste so groß wie Wassermelonen sind, und ich bin in Tränen ausgebrochen. Und ich glaube, er hat es als Kompliment gemeint.«

Mia grinste. »Du und John seid ein Paradebeispiel für

häusliches Glück. Aber jetzt, wo ich Männern ganz und gar abgeschworen habe, habe ich beschlossen, zölibatär zu leben.«

Angela unterdrückte ein Lächeln. »Ach, wirklich? Na ja, das erklärt die sechs Großpackungen Eiscreme, nicht wahr?«

»Ich war hungrig, nicht geil.«

»Ja, aber nicht hungrig auf Essen, würde ich mal tippen. Du bist hungrig nach Nick. Und ich wette, auch geil.«

»Ich habe vorher ebenfalls allein gelebt. Ich kann ohne das leben.«

Angela fragte ihre Schwester mitfühlend und besorgt: »Bist du sicher, dass es das ist, was du willst, Mia? Bist du sicher, dass das die richtige Entscheidung ist?«

»Nein. Ich bin mir im Moment über gar nichts sicher.«

»Aber warum gibst du Nick dann nicht noch eine –?«

Mia schüttelte den Kopf. »Es ist vorbei. Ich möchte nicht riskieren, noch einmal verletzt zu werden.«

»Nick glaubt nicht, dass es vorbei ist. Er erkundigt sich in der ganzen Stadt danach, wie es dir geht.«

Obgleich Mias Herz einen Satz machte, zuckte sie die Achseln und versuchte, nicht so interessiert zu klingen, wie sie war. »Wer hat dir das erzählt?«

»Mary sagte, dass er mehrmals im *Mama Sophia's* gegessen hat. Aber die ganze Zeit, die er da war – allein, wie ich hinzufügen möchte –, schien er auf jemanden zu warten. Er war auch im *Danny Boy*, in der Metzgerei Santini, in der Bäckerei Fiorelli, in Francos Reinigung … ich könnte noch vieles mehr aufzählen. Für jeden ist klar, dass er hofft, auf dich zu stoßen, da du ja unmissverständlich klar gemacht hast, dass er sich vor deiner Haustür nie wieder blicken lassen darf.«

»Nick hat ein paar Mal angerufen und Nachrichten hinterlassen. Ich habe aber nicht zurückgerufen.«

»Wie lange hast du vor, ihn zu bestrafen?«

»Ich bestrafe ihn nicht, ich –«

»Du bestrafst dich selbst? Weil du es zugelassen hast, weil du glaubst, du hättest es besser wissen müssen, weil du dich betrogen fühlst?«

Mia antwortete mit einem wortlosen Achselzucken.

»Nick hatte einen guten Grund, dich zu hintergehen, Mia. Es ist nicht so, dass er in dieser Angelegenheit eine große Wahl hatte. Ich gebe zu, er hätte es anders angehen können. Aber ich habe versucht, in seine Haut zu schlüpfen, und bin mir nicht sicher, ob ich nicht das Gleiche getan hätte.

Dies ist nicht das Gleiche wie das letzte Mal, Mia, so sehr du auch versuchst, es dir einzureden. Greg war verheiratet, hatte Kinder und nie die Absicht, dich zu heiraten. Schließlich hat Nick dir gesagt, dass er dich liebt.«

Schmollend sagte Mia: »Ich hasse rationale Menschen.«

Angela lächelte, erhob sich und gab ihrer Schwester einen Kuss. »Ich verlasse dich jetzt, damit du die Schweinerei beseitigen kannst.«

Welche Schweinerei sie meinte, ließ sie offen, aber Mia konnte sich ziemlich gut vorstellen, auf was ihre Schwester gezielt hatte.

20

Nichts ist endgültig, es sei denn, du bist gestorben,
und sogar dann, da bin ich mir sicher,
muss man noch mit Gott verhandeln.
Auf immer und ewig

Für Nick waren die letzten beiden Wochen die reine Hölle gewesen, und es war ihm piepegal, ob alle Welt das mitbekam. Seine Kollegen, eingeschlossen Special Agent Higgins, dem er, als er seine schriftlichen Berichte anmahnte, gesagt hatte, »er könne sie sich sonst wohin schieben«, gingen ihm inzwischen weiträumig aus dem Weg. Alle außer Burt, der ihm gerade gründlich den Kopf gewaschen und ihm geraten hatte, sich entweder damit abzufinden oder verdammt noch mal etwas zu unternehmen.

Egal wie sehr er sich auch bemühte, Nick brachte Mia nicht dazu, ihm zu verzeihen. Er hatte ihr herzzerreißende Briefe geschrieben, sein Innerstes nach außen gekehrt und ihr seine Liebe erklärt, aber sie hatte alle ungeöffnet zurückgeschickt. Er hatte unzählige Nachrichten auf ihrem Anrufbeantworter hinterlassen und sie angefleht, ihn zurückzurufen, aber sie hatte es nicht getan. Er hatte ihr praktisch aufgelauert, hatte alle Orte aufgesucht, von denen er wusste, dass sie dort normalerweise irgendwann auftauchte, in der Hoffnung, sie zu treffen. Aber er hatte kein Glück gehabt.

Sie hatte unmissverständlich klar gemacht, dass er sich

nie wieder vor ihrer Haustür blicken lassen sollte. So sehr hasste sie ihn.

Es war das nackte Grauen.

Und er wusste nicht, was er weiter unternehmen – oder wie er die Sache beenden sollte.

Nick war entschlossen, Mia zurückzugewinnen. Er würde vor ihr zu Kreuze kriechen, falls nötig. Er würde auf Knien vor ihr rutschen, Stolz hin oder her, und sie anflehen, ihm zu verzeihen, ja, genau das würde er tun!

Aber sie gab ihm keine Gelegenheit dazu.

Verdammtes, dickköpfiges Weibsbild!

Mia ignorierte ihn einfach. Hatte ihn total abgemeldet. Weigerte sich, noch irgendetwas mit ihm zu tun zu haben. Für sie existierte er nicht mehr, war er eine Persona non grata, und das gefiel ihm überhaupt nicht. Er war es nicht gewöhnt, von weiblichen Wesen abgelehnt zu werden; er war immer derjenige gewesen, der die Beziehung beendet und das Weite gesucht hatte.

Nick hatte es gern, wenn sein Leben in geordneten Bahnen verlief, und Mia zu lieben hatte seine gesamte Existenz erschüttert. Nichts ergab noch einen Sinn. Nicht einmal, dass er seine schmutzigen Socken zwei Tage lang auf dem Fußboden liegen ließ und dabei nicht aus der Fassung geriet; es machte ihm auch keinen Spaß mehr, an der Börse zu spekulieren – wie auch, wenn Mia nicht da war und ihm Tipps gab oder an seinem Ohrläppchen knabberte? Nichts machte mehr Spaß. Und beim Autofahren war er so unaufmerksam, während er darüber nachdachte, was er mit dieser Frau anstellen sollte, dass er seinen ersten Unfall baute – ein Blechschaden, dessen Reparatur ihn fast tausend Dollar kostete – dank seiner hohen Selbstbeteiligung bei der Kfz-Versicherung.

Oh, sein Leben war definitiv die reine Hölle. Daran konnte kein Zweifel bestehen.

Und er wusste nicht, wen er um Hilfe bitten konnte.

Er hatte nicht nur seine Beziehung mit Mia verpfuscht, sondern gleichzeitig auch die engen Bande, die er mit den DeNeros und den Russos geknüpft hatte. Sie hatten ihn quasi vertrauensvoll in ihre Familien aufgenommen, waren freundlich zu ihm gewesen und hatten ihn wie einen der ihren behandelt.

Sie waren wie die Familie gewesen, die er nie gehabt hatte. Und jetzt waren sie verloren für ihn. Sie mochten ihn ja noch grüßen und sogar sagen, dass alles vergeben und vergessen sei, aber die Dinge würden nie wieder so sein wie vorher. Vorbei war es mit der selbstverständlichen Kameradschaft und der Freundschaft, die er so geschätzt hatte.

An Burt konnte er sich auch nicht wenden. Der Mann war hoffnungslos. Seit er und Muriel sich versöhnt hatten und sein Sexleben wieder geregelt war, hatte er keinen Bock mehr, Nicks Liebesleben zu diskutieren. Er hatte Wichtigeres zu tun. Tatsächlich dachte Burt daran, Muriel zu fragen, ob sie ihn wieder heiraten würde. Es schien, als sei dem Mann erst, nachdem er sich von seiner Exfrau getrennt hatte, bewusst geworden, dass sie *die* Liebe seines Lebens war.

Burts neues Glück deprimierte Nick noch mehr. Unglück fühlt sich nur in Gesellschaft wohl, und er fühlte sich jetzt einsamer als je zuvor.

Als nun Nick eines Abends bei *Mama Sophia's* zufällig Angela traf, nahm er seinen ganzen Mut zusammen und beschloss, mit ihr über Mia zu reden und sie um Rat zu bitten; vorausgesetzt natürlich, dass sie überhaupt noch mit ihm redete. Er hatte gehört, dass Frauen dazu neigten, ihren Groll lange zu hegen, und Angela als Mias Schwester könnte einen besonders großen Groll auf ihn haben.

Andererseits war Angela Rechtsanwältin, so dass sie die Dinge vielleicht etwas rationaler und gelassener betrachtete als Mia. Er hoffte es. Seine Möglichkeiten waren so umfangreich wie ein Sandkorn, genau wie sein Optimismus.

»Setzen Sie sich, Nick«, befahl Angela. »Ich habe nur ein paar Minuten. Ich habe mich mit John verabredet, und er ist im Moment nicht gerade Ihr größter Fan, so dass es wahrscheinlich besser ist, wenn er Sie nicht hier sieht.«

»Ich verstehe. Ich weiß, es klingt möglicherweise reichlich seltsam, wenn man die Umstände bedenkt, aber ich hege die Hoffnung, dass Sie mir helfen können.«

»Geht es um etwas Juristisches?«

Nick schüttelte den Kopf und sah unglücklicher aus, als irgendein Mann aussehen sollte. »Ich brauche einen Ratschlag wegen Mia.«

»Ich verstehe. Das bringt mich in eine ziemlich vertrackte Lage, Nick, da Mia meine Schwester ist und Sie ihr das Herz gebrochen haben.«

»Ich liebe sie, Angela. Ich möchte mich mit ihr versöhnen. Mein Leben ist nichts ohne sie. Ich würde alles tun, um sie zurückzubekommen.«

Angela sah ihn fragend an und lächelte leicht. »Alles?«

»Ich bin verzweifelt. Ich habe alles versucht, was mir eingefallen ist, sie angerufen, ihr geschrieben, ihr Nachrichten auf dem Anrufbeantworter hinterlassen, aber Mia will absolut nichts mehr mit mir zu tun haben und verweigert sich total. Ich bin am Ende meiner Weisheit.«

»Tja, wir können schließlich nicht zulassen, dass Sie

sich aufhängen, also kommen Sie morgen früh zu mir nach Hause, so gegen zehn Uhr. Bis dahin ist John gegangen.« Sie reichte ihm eine Visitenkarte. »Wir unterhalten uns dann in aller Ruhe. Ich habe das Gefühl, dass unsere Unterhaltung eine ganze Weile dauern wird, und ich möchte ungern unterbrochen werden.«

Nick gab einen Stoßseufzer der Erleichterung von sich und lächelte dankbar. »Ich werde da sein. Und danke, Angela.«

»Danken Sie mir noch nicht. Noch ist mir ja nichts Welterschütterndes eingefallen. Möglicherweise lade ich meine Berater auch ein.«

»Berater?«

»Annie und Mary. Vielleicht schaffen wir drei es gemeinsam, Ihr Problem mit meiner kleinen Schwester zu lösen, das Sie durch eigenes Verschulden haben.«

»Ich weiß wirklich nicht, was ich gemacht hätte, wenn du mein Jobangebot nicht akzeptiert hättest, Dad. Wir haben mehr zu tun, als wir im Moment bewältigen können. Ich glaube, wir sollten keine neuen Klienten mehr annehmen.«

Besorgt blätterte Mia den Stapel von Anfragen auf Personenschutz durch und schüttelte den Kopf. Sie war zwar hocherfreut über die viele Arbeit, die vor ihnen lag, befürchtete aber auch, dass es leicht zu viel werden konnte. Sie wollte keinen übers Ohr hauen und ihren Kunden schlampigen Service liefern. Das wäre nicht fair oder gut für ihren frisch erworbenen Ruf, der sich beträchtlich verbessert hatte durch die Berichterstattung über die Palumbo-Calzone-Verhaftung.

Sam grinste und zupfte imaginäre Fusseln von seinem

roten Samtjackett. Er hatte sich damit einverstanden erklärt, seine Leidenschaft für feminine Kleidung auf ein Minimum zu beschränken, es sei denn, ein spezieller Fall würde es geradezu erfordern. »Ich freue mich, dass ich wieder arbeiten kann. Das gibt mir die Möglichkeit, meine Garderobe zu erweitern. Und wenn du zu viele Klienten bekommst, musst du möglicherweise noch zusätzlich jemanden einstellen. Es ist nicht ratsam, Klienten abzulehnen. Dafür ist es zu schwer, welche zu bekommen. Und was Geschäfte angeht, leben wir eher in schwierigen Zeiten.«

Mia fand, dass ihr Vater wie ein Zuhälter aussah in dem roten Samtjackett, wollte es ihm aber nicht sagen, um seine Gefühle nicht zu verletzen. Sie durchblätterte den Stapel Papiere vor sich, fand schließlich das gesuchte Formular und zog es heraus. »Ich finde, du solltest den Fall von Mrs. Fabrizi übernehmen, Dad. Sie möchte, dass wir sie vor der Familie ihres verstorbenen Mannes beschützen, bis sein Testament eröffnet wird, und bei alten Leuten werde ich leicht ungeduldig.«

»Soll ich Pailletten oder einen Anzug tragen?«

»Ich glaube, ein Anzug wäre passender, meinst du nicht auch?«

Sam sah enttäuscht aus, stritt sich aber nicht mit ihr, sondern fragte stattdessen: »Ich muss doch nicht übernachten, oder? Das würde deiner Mutter nämlich nicht gefallen.« Er zwinkerte Mia zu. »Obgleich es mich nicht kümmern sollte. Mrs. Fabrizi sieht ziemlich gut aus.«

Mia verdrehte die Augen. »Dad! Sie ist in den Siebzigern. Ich glaube, sie ist ein bisschen zu alt für dich. Und sie hat mehr Runzeln als eine hundertjährige Schildkröte.«

Sam, der in dem blauen Damastohrensessel vor Mias neuem Eichenschreibtisch saß – Sam und Rosalie hatten einige Möbelstücke für Mias Büro gespendet –, faltete die Hände über dem Bauch und musterte seine Tochter. »Ich schulde dir eine Entschuldigung, Mia. Ich hätte nie gedacht, dass du Erfolg haben würdest mit diesem Geschäft, aber das hast du.«

Sie lächelte. »Mit deiner Hilfe, Dad.«

»Ich bin noch nicht lange genug dabei, um einen Anteil daran zu haben. Nein, das hast du selbst geschafft. Jeden Tag melden sich neue Leute durch Weiterempfehlungen, und du baust deinen Ruf weiter aus.«

»Einige unserer Kunden sind echte Spinner.« Mia dachte dabei an Angelas Klientin, Mrs. Mattuci, die ihr tausend Dollar dafür zahlte, dass sie sechs Tage lang auf ihren Hund Hector aufpasste, damit ihm auch ja nichts zustieß, solange sie nicht in der Stadt war.

Als Mia vorgeschlagen hatte, den Hund doch lieber in einer Hundepension unterzubringen, was sowohl praktischer als auch billiger wäre, war die Frau geradezu hysterisch geworden und hatte angefangen zu weinen, so dass Mia nachgegeben hatte und sich jetzt wünschte, sie hätte es nicht getan.

Die verwöhnte Töle hatte nicht nur vier Paar Schuhe zerfleddert, inklusive ihrer Nikes, so dass sie eine Weile nicht joggen konnte, sondern zusätzlich einen Beistelltisch aus ihrem Wohnzimmer demoliert. Sie beabsichtigte, Mrs. Mattuci den Schaden, den ihr Hund verursacht hatte, in Rechnung zu stellen.

Tierklienten kamen definitiv nicht wieder in Frage, hatte Mia beschlossen.

»Stimmt, aber es sind zahlende Spinner, und nur darauf

kommt es an. Du machst deine Sache sehr gut, und du sollst wissen, wie stolz ich auf dich bin. Ich weiß, dass du mir das möglicherweise nicht glaubst, nach all den negativen Dingen, die ich im Lauf der Jahre geäußert habe, aber trotzdem bin ich zu jeder Zeit stolz auf dich gewesen, Mia.«

Ungläubig sah Mia ihn an, freute sich aber mächtig, endlich die Anerkennung zu bekommen, nach der sie sich so lange gesehnt hatte. Wie kindisch es auch schien, sie hatte sich ein Leben lang danach gesehnt, dass ihr Vater eine gute Meinung von ihr hatte. »Auch, als ich als Bulldozerfahrerin beim Straßenbau gearbeitet habe?«, fragte sie.

»Na ja, das war schon schwierig.« Sam runzelte die Stirn. »Aber ich war beeindruckt, dass du gelernt hast, eine so große Maschine zu bedienen. Allerdings hatten deine Mutter und ich Angst, dass du dich bei so schwerer körperlicher Arbeit verletzen könntest.«

»Ich bin als Bodyguard verletzt worden, und möglicherweise werde ich wieder verletzt, und trotzdem hast du dich darüber nicht sonderlich aufgeregt.«

»Ich schätze, weil ich gesehen habe, wie hervorragend du Selbstverteidigungstechniken beherrschst und wie kompetent dein Umgang mit der Waffe ist. Und vergiss nicht, ich habe dich schließlich auch in Aktion mit Nick gesehen.«

Mia spürte, wie sie rot wurde, aber da sie wusste, dass ihr Vater es nicht so gemeint hatte, wie es klang, lächelte sie. »Ich habe dem Mistkerl den Arsch gerettet, und jetzt sieh dir an, was der Dank dafür ist – er hat mir den Teppich unter den Füßen weggezogen.«

»Nick ist ein guter Kerl, Mia. Ich mag ihn, und deine

Mutter mag ihn auch. Du hättest es schlimmer treffen können.«

»Bitte, Dad, fang du nicht auch noch an. Mom jammert mir seit Wochen die Ohren voll wegen Nick. Warum ich ihn nicht anrufe. Warum ich ihn nicht zum Essen einlade.«

»Tja, warum nicht? Jeder Idiot sieht doch, dass du den Kerl liebst. Und es ist so klar wie Kloßbrühe, dass er dich ebenfalls liebt. Mir scheint, wenn zwei Menschen sich lieben, dass sie zusammen sein sollten.«

In Stakkatorhythmus trommelte Mias Kugelschreiber auf den Schreibtisch, und sie seufzte frustriert und wusste, dass sie ihren Eltern ein für alle Mal klar machen musste, endlich aufzuhören, sie wegen Nick zu bedrängen. »Als du zugestimmt hast, hier zu arbeiten, weißt du noch, was ich zur Bedingung gemacht habe, damit wir uns nicht gegenseitig auf die Zehen treten und uns verletzen?« Sam nickte und sah ziemlich unglücklich aus. »Du hast mir damals versprochen, Dad, dass du mich nicht unter Druck setzen würdest wegen Nick. Also, halte dich bitte an dieses Versprechen. Er ist kein Thema, weder jetzt noch überhaupt. Ist das klar?«

»Meine Tochter will mir also Vorschriften machen, hm? Okay, du bist der Boss. Ich habe Mist gebaut und entschuldige mich dafür.«

Mia ging um den Schreibtisch herum und umarmte ihren Vater. »Entschuldige dich nie wieder dafür, dass du mein Vater bist. Ich weiß, dass du dir Sorgen machst um mich. Vielleicht musste ich erst ein wenig erwachsener werden, bevor mir deine Antriebsfeder klar wurde«, – sie zuckte die Achseln –, »ich weiß auch nicht. Aber was ich weiß, ist, dass du das Herz auf dem rechten Fleck hast und ich dich liebe.«

Sam gab seiner Tochter einen Kuss und fragte: »Nick? Welcher Nick?« Dann grinste er.

Mia lächelte, aber ihre Augen lächelten nicht mit. Sie konnte sich zwar weigern, über Nick zu reden, aber sie konnte nicht vermeiden, ständig an ihn zu denken.

Wieder zurück in ihr Büro zu kommen hatte sie mit Erinnerungen an ihre erste Begegnung überschwemmt. Es hätte sie wütend machen sollen, sich erneut vor Augen zu führen, wie perfide er sie hintergangen hatte, aber sie blickte mit gemischten Gefühlen darauf zurück, sie empfand sowohl Trauer als auch Freude.

Sie hatten alles in allem eine tolle Zeit gehabt. Sie bezweifelte, dass sie je wieder nur so aus Spaß an der Börse spekulieren würde. Es wäre einfach nicht mehr dasselbe ohne Nick, der ihr Vorschläge machte und Anleitungen gab.

Verdammter Nick!, fluchte sie im Stillen. *Wärst du doch ein Trottel geblieben.*

Angela stellte eine Tasse Kaffee vor Nick auf den Küchentisch und setzte sich neben ihn. Annie und Mary hatten ihnen gegenüber Platz genommen.

»Möchten Sie einen Doughnut, Nick? Essen ist uns schwangeren Frauen ein ständiger Trost.« Sie schob ihm den Teller zu, aber Mary zog ihn schnell wieder zurück, bevor er zulangen konnte.

»Moment! Ich möchte noch einen mit Schokolade.«

Nick grinste, als er Marys panischen Blick bemerkte. »Ich habe keinen großen Hunger, Sie können meinen gern haben, Mary.«

»He, danke! Und du musst mich gar nicht so kritisch ansehen, Annie. Ich habe mich ziemlich gut gehalten in den letzten Tagen, wenn man bedenkt, dass ich die Farbe von den Wänden hätte abkratzen können.«

»Ich bin sicher, dass Angela Ihnen erzählt hat, warum ich hier bin«, wandte Nick sich an die beiden Frauen vor ihm.

»Weil Sie Mia wiederhaben möchten«, erwiderten sie unisono.

»Ja. Ich habe alles vermasselt. Mia hasst mich.«

»Können Sie ihr das zum Vorwurf machen? Sie haben alle angelogen. Mia fühlt sich betrogen. Ich bin nicht sicher, ob Sie sie verdienen«, sagte Mary, und Annie nickte zustimmend.

»Sie haben sie lächerlich gemacht, Nick. Sie sollten sich schämen«, ergänzte Annie.

Nick ließ den Kopf hängen wie ein gescholtener Schuljunge. »Wahrscheinlich verdiene ich sie nicht. Aber ich liebe Mia über alles. Ich weiß nicht, wie ich den Rest meines Lebens ohne sie verbringen soll. Ich war so einsam, bevor ich ihr begegnet bin. Und jetzt, wo ich sie gefunden habe, kann ich sie einfach nicht loslassen. Ich möchte sie heiraten und Kinder mit ihr haben, möchte mit ihr leben.«

Die drei Frauen tauschten zufriedene Blicke aus, dann sagte Annie: »Gut. Das genau wollten wir nur hören. Haben Sie Mia gesagt, was Sie für sie fühlen?«

»Ich habe es versucht, aber sie will nichts hören.« Er zählte die vielen vergeblichen Versuche auf, mit ihr in Kontakt zu treten. »Mia ist sehr dickköpfig.«

»Es gibt Dinge über Mia, die Sie nicht wissen, Nick. Sie ist unsicher, zweifelt in vielerlei Hinsicht an sich selbst«, sagte Angela und legte ihm die Hand auf den Arm. »Hinter ihrem kecken Gebaren versteckt sich ein verwundeter Kolibri.«

»Aber Mia ist gewitzt und einfallsreich. Das habe ich ihr mehrmals gesagt. Ich hätte Palumbo und Calzone nie ohne ihre Hilfe überführen können.«

»Mia hat von Geburt an im Schatten ihrer älteren Schwester gestanden, stimmt's, Angela?«, warf Annie ein und blickte ihre Freundin fragend an, während sie sich Kaffee nachschenkte.

»Ja, ich fürchte, das stimmt. Mein Vater war ganz vernarrt in mich, und auch wenn er Mia nicht weniger liebte, erschien es ihr so. Sie hat immer versucht, ihm alles recht zu machen, ihm zu gefallen, und nie hatte sie das Gefühl, dass es ihr gelungen ist.«

»Aber ich verstehe nicht, was das mit meiner ... unserer Beziehung zu tun hat. Ich habe Mia gesagt, dass ich sie liebe.«

»Schon öfter wurde meine Schwester von Männern schlecht behandelt, Nick. Sie sind nicht der erste Mann, der sie hintergangen hat. Mia hatte sich in ihren Collegedozenten verliebt, als sie zwanzig war. Er hat ihr etwas vorgegaukelt, aber sie hat ihm vertraut, hat sogar gedacht, dass er sie heiraten würde. Das Problem war, der Mistkerl war bereits verheiratet und hatte zwei Kinder. Meine Schwester war am Boden zerstört nach diesem Betrug.«

Nick erblasste und fuhr sich durch die Haare. »Du liebe Güte! Kein Wunder, dass sie mich hasst. Sie denkt wahrscheinlich, dass die Geschichte sich wiederholt. Aber ich liebe Mia. Ich möchte sie heiraten. Ich schwöre, dass ich nicht wie der andere Kerl bin.«

»Aber das hat Greg Farris ihr ebenfalls vorgespielt. Und dann hat sie die Wahrheit herausgefunden. Er hat sie benutzt, genau, wie Sie sie benutzt haben, Nick. Können Sie ihr vorwerfen, dass sie sich schützen will?«

Nick vergrub den Kopf zwischen den Händen und seufzte schwer. »Nein.«

»Noch ist nicht alles verloren, Nick«, sagte Mary. »Wir haben alle unsere Erfahrungen mit schwierigen Beziehungen, weshalb Angela wohl auch glaubte, dass wir Ihnen eventuell helfen können. Bei uns hat sich alles zum Guten gewendet, und das könnte bei Ihnen genauso passieren. Aber ich glaube nicht, dass es leicht wird. Mia muss von Ihrer Aufrichtigkeit und Ihrer Liebe überzeugt werden.«

»Ich habe Angela gesagt, dass ich alles tun würde, um sie zurückzugewinnen, und das meine ich auch so.«

»Was die meisten Männer nicht kapieren, Nick«, begann Annie, »ist, dass Frauen Romantik wollen. Sie möchten sich als etwas ganz Besonderes, auf eine absolut einzigartige Weise geliebt fühlen.«

»Sie wollen mir also sagen, dass ich um Mia werben muss? Dass ich bisher alles verkehrt gemacht habe?«

»Frauen möchten, dass ein Mann ihnen den Kopf verdreht«, sagte Mary. »Sie haben einen Fehler gemacht, und ich glaube, dass Mia Ihnen mit der Zeit verzeihen wird. Aber ihren Respekt müssen Sie sich erst wieder verdienen. Sie müssen ihr zeigen, dass sie für Sie der wichtigste Mensch auf der Welt ist, der wichtigste Mensch in Ihrem Leben. Und Sie müssen ihr vor Augen führen, wie das Leben mit Ihnen aussehen würde.« Mary unterbrach sich, um in ihren zweiten Doughnut zu beißen, und wischte sich mit einer Serviette den Mund ab. »Das ist mein Ratschlag. Sie können ihn befolgen oder es lassen.«

»Meiner auch«, stimmte Angela zu. »Sie müssen alle Barrieren niederreißen. Wenn Sie ernsthaft dazu bereit sind, können wir Ihnen den einen oder anderen nützlichen Tipp geben.«

21

Es gibt einfach nichts Schöneres, als zu lieben
und geliebt zu werden.
Moulin Rouge

Höchst wackelig balancierte Mia auf einer klapprigen hölzernen Trittleiter, die sie sich von Mrs. Foragi ausgeborgt und drei Blocks weit zu ihrem Büro geschleppt hatte. Nun versuchte sie, ein ziemlich großes Landschaftsgemälde aufzuhängen, das sie gestern Nachmittag im Marriott Hotel anlässlich der Hilfsaktion für »Hungernde Künstler« gekauft hatte.

Ihr Vater hatte vor kurzem die Wände in einem abgetönten Grau gestrichen, da sie beide übereingekommen waren, das Büro ein wenig zu verschönern. Rosalie hatte ihren Teil dazu beigesteuert und burgunderrote Vorhänge aufgehängt, die zum größten Teil die krummen und schiefen Jalousien verdeckten, und dazu hatte sie einen farbigen Orientteppich gespendet, den sie nicht länger brauchte.

Der »Schutzengel« begann nach und nach, wie eine seriöse Firma auszusehen, fand Mia.

Der Summer, den Sam an der Eingangstür installiert hatte, ertönte, und Mia, die annahm, dass er aus dem Feinkostladen zurückkam, rief ihm über die Schulter zu: »Schön, dass du wieder da bist, Dad. Ich sterbe vor Hunger. Hast du mir Hackbällchen gekauft?«

»Mit Hackbällchen kann ich leider nicht dienen, Mia, aber dafür bringe ich dir diese hier.«

»Ich bin ganz Ohr. Soll ich mir Notizen machen?«

»Das kann nicht schaden«, grinste Annie und schob ihm einen Block und Stift zu. »Aber Mia darf auf keinen Fall erfahren, dass Sie mit uns geredet haben. Dann wäre alles umsonst gewesen. Abgesehen davon können wir natürlich nur Vorschläge machen. Das Eigentliche und Wichtigste muss von Ihnen kommen, müssen Ihre ehrlichen Gefühle sein.«

Mia drehte sich so hastig um, dass sie beinahe von der Leiter gefallen wäre, aber sie schaffte es gerade eben noch, die Balance zu halten.

»Nick!« Ihr Herzschlag beschleunigte sich bei seinem Anblick wie üblich heftig, und sie fragte sich, ob sie immer so reagieren würde, egal, wie viel Zeit verstrichen war. »Was machst du denn hier?«

Noch dazu mit diesem riesigen, wunderschönen Blumenstrauß?

»Ich dachte mir, wenn der Berg nicht zum Propheten kommt ...« Er zuckte die Achseln und lächelte traurig. »Ich habe dich vermisst, Mia. Ich weiß, du hast mir verboten, dich noch weiter zu belästigen, aber ich musste einfach vorbeischauen und mich davon überzeugen, dass es dir gut geht.« Er riskierte einen anerkennenden Rundumblick. »Sieht ganz danach aus, als würden die Geschäfte prima laufen. Das freut mich. Das Büro sieht sehr schön aus, viel besser als bei meinem ersten Besuch.«

Ja, und sie hatte auch keinen Bananenklecks auf der Nase.

»Danke. Ähem. Sind die Blumen, die du da trägst, für mich, oder bist du auf dem Weg zu einer Beerdigung?«

Er hielt sie ihr hin und wirkte beinahe verlegen, was Mia natürlich niedlich fand. »Damit möchte ich dir sagen, dass es mir Leid tut, alles verdorben zu haben. Bitte verzeih mir.«

Sie spürte, wie sich ein Kloß in ihrem Hals bildete und seufzte. »Oh, Nick.«

Wag es ja nicht zu heulen, Mia DeNero!

Er hob die Hand, um den Einwand, den er schon erahnte, von vornherein abzublocken. »Sag bitte nichts, Mia. Ich bleibe auch nicht. Ich wollte dir nur die Blumen bringen. Und ich möchte, dass du weißt, dass ich dich liebe und immer lieben werde.«

Bevor sie die Gelegenheit hatte zu antworten, ihm für die nette Geste zu danken, machte Nick auf der Hacke kehrt und eilte hinaus.

Mia drückte den Strauß aus rosa Babyrosen, Freesien und Anemonen an sich. Dann brach sie in Tränen aus.

Und so fand ihr Vater sie vor, als er kurze Zeit später wiederkam.

»War das Nick, den ich da eben zu seinem Wagen rennen sah?« Er stellte die Papiertüte mit ihrem Mittagessen auf den Schreibtisch. »Egal. Ich sehe an deinen Tränen, dass er es war.«

»Er hat mir Blumen gebracht.« Sie schniefte vernehmlich. »War das nicht süß?«

Sam zuckte die Achseln. »Meine Lippen sind versiegelt.«

Aber drei Tage später, nachdem sechs weitere Blumensträuße abgegeben worden waren, sagte Sam schließlich doch etwas.

»Hier sieht es langsam aus und riecht wie in Buffanos Beerdigungsinstitut. Ich glaube, du solltest Nick bitten, aufzuhören, diese verdammten Blumen zu schicken. Ich habe das Gefühl, schon bereit zu sein für den Sarg. Wenn das so weiter geht, verschreckst du noch die Klienten.«

Mia atmete den süßlichen Duft der Gardenien ein und lächelte. »Drei meiner weiblichen Klienten haben erst gestern bemerkt, wie schön sie sind.«

»Frauen!« Sam schnappte sich *The Baltimore Sun* vom Schreibtisch und verzog sich hinter den neu installierten Empfangstisch. Er beschloss, lieber den Mund zu halten, weil er wusste, wenn es um Frauen ging, war das das Klügste, was man tun konnte.

Mia war müde, als sie am selben Tag abends nach Hause kam. Nicht körperlich, sondern gefühlsmäßig. Jedem Blumenstrauß, den sie von Nick bekommen hatte, hatte eine Karte beigelegen, auf der er seine Liebe und seinen Wunsch, sie wiederzusehen, beteuerte. Und jedes Mal fühlte sie sich nach dem Lesen im siebten Himmel, um sogleich unsanft auf die Erde zu plumpsen. Es war eine gefühlsmäßige Achterbahnfahrt, aus der es kein Entrinnen gab.

Gestern hatte er sogar ein singendes Telegramm liefern lassen. Sam hatte die Tür geöffnet und vor sich einen Mann in einem flauschigen weißen Hasenkostüm gesehen. Als der Hase plötzlich grauenhaft falsch »Some Bunny Loves You« schmetterte, hatte Sam nach seiner Pistole gegriffen und der Hasendarsteller sein Heil in der Flucht gesucht. Mia hätte sich vor Lachen beinahe in die Hose gemacht.

Nachdem sie ihren Mantel an die Garderobe gehängt hatte, ging sie in die Küche, öffnete den Kühlschrank und machte große Augen, als sie eine Flasche Champagner in einem silbernen Eiskübel erblickte. »Was zum –?« Daneben lag eine Schachtel Godiva-Schokoladentrüffel mit einer Karte, auf der stand: »Du bist viel süßer und schmeckst tausendmal besser als diese Trüffel. Ich liebe dich, Nick.«

Mia freute sich unendlich, griff nach den Pralinen und wurde gleichzeitig von dem beunruhigenden Gedanken überfallen, dass Nick ja nach wie vor einen Schlüssel zu ihrer Wohnung hatte. Sie hatte vergessen, ihn zurückzufordern.

Überraschenderweise fühlte Mia sich nicht bedroht oder war es ihr unheimlich, dass jemand in ihrer Abwesenheit in der Wohnung gewesen war. Stattdessen gab ihr Nick das Gefühl … na ja, außerordentlich geschätzt und etwas ganz Spezielles zu sein.

Verdammt! So wollte sie sich nicht fühlen. Nicht nach allem, was geschehen war.

Sie hasste ihn, rief Mia sich in Erinnerung, stopfte sich einen Trüffel in den Mund und ließ ihn sich auf der Zunge zergehen.

Verflixt, es war schwer, einen Mann zu hassen, der einen so exzellenten Pralinengeschmack besaß!

Sie öffnete den Champagner, von dem das meiste überschäumte und auf den Fußboden kleckerte, füllte sich den Rest der perlenden Flüssigkeit in eine Kristallflöte und nahm sie mit ins Schlafzimmer. Sie beschloss, sich in einem heißen Schaumbad zu entspannen, Champagner zu trinken, Trüffel zu futtern und sich sündhaft dekadent vorzukommen. Den Schweinkram in der Küche konnte sie auch später noch wegwischen.

Als sie ihr Badezimmer betrat, klebte am Spiegel ein herzförmiges Blatt Papier, auf dem stand: »Ich erblickte einst die schönste Frau der Welt!«, und ihre Augen füllten sich mit Tränen.

»Verdammt, Nick! Du machst es einem wirklich schwer, dich zu hassen. Hör jetzt sofort auf damit! Das ist nicht fair.«

Sie stellte den Champagner und die Trüffel auf den Toilettentisch, zog den Duschvorhang zurück und sah, dass ihre Badewanne mit Rosenblättern gefüllt war, mit Hunderten und Aberhunderten von zarten verschiedenfarbigen Blütenblättern. Auf dem Fußboden fand sie eine weitere Notiz: »Deine Haut ist viel weicher als diese Rosenblätter, dein Körper viel perfekter, dein Gesicht noch schöner. Bitte verzeih mir und lass mich alles wieder gutmachen.« Unterschrift: Nick.

Was keine große Überraschung war.

Die Überraschung war, dass der Mann die Seele eines Dichters besaß, oder er hatte einen wirklich guten Ratgeber gefunden und befolgte jetzt die Ratschläge, wie man einer Frau den Hof machte und ihre Zuneigung gewann.

Und es funktionierte verdammt noch mal, denn Mia fühlte sich auf einmal sehr schwach.

Ob sie ihn anrufen und einladen sollte vorbeizukommen?

Verzeihen war schließlich etwas Himmlisches.

Auf ihrem Anrufbeantworter waren zehn Nachrichten, und sie drückte den Knopf, wusste aber schon im Voraus, wer der hartnäckige Anrufer war. Nicks Stimme hatte den Effekt von warmem Honig auf Toast, und ihr lief ein Schauer über den Rücken.

Mia hörte sich etliche Male »*Ich liebe dich*« und »*Verzeih mir*« und »*Ich kann ohne dich nicht leben*« an, sie hörte sogar eine sexy Performance des Songs »Nobody Does It Better«, und beschloss schließlich, Nick zurückzurufen.

Und sei es auch nur, um ihm zu sagen, dass er den Schlüssel zurückgeben solle.

Ja, genau!

Mia hatte einer Verabredung zugestimmt.

Okay, sie war leicht zu überreden gewesen. Die Pralinen und der Champagner hatten Wirkung gezeigt. Und Nick war gestern Abend am Telefon ein einziger Charmebolzen gewesen, als er sie dazu überredet hatte.

Er hatte ihr geraten, sich warm anzuziehen für ihr Date,

also hatte sie einen dunkelblauen Hosenanzug aus Wolle und einen roten Kaschmirpullover angezogen. Das war elegant genug für ein Dinner und auch leger genug, wenn sie nur einen Spaziergang machen würden. Nick hatte ihr nicht erzählt, wohin er mit ihr gehen wollte, so dass sie auf alles vorbereitet sein musste.

Er hatte nur etwas von einer Überraschung erwähnt.

Sie hasste Überraschungen.

Und jetzt, während sie darauf wartete, dass Nick sie wie verabredet um zehn Uhr abholen würde – sie warf einen Blick auf ihre Armbanduhr. Wer verabredete sich eigentlich so früh morgens? –, fragte sich Mia, ob sie das Richtige getan hatte. Ob sie schon bereit war, ihm zu verzeihen, ihm wieder ihr volles Vertrauen zu schenken. Sie wusste es einfach nicht.

Und sie wusste es eine Stunde später immer noch nicht, als der Volvo über die Autobahn raste, das Radio auf volle Lautstärke gedreht war und Nick so laut er konnte »Bridge Over Troubled Water« sang, wobei er Art Garfunkel wirklich nicht schlecht nachmachte.

Wer hätte gedacht, dass der Mann singen konnte?

Und dann wurde Mia bewusst, dass sie eigentlich so gut wie gar nichts wusste über den FBI-Agenten Caruso, wie zum Beispiel, welche Art von Musik er mochte oder welches seine Lieblingssorte Eis war. Ob er seine Muffins mit Butter und Marmelade bestrich oder sie so aß?

Sie wusste, dass er nackt schlief, und das war wichtig. Aber bügelte er wirklich seine Unterwäsche, oder gab er sie in eine Reinigung, dass sie regelmäßig so frisch wirkte? Sie hätte schwören können, dass sie gestärkt war.

Dies mochten für einen normalen Menschen unwichtige Fragen sein, aber für jemanden, der eine Beziehung hatte oder darüber nachdachte, eine Beziehung anzufangen, waren sie durchaus bedeutsam.

Dachte sie tatsächlich über eine Beziehung mit Nick nach?

»Also, wohin fahren wir?«, fragte sie, als der Song endlich zu Ende war, so ungefähr achtzehn Minuten später. Simon und Garfunkel waren etwas langatmig, was ihr aber nichts ausmachte. Sie mochte das Duo.

»Wenn ich es dir erzähle, musst du mir versprechen, nicht böse zu werden.«

»Sag mir nur, dass wir nicht zu irgendeiner Sportveranstaltung fahren. Ich glaube, das würde ich nicht durchstehen.«

»Nein, tun wir nicht. Es ist etwas viel Besseres.«

»Hast du vor, mich zu kidnappen? Weil es Gesetze gegen so etwas gibt, wie du sehr wohl weißt als FBI-Mensch, und meine Eltern würden sich Sorgen machen.«

»Es handelt sich nur dann um Kidnapping, wenn du deine Einwilligung verweigerst, und ich glaube, du gibst sie, sobald du erfährst, wohin wir fahren. Und mit deinen Eltern habe ich bereits gesprochen. Deine Mutter war sehr hilfsbereit.«

Mia schnaubte missbilligend. »Darauf gehe ich jede Wette ein. Sagst du mir jetzt, wohin wir fahren, oder muss ich aus dem Wagen springen und um Hilfe rufen?«

»New York City.«

Mia kriegte die Maulsperre. »New York City! Bist du verrückt? Das ist eine dreistündige Fahrt, mindestens. Und warum fahren wir nach New York City? Das ist ein ziemlich weiter Weg für eine Verabredung. Hätten wir uns nicht in Baltimore treffen können? Ich liebe die Cheesecake Factory.«

Nick lachte. »Ich wollte dir etwas ganz Besonderes bieten, Mia. Es sollte eine Überraschung werden.«

»Ich glaube nicht, dass du mich noch mit irgendetwas überraschen kannst, Nick. Das hast du vor einigen Wochen geschafft, und ich bezweifle, dass du das übertreffen kannst.«

Nick stellte das Radio ab und sagte reumütig: »Du kannst dir nicht vorstellen, wie Leid es mir tut, dass ich dich in diese blöde Ermittlung hineingezogen habe, Mia. Ich habe mich selbst schon tausendmal dafür verflucht, dich derartig benutzt zu haben. Ich hätte einen anderen Weg finden müssen. Es war sehr egoistisch von mir. Und es tut mir Leid. Ich weiß nicht, was ich sonst sagen soll.«

Mia seufzte. »Ich schätze, du hast das getan, was du zu dem Zeitpunkt für das Beste hieltst. Und wie das Leben so spielt, hat sich herausgestellt, dass die Beteiligung an deiner Ermittlung meinem Geschäft sehr geholfen hat, wofür ich dankbar bin.«

»Ich wollte dich nie verletzen. Ich wollte mich nie in dich verlieben. Ich liebe dich immer noch, Mia, sehr sogar. Und wenn du mir verzeihen könntest … Egal. Den Rest dieser Rede hebe ich mir für später auf.«

»Später?« Aber inzwischen starb sie schier vor Neugierde.

»Ich möchte gern, dass du während der nächsten paar Stunden über alles nachdenkst, was mit uns geschehen ist, und herausfindest, ob du immer noch Gefühle für mich hast. Wenn du schließlich heute Abend zu der Entscheidung gelangst, dass du mir nicht vergeben kannst, bringe ich dich wieder nach Hause und belästige dich nie wieder. Abgemacht?«

Mia, die gefühlsmäßig derart aufgewühlt war, dass sie

kein Wort herausbekam, stimmte diesem Vorschlag stumm nickend zu.

Mia wachte auf und stellte fest, dass sie New York City erreicht hatten. Gehupe und laut fluchende, ungeduldige und wütende Autofahrer, hektische Menschen auf überfüllten Fußwegen, die alle offensichtlich eilig einem Ziel zustrebten, und eine vor Spannung knisternde Atmosphäre – das alles war nur in einer pulsierenden Stadt wie New York möglich.

Die Sonne schien, und als Mia einen Blick auf die Uhr im Armaturenbrett warf, stellte sie fest, dass es erst halb zwei war. Sie dachte, es wäre viel später. Ihr war die Fahrt endlos vorgekommen. Wie ein ungeduldiges Kind hätte sie am liebsten mehrmals gerufen: »Sind wir bald da?«, hatte sich aber noch bremsen können. Nick war ein Fahrer, der unterwegs nicht gerne Pinkelpausen machte, hatte sie festgestellt.

Nick hielt vor dem Plaza und stellte den Motor ab.

»Hier wohnen wir?«, fragte sie, betrachtete das prunkvolle Hotelgebäude mit den wehenden Fahnen vor dem Eingang und war für einen Moment tatsächlich sprachlos.

»Ich hoffe, es gefällt dir. Ich wollte etwas ganz Besonderes und habe deshalb eine Suite mit zwei Schlafzimmern reserviert. Du hast dein eigenes Zimmer. Du musst dir wirklich keine Sorgen machen, dass ich irgendwelche faulen Tricks vorhabe.«

Sex war Mias geringste Sorge. Es gab viel wichtigere Dinge, über die sie nachdenken musste. »Aber ich habe überhaupt nichts dabei, weder eine Kulturtasche noch irgendwas Schickes zum Anziehen. Ich komme mir bestimmt wie eine graue Maus vor und fühle mich total unwohl unter all den kultivierten Menschen hier.«

Nick grinste. »Keine Sorge. Angela hat dir ein paar Sachen zum Übernachten eingepackt. Die Tasche ist im Kofferraum.«

»Angela steckt auch mit hinter der Verschwörung?« Mia wollte kaum glauben, dass ihre eigene Schwester, die Frau, die sie wie eine Heldin verehrte, sich daran beteiligt hatte. Ihre Mutter, ja, aber Angela?

»Wie viele Leute haben eigentlich einen Schlüssel zu deiner Wohnung?«, erkundigte sich Nick.

»Zu viele offensichtlich. Und deinen möchte ich zurückhaben.«

»Aber erst nach heute Abend, richtig?«

Sie überlegte kurz und sagte dann: »In Ordnung.«

»Ich kann es immer noch nicht fassen, dass du Karten für eine Privatführung durch die Börse bekommen hast. Es war die aufregendste Erfahrung meines Lebens. Das werde ich nie vergessen.«

»Müsste ich deswegen beleidigt sein?«, witzelte Nick, als sie über die Fifth Avenue in Richtung Hotel gingen.

Mia grinste und knuffte Nick spielerisch in den Arm. Dann sagte sie, wieder ernst werdend: »Danke, Nick. Du hättest dir wirklich nicht so viel Umstände machen sollen. Ich bin immer noch total von den Socken, dass extra für mich die Schlussglocke geläutet wurde. Ich dachte, das wäre für Würdenträger und echt wichtige Leute reserviert. Ich fühle mich außerordentlich geehrt.

Und ab jetzt werde ich nicht nur zum Spaß, sondern tatsächlich Geld anlegen. Ich habe das sichere Gefühl, dass ich damit Geld verdienen kann.«

»Das musst du gar nicht, Mia. Ich habe für uns beide ein Konto eröffnet. Die Aktien, die du als Anlagen für mich ausgewählt hast, haben sich spitzenmäßig entwickelt, und zwar für uns beide. Sie besitzen inzwischen einen hübschen kleinen Notgroschen, Miss DeNero.«

Mia sah Nick verblüfft an. »Das hast du für mich getan? Aber warum? Ich habe die Aktien doch für dich ausgesucht.«

Nick blieb mitten auf dem Gehweg stehen, ergriff Mias Arme und drehte sie zu sich um. »Weißt du das nicht, Mia? Befrag dein Herz und dich selbst, warum ich das getan habe.«

Mia hatte nie aufgehört, Nick zu lieben, und die Erkenntnis, dass auch er sie möglicherweise liebte, haute sie schier um. Aber sie wollte keinesfalls unvorsichtig werden. Männer hatten sie früher schon angelogen; Nick hatte sie auch schon belogen.

»Nochmals vielen Dank. Ich weiß nicht, was ich sagen soll.«

»Tja, wenn du nicht sagen kannst, dass du mich liebst, dann könntest du wenigstens sagen, dass du mir verzeihst.«

»Ich verzeihe dir, Nick. Damit will ich nicht sagen, dass sich etwas zwischen uns geändert hat. Ich brauche mehr Zeit, um darüber nachzudenken, ob es mit uns als Paar funktionieren würde. Aber ich hoffe, dass wir Freunde bleiben können. Das möchte ich wirklich sehr gern.«

Nick betete im Stillen, dass Mia nicht zu lange brauchen würde, um sich zu entscheiden, weil er Pläne für später hatte – später heute – Pläne, die ihrer beider Leben für immer ändern würden. Er hatte lange genug gewartet – sein ganzes Leben – auf eine Frau wie Mia, die ihn ergänzen würde, und er wollte nicht länger warten als unbedingt nötig.

Sie aßen in einem romantischen französischen Restaurant in der 48th Street. Mia vertilgte eine überbackene Zwiebelsuppe, Ente à l'orange und Crème brulée und hörte Nick zu, der seine Vorstellungen von Liebe, Heirat und Kindererziehung vor ihr ausbreitete.

Es gefiel ihr, dass er sich ihr gegenüber öffnete und mehr über seine Kindheit, seine Collegezeit und seine Arbeit beim FBI erzählte. Endlich lernte sie den wirklichen Nick Caruso kennen, und sie stellte fest, dass sie ihn nicht nur liebte, sondern rundum mochte.

Zwischen mögen und lieben besteht ein großer Unterschied. Du musst jemanden schon sehr mögen, bevor du eine Beziehung zu dieser Person in Erwägung ziehst. Du musst erst eine Freundschaft aufbauen, denn ohne Freundschaft läuft gar nichts.

Und ja, sie dachte über eine Beziehung mit Nick nach. Und schuld daran war nicht die halbe Flasche Bordeaux, mit der sie ihr Essen heruntergespült hatte, obgleich es auch nicht geschadet hatte.

Als sie zurück zum Hotel gingen und Mia schon hineingehen wollte, ergriff Nick ihren Arm und mit den Worten: »Nicht so eilig. Der Abend ist noch nicht vorbei«, zog er sie zu einer der wartenden Kutschen in der Nähe des Hotels und bezahlte den Fahrer üppig für eine Fahrt durch den nächtlichen Central Park.

Mia, die sich gar nicht wieder einkriegen konnte vor Freude, quiekte aufgeregt wie ein kleines Mädchen: »Das wollte ich, seit ich *Barfuß im Park* mit Robert Redford und Jane Fonda gesehen habe. Woher wusstest du das?«

»Das ist einer meiner Lieblingsfilme.«

»Wirklich?« Sie lächelte glücklich. »Das bedeutet, dass Sie einen ausgezeichneten Geschmack haben, Mr. Caruso.«

»Ich bin süchtig nach Ihnen, Miss DeNero, also muss es stimmen.«

Sanfte Röte überzog Mias Wangen, und sie griff nach seiner Hand, als das Pferd, klipp-klapp, klipp-klapp, loszuckelte, ohne sich an den vorbeifahrenden Autos zu stören. »Irgendwie finde ich auch langsam Gefallen an Ihnen«, gab sie zu.

Er küsste sie auf die Wange. »Gut. Das war meine Absicht.«

Als sie in den Park einfuhren, war es, als wären sie die einzigen Menschen auf der Welt. Es war still, wenn man berücksichtigte, dass sie sich mitten in einer riesigen Metropole befanden, und sehr, sehr romantisch.

»Du hast dich wahrscheinlich gefragt, warum ich während des Essens das Thema Heirat und Familie angeschnitten habe«, sagte Nick und drückte Mias Hand.

»Ja. Aber ich freue mich, deine Vorstellungen kennen zu lernen. Ich habe das Gefühl, dich jetzt besser zu begreifen. Und das ist wichtig für mich.«

»Ich möchte, dass du den Rest deines Lebens damit verbringst, mich kennen zu lernen, Mia. Ich möchte dich heiraten. Ich weiß, dass du noch keine Kinder willst, und damit kann ich gut leben in der Hoffnung, dass du eines Tages deine Meinung vielleicht änderst.«

»Du machst mir einen Heiratsantrag?«, fragte Mia gepresst, weil sich ein großer Klumpen in ihrer Kehle gebildet hatte. Ihr Herzschlag hatte sich auf tausend Schläge pro Sekunde beschleunigt, jedenfalls kam es ihr so vor, und ihre Augen füllten sich mit Tränen des Glücks.

Nick griff in seine Tasche und zog eine kleine Samtschachtel mit dem Tiffanyemblem heraus, die er ihr reichte. »Ich liebe dich, Mia DeNero. Ich möchte bis an mein Lebensende mit dir zusammen sein, alt mit dir werden, mich mit dir streiten, mit dir lachen, mit dir kämpfen, mit dir knutschen. Ich bitte dich, meine Frau zu werden und mich zu lieben, so wie ich dich liebe.«

Mia brach in Tränen aus, als sie den wunderschönen Diamantring sah, und erschrocken versicherte ihr Nick hastig: »Du kannst ihn tauschen, wenn er dir nicht gefällt. Du sollst glücklich damit sein.«

»Nein, er ist wunderschön. Er gefällt mir.«

»Er erblasst neben dir, Liebling.«

»Oh, Nick, ich bin ganz verwirrt.«

»Ich weiß, dass du mehr Zeit haben wolltest, um über alles nachzudenken, Mia, aber ich kann nicht länger warten. Nichts wünsche ich mir sehnlicher als dich. Ich möchte, dass unser gemeinsames Leben jetzt beginnt, in dieser Minute. Das Einzige, was ich wissen muss, ist, ob du mich liebst oder nicht.«

»Ich liebe dich, Nick. Ich habe nie aufgehört, dich zu lieben, obwohl ich wirklich alles versucht habe.« Nick atmete erleichtert die Luft aus, die er angehalten hatte. »Aber ich bin nicht sicher, ob ich diesen Schritt jetzt schon machen sollte. Es ist eine sehr wichtige Entscheidung, und ich fürchte mich davor.«

»Aber hast du mir nicht vor einiger Zeit selbst einen Antrag gemacht?«

»Ich weiß. Es ist nur so …«

»Dass du mir nicht traust.«

»Ich bin früher schon mal verletzt worden, Nick, von einem Mann, der vorgegeben hat, mich zu lieben.« Sie erzählte ihm von ihrer Affäre mit Greg Farris. »Und nach dem, was mit uns passiert ist … nun ja, ich bin mir einfach nicht sicher, ob …«

Er drückte ihre Hand. »Du kannst dir nicht vorstellen, wie Leid es mir tut, dass ich dich verletzt habe, Mia. Ich verspreche, wenn du Ja sagst und mich heiratest, dass ich mich den Rest meines Lebens bemühen werde, es wieder gutzumachen. Ohne dich ist mein Leben sinnlos. Du bist mein Leben.«

Mia schluckte den Kloß in ihrer Kehle herunter und wusste in dem Moment ihre Antwort: »Ja, ich heirate dich, Nick. Und ich will sogar Kinder mit dir haben. Aber ich möchte betäubt werden bei der Geburt, damit ich nichts mitkriege. Das musst du mir versprechen. Und ich gebe meinen Bodyguard-Service nicht auf. Ich habe zu hart gearbeitet dafür.«

»Was immer du möchtest, geht in Ordnung, solange wir zusammen sind. Das ist alles, was zählt.«

»Du meinst, ich hätte mehr verlangen können?«

Grinsend steckte er ihr den Ring an den linken Ringfinger, und sie schlang die Arme um seinen Hals. »Ich liebe dich, Nick, und ich hoffe, dass diese Kutschfahrt bald vorbei ist, weil ich das dringende Bedürfnis habe, dieses irre große Bett in unserer Suite auszuprobieren. Es ist schon eine ganze Weile her, wenn du verstehst, was ich meine.«

»Keiner wünscht sich das mehr als ich. Ich habe es schrecklich vermisst, dich in den Armen zu halten.«

»Oh, ich kann es kaum erwarten, unsere Hochzeit zu planen. Angela wird natürlich meine Brautjungfer, und Mary und Annie sollen ebenfalls Brautjungfern werden. Und glaubst du, wir können Sophia und Mrs. Foragi bitten, für uns Blumen zu streuen? Das würde die Sache ein wenig aufpeppen. Hochzeiten können schrecklich langweilig sein, findest du nicht auch? Und Oma Flora könnte uns die Ringe übergeben. Was meinst du, Nick?«

Er stöhnte. »Ich glaube, wir sollten einfach durchbrennen.«

»Was? Und den ganzen Spaß verderben?«

»Sie haben einen sehr eigenartigen Humor, Mrs. Caruso.«

»*Oooh*, das gefällt mir. Wiederhol das bitte.«

Er zog sie in die Arme und küsste sie leidenschaftlich. »Ich beabsichtige, es bis an unser Lebensende täglich zu wiederholen, gleich nach ›Ich liebe dich‹.«

Ich danke allen alten und neuen Freunden:

Jesse für dreizehn Jahre bedingungslose Liebe.
Ich vermisse dich!
Jake für die neue Lebensfreude.
Matt für seine Hilfe bei allen Rechtsfragen.
Leanne dafür, dass sie stets da war, wenn ich sie brauchte.
Maggie für die Wonderbra-Tipps.
Und Larry für alles!

BLANVALET

Cathy Kelly bei BLANVALET

Warmherzig, lebensnah und höchst unterhaltsam - die Bestsellerautorin aus Irland.

35132

35178

35680

35678